风起元宇宙

陈文渝——著

重庆出版集团 重庆出版社

图书在版编目(CIP)数据

风起元宇宙 / 陈文渝著. —重庆: 重庆出版社, 2023.6
ISBN 978-7-229-17547-4

Ⅰ. ①风… Ⅱ. ①陈… Ⅲ. ①长篇小说—中国—当代
Ⅳ. ①I247.5

中国国家版本馆CIP数据核字(2023)第058233号

风起元宇宙
FENG QI YUANYUZHOU
陈文渝 著

责任编辑:袁 宁
责任校对:刘小燕
装帧设计:冰糖珠子

重庆出版集团
重 庆 出 版 社 **出版**

重庆市南岸区南滨路162号1幢 邮政编码:400061 http://www.cqph.com
重庆出版社艺术设计有限公司制版
重庆奥博印务有限公司印刷
重庆出版集团图书发行有限公司发行
E-MAIL:fxchu@cqph.com 邮购电话:023-61520646
全国新华书店经销

开本:787mm×1092mm 1/16 印张:18.75 字数:290千
2023年6月第1版 2023年6月第1次印刷
ISBN 978-7-229-17547-4
定价:38.00元

如有印装质量问题,请向本集团图书发行有限公司调换:023-61520678

目录

CONTENTS

/ 一 /

村长一席话，铁叔、豆娘云里雾里

听说村长要来，铁叔吃完早饭就坐在院坝里盯着那条通往自家大门的小路。虽然小路已经扩展成四米车道了，但两车相遇还是要磨半天才能通过。他和老伴豆娘相伴四十多年，一个守着祖传的铁锹厂，一个经营祖传的豆腐厂，几十年忙里忙外都没时间学车。有人建议他们学车，像城里的老太太、老爷爷那样驾着小车挺神气。但他们没自信，老两口一致表态："我们喜欢走路。走路能舒展筋骨，松动身板，促进血液循环，化解疲劳。还有，保持脑子灵敏反应。走路时，想琢磨点事儿琢磨不了，脑子一片空白，等于休息。停下来再琢磨事，脑子重新启动，好使。"

"哦，原来是这样。怪不得铁叔和豆娘精神这么好，有劲儿使不完。看来不买车也有不买车的好处，以后我们也多走走路。在理，在理啊。"别人，主要是老人就这样认为了。

也有人认为铁叔和豆娘的厂子就在他们家后，上班不用开车。铁叔和豆娘自建的五层楼房，那叫一个气派，经常引来他人羡慕。"人家都快现代化了。看看咱家，两层楼，楼下猪圈、狗窝、厕所、仓库挤满了，一个像样的客厅都没有。你看正堂摆些啥，脏脏乱乱，像收废品的。"妻子菱姣埋怨着丈夫甘旺。

甘旺诡秘一笑："我们有车，他们没车。"

菱姣"呸"了一声："你还好意思说，二手车，才三万元。"

甘旺一把捂住妻子嘴巴："别吱声，对外咱都说二十万。"

菱姣推开手："就算二十万又咋的？铁叔那边三个亿，他们内部传出来的。”

“吹！铁叔最喜欢冒大侠。这几年发了一些小财，说有两百万我信。三个亿？打死也没有人信。”

铁叔见村长还没到，起身走到屋前院坝观赏四棵已开花的铁树。

“近一千年历史了。”铁叔自言自语。小的时候，爷爷这样对他讲过。

“四棵啊，都成宝贝了。”铁叔很得意，笑出了声，“大款们还想买走呢，休想。一棵树一百万，四棵树四百万。这哪是钱的事，这是遗产，全村人都这么说。城里人来参观旅游的，除了吃喝，就是来这里看铁树，拍照。它们早就成了村里的网红打卡点了。”

“爷、奶、爹、娘，这四棵铁树我可是看好了。你们放心吧，我和豆娘还有三个儿子会世代看好的，再延续到下一个千年不朽。”铁叔说着想着涌上一股心酸，“爹、娘，你们六十多岁就走了，早了一点，应该活到一百岁。要是现在还活着，看看咱们村的变化，我们的铁锹厂，豆娘的豆腐厂，我们赚的钱，我们修的房子，五层楼啊。一层大家用，二层我和豆娘住，三层大娃铁欢住，四层二娃铁乐住，五层三娃铁喜住。装了室内电梯，不用爬楼。三个娃都有自行车、摩托车、小汽车，出远门方便。铁欢读了电子大学，在县上电子技校当老师，娶了媳妇，生了一个娃叫铁蛋，像我小时候，调皮捣蛋，三岁了，很聪明。铁乐承包了一百亩地，种甘蔗，一年收入十几万。铁喜不得了，承包了五个鱼塘，一年收入二十几万。至于我和豆娘，你们做梦也不会相信吧，有三亿元资产呀。”铁叔往后退了几步，手掌合拢，“没有你们，哪来这些啊？”说完，他连续鞠躬致谢爷爷奶奶和爹娘……

“嘀，嘀。”突然耳边传来车的喇叭声，铁叔侧身见一辆满身尘土的小汽车一个加油就冲到了院坝。

“哎哟，可惜了小轿车，被你折腾得什么样了。”只见村长从驾驶室跳出来，理理衣服。

“我来找你是有件很重要的事，来，咱们坐下来慢慢说。”村长拉着铁叔在圆石板的茶台边坐下。

"也好。我们难得在一起喝喝茶。我今天特别准备了一壶好茶，你猜是什么茶?"铁叔边说边给村长倒上一小杯。

村长一口就喝了："半山飘香，咱们村的特产，好喝。我整天忙，没时间小杯小杯品，倒在大杯里，我一口多喝点。"村长又看看大门口，"豆娘不在吗?"

话音刚落，一个娇滴滴又明显是中年妇女的嗓音："村长，听说你要来，我专门给你熬制了一碗好喝的，知道是什么吗?"豆娘提着一个小壶和一只小碗走到村长面前。

村长见已经倒在碗中的东西："嘿，不就是豆浆吗?新鲜豆浆，是你的专业。"

"不。"豆娘俏皮一笑，"是豆奶，你喝喝。加了特制奶粉调制的，用微火煮了二十五秒，你尝尝。"

"二十五秒?"村长边喝边看着豆娘，"这么讲究，是自己发明的，还是看了人家的调制方法?咦，味道还真不错。嗯，微微甜，淡淡香，好喝，好喝。"村长又像品鉴一样认真地品了几口："这种豆奶是自己喝，还是卖?"

豆娘说："我们自己喝呀，没想过要卖。我们卖的是豆腐、豆浆呀。然后豆腐再变种，豆腐乳，豆腐脑、豆腐渣、豆腐干。然后再一变，就成豆腐汤、豆浆了。"

"再一变呢?"村长抬起头。

豆娘看看铁叔："问你呢，还能变成啥东西?"

铁叔看着村长："还能变?"

村长笑起来："豆奶呀!"

豆娘一脸茫然："村长，我们做的豆腐系列都是纯得不能再纯的纯豆子做成的纯豆腐系列。那奶?是牛呀，羊呀身上的，我们没有做奶制品。"

村长又是一笑："豆娘呀，你自己都说我喝的这碗东西叫豆奶，是你用二十五秒微火调制出来的。加了特制奶粉对吧，好喝。你们有生产车间，成套设备，原料来源，制作加工，仓储物流一条龙，加一个豆奶又怎么不可以呢?”

铁叔和豆娘这才明白:“哦,明白了。”

豆娘说:“我们没有想过。我到镇上、县上去,卖豆奶的到处都有,散装的、瓶装的、盒装的,好喝。我一般吃三个馒头,喝一杯豆奶就管一中午。”

“有你今天调制的豆奶好喝吗?”村长看着豆娘。

“那肯定没有。我这是精心调制,为你准备的呀。你是个大好人,这几年为我们铁锹厂和豆腐厂操心,让我们赚了不少钱。”豆娘说着,铁叔也点头。

“扯远了,扯远了。”村长急忙纠正,“你们是赚了一点钱,但带动了几十家农户富起来,解决了九十多人的就业问题。村委会就是看上了你们两个是干事的料才支持你们。你家大娃是大学生,在县上教书,你家二娃、三娃也不错,承包甘蔗林和鱼塘。其他人眼红着呢,背后说我偏心眼。我跟他们说,承包是要承担风险的,前期的资金投入要几十万,他们才闭嘴了。你们有资金实力,是村里的首富,亏得起,顶得住风险。”村长又想想,“扯远了。刚才我说到哪儿呢?”

铁叔紧跟着:“说我们是村里的首富。”

村长顺着他的话问:“对,你们现在究竟有多少钱呀?”

铁叔看了一眼豆娘,豆娘看着铁叔:“对村长要说实话,村长对我们多实在呀。”

铁叔比出了三根指头。

村长一看:“三百万?”

铁叔摇头。

“三千万?”

铁叔摇头。

“三个亿?”

铁叔得意地说了一句:“Yes。”

“哦,这可真是出乎我的意料,三个亿呀。用了多少时间?”村长有点小小好奇。

“我爷爷、我爹再到我，三辈人，一百年。”铁叔说着转头望着那四棵和桶一样粗的铁树。

“还有我呢。”豆娘尖叫起来，“我奶奶，我娘，我，三辈人卖豆腐的钱也在里面！”

“最多百分之十。”铁叔得意地看着村长。

“不可能。”豆娘开始反驳，“上两辈，打仗，修桥修路，劳动生产，你们家铁锹、铁铲、铁钩什么的是卖得好，到我们这辈也应该不多了。尤其是这几年，疫情期间，我们豆腐系列在网上卖得好。你那个铁锹厂，还坚持用人工手工打制。我承认，做得好。但你每天到处打电话推销，要不是其他地方的人慕名你们是铁匠世家，我看也卖不出几把。三亿元里我至少得占百分之五十。”

“你那豆腐不管钱，一大堆一百元不到。我卖一把铁锹就三百元，手工打造，铁匠世家出品，名牌。”铁叔又得意地看着村长。

“好了，好了，别争了，都是你们家的。三个亿，我估算了一下，我们这个镇共九个村，这几年发展特色产业和传统产业，还有个别的科技企业，确实冒出了一批富裕人家。九个村，上百万的三十户，上千万的十三户，上亿元的三户，上三亿元的只有你们。恭喜恭喜。你们铁家和豆家三辈人一百年挣来的，来之不易呀，珍惜珍惜。”村长又摸摸头，想着什么。

铁叔忙问：“不会是捐款的事吧？”

村长一摆手：“不是，不是。你们做得够好了。疫情严重时，你们铁锹厂和豆腐厂各捐了三十万元。你俩又分别捐了一百万元，县里医院都用上了，我们村得了表扬。疫情一松，村委会想开一个表彰大会表扬表扬你们，但疫情又反弹了，这事以后再说。这个……之前……我说到哪儿了呢？”

豆娘接话：“三个亿。”

村长又摇摇头：“不是，不是，还要之前。”

铁叔想了想叫出声来：“豆奶。”

村长一指茶台：“对。看你们俩把我搅的。我发现只要和你们聊什么，脑子经常被你们搞乱。对，豆奶。我的意思是用牛奶或是奶粉和你们家豆制品一起调制成我刚喝的这种豆奶，取个名字，我去帮你们推销。先别急，要先搞研发，就是研究研究，把配方写出来，成分，比例，水量，温度，火候，尤其那个二十五秒，弄好了，我找几个朋友来喝喝，就是品尝品尝，如果成功，都满意了，你们就推出这款新品种。”

“哦，好啊，好啊。”豆娘欢喜，“我马上找厂里的技术人员按你说的研究研究，保证用最快的时间搞出来。村长多带几个人来品尝品尝。”

铁叔竖起大拇指：“村长，你真是个好人，你给我们铁锹厂、豆腐厂出的那些主意都落实了。”

“哎，看你说的。我这脑袋整天就是胡思乱想，开个破车到处溜达，只要觉得能给哪家哪户挣点钱，就给他们说说。这几年下来，还行，百分之八十以上都兑现了。但我们铁头村还有致命弱点，就是基础设施太差。虽然每户都做到了路路通，小汽车、大卡车也能出出进进。但弯路多，崖壁路多，翻山越岭的，你看，要到邻村去，得过河过沟。就那几只小渡船，等死人了。整个镇九个村，还没有一座桥，没有一个码头，没有一条像大城市那样的公路。虽然脱贫了，也有不少人富了，但还是很落后。”

铁叔看着村长：“看把你操心的。头发少了，白发有了，脸又黑了，皱纹也多了。到我们农户家多，到田间地头多，出主意多，但休息时间少了，与家人团聚也少了。村长，听说你经常是三个月才回去一次。疫情严重时，半年吧，你就住在村里，跑上跑下的。我以大叔的身份给你提个醒：身体这个东西，没了，啥想法都白费了。”

“谢谢铁叔、豆娘。”村长又摸摸脑袋，“我刚才说到哪儿呢？我到你这里来是干吗来了？”村长说着又拍拍脑门。

“看吧，忙坏了吧，脑子乱了吧。不急，慢慢想，你来干吗，只有你知道，我和豆娘是想不出来的。”铁叔重新给村长倒上一口热热的半山飘香，“把这杯喝了，就清醒了。”

豆娘把剩下的豆奶倒在碗里：“一口喝了就想起来了。”

村长两口喝完了。他看看茶台，又望望铁叔，豆娘：“哦，对！”一巴掌拍在茶台上，“想起来了，想起来了，‘腾云驾雾沉浸式体验团。”

村长怕忘记，再重复两遍：“腾云驾雾沉浸式体验团。”

村长这一说，这语气，这神情，让铁叔和豆娘都蒙了。两人相互一望，觉得村长怪怪的。村长说的一串，他们既没听清楚，也没听明白，只好默默看着他。

“我来解释一下，腾云驾雾应该懂吧。腾云……就是孙悟空从地上‘嗖’的一下蹿到天上云里去了，叫腾云。”铁叔和豆娘茫然点点头。

“那个驾雾呢，就是孙悟空在雾里面，对，不管多大的雾，自由行走，像我驾驶小汽车一样想去哪儿就去哪儿。驾车，驾雾一回事。”村长话刚说完，豆娘就问：“那雾散了呢？”

铁叔接话：“那就掉下来了呗。”

村长皱着眉：“这是比喻。怎么可能掉下来呢？雾散了，孙悟空一个跟斗就翻走了，孙悟空是谁呀，你以为是我们凡人呀，不是的。好，现在解释‘沉浸式’三个字。沉，你们应该知道吧。”村长看看铁叔。

铁叔立即回答：“掉坑里了。”

豆娘：“掉沟里了。”

村长乐了：“也对，也对，简单说，就是慢慢掉下去了，掉进去了。”

“那这个‘浸’，你们更应该知道吧。”村长又看看豆娘。

豆娘一笑：“浸就是浸泡的意思。我们的水豆腐、水豆花就是这意思。”

铁叔急忙回答：“我打铁锹，好几次手指被砸伤了，磨破了，流血了，我缠上纱布，血慢慢浸出来了。”

“对，对，就这意思，看来你们理解得比我好。”村长笑笑，“最后两个字‘体验’应该好理解吧。”

豆娘看着铁叔，铁叔又看看村长。

豆娘先说：“我卖豆腐，经常给客人说‘先尝尝，体会体会，感觉感觉，好吃你们再买’这意思吧。”

村长想了一下：“有一点点。”

铁叔又接话：“我教徒弟打铁锹，经常示范几下，就叫徒弟操作，对徒弟说‘体会体会’。”

村长点点头：“是这意思。”村长想了想，“主要是‘验’字。‘验’就是‘实验’‘验证’。换成我们的话说就是‘深入生活’，生活好不好，自己过过就知道了。”

“哦，明白了，那个什么腾云团到我们这里来深入生活。”铁叔和豆娘相视一笑。

“对，对，对。你俩明白了，那就太好了。”村长笑了起来。

“你早说来一帮人深入生活，一般的到咱们村来体会体会农活怎么做，甘蔗怎么种，鱼儿怎么养，豆腐怎么做，铁锹怎么打。当官的到咱们村来体察体察民情、村情，把水库的漏洞补上，把排水沟疏通了，把大粪池再整治一下，再多开几个表彰会等等，这不很明白的事吗？”铁叔进一步解释。

豆娘也高兴说：“上次县上的先进人物到我们豆腐厂，说是参观考察，结果都戴着手套亲自和我们员工一起做豆腐，一个流程也不少。先进人物可高兴了，临走时，他们每人带了五斤豆腐，我说送他们，他们说必须给钱，二十几人高高兴兴回县上了。”

村长又紧锁眉头：“这次这个腾云驾雾体验团好像不是这么回事呀。他们这次来肯定是要参加这些活动，但又不完全是。他们来，事情很多，要拍照摄影，要测量咱们村主要的地形地貌，要确定最有特征的房屋建筑，要了解最主要的产业生产过程，还有一些最具代表性的东西。总之，比较复杂。”

豆娘接话：“地质勘探队？”

铁叔也接话：“科学考察团？”

“不是，不是。”村长想了一下喃喃自语，“应该是和游戏有关，和场景有关，和未来有关，和另一个世界有关，和宇宙有关。对，这是我的初步理解。”

铁叔和豆娘有些不知所措。“另一个世界？”豆娘瞪大了眼睛。

铁叔悄悄自语：“阴曹地府？”

村长：“不是，不是。”

豆娘又尖叫起来："僵尸王国？"

村长一摇手："更不是啦。"村长一字一句地说，"我说的另一个世界是虚拟世界。这个虚拟世界，别说你们，连我也解释不清楚。"

铁叔越觉得神秘了："你都不清楚，还有谁搞得清楚。"

豆娘也急了："你都不清楚，那就把那个腾云什么团推掉，我们铁头村从来不接待心里没底的事。"

"不是这个意思。"村长苦笑，"地球你们知道吧？"

"知道。"豆娘回答。

"地球之外还有什么？"村长看着铁叔。

铁叔回答："我看过地球的科教片，地球之外还有好多小球。"

豆娘："有火星、恒星。"

"什么星都不重要。重要的是，假设还有一个小球也好，大球也好，存在于那一大堆球球当中，我们人类就在球球里面生活，开荒、种地、打猎、建房、开会、购物。然后没事了，我们到另一个球球去旅游观光，去吃美食、看美景。"说到这，村长慢慢站起来凝视着遥远的天空。

铁叔和豆娘也随着村长向天空张望。

"什么也没有啊。"铁叔碰碰豆娘。

"什么也没看见啊。"豆娘挽着铁叔的手臂。

"村长，你没事吧，你今天来没说上几句，我就知道你这几年太累了。"铁叔有点疑惑了。

"就是。"豆娘，"我也发现你今天老忘事。要不，我再调制一碗豆奶，保证二十五秒调好，你喝了，缓解缓解疲劳。"

"对对。这碗豆娘用二十五秒调制的豆奶，在虚拟世界去卖，价格翻一倍。"村长兴奋地说。

"村长。"铁叔异样地看着村长。

"村长。"豆娘异样地看着村长。

村长察觉到了什么，转过头："我没有说清楚。总之，我们把想象中的小球球当成一个虚拟世界，而我们人类，包括你们都想去体验体验，很好玩很新鲜很刺激。有人想到那个虚拟世界去过着地球人的生活。可能从原始生活开始，可能从现代人生活开始。在那里生活，可以实现现实生活中不可能实现的稀奇古怪的东西。在虚拟世界里他们叫虚拟人，花的钱叫虚拟币，但做的事和我们是一样的。”

铁叔见村长并没有出现异常：“说一千，道一万，我和豆娘也没听懂。我的理解就是玩虚的。我提个问题，那虚拟世界是什么样？有山有水吗？有铁锹厂吗？有豆腐厂吗？虚拟人长什么样？是神还是鬼？在虚拟世界生活是什么样，有打铁锹做豆腐吗？”

豆娘也忙问：“我也想提个问题，我要是想到虚拟世界去怎么去？前段时间，我从网上看到，说有人要到火星上去居住，乘‘天梯’上去。‘天梯’什么时候建好？我上去后有地方住吗？有户口吗？可以卖豆腐吗？那些虚拟人吃东西吗？我赚一大把虚拟币又乘‘天梯’回到地球上能用吗？”

村长抿嘴一笑，拍起手来：“这就对了，我们三个人一起努力，基本上把这个事情搞清楚了。这个‘腾云驾雾沉浸式体验团’就是来解决这个问题的。他们来实地考察，把整个咱们村搬到虚拟世界去。”

铁叔似乎开窍了：“把这里的山山水水，铁锹厂、豆腐厂、甘蔗林、鱼塘，还有猪圈、牛圈、狗窝都搬上去？”

“对，让我们村的场景在虚拟世界再现。”村长也兴奋起来。

“那我们人呢，那上边的虚拟人是我们吗？”豆娘越来越好奇。

“是。只要我们愿意去。还可以让更多的村外的人在虚拟世界里来体验我们铁头村的生活。在体验中获得幸福感和满足感。”村长兴奋起来。

铁叔终于哈哈大笑：“啊，我算明白了。就像画家经常到咱们村写生，摄影家来这里采风，作家来这里来收集素材，打成一捆，通过很多流程制作，技术制作，搬到一个虚拟世界去，这个世界如同一个新的世界，让咱们村的人，村外的人，所有地球人到虚拟世界的铁头村重复我们的生活。”

豆娘也抢着：“我也听明白了。在‘虚’里面玩‘实’的，到新世界里玩旧世界的。”

“豆娘，你这么一说又把我搅浑了。总之，你们明白就好，下一步就是接待好‘腾云驾雾沉浸式体验团’。简称‘体验团’，名字长了我也记不住。”村长言归正传了。

“这个，请村长放心，这几年，你看到的，我和豆娘接待县上的，镇上的，你带队的，你没带队的，没有一次松松垮垮的。”铁叔表决心。

豆娘也表决心：“村里派的活儿，你派的活儿，我们从来不带拉稀的，每次都是出色完成。”

村长握住铁叔和豆娘的手：“这我就放心了。来来，咱们坐下，我最后说说……”他看看四周，“实不相瞒，这是我大学同学给我派的活儿，不是上面派的。这个同学姓楚，是我大学同学，铁哥们。他现在是省上楚支科技集团董事长，资产六十亿了。三年前在疫情严重时，他染上新冠了，还上了呼吸机。我扮作快递小哥，每天给他送鸡汤，让医护人员转送给他。二十天后他终于从重症监护室出来了。又经过一个多月的监护终于康复出院了。虽然是医疗水平把他从死神手里救回来，但他就认定是我的温暖、关爱拯救了他。他这六七年做科技公司发了大财。我想着让他给咱们村搞点什么建设。三年前，我搞了一个咱们铁头村基础设施建设规划。他看了，说要帮我这个忙。只要有了钱，镇上、县上很快就会批准基建手续。看看，就在这两年时间里，突然爆出‘元宇宙’。他很敏感，说元宇宙必然是虚拟世界和现实世界构成，离开哪一端就不是元宇宙。我专门上网查了，老同学说得有道理。我提议，把我们铁头村三年基础设施建设过程作为虚拟世界里一个从头到尾建设的全过程，把咱们村所有劳动生产活动的全过程都搬到元宇宙里，最终实现现实与虚拟，线下与线上的高度融合……我只能说这么多了，再说，我也说不清楚了。”

铁叔握住村长的手：“说得够清楚了。我理解，只有三个字‘接待好’。你说吧，要我慷慨解囊，还是大力配合？”

“不，不。”村长忙解释，“他们自己做饭，至于住宿房租，水、电、气，一年后他们走时统一结算。他们自己安排活动，不麻烦你们。只是，他们有什么事，你们指指路。”

豆娘说：“既然你们是同学，铁哥们儿，生死之交，又要投资咱们村搞建设，我觉得接待规格必须超过县上领导。”

铁叔也抢着说：“张灯结彩，敲锣打鼓、载歌载舞是必须的。”

“不，不，这些全都不要，来的都是知识分子，科技工作者，很年轻，也很新潮，他们不喜欢这套。但他们身上一些现代年轻人的习惯，你们要看得惯，不往心里去。他们都是好人，只是年轻，和我们有代沟，我们配合好就行了。”村长一再强调，“至于元宇宙的事，我们一起摸着石头过河，我也搞不懂，今天就不再解释了。”村长又站起身，“我这个人是很现实的。我马上到甘旺家去。前几年，他们家做贸易公司倒腾电子产品，一年能赚七万八万的。这几年疫情，一年不足三万。放在其他村，三万就算不错的，但在我们铁头村，就是最穷的。甘旺家对我意见很大，在背后说我只关心你们。今天，我去看看他们，说说他们下一步怎么才能再多挣点钱。”

“去吧，去吧。村长你放心吧，体验团的事我们包了。”铁叔和豆娘目送着村长的小车朝甘旺家驶去。

“到了，咱们走吧。”豆娘看着对面斜坡上村长从车上下来后进了甘旺家的门。

“你说这甘旺，做贸易公司这么多年，也没混出名堂。还总和我比，比得了吗？差距十万八千里。”铁叔似乎又想起什么事，“对了，村长说体验团里都是科技工作者，我们把大娃铁欢叫回来，他是省上电子大学毕业的，懂这行。我担心我们和体验团一见面，说话牛头不对马嘴，伤面子，对不住村长。”铁叔似有担心。

“好的。我给他发个信息，让他抽空回来一趟，至少和体验团见面时好办一些。”豆娘扯着铁叔回家了。

村长一踏进甘旺家门，甘旺和妻子菱姣就迎上来，一人拉着村长一只手，直接拉到客厅坐下。

“我们从九点就在这儿等，一直看着你在对面铁叔家院坝那里。现在十一点啦，该轮到说我们的事了吧。”甘旺说着帮村长倒上了一杯半山飘香：“还热乎，可以喝。”

菱姣端来一盘水煮花生：“村长辛苦了，这是我特别为你做的煮花生。

甘旺吃了一颗，我不让他吃。你终于来啦，吃，吃。”

“我吃，我吃，看看你的手艺生疏了没有。我早就说过你这个手艺要想办法变成钱，你就是不听。甘旺也是，非得做电子产品贸易。看到了吧，形势变了，贸易公司不好做了。”村长觉得吃一颗两颗花生不过瘾，就抓了一把放进嘴里，吧唧吧唧吃起来。

菱姣看着乐在心上。甘旺也高兴，但乐不起来。连续两年了，收入不足三万，他很泄气。他想改变销售方式，改变销售的东西。总觉得是形势变了，贸易公司一下就不行了。这几年疫情，硬把他限制在了那些称兄道弟的贸易圈之外，酒局、饭局、茶局都没有了。他想了很多，妻子菱姣也帮他出主意，叫他先把村里的特色产品往外推。比如女儿甘花工作的明铺家具厂的明式家具系列，比如很多村里特色产品。甘旺表面认真听，但心里不以为然。他认为村里的这些特色产品附加值低，费大力赚不了几个钱。而电子产品，像倒腾冰箱、彩电、空调，一台就能获得三到五百元，再倒腾手机、相机、抽油烟机、加湿器、净水器、洗碗机等等，一台也能赚到三到五百元以上。一年下来，多则八万少则六万以上。他和菱姣一起干，他跑外，菱姣守内，几年下来，赚了三十万元存款。女儿甘花在村里家具厂，一年有四万元收入。年终奖还有三千元以上。

甘旺从来都不满足。他认为他做电子产品生意是科技含量很高的事。他注册公司时，特意把公司取名“旺来电子科技贸易公司”，一旺就来。再说，销售村里的土地产品，特色产品，他担心村里人说闲话：“外面混不下去了，只好回村里捞饭吃。”

“唉。”甘旺自己觉得这三年很苦恼，菱姣也一样。两人无事就坐在大门口，正好远远地看着铁叔和豆娘的那幢非常醒目的五层大楼。

有时间了，甘旺就经常研究眼前的这幢五层大楼。五年前，家家户户都是普通的水泥柱子砖瓦楼房，全村都一样。四年前，因为大家都有钱了，存款都在二十万元以上，村民们都想把房子翻新一下。村长知道大家想法后，觉得应该搞一个特色住房展示一下铁头村的风采，让村里人有自豪感。

说不定还能吸引有钱人投资，让村里发展更快一些。村委会开会，支持村长的想法。村长就托大学同学请来了一位设计师。设计师的专长是搞明式家具的。他只问了常年居住村里的人平均年龄，就下定决心搞明式风格建筑翻新。他给村长说按现代建筑翻新没意思，没特色。搞明式翻新，五十岁以上的人基本都能接受。年轻人不一定喜欢，但村里百分八十的年轻人都在外打工。而且明式建筑大方、简练、实用。实用在于，整块整块的木料除有简易明式雕工外，整块料以后可以继续用。

村长觉得解释起来复杂，就叫设计师用村里地图作底，把翻新的明式建筑效果图画出来。一周后，一卷六米的效果图一铺开，村里人都惊呆了："这是清庭花园还是明庭花园啊？""哦，还有亭、台、楼、阁。一排排树，一排排花……"

剩下就是钱的问题。设计师说了，每平方米六百元，等于不赚钱。一家不超过五十平方米，主要是正面的房檐、柱子、门窗。大一点的，像铁叔、豆娘的五层楼外立面翻新下来不超过三十万元，一般的在五六万元。

铁叔和豆娘双手赞成，看着图纸就笑得合不拢嘴。兴致一来就豪气宣布："我们家再赞助三十万元，用于绿化，美化，建小桥小亭。"

设计师也给村委会提出了条件。在村里租一块地，把家具厂搬来，再在村里招工三十个年轻人。一问，村里基本都是五十岁以上的人，小孩都在外打工。村长生怕失去机会："五十以上的人，无论男人女人，责任心都更强，做事更踏实。"

于是，有二十几个五十岁以上的农民进入家具厂。只有六个三十几岁、二十几岁的年轻人进入家具厂，甘旺女儿，被誉为村花的甘花就是一个。

不到半年时间，村里农户房子翻新的明式风格效果就出来了，果然漂亮。大庆大闹大欢喜是必然的。镇上领导倾巢出动，拿着剪刀的手抖得厉害，终于"咔嚓"一声完成了剪彩。县上电视台播出以后，不知从何而来那么多人找到明铺家具厂洽谈合作意向，明铺家具厂生产的明式风格家具一炮走红。

村长见着设计师后才知是明铺家具厂的顾总，自叹："生意做到这分上，我服。”

甘旺还是不服。虽然对面铁叔家五层大楼像大兵压境让他有点喘不过气，但他在意的还是自己的生意。这三年电子产品贸易做得不好，又看见铁叔豆娘的铁锹厂豆腐厂生意兴旺，不免产生几分嫉妒。他总认为是村委会帮了大忙，是村长伸出了援助之手。村里人都说村长点子多办法多，乐于助人。但村长的好处自己没有尝到。妻子菱姣几次催他去找村长帮忙想想办法。但他不知哪来的一股酸气：“不靠村长一样活得好好的。”

可时间一长，见着手里的钱天天减少，又不敢贸然投资其他，就守着电子产品贸易残存的一点生意，一年仅剩两万多收入了。

之前，他不听妻子菱姣的话，也不听女儿甘花的建议，是因为两万多元总不至于饿死。而且，他一直在等待翻盘的机会。因为多年和电子产品打交道，和圈里人也混熟了。只是形势变了，哪里变了，他找不到原因，但他很坚持，相信做电子产品就是做科技产品，一定有前途。他等待着剧情反转的那一天。

当听说村长要来时，他瞬间就后悔在村委会说了一些“村长从来不关心我们家，只关心铁叔一家”的话，可说都说了，村长肯定知道了。这不，踏进门槛的正是村长。这几年，村里的变化，村长的人品、为人，工作能力有目共睹，有口皆碑。甘旺嘴上出出气，但内心是接受村长的。

此时，他看见村长像兄弟一样不客气地大把大把吃着菱姣做的煮花生，心里舒坦多了。

他比村长大十几岁。村长三十多岁，但看上去像四十多，甚至五十多了。是因为脸被太阳晒得黝黑，有皱纹，尤其前额上几道抬头纹还很明显。头发变得稀疏，开始脱发了。戴着咖啡色的宽边眼镜，显得老气横秋。只有那双看似疲倦，但讲起话来炯炯有神的眼睛告诉任何一个人，谁要是和他比试比试，不一定想得过他，说得过他，干得过他。

“好了，吃完了，哈哈哈，就当午饭了。你的半山飘香也不错，咱们铁头村的特色茶叶就是好啊，再倒一大杯。”村长用手把嘴巴一擦，拍拍手看着甘旺，又看看菱姣。

甘旺和菱姣非常想听村长说话。

村长放下茶杯："你们家的情况我都了解。这三年做电子产品贸易不太景气。前年纯利润三万多点，去年下滑到两万多点。今年两万都有点难。是啊，你甘旺的观点也许是对的，是形势不好。但遇到了咋办呢？你在想我也在想。以不变应万变，做房地产开发的有这种观点，形势不好就捂盘，拖延战术，只要资金拖得走，银行承担得起，一两年后，政策变了，形势好了，再将手上的房子全部推出，利润自然可观。可你们家是做电子产品贸易，和房地产比是小生意。房地产是大项目，吃国家政策饭。投入大，不能轻易掉头。你是做小生意的灵活呀，店铺关了就去做别的。我认为这是你最大的优势。我们不要把眼光一直盯住一个行业嘛。我们可以转向啊。"

甘旺和菱姣一听村长几次说到"我们，我们"的，就暖了。村长也帮他们想过，只是还没有找到好的解决办法。甘旺心想，之前固守电子产品贸易的想法可能要变一变。但他又确实不甘心。尽管妻子菱姣也在不断地提醒他改变想法。但改变什么，做什么呢？他没有想好。

村长见甘旺没有说话又若有所思："把想法都说出来，咱们一起说说嘛。"

甘旺动了动身："唉，我可能有电子产品情结吧，放不下。我中专就是无线电专业。这些年都捣鼓电线、电路。常用的电视、冰箱、洗衣机等等修理都不在话下。做电子产品贸易有优势，像我这种私人贸易公司，售后服务都由我一人包了，如果再请一个人，利润就去了一半。菱姣帮忙，公司所有的事都由我们做，赚的钱都是自己的。而且，建立了进货出货渠道。人缘也不错，有几十个固定客户，其中还有些小公司、学校、政府机关。前几年还行，年年都有八九万，这是刨开了成本和缴税以后的纯收入。每年存五万元没问题。但是，就是这几年疫情，仿佛一夜之间就变了，收入下滑严重。现在还没有找到好的办法。我心里着急，上次到村委会就是发发气，说了你的闲话，你不要介意，算我口无遮拦，胡说。"

村长一摆手："不说那些，不说那些。刚才你这么说，其实我觉得你做电子产品贸易的这条生意带，或者叫生意链很成熟，对吧。而且对这个行业也很自信，对吧。这是个很大的优势，前几年发挥出来了，这两年没有发挥出来，问题在哪儿呢?”

“到店铺来询问的人少了。”菱姣说。

“还有，主要是订货减少了。以前的很多客户突然不来了。”甘旺补充道。

“难道是需求减少了？不会吧。家用电子产品每家每户都是要用的呀。电脑、空调也是单位要用的呀。”村长还在想。

“转向了。”菱姣突然冒出一句，“我听女儿甘花说，他们家具厂都在网上卖家具。在网上争取订单，一见有人拍，厂里加班加点生产，以最快的速度发货。家具厂网店才开张一年，比他们在县上和镇上的实体店卖得更好。”

村长像受到启发似的：“这是不是问题的所在呢?”

甘旺在想，菱姣也在想。

村长还在想：“这几年，卖家具的实体店我还真没去过，不知道里面的情况。如果里面空空如也，就说明转向了。因为家具需求不会下降。买新的，换代的，升级的，高端的，现代的，乡村的，欧式的，中式的，中式里面又分明清的，现代中式的等等，多了去了，需求巨大，长盛不衰。”说到这儿，村长轻轻点点头，“转向了，买卖关系转到网上了。”

“村长!”一声清丽的尖叫，甘旺女儿甘花满脸红光冲进屋里。

甘旺触电似的站起来：“这是我女儿甘花。”

菱姣笑吟吟看着女儿。

甘花毫不客气坐在父亲甘旺的位子上：“爹、娘，正好村长也在，让他帮我们拿拿主意。”

甘花随便端起父亲还没喝完的茶水一口喝了：“今天我们顾总找我说，他听说了这两年爹娘做电子产品生意不好，说两人做生意还不如我一个人收入，要改变改变。要我回来跟你们商量一下，请爹娘出山，到明铺家具厂搞直播带货。”

村长一手拍在桌上：“大企业的老总就是聪明。几年前咱们村整个明式翻新一项，那时我就感到这是个有远见的生意人。哈哈。直播带货，直播带货，绝了，这么前卫的东西也被顾总抓住了。好，我支持。”

“那待遇呢？多少钱？”菱姣悄悄冒了一句。

“基薪五千，然后根据销售效益提成。”甘花说，“我都很羡慕，听人说，现在网上直播带货已经流行起来了。有人一年能赚十个亿。”

甘旺、菱姣、村长瞬间问：“十个亿？”

“对呀。没错。只不过直播带货的那些人是网红。漂亮、帅气，有人气，又会说，像电影演员一样，有吸引力，有诱惑力，有号召力，买东西的人喜欢。他们一出场，销量就上去了，销量越高，他们的提成就越多。”菱姣眉飞色舞地津津乐道。

村长看着已经几次捏紧拳头的甘旺，又看看不断擦去脸上汗珠的菱姣：“要不，试试看？反正我是受到了刺激，我要年轻十岁，一定会去争取这个机会。”

村长本能一说，立即让甘旺和菱姣泄了气似的，捏着的拳头又松了。甘旺小声说：“我们这么老，又不是演员，去直播带货，货卖不出去咋办？”

“不是，不是，我是说我年轻十岁我会主动去争取这个机会。现在你们的机会来了，我很羡慕，也很激动。那个直播带货一年赚十亿我不信，但赚两个亿是有可能的。哎哟，这前景多好，等几年，铁头村的首富就要易主了。”村长哈哈哈笑个不停。

甘旺和菱姣开始有点激动，他俩带着想去又不自信的眼光看着女儿：“我们行吗？”

甘花高兴地说：“应该可以吧。我和家具厂的几个年轻人都想去。但顾总说不行，不是带货香水、香包、护肤品什么的。带货家具要找一对看上去诚实憨厚的夫妇，头脑要聪明，有经验，让人觉得可信可靠，一点杂质都没有，这才可能吸引买家。你们要经过一周培训，要讲家乡话，朴实中听。还有专人培训表情动作。不是网红拼演技，你们就把实际情况表现出来就行了。”

甘旺笑出了声，他搓着手看着菱姣：“咱俩就试试吧。”菱姣看着村长：

“村长……这……”

“去，你们两个的样子很老实，但脑子还是狡猾的。哈哈!”村长又说，“这事就到这儿，有句话好像是说‘天无绝人之路，上帝为你们打开了另一扇门’，冲上去，豁出去了。我会关注你们的。今天说到这儿，我马上到先奇老人和傅曦老人那里去，把村里每月两千元的补贴送去。”

甘旺、菱姣和女儿异口同声说：“哦……快去，快去。”他们目送着村长驾车驶到了东边那个鱼塘旁边的小院坝停下。那就是一百零六岁的先奇老人和他一百零二岁的妻子傅曦老人的家。能清晰地看见，有一只小黄狗摇着尾巴跟着村长进入了两位老人的房门。

“先爷爷、傅奶奶下午好。”村长连忙上前握住二老的手，“这是村里每月给二老的慰问金，一老一千元，二老共两千元。”说完，在二老身边坐下。

二老笑眯眯地点点头。傅奶奶忙招呼养女小兰：“把钱存在专款账户上。”

“好的，奶奶。”小兰收起两个大红包，“村长，喝茶，咱们村自产的半山飘香，爷爷、奶奶都喜欢喝。”

先爷爷指指茶杯：“我们两个老的每天早晨六点起床，喝半杯白开水。到外面围着鱼塘走三圈，然后吃早餐。小兰换着花样给我们弄。菜稀饭一小碗，牛奶一小杯，鸡蛋一个。哈哈，固定的。还有铁叔、豆娘他们送的豆腐乳也是固定的。吃完，我们又上床睡‘回笼觉’，一小时后起床各干各的。”

傅奶奶说：“每周还有一次吃烧白是固定的。每次吃两片，好吃，香。其他吃的，小兰弄什么我们吃什么。按村长几年前给小兰交代的‘清淡、热乎、炟软、营养’，有点荤的，有点素的就行了。”

先爷爷说：“红烧肉、炖蹄髈偶尔也来点。”

傅奶奶又说：“还有丸子汤，鱼汤偶尔也来点。”

“饺子来一点。”

“馄饨来一点。”

二老你一言我一语自由自在地说。

“不错啊，小兰想得很周到。二老最近身体怎么样？”村长问小兰。

“很好呀。爷爷喜欢上网，听收音机。奶奶现在喜欢织毛线了。”小兰看着爷爷奶奶笑个不停，“奶奶给爷爷织了毛线帽子、围巾、护膝、袜子，还有耳套。现在又给我织。我说我不要，奶奶说必须给我织。我不好拒绝，只要奶奶开心就好。”

“哦，那就好，奶奶开心就好。二老有不开心的时候吗？”村长问小兰。

“有。上个月，奶奶和三个八十多岁的奶奶打麻将闹意见了。以前都是打分分钱，输几分都输得起。后来打大了，打角角钱。有一次一个奶奶输了三角钱，耍赖，不给，惹得大家不高兴。第二天，傅奶奶手气不好，输了八角钱，也不给，说是对前一天那个赖皮奶奶的报复。其他三个奶奶不高兴了，就把傅奶奶开除了。傅奶奶回来说是她把那三个小妹子开除了。傅奶奶现在除了看报纸、杂志，就是织毛线，一天乐呵呵的。”小兰看着奶奶。

傅奶奶补充说：“是我不跟三个小妹子玩了。三个小妹子还想联合起来斗老娘，没门儿。我把她们开除了。”

“好，好，好。”村长拍拍手，“那爷爷呢？爷爷每天上网都看些什么呢？”

小兰抢着说：“爷爷看新闻，打斗地主游戏。”

先爷爷挺了挺身：“斗地主有意思。我从九十岁开始斗到现在，已积了二十万分。不是和电脑里的真人斗，是和电脑斗。我有个诀窍，牌不好我就跑，牌好了才干，基本上只赢不输。偶尔有三个四个炸弹，一把下来赢九十多分，太高兴了。”

傅奶奶差点笑出声来：“哪有这样斗地主的？人品不好。”

“哈哈哈，这就是个游戏。每盘都赢，每十几秒就高兴一次。十六年了，算算没有，每天斗两小时，十五秒高兴一次，一年三百六十五天，请问我在十六年里高兴了多少天啊？”先爷爷说完又看着傅奶奶大笑起来，“我还不至于被人家开除，哈哈哈。”

傅奶奶站起来："我再次重申：是我开除了那三个八十多岁的小妹子。"

村长笑得合不拢嘴："爷爷除了在网上斗地主，还喜欢看什么呢？"

先爷爷把拐杖轻轻稳了稳："新闻。国家形势，国际形势，咱们铁头村的形势。听村里人说铁头村常住人口增加了百分之四十，暂住人口增加了百分之两百，达到三百多人，都是村外来的年轻人。好啊，客往旺家走，说明咱们村有戏。我知道，是村长和几个年轻的村领导当得好。玉米产业、渔产业、茶产业、甘蔗产业、家具产业、豆腐产业，还有小铁匠的铁锹厂。小小村落不得了啊。就是我们的娃都往外走，外面的娃又来这里。这个得慢慢来，尝到了甜头，我们的娃都会回来的。"先爷爷说说又看看门外不远处那座九百米的高山，"我老了…还是年轻好啊。想当年，我和小铁匠他爷爷老铁匠，二十来岁，我是排长，他是副排长，我们为大部队赢得时间，在那座山上坚守了三天三夜。那个劲儿啊，猛啊。开枪啊，扔手榴弹呀，刀劈呀，拼刺刀啊，用头撞啊，用牙咬啊……最后只剩三个人。我中了三枪，老铁匠中了两枪，那个十三岁的小通信员中了一枪……"先爷爷沉默了几秒，"阵地守住了，大部队赶来了，把敌人全消灭了……"先爷爷又抬抬头，"后来，我和老铁匠又来到这里，找到当时的村长，也是这里的游击队长说：'把那座山改成铁头山，把村名改为铁头村。谁要来犯，让他碰得头破血流……'"

村长望着先爷爷："爷爷记性真好，我每次来你都讲这段，我喜欢听。"

先爷爷点点头："是啊，其他的我都记不住了。老铁匠走了，我至今记不住他的名字。那个当年十三岁的通信员去年也走了。老铁匠很能干，转业后他回到铁头村开起了铁匠铺子，做一些村里用的铁锹、铁铲，村里农民都很喜欢。老铁匠临走那天，村里人都商量隆重地送他走。但老铁匠说，把他埋在自家房子前面那几棵铁树下面，和他在战场上牺牲的三个兄弟埋在一起，他要让后人记住'铁'字。"

"好了，好了，说点高兴的事。"傅奶奶想把气氛调节一下。

先爷爷也笑了："哈哈哈，是严肃了一点，是严肃了一点。我喜欢看新闻，几十年的习惯了。看新闻又喜欢钻牛角尖，想把事情搞清楚，但又经常搞不清楚。最近又冒出个‘元宇宙’，新鲜玩意儿。对新鲜事物首先要识别它，不要排斥它，更不要骂它。互联网走到今天不是挺好的吗？我们不是享受了吗？要研究这个‘元宇宙’是什么，明白了，就好办了。有几次，我和老伴讨论，她是大学毕业生啊，结果她也说不清楚，可见这个东西不好弄。回想互联网刚开始，大家不都是一无所知吗？你看现在，带来了很多好处嘛。”说着说着就把桌上一个巴掌大的收音机打开了，“我说不清楚，收音机说得清楚，听听……”

收音机传出了一位男播音员的声音：“元宇宙新闻：元宇宙一词火爆全球。元宇宙概念三十年前就有了。是互联网发展的终级版。是虚拟世界和现实世界的完美融合。虚拟空间是人们共享的，是我们追求的新世界，是要再现现实的一切，是一个庞大复杂的系统工程，是目前全球最大的诱饵和未知，跟风需谨慎。”

先爷爷把收音机一关：“每天每分不离手，天下新闻跟我走。”看看傅奶奶，“别看你是大学生，谁知道的多才是管用的。”

傅奶奶嘴一撇：“哼哼，我不是不懂，只是不爱说。前两天，我们拌嘴，生了一天的闷气，你也没说出结果。收音机里说了，元宇宙是虚拟世界和现实世界的结合。我毕生最喜欢看的极光，就是在现实里。我现在因为年龄原因，人家不准我乘飞机。也因为疫情，国外也不敢去。但以后我可以在虚拟世界里观看呀。”

先爷爷哈哈一笑：“在电视纪录片里不都看了吗？我一辈子都没有搞清楚这个极光有什么好看的，不就是一大堆绿颜色的雾气在那儿晃一晃的吗？”

傅奶奶一哼：“你懂什么？那是一种绚丽多彩的等离子体现象。在北半球看到的是北极光，在南半球看到的是南极光。极光被视为自然界中最漂亮的奇观，绮丽无比，在自然界没有哪一种现象能与之媲美。一堆绿色又怎么啦？绿色是青春的回忆，生机勃发，春意盎然。春意阑珊处，二十多岁的你，不正是被我戴着的那条春意浓郁的绿色围巾吸引了吗？要不是你那一身挺拔的军装，我又怎么可能来到你的身边呢？”

先爷爷看着傅奶奶点点头："好，我陪你去虚拟世界现场观看绿色极光，当作我们最后一个美好愿望。"

村长感动了。小兰眼里也有泪。那只小黄狗静静地趴在地上，看着二老，眼里闪着泪光……

村长出门，久久望着那座铁头山："上。不能落后啊。"

/ 二 /

金戈、紫藤、仙女、绿苗沉浸式体验铁头村

村长从先奇爷爷和傅曦奶奶家出来，又多了一件心事。由于村里的日常工作实在太多，“元宇宙”三个字在脑里只是一闪而过。前一段，老同学楚支科技楚总的一通电话，“铁哥们”“生死之交”这些情感牵绊，让他高兴且愉快地接受了接待“腾云驾雾沉浸式体验团”的差事。最重要的是老同学那里有钱，像前几年引入明式建筑翻新项目一样，说不定又能引入实现铁头村基础设施建设三年规划的投资人。“救命的恩人。”村长笑笑，“老同学你不来都不行。”可是，接待要搞好，要让老同学满意。满意了，说不定除了修那三座桥，顺便把那三条路也修了，三个码头也建了。这样的话，嘿嘿，铁头村就是四通八达的发达村了。

村长的想法得到了村委会的支持，不禁信心满满。他计算着明天就是铁叔、豆娘和体验团见面的时间。兴奋之余，不免又有些紧张。他担心一开始就把事情搞砸了，他觉得自己应该参加进去。

村长想到了先奇爷爷的那个小收音机播出的“元宇宙新闻”。想到一个一百零六岁的老人对元宇宙感兴趣，一个一百零二岁的老人想借助元宇宙实现在虚拟世界里实景观看极光的最大愿望。至少，二位百岁寿星的愿望反映了一种向前的乐观精神状态。好啊，自己真的被感动了。或许，二位百岁老人的愿望真能实现。

村长在街边买了一台收音机放进衣服兜里，嘴里念念：“小广播不离手，元宇宙跟我走。”

第二天一大早，村长驾车赶到了铁叔家。见铁叔和豆娘进行了精心打扮。

"这么早就站在院坝，体验团还有二十分钟才到。铁叔今天很精神，剪了发，刮了胡子。头发染了吧，脸也敷了面膜了吧，一下年轻了十几岁，和往天弯腰驼背，胡子拉碴，一身灰扑扑的铁叔大不一样了。"村长又看看豆娘。还没说，豆娘就笑起来直往后退："别说了，别说了。"她指着铁叔，"是他逼着我化妆，让我穿一身大红色的旗袍，还抹了嘴唇，头发往上盘，发夹都是红色的。"说完，又哈哈直笑。

村长禁不住跟着豆娘笑起来："我看挺好的。红色鲜艳，光彩夺目，让体验团的人看到咱们村的人富裕体面的精神头。"

村长看看大门："大娃铁欢呢？"

豆娘说："昨晚给他发信息没回，可能忙吧。"

铁叔："今早给他打电话，关机了。可能更忙。"

村长："哦，是这样啊。铁欢是电子大学毕业的，应该懂这些东西，和体验团的人容易沟通。那二娃铁乐三娃铁喜呢？"

"他们该干啥干啥，不能耽误了。甘蔗林、鱼塘损失了可不得了。我最近发现二娃铁乐有点心不在焉的样子。我几次暗中追踪，不见人影。老半天不知从哪儿又冒出来了。铁乐还没有女朋友，只要不出男女问题，我就放心了。但耽误了事，我打断他的腿。"铁叔有点不高兴。

豆娘长叹一声："唉……他就是这种铁脾气，和他爷、他爹一模一样。他爹在时，他当学徒。他爹有时不在，他就出去玩，他爹偷偷跑回来，发现有几把铁锹还没有粗加工，就把他打了一顿，打惨了。现场抓起一把铁锹追着他真劈呀。你看他小腿上，至今留下一道十公分的伤疤。其实我也懂，严师出高徒。想当年，我跟我娘学做豆腐，也贪玩，静不下心，经常出错，我娘就直接把滚烫的豆腐扔在我脸上。唉，那一代人没什么轻言细语的教育，一不对劲，就给你狠狠来一下。但管用，经常挨揍就老实了。"

铁叔接话："现在也管用，哪有那么多道理可讲？三个娃比我懂的多。你说一句，他说十句，都是废话。我要的是结果。铁欢把课讲好了，最好多评几次先进教师，评上一次我奖励三万。铁乐把甘蔗种好了。一百亩啊，每年有十几万收入，不能下滑。铁喜把五个鱼塘的鱼养活了，已经投资二十万了，每年也该有二十几万收入，不能下滑。大娃教书，关系到学生，二娃、三娃关系到村里和他们一起干的合伙人，人家也要有收入，马虎不得。只要出问题，我就来狠的，我还不信治不了他们。"

豆娘焦急地看着下面的路："铁欢是怎么啦，电话怎么关机了？"

村长："等等吧，他可能是真忙。现在学生压力很大，早晚自习，教师压力也大，经常跟着。铁欢够辛苦的，我知道他的月薪才三千元。唉……"

铁叔忙说："职业崇高呀，人类灵魂的工程师。当初他当教师，就是我强烈建议的。我说你去了，我和你娘立即给你三十万。要保密，别让二娃、三娃知道。他去了，干得挺好。在学校又找到了知音。现在结婚了，生了一个铁蛋，三岁，调皮，像小时候的我。"铁叔得意地说。

"没事的，村长，我懂你的意思，铁欢在，方便和体验团的人说话。他不在，只要你村长在就没问题。我们主要负责后勤保障工作。"豆娘知道村长很忙，说不定一会儿又要走。村长在，心里踏实。

村长连连点头："我留在这儿，留在这儿，全程参与见面会。来了。这是咱们村委会的那辆小面包车。"村长说完往前走了几步。

"他们坐这车来，几个人呀？"豆娘迟疑。

"最多四个人，这车小。不是一个体验团吗？起码也得二十几人吧。"铁叔也不解。

村长看着："车也该洗洗了，这是搞接待啊。"

转眼，面包车就到院坝了。

车停门开，一个金色卷毛的头就露了出来。紧接着，一个紫色卷毛的头也露了出来。再接着，一头白色的披肩发下了车，最后，一头绿色的披肩发下了车。

村长、铁叔、豆娘愣了一下。"终于看清楚了，是两个男人和两个女人。"村长看铁叔、豆娘一脸疑惑，忍不住解释道。

"村长好，麻烦你了。"金色卷毛的男人一开口，四个人一字排开点头："村长好，麻烦你了。"

"不客气，不客气，咱们进屋吧。"村长本能地加快了脚步，率先走进了昨天铁叔和豆娘特别布置的见面室。

铁叔和豆娘还没来得及说一句欢迎的话，就跟着村长进了屋，坐在长条桌的一边，看着体验团的两男两女拎着大包小包走了进来。

大家都坐下了，铁叔和豆娘的眼睛在两男两女身上扫来扫去。

豆娘凑近铁叔悄悄地说："这两个男的帅帅的。"铁叔侧过头回了一句："两个女的也漂亮。"正说着，两男的从包里取出一副塑料横联，看看后面的墙，把横联两头插进两个三角架的支撑管，再往两边一拉一摆。

村长站起来："哦，还有标语呀。'腾云驾雾沉浸式体验团'。"

"都坐下，都坐下。做个自我介绍吧，大家认识认识。"村长问，"谁先来?"

村长看见铁叔刚坐得笔直的身体一下子弯了，低头看着桌子。豆娘也看见了，她知道铁叔可能有点紧张，就主动地举起手："村长，我来。"村长悬着的心终于放下了。

"各位朋友，各位远方的客人，帅哥美女，我真名叫豆喜，小名叫喜妹子，但现在大家都叫我豆娘。我是铁头村豆腐集团董事长。我们家是享誉村外的'豆腐世家'。我现在是名符其实的豆腐之母，之前是我娘，再之前是她娘。豆腐厂历经百年，通过几代人的艰苦奋斗，守法经营，取得了令人骄傲的成绩，银行存款直线上升，多到对谁都不敢说，我可以毫不掩饰地说……"豆娘话未出口，铁叔突然看着她："只说你那百分之十行吗?"

村长立即站起来："我来说，我来说，对外最大公布数两百万。"

豆娘红彤彤的脸上兴奋不已："我们豆腐厂自主研发了四十多个品种，这里就不一一介绍了，你们体验团就慢慢体验。今天要推出的是一款由豆粉和奶粉混合调制，用微火调制二十五秒的豆奶。配方保密。请你们体验。"说着就从桌子下面端出茶盘一样的东西，四只直径十公分的高脚杯和一把大的紫砂壶："经我们研发，熬制二十五秒的豆奶装进紫砂壶能保温，能使豆奶里面的成分，水、豆粉、奶粉、糖相互润浸。就像你们后面标语上写的'沉浸'二字。这些成分在壶里面相互作用，相互混合，达到稀释度、混合度、黏稠度、口感、味觉、大脑、神经一起发酵，共同作用，喝后不到五秒，整个人身心舒展、舒适、舒服，来，你们四人一人一杯。”

四个年轻人每人端了一杯。

“这款豆奶叫什么名字？”金毛卷发小伙子把高脚杯转转，又用鼻子感知气味，再喝一点点在嘴里反复品味，笑望着豆娘。

豆娘一怔，望着村长。

“慢慢来，慢慢来，我们第一个环节还没有完。自我介绍阶段，自我介绍阶段。铁叔你说。”

铁叔一下子站起来，双手贴着两条腿，明显颤抖起来：“我叫小铁匠，爷爷叫老铁匠，我爹叫大铁匠。我和豆娘生了三个铁疙瘩。老大铁欢，已婚，有一个小子铁蛋。老二铁乐，未婚，经营一百亩甘蔗林，是咱们铁头村支柱产业。老三铁喜，单身，经营五个鱼塘，也是咱们村支柱产业。我们家是远近闻名的铁匠世家。毫不夸张地说，我们的产品，以铁锹、铁铲为主，人工打制，铁材坚固而富有弹性。其形厚重古朴，棱角分明，凹凸有致，纹路清晰，手感舒服，用力不费劲。不用时放一边，观赏欣赏也非常抢眼，是工人的福音，是农民的最爱。除了部队用的铁锹、铁铲，就数我们铁匠世家的产品享誉村里村外。经过了上百年铁一般的考验。现在远销村外，收益占了我们家族收益的百分之九十。现在流行的小铁铲，十有八九是我们铁匠世家的产品。不信，请你们四人把大包里的小铁铲拿出来看看。”

体验团四人正认真听着铁叔背诵式的自我推销介绍，突然听到小铁铲，瞬间相互望望，埋头把自己包里的小铁铲取了出来。金毛卷发小伙子还一脸茫然：“考虑到可能要在山上工作，我们刚进村时在杂货铺买的。”

“在哪儿买的不重要，请看看上面的字。”铁叔眼里放光，兴奋地指着金毛卷发小伙子手中的小铁铲。

“哦，对，在铁铲上端有‘铁匠世家’四个字。”金毛卷发小伙子轻轻说了一声。四人都相互看了看：“是‘铁匠世家’。”

“等你们体验完了，我送你们每人一把。我的介绍完了。”铁叔一屁股坐下去，手在桌上摸了一下：“上茶，半山飘香！哦，补充一下：我是铁头村铁锹集团董事长，在公司，我的所有部下都叫我铁董，但在外面都叫我铁叔，这是规定，我喜欢低调。完了。”铁叔扭扭脖子，舒展了一下身体。

体验团四人鼓起掌来，铁叔望了一下豆娘，很得意。

“好了，好了。看到没有，我们村里人都这么老实、朴实、踏实，一口气全倒给你们了，鼓掌。”村长带头鼓掌，四个年轻人站起来鼓掌……

“请体验团的自我介绍一下吧。”村长微笑着从这边看到那边。

金毛卷发小伙子首先举手站起来：“亲爱的村长、铁叔、豆娘，我的名字叫金戈托塔拉姆。”

“什么？”对面三个大人没听清楚。

“金戈托塔拉姆。”金毛卷发小伙子重复了一句。

对面三个大人还是没听清。

金毛卷发小伙子双手撑着桌面，身子往前一倾：“金戈托塔拉姆，一个世界级电音大师，我偶像的名字。”

铁叔忙问：“是你爹娘取的？”

金毛卷发小伙子：“不是，我自己改的。一个月前。”

铁叔坐下来，看看村长又望望豆娘。

“希望豆娘喜欢。”金毛卷发小伙子鞠躬补充一句。

“嘿……那肯定的，我都喜欢。”豆娘回话。

紫色卷发小伙子站起来：“我的名字叫‘嘎迪嘎迪’。一部科幻微型小说里的未来之星。”

豆娘笑起来：“也是你自己改的？”

紫色卷发：“是，一周前，希望豆娘喜欢。”

“都喜欢，都喜欢。”豆娘一个劲地笑。

第三个白色披肩发女孩站起来：“我的名字叫‘云里半仙’。很白净的半个仙女的意思，和他们不一样，比较谦虚，只是半个仙。”

村长也问：“也是你自己取的？”

“是的。一天前。”白色披肩发女孩礼貌地鞠躬，“希望铁叔疼我。”

铁叔顿了一下：“我都疼我都疼。”又好像明白了什么：“最后一个人的名字也是四个字对吧？”说着直愣愣盯着绿色披肩发女孩。

“不，半个字。”女孩站起来。

铁叔、豆娘、村长无语了……

女孩一字一句地说：“你们知道英文字母‘V’吗？”

“我知道。”村长笑笑。

“你们知道学乐器打节拍的符号吗？”女孩看着他们说，“就是英文字母‘V’”。女孩用手在空中画起来：它的节奏是这样的‘哒’，女孩的手落下，‘哒’，女孩的手提上去。‘哒哒’一拍就是‘V’字，你们知道作曲中的休止符吗？就是停半拍的意思，它的节拍是这样的，”女孩把手从空中落下，再把手斜着往上一提，“‘哒’。清楚了吗？为了方便叫我，叫我名字时可以先在大腿上拍一下，紧接着叫‘哒’。”

铁叔急忙叫了一声“哒”。

“不是这样，要先拍一下再叫。‘哒’只有半拍。”女孩认真地说。

铁叔立即拍了一下桌子，随后一声“哒”。

“对了，铁叔真聪明。”女孩点头。

村长和豆娘跟着学，先拍一下，叫“哒”。

“对，对，就是这样的。”女孩兴奋起来。

村长接着问：“这字怎么写呢？”

女孩笑笑：“很容易，把手斜着往上一提，一笔就写成了。”

村长比画了两下：“这不就是线条里的斜杠吗？”

“理解准确。”女孩站起来又坐下。

村长长叹一声：“也是自己取的名？”

女孩又站起来：“是，刚进门改的。”坐下又站起，张着仍然兴奋红红的脸，“希望铁叔疼爱我。”

铁叔还在比画着什么，突然听到女孩的这句话：“哎哟……”一时接不上话，侧着头看看豆娘：“比我们生的三个铁疙瘩强多了，暖。”说完才想起说话的女孩：“你放心，铁叔都爱你们，都爱你们。”

“不过……”村长在想什么。

“也是……”豆娘也在想什么。

铁叔：“我明白，他们到了咱们村，怎么叫他们呢？入乡随俗吧。得把他们的名字顺一下，朗朗上口。我提议改一个顺口的，村里人好称呼。”铁叔只想了几秒，“这样叫，看行不行。金毛卷发，不，那个金戈托塔拉姆，就叫‘金戈’，金戈铁马，多猛啊。那个，那个紫色卷发的嘎迪嘎迪就叫‘紫藤’，很男性化。”

紫色卷发小伙子马上手机查询：“贴切。我喜欢紫色。”

豆娘也按捺不住了：“云里半仙就叫仙女，漂亮又顺口。”

“超级同意。”白色披肩发女孩拍起手来。

豆娘看着村长：“最后一个，村长你给取个名。”

村长看着只有一笔斜杠名字的女孩，忍不住又笑起来：“反正不能再用符号代替。”

“我听村长的。”绿色披肩发女孩娇滴滴地点点头。

村长想了一下对女孩说：“你一头绿色披肩发，喜欢绿色。绿树、绿草、绿茶随你选。”

“村长，”女孩站起来，“我娘是小区的绿化服务员，每次我放假回家，看到她把一小车的绿色树苗一棵一棵栽入花台、花廊，我就特别担心这些小绿苗能不能成活。只要下雨，我都要打着伞跑下去，看看这些绿苗是不是被冲走了，淹没了。我不想让它们受到伤害。因为那都是我娘的心血……”说着就哭了起来，“就叫我绿苗吧。我妈妈疫情期间走了，我要做一辈子绿苗，快乐地成长，让妈妈一辈子都放心……”

豆娘眼睛湿润了：“好，我们都叫你绿苗。”

大家异口同声道：“我们都叫你绿苗。”

绿苗抬起头：“你们都是大好人，金戈、紫藤、仙女，我们一起出出主意，把这杯豆奶取个名字推出去，我愿意直播带货，不要一分钱。”

村长眼睛仍然湿润着：“好好好，这样，我们每人说一个名字，只要大家同意，就定了，我也愿意直播带货。”

铁叔：“‘铁娘子的豆奶’，把我的名字也包括进去了。”

“我不同意。叫‘豆腐之母的豆奶’。”豆娘说。

铁叔：“太长，不简洁。”

金戈站起来：“叫‘豆腐世家的豆奶’。”

村长摇摇头：“有点长。”

紫藤站起来：“就叫二十五秒豆奶。”

几个人想想，还是摇摇头。

仙女想想：“干脆就叫豆娘的豆奶。”

大家迟疑一会儿还是摇摇头。

村长站起来：“叫‘豆豆奶’怎么样？”

大家都不吭声，村长只好坐下。

“该你啦，绿苗。”豆娘一身红色旗袍在灯光下闪闪发光，一脸慈爱地看着绿苗。

绿苗凝视着豆娘，站起身，慢慢走近豆娘，轻轻说了一声：“就叫‘娘的豆奶’。”

沉寂了几秒，大家发出了声：“好。”

“嘿，现在的年轻人有情有义的，你们就按你们的安排工作吧。有什么困难，有什么要求，给我，给铁叔、豆娘打电话，报个信都行，不要客气。我们的任务就是保证你们顺顺利利体验。全村的人都知道你们是楚支科技派来咱们村体验生活的技术人员，任何时候，任何地点，你们有需要，他们就会提供方便和帮助的。”

“谢谢村长。”四人说完，离开了。

他们刚离开，铁欢的媳妇丁香牵着铁蛋就进来了：“我看你们在说事没进来。爹、娘，铁欢回来了吗？”

铁叔：“没见着呀。”

豆娘：“他不在学校吗？”

丁香：“从昨天开始就没见人，手机关了，急死我了，我以为他回这儿来了。”

村长：“最近发生了什么事吗？”

丁香脱口而出："他炒股亏了三十万。"

"啊！"铁叔和豆娘惊呆了。

村长："炒什么股啊，亏了这么多？"

丁香："他这一段都在说'元宇宙'概念股，赶上了，要大赚。前一段是赚了一点，几千元。一高兴，就把三十万全投进去了，就是爹娘要他当教师奖励的三十万。"

铁叔："这小子还玩这些东西，不好好教书，这下亏大了。还能赚回来吗？"

丁香："他说能赚回来，但还要投三十万进去。我们两个这几年存的钱在我手上，只有九万多。这是生活用的，也是铁蛋以后上幼儿园的钱，我不给他。"

村长："他可能是去借钱去了。他很固执的，一门事认真了就一头扎进去出不来。当年，咱们村就他一个人考上大学，而且是电子大学，是我们村的学霸，不容易呀。"村长再说："不急，也许等两天他会回来的。现在呀，元宇宙这个东西对我们冲击很大，说来就来，猝不及防。本来是好东西，但在开始，就像互联网开始一样，投机分子借机起哄，什么概念股之类的铺天盖地。很多跟风的掉进去，哪里玩得过有些专业的老油条嘛，肯定亏，投多少输多少。"村长摇摇头又想起什么，急忙从兜里掏出刚买的小收音机打开，"元宇宙新闻："元宇宙相关科技板块连拉涨停，核心技术股票连拉涨停，相关游戏板块连拉涨停，相关基金疯涨，相关硬件板块疯涨，相关软件板块疯涨，相关其他板块疯涨。毫不相关的上市公司借机炒作，毫不相关的上市公司借机出货，毫不相关的上市公司高管借机变现。"

村长一脸茫然："铁欢多半是掉进后三句了。"

铁叔转转头："我都没怎么听说什么元宇宙，怎么一股妖风就吹起来了呢？再说，铁欢不笨呀，那前几句新闻里怎么就没有他呢？"又转过身问豆娘，"我那个收音机，快给我找出来。"

"好了，你们都不要急，不会有什么事的。"村长说着开着小车走了。

铁叔、豆娘、丁香回屋坐着，一言不发。豆娘把收音机找出来，换了电池，打开递给铁叔。铁叔手一摆："这铁欢会到哪里去呢？去哪里借钱呢？"

突然，三人意识到什么，同时回头，铁欢已经站在门口了。

铁欢一屁股坐下来："娘，有什么吃的吗？"

豆娘看看铁叔："哦，有。我去拿。"

铁叔看着丁香："你带铁蛋出去玩玩。"

"爹，我炒股亏了三十万，你别生气。暂时的失利。相信我很快就会捞回来，而且还要大赚。"铁欢一口就把桌上的茶水喝光了。

铁叔问了一句："还在上课吗？"

"请了一周的假，请其他老师帮忙代课。"铁欢又拿起茶壶把茶杯加满。

铁叔又问了一句："如果赚不回来，你还上课吗？永远赚不回来，你还当教师吗？"

铁欢沉默一会儿："我不服气，我的智商不比其他人低，我不相信赚不回来。只是这次，栽了，我认，但我还要进去。"

"进哪儿去？"铁叔问。

"元宇宙。"铁欢说。

"元宇宙是什么玩意儿，你清楚？"铁叔又问。

铁欢茫然了一会儿："爹，说实话，不完全清楚，但又知道一点。未来在虚拟世界里实现满足我们现实生活中人类一切需求的又一个空间，或者叫平台。这句话很空洞，很玄妙，很能激发人类的想象力，诱导人类好奇心，有无尽遐想、猜测、谋划、构建、参与，甚至把真人真事置于其中，体验不一样的快乐、刺激，满足心理需求。我们都是人类，需要物质支撑下去，也需要精神支撑，更好活下去。元宇宙这个东西，是满足部分人的精神需求。精神需求又包含了现实世界的很多东西。这玩意儿是好东西。如真能实现在虚拟空间里满足现实人们的精神需求，这是人类历史的进步，而且是一大进步。就像互联网早期，人们从无知到认知再到熟知也是经过了几十年过程。元宇宙概念三十年前就有了，但现在突然爆发，我为什么要落后呢？我一定要进入。"

铁叔听了大娃的一番话，心情平静了许多。他苦笑一下，倒是欣赏大娃似的："你是个当教师的料子。你进股市就亏了三十万，这个买路钱代价太大了。"

"爹，这次我认栽，但谁笑到最后不一定。那些赚了大钱的大户、机构、投机商总有一天也会吐出来的。我喜欢炒股，甚至迷恋。以前放两万进去，一年进进出出，赚了六千元。这次元宇宙爆发，我看机会来了。百分之九十的机构、大户，还有绝大多数散户都是投机的。也有好的，筹钱搞科研，搞实体，那是少数。借助元宇宙概念，投机炒作股票最先火爆，这是机构投资者的先知先觉。恶炒一把，扭亏为盈，隐蔽套现，这套把戏一般的散户都清楚。但散户就是散户，人就是人，受利益驱动，明知干不过大户还要往里钻。我也不例外，趁大家浑水摸鱼，我也想在浑浊的水中摸一条大鱼。"

铁叔点点头："结果你没摸着鱼，你的鱼被别人摸走了。我听说过，收音机小广播讲了和元宇宙概念相关股票几十只疯涨，连续几个、十几个涨停，你咋没摸到这堆股票呢？反而掉进了一堆暴跌的坑里。"

铁欢："爹，炒股这个东西说来话长了。说穿了都是机构、大户坐庄，几百上千万就封涨停，散户买到的都是他们前几个月，甚至前几年早已吸收的筹码，远远低于他们封停的价格。在封停时开始大造舆论，一头靠上元宇宙，再用几百万连拉几个涨停，散户一看元宇宙概念，不顾一切冲进去，结果接盘的全是他们早已低价吸筹又拉升的股票，当跌势来临，他们赚得盆满钵满早已逃之夭夭。"

铁叔连连摇头："你懂这个道理，你是散户一个，怎么还往里钻呢？"

铁欢叹了一声："想搭大户的车，想撞大运跟着大户血洗其他散户的钱。"

铁叔："丁香说，你一开始赚了几千。"

铁欢："是，就是股票账户上的两万元，赚了六千元。我坚持的原则是有百分之三十的利润必出，再往上涨是人家的。这只元宇宙概念科技股最高涨了百分之六十。但时间很短，几天就跌下来了，而且是一跌再跌。庄家跑了，没有大资金跟进，一泻千里，没跑掉的，等于送钱了。"

铁叔点点头又摇摇头："但你后来亏了三十万。"

铁欢想了想："是，贪心，还想再捞一把，投入三十万，再赚百分之三十，就把三十万取出来交给丁香保管了。我就用十万元继续在里面玩。等于白手起家，一点压力都没有。"

铁叔觉得铁欢说得有些道理，他就想知道这三十万是怎么亏的："听你说元宇宙有点意思，听你说股票有点意思，你们三个娃，就你学习好，有文化，说得出理。但我就不明白了，你这三十万元是怎么亏的呢？"

"爹，我实话告诉你，投进去就可能打水漂，我是有思想准备的。想想啊，三十万元一头扎进去，大户机构看见了，他们正偷着乐呢。几千元，几万元，他们不在乎，只看小数累计的总数。三十万元以上，一个散户进去，这笔资金就成为他们监控的重点。每天二十四小时有专人盯住这笔资金的走向，在什么价位卖了？卖了多少？又有新的资金进入没有？一切都在他们掌控中。而拉升和打压，买进和卖出，他们有绝对的主动权。何时出手，散户们根本不知道，只能随着他们的指挥大棒上下起浮。而我想赌的是，在他们拉升过程中，也许只有几天，甚至两天的时间里，涨了百分之二十，就立即全部抛出。我的要求不高，盈利上限在百分之二十。但想不到的是，我的这只与元宇宙核心技术有直接关联的科技股，买入价五十元，而外面已经放出风声，暗示必上一百元的时候，我是想到六十元就卖出。可是，股价当天就跌到四十五元，第二天又跌到四十元零五角。这时，媒体突然爆雷，这家科技公司的核心技术并不成熟，又连续两天跌至近三十元，我顿时慌了，立即卖出两万股，这就亏了四万元。接着，又是跌停。我知道大户大单封锁跌停，散户根本卖不出去。连续一周，一路跌停，我的三十万快跌完了。心想，还不出来，裤衩都没了。当跌停打开时，我全部卖出，账面上只剩两万六千元。"铁欢说完又沉默了。

铁叔还是不明白："你不卖呢？打死不出来，就和大户耗，你有工资，丁香也是教师，养一个铁蛋没问题。再说，真有什么事，我和你娘不伸出援手吗？打死不出来，他们大户啊、机构啊又咋办呢？"

“爹，你说得对。机构大户最怕这个。但如果散户都这样，股市就玩死了。散户都去买新股，中签率特别低，运气好中签了，一次可赚几千元，根本无法满足散户的营利心理。散户的最低心理要求一年至少得赚七八万元。赚了七八万元，又想十几万。赚到了十几万，下一个目标就定在了二十万、三十万。于是，一个劲往里投钱。大户们、机构们都有专业的针对散户的分析师，对散户的赚钱心理分析很透。这一点我是懂的，打死不出也是一种办法。但是，人到那时，已经被跌跌跌折磨得差不多了。我也不是圣人，和普通人一样，心理承受能力是有限的。卖了亏了不玩了。当然，真正促使我下决心宁肯亏三十万也要卖掉手中全部股票的是我发现了又一个巨大的投资机会。”铁欢越发神采奕奕，满满自信，把亏了三十万没当回事似的。

铁叔一脸严肃：“什么投资机会？”

铁欢压低声音：“炒虚拟房产。”

这时，豆娘端着吃的来了：“来，铁欢，你来得突然，只有一碗黄豆烧肉，一盘酱拌豆腐，一碗鸡蛋紫菜汤和娘自制的豆奶。”说着，坐在铁欢身边，“我能听你们说话吗？”

铁叔笑笑：“一起听，听听大娃这几年都学了些啥，一大堆和学校教书没关系的东西，长长见识也好。”

见铁叔并没有发多大脾气，豆娘轻松了许多。其实，豆娘早就做好了饭。本来就简单，再加上自己熟练的身手，十几分钟，刚才端出的几种东西就可以上桌了。问题是，她刚要进入客厅时，听见铁欢在滔滔不绝讲话，又听见铁叔在不断提问，她担心铁叔的暴脾气，一言不合就要提起凳子砸人，连三个娃子，也绝不手软。这次，铁欢亏了三十万元，这可是让铁叔很不高兴的事。尽管自家财力还算雄厚亏得起三十万元。但是，铁欢做了傻事，以铁叔和自己几十年勤俭持家，节约守财的习惯，铁叔大发脾气是有可能的。她在客厅外偷偷听了十几分钟，感觉两人说话的方式处于心平气和状态。一个在问，一个在解释。一个想搞清楚，另一个又在详细说明。她才放下心来，于是端着已经加热两次的饭菜来到了客厅坐在铁欢身边。

看着铁叔严肃的神情，她又不能表现出对铁欢过分怜爱的表情，毕竟他犯了错，三十万元不是小数目。

豆娘坐在铁欢身边，一副仍然很在乎亏损三十万元的严肃表情："快吃吧，吃了，好好给你爹解释解释。"

铁欢端着大口大口地吃："爹、娘，你们等会儿，我吃完再给你们详细说说。"

铁欢很快在铁叔和豆娘的注视下吃完了饭。把一杯豆奶喝完了："嗯？这豆奶买的还是做的？好喝。"

"我自己做的，已经得到了很多人赞扬了。"豆娘得意地看着铁欢。

"真不错呢，以前还没发现。"铁欢用舌头把杯里剩的最后一点点舔干净了。

"该你说了。"铁叔看着铁欢。

"我说到哪儿了？"铁欢摸摸吃饱了的肚子。

"又一个巨大的投资机会，我记着呢。"铁叔眼睛都不转地盯着铁欢。

"哦，对对，说炒房。"铁欢从包里取出电脑打开。

铁叔看着也不吭声。

铁欢一下子来劲了："对，就是炒房子。借助元宇宙概念，在已经搭建好的虚拟世界里购置一套虚拟房子，然后挂牌出售，转让给其他买家。"

铁叔仍然冷冷地问："搭建好的虚拟世界在哪儿呢？虚拟房子在哪儿呢？房子长什么样？"

铁欢边说边坐到铁叔的身边："爹，我一句话也说不清楚，我用电脑给你演示，你一看就明白了。"

铁叔直愣愣地盯着电脑。

"爹，看，我们进入了一个平台，全是英文，你看不懂，我一页页给你翻译。"铁欢把电脑往前一推，"开始了。首先，映入我们眼帘的是一个界面。又进入了一个开发这个虚拟平台的三家公司的主页。看见没，三个小方块，界面英文写的是科幻公司、梦幻公司、奇幻公司。这个虚拟平台叫'三幻'，是三家联合开发的，有专利。再看，我们真正进入了一个城市。

爹，看清楚了吧，和我们大城市差不多吧，有房子、街道。”

铁叔问：“这房子就和儿童搭积木的房子一样。”

铁欢：“爹，有眼光，问得特别好。现在元宇宙里整个虚拟房子基本都是采用这种 3D 模式。简单，简洁，一目了然，让投资人和不投资的人一看就知道是房子。再往下，我把这座城市再放大一些。大了吧，有楼房、道路、花园、停车场。再往上看，看见没有？飞机场、游艇码头、赛马场，还有工厂，以后也可以在里面炼铁打制各种产品，包括打制铁锹。爹，其他的我都不说，我就说我看好的这套房子。我把这幢楼放大，看见了吧，是一幢十二层的小高层。建房的各种参数旁边都有说明。水泥标号，河沙干湿度，木料材质，钢筋硬度等等。有质量保证说明，房子没问题。再看看我想投资的那套房。五楼一单元 501，端头，视野很好。一百平方米，是小户型，配套设施没有问题。”铁欢非常自然地介绍。

“有平面图吗？”铁叔似乎也听进去了。

“当然有。和我们现实世界是一样的，只是手续更加简便高效。看，爹，501 室在这儿。”铁欢用手指着放大。

“重点看看 501。”铁叔向前靠了靠。

铁欢把几十块小方块最边上转角处的一个小方块用粉色标注放大：“就这套，一百平方米。”

铁叔叹了一口气：“这一个个小方块都是谁在卖呀？”

“售房部呀，很规范的。每套都是挂牌出售。爹，你看，英文不认识，数字应该认识吧。每平方米三万元。共八种户型。三百万、六百六十万、四百八十万、五百万、六百万、七百万、八百万、一千万。”铁欢说得特别详细。

“就没有一套两三万的？”铁叔像讽刺又像在开玩笑。

“啊，爹，目前的市场价，三百万投资最小，最少。这个城市靠海边的已经涨到三千万了，别墅涨到五个亿了。”铁欢急忙说。

“你三百万买了，卖不出去呢？”铁叔又问。

“这就是投资判断了。比如我三百万买了，我就立即挂牌出售，三百五十万。现在元宇宙这么热门，我预计会长久火爆下去。我看好的这套501会涨到三千万的。世界上有钱人太多了。他们一旦进入这个售房部，房子早卖完了。一手房子火爆，二手房也会持续火爆。因为这个城市的地皮是有限的。”铁欢满脸通红，汗水流了下来，“看懂了吗？听懂了吗？爹，你要不清楚，我再给你讲一遍。”铁欢关心地问。

铁叔用手使劲揉揉脸：“让我安静一会儿。”

这时，豆娘端着一大杯豆奶从厨房跑出来：“你们在说买什么房，买什么房，在哪儿买？县里还是省里？”

铁叔撇着嘴手往天上一指：“天外，大气层外。”

豆娘把豆奶往桌上一放，看着铁欢：“我明白了，你要买元宇宙房，你又玩虚的。买了我们怎么住呀？腾云驾雾上去吗？我们不是孙悟空的后代。”

“娘，别急，我先把豆奶喝了再说。”铁欢喝了几口久久回味，“娘的豆奶真的好喝。”

铁欢一句不经意的话让豆娘和铁叔一惊。

豆娘迅速跑进另一间屋又跑出来：“看，这是豆奶的名称‘娘的豆奶’，下面广告语就是你说的‘娘的豆奶真的好喝’。”

“你们看看，爹、娘，毫不夸张地说，我就是个经商的天才。这几个字你们想了多久？”铁欢一下子得意起来。

豆娘：“我们是七个人在一起，先取了六个名字都不行，最后才取的这个名字。”

“不谋而合，不谋而合。我的大学没有白读，你们应该为我高兴啊。”铁欢笑得合不拢嘴。

豆娘：“还是读书人好，有文化知识，有先知先觉，脑子里的脑髓多，聪明。当初，你还不愿意去教书，我和你爹花了三十万元作为奖励把你送去，就是要你去教更多的孩子，让他们变得和你一样聪明。”

铁叔也感慨：“是啊，铁匠世家能出一个教师，还是教电子技术的，很自豪。如果是在大学教书，我们祖宗八辈都会笑醒的。”

豆娘不服气：“是啊，我们豆腐世家能出一个大学教师，我就给他立牌坊。我把豆腐公司董事长让给他。铁欢，先别急，你才三十岁，先在电子技校评几次先进教师，三次就够了。我们找人把你调到大学去，在大学当教师多光荣，我们铁头村全体人民都会自豪的。”

铁欢兴奋起来：“谢谢爹娘的培养。我一定不辜负爹娘的期望，一定努力争取到大学去做一个光荣的人民教师。我发誓，我永远不炒股票了，把最后一件事办了，我就回学校教书。”

豆娘脸上的笑意一下收了起来：“还有什么事？还想着买房呀？我跟你说，电脑上那个房子我都会设计。当初，我一板豆腐端出来，谁要哪块我切哪块。你那房子就是我板上的豆腐，最多存活两小时就发臭化渣了，懂吗？豆腐渣工程。豆腐还好，吃肚里了，拉出来作肥料撒地里，庄稼长起来了。你那个房子，嘿，我读初中时学了成语的哦，‘画饼充饥’对吧？”

“对，就是画饼充饥。”铁叔立即附和。

“太对了，太对了。娘、爹，我们想到一块了。人饿得不行的时候，看见任何一个地方画着一只饼，可能是煎饼，可能是油饼，可能是月饼，快饿死的人都会缓过劲来，他就不饿了。同样，那些梦寐以求在虚拟世界购置房产以满足好奇、刺激的人，那些自恃手握大把金钱可以随意任性购买虚拟房产以示炫耀新潮、前沿、高端作秀的人，那些痴迷投机眼见一幢幢楼盘，一户户居室在电脑里，在屏幕上，就像你们说的儿童玩积木搭建起来的房子时，这种‘虚’的勾引、诱惑比谁都上瘾。因为他们不是好奇，不是显摆，而是梦想赚取更大的回报。”

铁欢还未说完，铁叔就打断：“你属于哪种人？”

铁欢顺口：“第三种啊，就是想投机赚钱。现在，就像在股票市场上底部建仓，低吸筹码，一旦抢筹成功，就等这三种人蜂拥而至吧。”

铁叔、豆娘看着铁欢不说话，铁欢见状也不说话了。

“我问你，前两天你不在电子技校，是不是借钱去了？”豆娘看着铁欢。

“是，我担心学校的人找我，关掉了手机。我坐高铁到了两个省去找了五个电子大学的同学，也是我最要好的朋友，我知道他们都发财了。”铁欢说。

铁叔追问："借到了吗？"

"还没有。我请他们喝酒了。在席桌上，他们都很支持我的投资行为，但都说要和家里商量商量，还要看看他们公司的现金流能抽出多少。有的说把手上的项目做完了，看能不能安排出来。还有一个说如果能在短期内收回借出去的钱，可以考虑考虑。"铁欢低着头。

"结果呢？借着了吗？"豆娘问。

"没有。第二天，我给他们打了几个电话，他们全都把我拉黑了，打不进去。唉，我曾经听人说过，要想与一个人绝交，就向他借钱，他会一辈子躲着你。"铁欢很无奈。

豆娘："你向他们借多少钱呀？你们不是最要好的朋友吗？"

铁欢又摇摇头："三百万元。人啊，当遇到借钱，就掏不出来了。第三天，又给他们打电话，打不进去。我彻底失望了。什么朋友啊，铁哥们儿啊，谁也靠不住。只有靠生我养我的爹娘，想到你们，我就平静了，踏实了，所以我回来了。"铁欢说着眼圈也红了。

豆娘眼睛湿润了。

铁叔鼻子一酸侧头盯着地上，又抬起头看着铁欢："如果不给你机会，我就不是你爹。但给你了机会，你又输得精光怎么办？"

铁欢："打断我的腿。"

铁叔："不。"

铁欢："永远不回这个家。"

铁叔："不。"

铁欢："那你要怎么样？"

铁叔坚定地说："除名！"

豆娘看着铁叔："你怎么老是想到他输呀。"

铁欢："我从来就没有想到输过。"

铁叔："我不管。铁家有清规戒律，钱是一分一分挣来的。抗洪我捐，抗震我捐，抗灾我捐。抗疫我和你娘捐了两百万。简单说，救人我给，教人我给，让你去电子技校给你三十万。但是，骗人不给。在股市上你被人骗，现在你要到什么虚拟世界买卖房子，先被别人骗，再来骗别人。看你如此痴迷执着，考虑到你是我大娃，借你三百万，如果输了，你断绝和铁匠世家的一切关系。丁香和铁蛋我养，你可以远走高飞消失得无影无踪。”说完，把拴在腰上宽腰带的拉链拉开取出一张银行卡往桌上一放：“马上买，那间501，我和你娘要见证这一历史时刻。”

铁欢久久看着铁叔：“爹，铁匠世家说出的话都是铁了心的，说一不二。好，我是你娃，我不想再解释什么，我现在就做我铁了心的事。”

铁叔和豆娘一左一右，围着桌子，紧紧盯着电脑，看着铁欢操作。

电脑画面里又出现了刚才的城市街景，一幢幢楼房，道路，绿化的小街。

一幢楼房被放大了。

“就是这幢，是由精妙、美妙、玄妙‘三妙’公司开发的。是国外一家顶级的虚拟房地产开发公司。设计能力一流。”铁欢很认真地介绍。

“这个楼盘叫什么名字？”豆娘追问。

“叫‘飘’，很诗情画意的。”铁欢说。

豆娘：“哦，那飘字怎么写？是打水漂的漂吗？”

铁欢：“不是，是悬浮在半空中移动的意思，你能看到它，随风移动，但不着边际，也不落地。”

“就是挂在空中的影子在那儿动一动。”铁叔插话。

“对，对，就是这个意思。”铁欢点点头，“现在我开始买房了。”

“看见了，我点击这个窗口，售楼部。看，出来个头像，黑色皮肤，眼睛很大，嘴唇厚，头发是爆炸式，就是年轻人流行很奓毛的那种。看，又一排英文出来了。售楼部主管在问：‘铁先生，有什么能为您效劳的吗？’我点击购买‘飘’楼501居室。又出来一排英文，意思是每平方米三万，一百平方米三百万。下面的英文是请预订。”铁欢操作到这里，看着桌子摆着的银行卡，又看看铁叔、豆娘。

“买，下单！”铁叔把银行卡往铁欢面前一推。

铁欢轻轻说了一句：“我真买了。”

铁叔把银行卡再往前一推："买。下单！"

铁欢立即点击预订。又一个窗口弹出来。意思是把本国币三百万换成虚拟货币。铁欢按照提示步骤，进入一个私人账户。弹出一个窗口显示："很乐意为铁先生进行本国币、虚拟币、购房币的兑换服务。"只十秒，兑换购房币后，窗口弹出来，意思是点击确认。

铁欢汗水出来了，手微微颤抖，他连续吞了几口口水，终于点击鼠标确认了。随即又弹出了一个窗口。铁欢有点疲倦了，他叹了一口气说："上面写着：购房成功。"

又弹出来一个窗口，上面英文是"恭喜铁先生购房成功，欢迎成为'飘'楼501居室的主人"。

铁欢仍然紧张地盯着电脑："来了，来了。产权认证书，产权认证书。是我的啦！终于是我的啦！慢，慢，看看后面还有什么。又出来一段英文，意思是每月的物业管理费三百元。"铁欢话音未落，豆娘就尖叫起来："这个不交，这个不交，人都没去。"

铁欢忙说："这个暂时不交。"他疲惫地坐下来，"爹，娘，交易完成。"

铁叔点点头："看得我一身鸡皮疙瘩直冒汗。"

豆娘呆呆地看着那台电脑……

铁欢慢慢站起来，顺手拿起那个已经喝完豆奶的杯子，笑笑："我把这杯子带走，上面印着的娘很漂亮，笑得好开心，哈哈哈。万一真输了，我只能想娘了。"说完抓起双肩包走了。

铁叔和豆娘望着他的背影，一句话也说不出来。

铁叔自语："我从来没听说过在虚拟世界买房子。这事弄得……"

豆娘也咕噜："不可能是他一个人发神经吧？"

铁叔想起什么立即跑到屋里打开小收音机。

"今日元宇宙新闻：元宇宙房产浪潮席卷而来。购房时机已经显现。首批购房者喜极而泣。演艺明星豪掷千万购房产。摇滚巨星购地皮已爆赚三亿"。

铁叔望着豆娘，豆娘望着铁叔，两人焦灼不安的心平静了许多……

/ 三 /

铁叔一口算出大娃铁欢一夜暴赚三十亿

腾云驾雾沉浸式体验团金戈、紫藤、仙女、绿苗拖着疲惫的身躯回到了驻地。一进门就放下摄像机、测距器、电脑、旅行包、生活用品，瘫坐在凳子上不想说话。按出发前楚支科技楚总的交代，现场实景体验是辛苦的。既是体力活，也是技术活。给几个月让他们置身于这项现场采集攻坚活动，或许能改变他们的一生。

四个年轻人都是学计算机专业的。按招聘条件，经各项严格考试进入了楚支科技。进入后才知公司是以开发各类游戏软件为主的公司。楚总是游戏行业中的佼佼者。以他为主开发的几款游戏频频获奖，深得游戏爱好者喜欢。其中一款叫“落叶”的游戏，讲述一个女刺客勇闯匪窝痛斩土匪，最后英勇牺牲的故事，催情催泪，最受追捧。无数游戏玩家玩着玩着就泪流满面。公司早期开发的几十款游戏，基本属于市面上的同款，妖魔鬼怪，江湖侠客。打打杀杀，你争我抢，过关斩将，打出一片天下，杀出一片江山。英雄惩处恶霸，小众联手斗强，主题属于英雄至上。各类游戏公司设计上线的各款游戏，拼的就是设计情景，人物个性，服装奇异，武器先进，动作刺激，场景炫酷，很受年轻人的喜欢。游戏公司大赚特赚。楚支科技从五百万元起步。六年时间达到了六十亿资产。设立了六个子公司，公司业务量还在上升，效益一片叫好。从楚总到公司每个员工对公司前景充满期待。

金戈、紫藤、仙女、绿苗在公司负责设计和制作游戏里各类场景。夜以继日工作，让他们常常喘不过气来。但公司就是一个高速运转的机器，谁要偷懒谁就下岗。看在一年三十万薪酬的分上，谁也舍不得放弃，除非被高价挖走。

但他们是乐观的。四人在场景研发小组一起工作了三年。彼此性格、爱好、脾气甚至于个人隐私都知道一些。工作中协调，业余生活中和谐。彼此都是来自远方的同事，自然寻求着第二家园的感觉。

金戈三十岁，紫藤二十五岁，仙女二十三岁，绿苗二十三岁。从不太成熟的十八九岁走过，已经具备独立思想。经历着、体会着社会生活和人间百态。他们最初是在为年轻人创造欢乐的研发设计的工作环境认识的。的确，对一般年轻人而言，玩游戏是愉快的业余生活，踏上消磨大部分时光的愉快之旅。也有少数迷恋者，超级玩家则投入了主要精力。个别人付出了全部心血，最终被游戏击倒。

金戈就是一个超级玩家。无论是独自攻城拔寨过关斩将，还是两人争相斗技，取得最后胜利的往往是他。一个小小游戏机在他的手里反映出他的极快反应力和熟练的手感。他会根据规则迅速掌握入门的规律和深入后闪躲腾挪的技巧。看他打游戏不用看内容，就看手上动作和面部表情，让人畅快、舒服、过瘾，有强大的诱惑力。手游玩了，又玩端游。电脑上操作鼠标和键盘，更是他的拿手好戏。大脑反应和手指灵动，一场眼花缭乱的游戏下来，观战的人只叹网速太慢，否则游戏早该结束了。凭超级玩家的实力，金戈令人信服地进入了楚支科技。

紫藤则是不折不扣的科技迷。除了科幻小说兼能熟读、熟背精彩章节外，他还根据小说中描写的场景在电脑里凭想象设计他认为更酷的场景。经常给同学、同事展示自己设计的梦幻场景。观者都称赞他比很多作家的大脑更为发达。科幻意识和丰富想象力决定了他成功敲开了楚支科技的大门。

仙女则是一个对数码异常敏感的姑娘。在大学计算机专业学习时，她对数码的精准识别和编辑令周围同学羡慕不已。她经常在大学学报中发表数码分析论文，独立思考提出的建议，大学教师也为之惊叹。本来理应留校被委以重任的，但她义无反顾选择了楚支科技。

绿苗在四人中是最接地气的小妹妹。像一棵小青苗、小绿苗那样，弱不禁风得让人怜悯。在任何时候她都只关注眼前的一切事物。她总把计算机专业的一切和现实结合。她常常于计算机编程中突发奇想，总会引起旁人的好奇。她的另类思维在应聘现场答询时被楚支科技楚总敏锐地发现了。

四人接到奔赴两千公里外的铁头村沉浸式体验采集现实实景任务时，感到既兴奋又迷茫。兴奋的是能组队单独外出联合承担项目任务。平时低头不见抬头见的这上司那领导不在身边，和小孩首次独立于父母远走他乡一样，工作是次要的，重要的是远离那些整天唠唠叨叨的人。迷茫的是，即使在已知的前提下，终于明白，是为楚支科技挺进元宇宙，在一个美丽乡村找到一个未来的时空之境，创造一个最真实版本的虚拟世界，何其艰难。

他们的兴奋感很快消失了。这个以现实做底座的空中楼阁，完全不是他们擅长设计的游戏场景，也不是他们随意发挥想象搭建的科幻场景。为此，他们迷茫。元宇宙究竟是什么，他们还没有弄清楚。楚总特别强调了这种虚拟场景远不是一般的环境，而是人类生活生存在现实环境中发生的一切。

楚总的话太抽象了。楚总对元宇宙究竟怎样理解的，至今，楚总没有全面系统地论述，精辟地概括，但元宇宙已是公司的超级话题，并成为挺进的一个方向。到铁头村之前，他们四人把相关知识、发展历史、近期动态、未来趋势等等进行了恶补。终于有一个概念性的认识，也幸运地找回了一些熟悉的记忆，和游戏开发或多或少有一些思路和想法上的倾向性。

经过几天学习研究，他们大致明白了到铁头村的目的任务。他们知道楚支科技共派出了六个组，已经开始不分昼夜地工作了。

至于怎么完成任务，四人曾经给楚总提出过。楚总一句话：“都在探索，闯去。”

到铁头村第一天开展工作，也叫沉浸式体验，实则是他们一步一履，一手一脚，深入生活。

今天的任务是，以铁头村地图中心点为起点，在东南西北选一个能徒步走到的边界，测量经过的一切。小路、田埂、菜地、坡路。沿途的民居、建筑、环境、树木、池塘等等，形成若干影像数据，传回楚支科技，由技术组 3D 建模。就这一项看似简单的任务，他们整整花了一天。

"太累了。"他们回到住处开玩笑又认真地说了这句话。接着补充一句，还是"太累了"。再补充一句："这叫现实版累的沉浸式体验。"

几人煮了鸡蛋面条，喝了豆娘早已准备好的豆奶，觉得恢复了体力，便纷纷来到铁叔、豆娘专门为他们腾出的一个房间。围着一张又长又宽的桌子，集中梳理研究当天采集的信息。

金戈是楚总指定的负责人。他拿出电脑一本正经地看了一会儿："把今天的摄影资料和徒步行走的测量数据都存入电脑，让我们看看还有哪些需要补充的。"

四人分别开始整理采集的摄像、摄影、文字记录以及测距数据。

"啊，我这统计的是徒步行走记录。经过了三十九条田埂，四十处田野，九十个弯道。大小山坡四十一个，其中一百米至五百米高的山坡十五个。"绿苗发出她清脆的声音，"怪不得我现在腿脚还在颤抖。还有，整个行程一百公里。按今天我们从地图中心往南方行走的路线看，像一个工字。要是有桥的话，可节约八千米，这里可以建桥。"绿苗说完一叹，用手捶捶，"哎呦，我的腿。"

"我这边也出来了。"负责摄影的紫藤看着电脑："我都传给你们了，你们可以看。我一共采集了一百二十个影像资料，每个影像资料都是一个片景，片景中反映了当时时空环境。按时间变化，天气变化也是不一样的。中午十二点到下午两点最亮色，可持续到下午三点。三点以后开始变化到傍晚。由于日落光照，呈现以金色为主的多彩色。正是我们回来的路上。影像资料非常清晰，反映了一片片场景的具体事物的形状、景深，透视感极强。"

"好，该我了。我把照片发给你们了。我一共拍了七百多张房屋，大的、小的、高的、矮的都有了。有三十栋房屋前有院坝，其他的都是房前小路。有五个大鱼塘，直径都在一百米左右。水深不知道。有一片甘蔗林，大约一百亩。有一片茶园。有一处猕猴桃种植区。还有一大片玉米地，大约一千亩。有三片红灯笼海椒种植区。另外，有很多农户种植的九十多处各类蔬菜，木薯、大葱、番茄等等，规模很小，像是自种自吃。有十二户农户房前种有梨树、柑橘、葡萄、樱桃等果树，这也是农户自种自吃的。此外，还有十米至三十米高的大树四十二棵，部分叫不出树名。但有九棵玉兰树醒人眼目。提醒大家注意的是，从我拍的树木来看，铁叔和豆娘家门前，也就是我们起居和工作之地的外面，有四棵铁树，称得上是铁头村的众树之王。铁树十年至二十年开花一次太珍贵，太难得。”仙女自信地介绍完了。

仙女介绍完，四人本能地望向窗外，在路边灯光照射下，他们忽然发现铁叔一个人坐在凳子上，旁边放着一杯水。铁叔不断喝水，静静看着四棵铁树。

“几点了？铁叔还没有睡？”金戈问。

“凌晨十二点。铁叔好像有什么心事，在那儿唉声叹气的。”绿苗轻轻说。

“是吗？”仙女好奇。

“可能吧。”紫藤也说。

“不会是我们给他增加了麻烦吧？”金戈自语。

四个人都无语了，在观察……

“我过去看看，陪铁叔看看铁树，顺便探听一下什么情况。”绿苗起身出去了。

绿苗靠近铁叔：“铁叔，都深夜十二点了，还在想事呀。”

铁叔点点头：“你们灯火通明工作，我睡晚点又有啥？叫他们几个来吧，我们说说话就休息。”

四个人围着铁叔，以为铁叔要给他们讲讲四棵铁树的故事。他们从村长口中已知了四棵铁树的来历。铁叔没有讲铁树。从兜里掏出一个小收音机：“你们听听这个小广播讲的啥。”

"元宇宙新闻：世界五百强企业有三十家进军元宇宙。世界九家科技巨头进军元宇宙。世界前几名网络公司进军元宇宙。世界有十二家著名银行押注元宇宙。世界著名房地产企业进军元宇宙。"

播完，铁叔看着四人："听听，这些都是真的吗？"

四人苦笑……

金戈问："铁叔，你上网吗？"

铁叔一笑："家里有两万多的电脑，看了几天，头晕不看了。手机信息我也很少看，看多了眼涩，现在只打电话。"

金戈打开手机："我手机上关于元宇宙的消息很多，我手机有自动分类功能。铁叔，我念几段：几位科技专家，经济学家，社会学家发表权威意见，元宇宙是实现人类最终梦想的终极目标。科技巨匠，科技巨子，科技巨头纷纷表示，元宇宙是他们梦想的科技王国。专家学者不惜学识畅谈元宇宙。记者、作家不惜笔墨力撰元宇宙。网咖、达人不惜表演大秀元宇宙。"

仙女把手机递给铁叔。"还有呢，铁叔。木刹国宣布建立首个元宇宙国。子肖国宣布建立首个元宇宙州。科斯国宣布建立首个元宇宙市。库坦国宣布建立首个元宇宙镇。"

仙女还未读完，铁叔忙问："有村吗？有元宇宙村吗？"

仙女看了看手机："现在还没有。"

绿苗把手机晃了晃："我这还有一段。门戈国宣布在元宇宙建了四个大使馆。皮洛国宣布在元宇宙储存了十二万亩土地。亚利国宣布在元宇宙团购了一百所学校用房。加伦国宣布在元宇宙成立了联盟协会。里亚国宣布在元宇宙开设了三家银行。"绿苗说完哈哈大笑起来。

"还有喜剧的，令人激动的：第一个元宇宙炒房客爆赚八十八倍。"绿苗又大笑，"后面的不念了吧，太多了。"

"念，念。"铁叔看着绿苗瞪大了眼睛。

"好吧，继续念，第二个炒房客爆赚一百倍。第三个炒房客爆赚三百倍。第四个炒房客爆赚一千倍。"绿苗看着手机，"没了。"

铁叔忙问："那几个炒房客爆赚的有没有咱们国家的？"

绿苗认真地看着手机："没有，这几个炒房客离咱们十万八千里。"

铁叔"哦"了一声，揉揉脸："咱们回屋睡觉吧，你们明天还要工作。"

铁叔回到屋里见豆娘已经熟睡，但仍然想把刚才听到的告诉豆娘。

他坐在床前轻轻拍一下豆娘："喂喂，我刚才听到一个消息，第一个到第四个炒元宇宙房产的都爆赚了。最少八十八倍，最多一千倍。吓人吧？"

"啊？"豆娘从床上一跃而起，"有咱们大娃铁欢吗？"

"现在还没有。"铁叔摇摇头。

"啊，太吓人了。要是我们铁欢赚了，那得多少钱啊？"豆娘一阵感叹。

铁叔眼睛一转："要是赚八十八倍，就是两亿六千四百万。"

豆娘一下子坐起来："那要是铁欢赚一千倍呢？"

铁叔眼睛又一转，一口叫出："三十亿！"

豆娘："嘘，小声点，别让楼下几个年轻人听到了。"又一笑，"等于彩票中头奖了。"

"比头奖厉害多了。"铁叔背着手在屋里走过去又走回来，"别激动，别兴奋。要冷静，要淡定。现在铁欢的名字还没有出现，别着急，耐心等。"

"我们都要耐心点。给铁欢一点时间。睡吧，明天还要到厂里去。"豆娘又躺下了。

第二天，体验团四人一大早吃了早餐出发了。他们的目的地正是铁叔的"铁锹制造厂"。他们想赶到工人上班之前到达工厂。因是七点半上班，近一百员工要打卡进厂。工人都有时间感，如迟到，按规定必须在广播里解释原因。说得过去就算了，说不过去，甚至撒谎，那有大麻烦，直接扣除两月工资。如果还敢硬扛斗嘴，就直接除名。厂里的其他约束性制度变了很多，厂里工作流程不断升级，但打卡上班和下班则是硬性规定。

还未进工厂，村长也赶来了。四个年轻人像见了一位大领导似的上前忙打招呼："村长好！"因为昨天四人徒步在山路弯弯坡上坡下来回折腾不免产生六神无主的感觉。村长在旁边，不仅是因为对环境烂熟于心，重要的是，村长和公司楚总那才叫一个"特"啊。村长在，就如一个全程罩着他们的大哥，几个人特别踏实。

村长见他们："你们昨天累坏了吧。我刚到铁头村用四天从中心开花把四个方向徒步走了一遍。走得我腿肚子直转筋。但情况熟悉了，心里就有数了。"

四个年轻人都笑："休息了一晚上，好多了。"

村长："不一定哦。有一种痛叫隔夜痛。走路多了，上坡下坡多了，当天只是酸痛。第二天发作，是疼痛。腿肚子上坡下坡会产生剧烈的疼痛，走不了路。"

几人不约而同捏捏自己的腿："幸好今天到这里不爬坡上坎。"

村长眼见四个年轻人也是由衷高兴。因为体验团最初的活动，他是挂在了心上。昨天晚上他和老同学楚总通了电话，说体验团已经顺利抵达并开始了他们一天的工作，也称实景采集体验。他感叹楚总如此狠心，把几个搞游戏开发的技术人员放到铁头村跋山涉水地锻炼。但楚总说，这绝不是锻炼而是技术工作，是实地记录实况，为他们设计未来虚拟场景采集完全真实的数据。比如一个人走到一万米以后，人的气质、肢体动作都会发生变化。当走到三万米以后，这种变化更大。走完五万米就和出发前就完全是两个人了。如果未来虚拟人要徒步进村的每个环节，都可能设计得更准确，更符合真实人的本性。"

想起老同学楚总的话，村长竖起大拇指："你们是在做技术工作，不容易。"

"铁叔来啦。"金戈叫起来。

"走吧，今天体验铁锹制作。"铁叔过来就凑到村长耳边，"这几个小年轻不错。昨天累了一天，晚上还在加班。深夜十二点还陪我在院坝里说话。他们脑袋比我先进。科技、网络的都比我懂，看得出是搞技术的，不是来耍嘴皮子的。"

村长边走边回铁叔："别看这几个人年轻。人家是搞技术工作的。再说呢，我老同学会派一帮小混混来吗？派了，我就揍他。"

"我落伍了，现在科技工作者都年轻化了。那些满头白发，满脸皱纹，一身白大褂，戴着眼镜，拿着放大镜的老一代已经越来越少了。”铁叔说完又回头看看几个年轻人。

“你说的是科学家。专家不到一定年龄是当不了专家的。科学家不是少了，是越来越多了。只是你看到的是一些年轻人。现在科技队伍越来越年轻了。我到铁头村当村长二十五岁。以前呢？我看到咱们村的历史档案，没有五十岁是当不了村长的。”村长挺挺胸很得意，“就是事太多，也不知道哪来这么多事，不操心真不行。好了，我还要到其他地方去，你把几个小年轻弄好就行了。”

铁叔带着几个年轻人到新建厂区。一眼望去，有六栋厂房。几个年轻人只顾拿着摄像机相机一个劲儿地拍摄。铁叔看着都笑了：“哈哈，其他人看了还以为我在接待记者团呢。”

仙女忙说：“铁叔你说，我们听着呢。”

“好，我们现在站这儿，前面那片厂房就是我们的铁锹制造厂全部房产。加上已经购置的四十亩地，现在的市场价，至少也得五亿元。哈哈，我不会卖的。”铁叔边走边说，“这里养活着近一百人。每个人都有自己的家，按一家四口计算，解决了近五百人的饭碗。每个月从这里运往外地的出货量达到了二十吨，二十个批次。想想啊，一个批次一吨，一个大的铁锹头加木把总五斤，一吨等于多少把大铁锹？”铁叔故意停下来。

“四百把大铁锹。”铁叔话音刚落，紫藤就一口说出。

“那么，小铁铲一把两斤，多少把等于一吨呢？”铁叔眼睛一转。

“一千把。”紫藤又抢答。

“紫藤，你一定参加过奥赛吧。”铁叔说。

紫藤很惊讶：“我曾参加过数学奥赛。铁叔，你怎么知道？”

“猜的，反正比我数学好。你知道吗？三十年前才改过来。以前都论斤两买卖，很多人搞不清楚。进材料在厂房内流水作业，这个厂房转到下个厂房都说多少多少斤。外面的要买什么产品，开口就是两公斤，五公斤，十公斤。我们就拿大秤量一下交给他们。还好，基本符合客户的要求，多少把和多少斤匹配了。”

铁叔指着前面："看见了吧，前面的第一栋厂房是库房，进的炼铁的原材料全在那儿。第二栋是炼铁的厂房，现代化的机器。把原材料放进去，自动传输到锅炉。你们以前在电影里看着工人往锅炉里加燃料的情况没有了，全自动。第三栋厂房是切割厂，大块小块的听电脑的命令，有序进入各个板块的滑轮车上，按设计粗切割。第四栋厂房，按产品大小厚薄，把大块小块再进行切割，也叫粗加工。第五栋厂房就是把初加工的产品分类自动流转到不同的师傅那里进行质量检查，合格的再进行精加工，基本成型了。最后一栋厂房把基本成型的铁锹、铁铲转到这里待命。等待它们的是一群四十多岁、五十多岁的大叔，睁大着眼睛，虎视眈眈地看着这堆铁家伙，就像他们的猎物。大叔手拿铁锤一步步走向猎物，一把抓过去，放在铁礅上，当当当，大铁锤一砸下去就不松手。十几分钟过去，换人，又一个十人组披挂上阵，他们又针对某个部位，当当当，一阵猛捶。十几分钟后再换人。第三个十人组接着，手起锤落，当当当，成了。我的工作重点全在这个厂房。"铁叔边说边到另一边，抚摸着两个大的铁礅，"这是我爷爷的，这是我爹的。还有两个像汽油桶那样的大铁炉，不多见了。当年，这就是我们铁匠世家的全部家当。"

铁叔说着抚摸着已经不成形状的老火炉："唉，搬不得，就放这里吧。我的三十个徒弟，只要入这个门，第一个接受的就是铁匠世家的传统教育。"

金戈、紫藤、仙女、绿苗围着老火炉半晌不语。"铁叔，你用的哪个铁礅，你那把铁锤还在吗？"金戈好奇。

铁叔指指前面一个师傅："正用着呢。铁锤在柜子里。我经常过来看看，对手工打磨特别关注。我们就是靠这个手艺吃饭的，早已名扬村外了。"

绿苗娇滴滴拉着铁叔的手："铁叔露一手，我们特别想看你亲自上阵打造一把铁锹。"

"可以，这个小意思。谈不上露一手，只是重复曾经几万次的动作而已。"铁叔也没穿防烫防火围腰布，上去就用铁钳夹着一块已经加工好的铁锹放在铁礅上，用他那把历经几万次敲击铁锹的锤子"当当当"地敲起来。

一看铁叔在敲，其他工人师傅就围了过来。

“看着，敲边要轻重得当。落锤接触铁板的瞬间，有时重力向前，有时重力向后，有时根据情况重力向右向左。敲击两个内面，眼睛盯着不放，一秒都不能松懈。手眼配合。手在不断调整角度、重心、力度，眼在寻找凹点凸点、平衡点、斜度、弧度。再看敲打把手，看似简单，但要套在木棍上，要求非常高。这个铁卷手艺很讲究，不能太薄，太薄受力太重支撑不住，易崩开。如果铁卷太厚，木把承受不起，易断。两边向上一卷，敲击平整就成了。”铁叔的声音也随着手上锤子最后一声“当”结束了。

几个徒弟不断点头，同时在琢磨自己敲打的过程。

金戈放下摄像机喘口气：“紫藤上，按铁叔的要求，敲敲铁锹。”

紫藤上去拿起铁锤，朝一块成型的铁锹猛地砸下去，“哎哟”一声，那块铁锹飞到一边，紫藤手上的铁锤被震落在地。

“再来！”铁叔一声令下，紫藤像服从命令似的捡起铁锤又是重重一击，铁锤又掉在地上。

“再来！把铁钳夹紧，稳住，先轻一点，再慢慢加力。”铁叔声声有力。

紫藤左手稳稳夹住铁锹，右手一下下敲起来。

“眼睛！眼睛！什么地方还需要往下敲，看准了，一下一下，不要太重。铁锤的锤头的平面与敲击铁锹的平面，在接触时要吃得紧。眼睛观察，向左用力，向右用力，向前用力，向后用力，原地用力。”铁叔背着手盯着紫藤的两只手，眼不眨，一个劲喊：“好了，就到这儿！”说完，用钳子夹起紫藤刚敲打的铁锹头看了看，吹了吹：“马马虎虎，仙女上！”

仙女听铁叔一喊，颤巍巍拿起钳子夹住铁锹看着铁叔。铁叔用手一指：“敲击两边。两边先敲平，敲！”

仙女提着铁锤向上一举。“慢，别举这么高，低一点，好，向下敲。”铁叔立即纠正她的动作。

“当”的一声，仙女手上的铁锤跌落在地。还好左手紧紧夹住了铁锹。

铁叔立即表扬：“左手过关，右手再来。”

仙女憋了一口气，右手再次举起铁锤，“当”的一声再次落下。铁叔：

“好，就这样，用力均衡，稳，准。敲击，再敲击。换个姿势，敲右边，敲敲敲……”

“我想试试。”绿苗被现场气氛感染了。

“好样的，绿苗上。把铁锹翻过来敲背面，看见没有，凸起的部分高了，敲下去。用力要均衡。”铁叔只顾说，却见绿苗举起铁锤又放下：“这个铁锤太重了。”

“再来，别举太高。对，稳住，看准了，敲。”铁叔一声令下，绿苗“当”的一声，铁锤脱手了。

“再拿起铁锤，使出全身力气，鼓起勇气。你要想象，这个铁锹就是你的任务，必须敲得像两条鱼的脊背那样，对称，光滑，看起来特别带劲。铲进土里，锋利，吃劲，舒展，你的任务就算完成了，否则，零分，一分钱没有。”铁叔把教育徒弟这套也搬出来了。

绿苗看了一眼铁叔，也不说话，拿起铁锤“当当当”，不时变化铁锹位置，再“当当当”敲起来。又不时用眼睛平着看，斜着看，翻过来看，又听“当当当”……

“好了，你今天够劲的，看看你的手。”铁叔关心地问。

绿苗这才看着两个手掌，微微发抖。右手掌出现了两个血泡，左手掌也出现一个血泡，右肩膀像触电似的嗡嗡作响。

“有机会，我还要来。”绿苗倔强地看着铁叔。

“好，我欢迎。希望在不久的将来，有一款你绿苗精心打磨的铁锹从铁匠世家出品。”铁叔赞扬。

金戈终于放下摄像机甩甩肩膀：“我们都要来。铁叔你忙吧，我们还要到其他厂房体验。谢谢铁叔，谢谢这里的师傅们。”

见铁叔把四个年轻人领进铁锹厂大门后，村长一路开车到了猕猴桃种植区。他担心遇到大雨，种植在地里不算深根的小果树被大水冲散、冲松、冲垮。

他深入种植区几条一人小路查看了情况，这才放下心来。三年前引进的新品种，说来也怪，从引种到栽培一年后就出成果了。成熟的猕猴桃甜而不腻，味香不闷，软而不散，咀嚼化渣，口感上佳。这是他最想引进的一个项目。他知道这种含有丰富碳水化合物、膳食纤维、维生素的水果可促进消化、清除毒素。村委会划了一千亩地引进种植猕猴桃。成熟后，又实行大公司订单合同包销。几年里，农民不仅靠种植有基本工资，土地还是自己的，一举两得。村长觉得是一个杰作。

他看看表，又立即驾车到了甘蔗林。见到了承包经营一百亩甘蔗林的铁乐。

二十六岁的铁乐，土生土长，但看起来比村里年轻人更前卫。可能受到影视剧的影响，他喜欢穿着两腿满是窟窿眼的牛仔裤。年老的人看着总不舒服，有些爷爷奶奶劝他换条新裤子，说这条裤子已经破得不成样了。

村长知道铁乐是赶潮流，要要酷。铁叔的二娃嘛，有钱，正常。村长担心的是，他把一百亩甘蔗林搞砸了。

见村长来，铁乐上前笑嘻嘻问："村长，又到哪儿溜达溜达呢？"

"我哪有时间溜达哟，全是操心的事。你要注意排水啊，天气不太好。"村长提醒铁乐。发现铁乐腰上别着一个牛皮包就问，"里面是啥？看上去挺酷的。"

"哦，哈哈哈，游戏机，新款的，才买一个月。哇塞，爽翻了。一开机，几个小时就像几十分钟，很快过去了。最近有几款游戏，太刺激了，打起来停不下手。我还经常到别人家电脑上玩，屏幕大过瘾，有劲。"铁乐很得意。

"你家不有电脑吗，怎么跑到别人家打游戏？"村长问。

"哎，我住四楼，爹经常上来巡查，他不喜欢我打游戏。但他管得了吗？看，我手上这个小玩意儿，比手游还来劲，走哪儿，带哪儿，打哪儿。以前，我和高中同学周末都到县上网吧去玩，进去两天才舍得出来。那款'霹雳火'玩到我手软，买装备花了五千元。遗憾的是，最后没有杀死那女妖精。只差那么一点点，我不服气。那几年每个周末都去泡网吧。村长，你打游戏吗？"铁乐笑嘻嘻地问。

"打过，我们那个时候流行'追风少年'和'七侠八怪'。也是整天泡在网吧里。但有一次出事了。我们学校另一个班的三个同学打了一个通宵，又饿又累。凌晨四点从网吧出来，沿铁路返回学校，因为太累，三个同学就在铁路上睡着了。不幸的事情发生了，一列火车开过来，把其中一个同学轧死了。这事闹得很大，随后就掀起了打击黑网吧的行动。我爹我娘也不准我打游戏了。但是，打游戏是会上瘾的。我倒是克制了。我另外两个同学还是去网吧打游戏。结果第二年高考，他俩落榜了。铁乐，我还真想问问，你怎么没有考大学呢？”村长问。

“考了，一塌糊涂。别提了，我不喜欢读书，我就喜欢打游戏，刺激，把我全身神经都调动起来了。每一次打完，我都爽死了。我不喜欢读书，看着书本就头疼，累死了。”铁乐说。

村长点点头：“你喜欢打游戏，我无话可说。年轻人都有各自的兴趣爱好，但总要学门技术吧。像你爹你娘，一个打铁锹，一个做豆腐，现在红红火火，都是有技术做支撑的。”

“我才不学他们呢。天不亮就起床，天黑了才回家。每次回家都是腰酸背痛的样子，看着就累。”铁乐收起了笑容。

村长看着铁乐：“那你就把一百亩甘蔗林管好、经营好。这关系到十几个农户的收入，也是村里的希望，你应该做得到吧。”

铁乐侧过头：“这个没问题，很简单，不费什么脑筋，和打游戏比起来，没有含金量。”

“你一口一个游戏，种植栽培甘蔗的书看过没有？”村长问。

“村长，我感觉你有点小看我。我说过，我不喜欢读书，看着书我就头疼。种甘蔗有什么技术含量吗？需要看书本吗？当初，让我承包经营甘蔗林，几个老农民你一言我一句，不就什么都知道了吗？经营上的事，也是这几个老农民指指路，联系外面收购的不就行了吗？我只管数钱，几个人开会，缴税，上交村里的多少，剩下的百分之三十用于发展基金，再剩下的，按入股比例分了，就这样简单，哪有这么费事的？”铁乐一口气说出来。

村长也收起了笑容：“我从来没小看你，恰恰是看重你。我心里装着这一百亩甘蔗林，装着十几户农户的收入。当然，也有你的收入。我是希望以后的甘蔗越多越好，多卖几个钱。你看看种植甘蔗技术方面的书，有什么头疼，有什么不喜欢的呢？几个老农民诚心诚意帮你，是因为甘蔗林里有他们的收入，对你小子不放心。你该长点志气了，要成为管理能手、经营能手、技术能手。不要整天沉迷于游戏，把时间荒废了。你才二十六岁，一晃就是三十岁。”

铁乐沉默一会儿：“村长，你在教育我。你说的这些和我爹我娘说的一样，够烦的了。现在时代早变了，发展到什么时候了，你们知道吗？元宇宙，元宇宙，一个未来的全新世界。我们现在所做的一切都将全部被抛弃，不复存在。我们将来在元宇宙里开始全新的生活和生存方式。是的，村长，你都三十多岁了，老了。我说的这些你不理解。换句话说，你听不懂，但是你也不能用老眼光看我。你知道我打的什么游戏吗？你以为还是‘追风少年’‘霹雳火’吗？你以为还是现在流行的‘五兄弟’‘姐妹花’吗？玩法都变了啊。我现在打的是区块链游戏啊。‘链游’知道吗？不知道吧。我的一只脚已经迈进了元宇宙，知道吗？区块链是元宇宙的基础。‘链游’是实现元宇宙虚拟世界互动交流的生存生活方式之一。这些，村长，你懂吗？你不懂，我倒建议，你先把元宇宙搞明白，再来教育我。”

村长沉默一会儿：“花了多少钱？”

铁乐犹豫了一下：“十九万呀。”

村长又问：“你一年收入多少？”

铁乐想了想：“收成好的话，十三万。”

村长：“差不多一年半的收入，赔进去了。”

铁乐：“不是赔，是消费了。在元宇宙里消费是有点贵。但只要高兴，我愿意高消费。”

村长想想：“这是你的自由，我管不了。我只想说，这片甘蔗林如果被你搞砸了，我们就解除合同，找一个能干的人来承包。另外，顺便说一句，元宇宙这个东西现在很火，很多投机商受利益驱动，都争着热炒元宇宙概念。你说得对，区块链是未来实现元宇宙的基础。但所谓区块链概念游戏未必就是。你看，你十几万元投进去了。你玩够了，玩高兴了，游戏开发商赚够了。你有多少钱呢，能满足他们欲望吗？”说完，村长闷闷不乐走了。

一转眼，村长驾车来到了明铺家具厂：“好家伙，家具厂门够气派的。”

明铺家具厂顾总一路小跑过来：“我的好村长啊，有一个月没有来了。”

“你做得好好的，我来干什么？干扰你啊？你没那个时间，我也没那个时间。”说完和顾总一起走进厂部大楼，上了二楼明铺家具厂会议室。

会议室是长方形的，中间摆放着一条长十米，宽两米，高七十厘米的实木桌。桌上摆放功夫茶全套茶具。室内四周沿墙壁地上摆着各式各样根雕。象征福气的，招财进宝的，还有几件花鸟和鹰。看得出，经过精心设计，错落有致，和室内装修品位相符。最大一面墙上是明铺家具厂样品图片，看上去令人目不暇接，赏心悦目。前端墙上，是明铺家具厂获得的各种荣誉、奖状、奖牌有序排列。另一端头墙上是顾总和县上、镇上领导合影的照片。有集体的，也有和领导个人单独合影的。无论集体或个人合影，顾总总是春风满面，让人感觉是一位成功的民营企业家。

“村长，你喜欢喝什么茶？红茶还是绿茶？”顾总边说边在茶台上烧水，把小茶杯放进小锅内煮煮又夹出来摆好。

“不喝了，不喝了，我来是问问甘旺和菱姣的情况。”村长说。

顾总把泡好的红茶倒进大杯，又给村长倒上一小杯。村长忙说：“倒一大杯，我不习惯慢慢品。”村长自己把红茶倒进大杯子。

顾总似有难言之隐：“村长，你来了，说真话，连续六个月了，营业额直接下降。一方面红木家具不好卖，我认。另一方面，网络销售对我们形成了巨大冲击。我们也挂网销售，但起色不大。我在想办法，但还是没有找到好的解决办法。”

“是啊，我大学同学有几个经商的都喊不行了。有时我也在想，我们铁头村大都是吃的，是刚需，没什么感觉。但你这个家具行业，和房地产有关，只要政策收紧肯定会有影响。再一个红木这个事，十几年前炒得火热，就像现在的元宇宙，那价格高得离谱了。一张小小凳子几千元，一整套红木家具要几百上千万元。真有这么值钱吗？我只能说有些人太有钱了。有钱就是任性。很大一部分人懂都不懂。买的红木究竟是什么红木没搞清楚，就把巨额资金往里砸，还说是投资。我敢肯定有些人现在还套在里面，很难解套。”村长喝了一口红茶：“真有钱。”

顾总笑了起来：“我就是那个时候赚到了第一桶金。但我们的红木是货真价实的，都是从红木原产地进口的。想当年为了买红木原料，我和几个老板把几座山都买下来了，把树木全砍了，把树桩和粗一点的树枝运回来经过加工处理囤积起来。厂房装不下，又去租大型仓库。那几年啊，我赚了四十多亿。整天感觉有人送钱给你啊，挡都挡不住。看着一堆堆红木原料，满眼都是黄金宝贝啊。唉，那段日子一去不复返了。”顾总品了一口茶，“现在是一天不如一天。我开始琢磨变思路。降价，大幅降价，但还是没人理会。怪了，难道人们不喜欢红木吗？我没办法，只好囤着。另外，我开始做实木家具，用其他木料做，明式的。又怪了，居然就有人买。哈哈，是不是人们欣赏、消费的观念变了，不相信红木了。所以，我把明铺家具厂在网上挂的广告去掉了红木两个字。”

“你确实是生意人。抓住消费者心理，随机应变。如果是同样的家具，一个是红木的，另一个不是红木的，我会去看看不是红木的。而红木的呢，我看都不看就走了。消费者是市场的基础，也决定你家具厂的生死存亡。”

顾总点点头：“现在我有两个想法，想试一试。一个是启动‘直播带货’。筹备了一段时间。甘旺和菱姣来厂里就干这件事。另一个想法就是想给明铺家具厂戴上元宇宙的帽子，在虚拟世界销售，在线下提货。”

村长认真地看着顾总：“你还有这种想法？前一个我双手赞成，后一个我真的是搞不懂，听起来就是虚无缥缈的。你是怎么想到的？”

顾总诡异一笑：“有几个著名的运动品牌搭上元宇宙概念，生产了元宇宙运动鞋，元宇宙全套运动服，买的人很多，已经大赚了。还有，元宇宙香包、元宇宙化妆品、元宇宙服装、元宇宙眼镜、元宇宙鲜花、元宇宙香烟甚至元宇宙酒、元宇宙茶叶，你信吗？但确实有了。我想了一下，元宇宙家具还没有呢。我是个地道的生意人，就想搭上元宇宙这班车。只要东西真，我就没有欺骗消费者。”

村长对顾总说，“你还是把直播带货先做起来吧，请网红来宣传，网红有影响力，有流量，很多消费者都是冲着他们才下单的。”

“是啊。这是销售方式的新鲜玩意儿，很火爆。我也上网看了，好多农村产品，通过这些网红一渲染，一小时就把当地的农产品抢光了。还有什么护肤品、化妆品、营养品、保健品等等。网红在网上讲几分钟就抢光了。走，到厂里去，甘旺和菱姣还在那里排练。”

前往直播带货演练室要路过一间大办公室。有二十几个年轻人在电脑上工作，大部分戴着眼镜。顾总给村长介绍：“这里面有九名博士，十几名硕士。是我们从各地招来的。大部分是搞平面设计、房屋设计的，还有搞美术构图、传媒策划、广告设计的，还有一个是雕塑专业的。”

村长站着不动了：“哦，这可是一抹亮色。看来高学历的人是哪有机会就往哪里飞。我看你们现在的明铺家具厂更好了，有一些家具只有少量明式元素，加入了很多现代元素，原来都是这些人在精心设计啊。顾总有先见之明。那些传统的家庭作坊式、家族式家具思路，以后就少了。”

“是的。设计理念、设计方案、设计构图、设计测试都由他们完成。市场营销、广告宣传、物流货运、售后服务是另外几个组负责。我主要负责市场调查和质量把关。这些年轻人思想很先进。有三个博士都是从海外留学归来的。我在面试他们时，他们都说工作地点不重要，重要的是能发挥他们的长处。能到铁头村来，可见他们对这个专业非常喜欢。有几款家具就是他们设计的。”顾总介绍道。

村长忙说：“他们的待遇怎么算，和普通员工比，和你一起创业的老员工、新招进来的员工，还有已经是高管、中管的员工怎么平衡呢？”

“这事我想了很久。为此我还请教了心理学家。心理学家告诉我一个例子，一个人发了财、当了官、出了名，只有百分之一的人高兴，就是家人。百分之九十八的人无动于衷，无关他们的事，另有还有百分之一的人不高兴，嫉妒。只要涉及名利的事，先把人的心理揣摩一下，处理起来矛盾就会少很多。否则，决策人和当事人都会陷于一种无形的纠葛之中。处理不好，矛盾突然爆发，很伤神。我把这些博士、硕士的薪酬待遇，单独列入一个薪酬系统，与公司其他人完全割裂。实行年薪制，基础工资在十万元。而绩效工资很高却没这么好拿。谁设计的方案经公司评委会通过，如设计的这款家具在市场上卖得好，就根据利润提成，这叫浮动年薪。一个人甚至可以拿到一百万、两百万。”说着村长和顾总进入了直播带货演练间。

“我在电视上看过，直播室都这样。”村长一进门就说。

“完全按现场直播方式。摄影机架好了。桌上摆了三个无线话筒。甘旺和菱姣已经在这里工作三天了。精神可嘉，能吃苦。哈哈，甘旺、菱姣过来，村长对我不放心啊。来看看你们。”顾总招呼甘旺和菱姣。

“哟，都换上明铺家具厂工作服了，挺精神的。听说你们已经演练三天了，有感觉了吧?”村长笑着。

甘旺也笑了：“菱姣还行，我一背台词，舌头就打结。经常想不起下句是什么。”

菱姣：“他是紧张。平时他说话还行。在做电子产品贸易那会儿，他说话挺顺溜的，反倒是我说话有点结巴。”

甘旺苦笑：“紧张，紧张。我知道是演练，摄像机镜头盖都没打开。但一想到这玩意儿脑子就乱，说话也不利索了。”

“多练几遍就好了。几遍不行，就练几十遍，形成大脑记忆以后不用记，本能地就说得顺溜了。我到铁头村当村长，第一次在全村大会说话还算可以吧。”村长还没说完，甘旺和菱姣全都竖起大拇指：“那是那是，演说家啊，全村的人都被震住了。”

村长接着说：“你们哪知道呀，我写好了稿子，修改了十遍，至少背了十遍。对着镜子演讲，整整三天啊。大脑形成机械记忆了。像熟练的打字员，一分钟不看键盘可以打三百字。像电视上看到的钢琴家弹钢琴，闭着眼睛就能弹奏一首很长的曲子。机械记忆嘛，只要努力，谁都会。甘旺，就这样练，几十遍不行，就几百遍。我心目中的甘旺，哪有干不成事的呢?”

大家都看着甘旺。

“行，村长按你说的做。”甘旺看到大家，“本人豁出去了。”

“顾总，顾总。”一位戴眼镜的博士呼喊着直奔而来，“元宇宙家具的设计图出来了。”

“啊?”几人一惊。

村长上前一步：“让我看看是个什么东西。”

顾总看着：“选择方向是有意义的，做小家具，办公家具。因为真正的明式风格家具是很难元宇宙化的。”

村长翻了翻：“几十页啊。”

博士解释：“一页一个品种。”

村长又问：“这还是明式风格家具吗?”

博士说：“不是，只是借助了一些明式元素，应该是弱化明式风格了。”

村长翻着：“我都没见过家具还可以这样设计的。”

顾总说：“这就对了，谁都没见过的设计出来，说明这个团队用对了。”

村长忍不住笑：“有点奇幻。”

博士非常认真：“我的设计理念是这样的：弱化国内市场，面向国外；弱化明式风格家具，力求款式多样；弱化老年中年，瞄准青年少年；弱化红木实木，采用塑铝材料。最后一个理念是，也是顾总交代的，弱化传统家具，放眼虚拟世界。”

“啊，把设计理念说上一大段，做出来到卖出去，把钱收回来，还有很多路要走吧?”村长很佩服博士。

“是的，我的任何一个构图设计、单品试样、材料选取、制作工艺、包装上市等等都有理念作支撑。不是头脑发热，一时冲动。每一个步骤，每一个环节必须回答为什么。阐述了理由，还要经过顾总为首的专家委员会评估。评估通过了才正式实施，我的工作才有成果。”博士轻言细语地解释。

“有具体的产品设计图吗?”一旁的甘旺突然来了兴趣。

博士把设计方案打开：“看，这是第一款。是一张书桌。专门为虚拟世界里虚拟人设计的。形状和我们现在用的书桌一样。不同的是书桌的四条腿，分别涂有红、蓝、绿、荧光黄色，向上散发着流动的光影。底部有隐约的浮云图案，意思是悬浮在空中。书桌后面从外到里有五级发光台级，可根据自己喜好调整光的颜色，意即五彩缤纷，美轮美奂。书桌上有笔筒，它的形状似火箭，也可以是航天器，让人感觉这是上班的交通工具。书桌上的电脑是凹形的，和我们现在的电脑不一样。凹处是虚拟现实显示器。虚拟人与虚拟人可互动交流，可以同时达到三十人交流，三十格，互不打搅，虚拟人在此自由地互动。当虚拟人想与铁哥们儿或与最要好的女士交流一些悄悄话时，可利用全息投影把虚拟人独立出来站在凹处中间进行私密交流，其他人听不到的。”

正当大家津津有味听博士介绍时，顾总一把合上了设计方案：“这些都是机密，等几天开会评审。”

“谢谢顾总。”博士一溜烟跑了。

甘旺呆呆望着博士背影，慢慢回过头：“顾总，你们做的家具，还配有电脑吗？”

顾总一笑：“是一种家具的综合设计方案。把主产品和副产品同时推出，让消费者形成完整印象。对了，你是做电子产品贸易的，敏感。你现在还是按村长说的把直播带货做好。”

甘旺有点激动了：“我要做元宇宙电脑贸易。在那个虚拟世界办公、开会、游戏、绘图、设计一样都不能少。电脑市场大到无边，几十亿台。我只做几十亿分之一就够了。对了，电脑也有坏的时候，我还可以开一个电脑维修部，一年只修一百万台就够了。其他的让给别人。请问，顾总，你的元宇宙电脑何时能开发出？”

村长看着甘旺：“甘旺，你是不是着魔了？刚才博士介绍的都是纸上谈兵。哪有什么电脑呀？这是家具厂，生产的一定是家具。顾总的意思是要搭上元宇宙这班车。能否搭上还是未知数。你把直播带货搞好了，收入也不差。我今天来就是看看你和菱姣怎么样，我放心了。”又对顾总说，“这几天腾云驾雾沉浸式体验团的四个年轻人要来家具厂体验体验，主要是体验家具初加工阶段的感觉，请你帮忙招呼一下。”说完，村长驾车离开了。

/ 四 /

“三幻”平台，“三妙”公司，“飘”楼没有飘起来

“出个题目，来到铁头村第一个感觉是什么？我们写在纸上同时亮出来。”金戈无精打采地问。

四人同时亮出纸面“累”。

“没有第二个字了。”金戈靠在墙上，仍然无精打采。

紫藤靠在椅子上没有说话。

仙女和绿苗趴在桌上。

绿苗悄悄一句：“太累了。”

仙女点点头：“还要体验几个月，我现在就坚持不下去了。”

绿苗把双手张开给仙女看。

“嗯，结痂了。搽了铁叔送的消炎药，好得挺快。”仙女竖起拇指：“你真行，我看着都痛。”

“是真痛。但我忍着没叫一声。这几天，我做梦都梦到这事。‘当当当’，几次把我惊醒。想起来，有意思。”绿苗又把手放下。

仙女想了想：“你说，楚总把我们叫到这里，体验铁头村的一切值得吗？”

绿苗：“不太清楚。他派工，我们干活就是了。”

仙女：“但金戈和紫藤好像明白一点，他们摄像、摄影，做记录挺上心的。”

“他们是上心，蛛丝马迹都不放过。”绿苗说完回头悄悄看金戈和紫藤，“他们睡着了。”

“睡，我也累了。”仙女闭上眼睛。

绿苗看着自己手上的结痂也闭上了眼睛……

“好啦，二十分钟休息时间到了。我们说说情况。今天，也是上报最初阶段影像资料的最后一天。来，我们努力，咬咬牙挺过去。”金戈一声召唤，大家各自打开电脑。

“第一天，铁头村区域测距等各项数据，包括距离、弯道、上下坡、树林、池塘、田埂、小路、大路、房屋、院坝、树林、梯坎以及农作物品种、水果种植地、鱼塘等，全都进入了数据资料库。”紫藤第一个说。

“天气变化情况，湿度变化情况也进入了数据资料库。”仙女也说。

“我们四人从出发到回归的所有声音、肢体动作、精神状态、面部表情也进入了数据资料库。”绿苗说。

“太好了，我们的任务就是根据影像资料库情况和我们的笔记分门别类进行整理，编码传输到技术组进行三维立体建模。”金戈说。

“这是第一个任务。第二个任务就是把我们到铁锹制造厂进行体验的情况分门别类进行编码。第三个任务大家千万别忘了。我们到铁头村报到之日，村长、铁叔、豆娘这三个人给我们留下的印象太深了。他们的一切都要进行采集编码，形成一个专题。未来虚拟世界里一定有这三个原型原貌虚拟人的一席之地。他们是现实社会中真正的劳动生产者。以他们为原型设计的虚拟人在虚拟世界里进行开创性生产劳动，创造和改造一个全新的世界，会直逼众多玩家和体验者心灵深处。这部分由我来进行编码，形成专题上传楚支科技。”金戈看着大家：“我们争取五个小时完成。咖啡、馒头、泡面、矿泉水准备好了吗?”金戈看着大家：“那我们开始吧。”

只有键盘声和喘气声……

“金戈，我想提个问题。在铁锹厂铁叔敲打铁锹溅起的火星也编码吗?”仙女问。

“当然要编。”金戈回答。

紫藤也举手：“溅起火星的同时，也溅起的火星周围的尘末也编吗?”

“当然要编。”金戈回头。

“还有一个细节请教一下。铁叔在大声说话时从口中溅出的口沫，我在电脑里看回放的慢镜头，像雪花一样飘落，很美妙，也要编码吗?”紫藤又举手。

“这是经典之处。当一个人真心实意到了恨铁不成钢之时，会迸发出激动而善意的元素，和那些说话口水滴答，泡子翻天不一样。编码加注，编码加注。”金戈连说两遍。

“那我这儿呢?”绿苗把两只手举起。

金戈一看：“血泡。编码加注，编码加注。未来是虚拟世界体验的神来之笔。我提醒诸位，醒目的大场景、大实景，各种人物要在未来虚拟世界还原真实，让体验者从心理上完全接受。不像传统游戏凭想象设计的各种场景，尽管千姿百态，对游戏玩家有视觉冲击，但并没有让人体验到真实环境的真正吸引力、诱惑力。游戏开发者由于没有艰苦的实景采集，形不成实景数据库。只能凭空想象，或者干脆借鉴其他游戏某个场景修修补补，添添加加，再辅之光景变化，场景就成了。没有生命力、原动力，呆板，千篇一律。玩家和体验者的思想感情根本无法融入。”

紫藤接话：“有道理，有道理。我打游戏只注意人的行为，场景一扫而过，毫无感觉。所以这次我把池塘渗到外面的水滴声也编码加注了。编码时，我就想象在虚拟世界里，如体验者进入一个有池塘的场景，看见了那几股渗出的水流，我编码的流水声就能用上了。这是货真价实的流水声，和滔滔溪流，潺潺流水还真不一样。”

“太好了，紫藤你心真细。我也把爬坡时双脚穿着不同鞋子在接触地面瞬间发出不同的声音编码了，真有意思。”绿苗也说。

“是啊，尤其是上坡时脚底用力接触地面发出的声音是不同的。不注意仔细听，有些脚步声都听不到。但放进电脑里，放慢速度，放大声音，它们听起来会很奇妙。”仙女也说。

“我们之前打游戏，在电影电视剧里听到的脚步声，为了达到音响听声效果都加了特效处理。基本都是‘嘎吱嘎吱’的，以为能刺激观众和游戏爱好者的听觉。但实际上，千篇一律的脚步声听着毫无感觉。我玩游戏时，听到嘎吱嘎吱，一点感觉都没有。”金戈加入脚步声的讨论。

绿苗也兴奋了：“对，对，影视剧和游戏里的开门声也几乎一模一样。‘嘎——吱，嘎——吱’，通常是外面有风的模式，而后‘吱——嘎，吱——嘎’，说明有情况，预示鬼要来了……”

几人正说着，突然旁边的门“吱——嘎”开了。

几人吓一跳，转过头，盯着门，铁叔出现了。

“哦……”不知谁叫了一声，几人趴在桌上哄堂大笑。铁叔莫名其妙，赶紧看看手上端着的一锅土鸡汤，又瞧瞧怀抱一簸箕窝窝头的豆娘。

几人连喊带叫：“铁叔好，豆娘好。”

“是我开门把你们吓着了吧？这开门声有时让我也会受惊吓，有空了我修修。”铁叔解释道。

“我们正说到鬼开门‘吱嘎’一声，这门就‘吱嘎’一声开了。哈哈，遇巧了，铁叔。”绿苗说。

豆娘上前：“看到你们天天加班加点，给你们弄点吃的补补。别小看这窝窝头，不是玉米面做的，而是板栗粉子做的。想当年啊。有一个女皇帝逃难时，吃不上宫廷里的美味佳肴，逃难路上就吃板栗粉做的窝窝头充饥。当她渡过难关回到宫廷后，就把板粟窝窝头列为上等主食，每顿必吃一个。我们也喜欢吃板栗窝窝头。用机器把板栗磨成板栗粉，可细了，入口即化，吞咽顺溜，利于消化，营养丰富。你们几个年轻人辛苦，每人吃几个，喝上一碗土鸡汤，缓解疲劳、增加营养、提高免疫力、保持精力。”说完，拽着铁叔，“你们工作，我和铁叔不打扰你们了。”

几人连声道谢：“谢谢豆娘，谢谢铁叔。”

绿苗久久看着窝窝头和一碗土鸡汤默不作声，几颗泪珠掉了下来：“他们就像我的亲爹亲娘……”

大家都沉默了。他们知道绿苗的娘在疫情严重时走了。

“绿苗，你爹在干啥?”仙女问了一句。

“在煤矿工作，很辛苦。尽管现在的煤矿都是现代化设备探煤，通风系统、监测系统很成熟，但还是有安全风险。有时，一想到他我就担心。我现在特别爱我爹。公司放假，我就第一时间跑回去带着他喜欢吃的香肠，买一瓶高粱酒，和他饮上半宿。有时他加班，我就提着酒壶和香肠在煤矿门口等他下班。他出来时满脸黑灰，看见我就冲过来，打开酒壶就是一大口，那黑乎乎的手抓起香肠就吃，边吃边笑：'太好吃了，太好吃了。'我看着他，傻傻地笑着……"说完，绿苗又流下几滴眼泪。

"采煤。"金戈脱口而出，"在虚拟世界体验里，必须有煤矿工人采煤的体验!"

"但是，铁头村没有煤矿。"紫藤说。

"没关系，找村长联系一下其他村。"金戈看着大家，"就这么定了。"沉默了一会儿，金戈说："继续，今晚十一点五十九分前必须保证上传数据。楚支科技几个技术组二十几个人正焦急地等待着我们的数据。"

几个人又忙起来。

深夜，丁香和铁蛋睡了。铁欢走到书房打开电脑进入科幻、梦幻、奇幻"三幻"公司开发的虚拟平台，又进入精妙、美妙、玄妙"三妙"公司开发的楼盘"飘"。这个让铁欢内心激动了几天的房产投资项目，让他几天几夜睡不好觉，他紧张地关注着虚拟房地产的涨跌。

几乎每天都有元宇宙概念虚拟房地产消息。一夜暴富机会随处可见。某某一出手，一亿得来全不费功夫。某某又出手，豪掷十亿拿下地王。某某购置的黄金地块已翻十倍，又某某典藏级楼盘价值直升百倍。博物馆、商铺、珠宝店、服装城、奢侈品免税店等等说来就来了。

怎么"三幻"平台，"三妙"公司开发的"飘"楼房产就是不涨呢？相关信息查了几天也没找到一条。

奇怪。铁欢有点按捺不住了。他点击进入了"飘"的售房部。

刚进去，窗口弹出一个新的女性售楼主管。

售楼主管微笑着向铁欢招招手："欢迎'飘'楼业主，501室主人铁先生再次光临。我是新任售楼主管蒙蒙。请问铁先生有什么需要了解的吗?"

铁欢急忙问："售房部之前的那位主管呢?"

蒙蒙："哦，哦，那位主管由于销售业绩突出，升职了，到另一个由

“海水、江水、河水”的‘水水水’公司任总裁助理，负责虚拟世界水资源的开发与应用，为即将到来的无法估量的虚拟人提供水源。”

“对不起，我刚才听你说，销售业绩突出，是指“飘”楼卖得好吗？”铁欢问。

“是的，如铁先生所料，‘飘’楼已经售罄。只有‘三妙’公司董事长手里留有几套特价房，主要是照顾朋友和我们‘飘’楼业主。”蒙蒙微笑着。

“哦。卖完了，是真的吗？”铁欢想问清楚，“就是说，有人要买但没有房源了？”

“是的。如果‘飘’楼业主有二次购房意愿，董事长说可以酌情考虑。铁先生可以参观一下董事长预留的几套住房。”

“哦，不不。我想问，有人出售二手房吗？”铁欢问。

“暂时没有。铁先生想买二手房吗？”蒙蒙又问。

“不不。我是说如果现在转让的话，有人买吗？”铁欢有点心急了。

“铁先生，我明白你的意思了。你想把刚买的501室卖出去，从中赚差价。铁先生，你太英明了，比三百万高出一点卖出，就赢利了。铁先生很有投资意识。你是开盘之初第一批购房者，在价格底部获得了万人期盼的如意住房，令我们售楼部的二十名员工羡慕不已。如果，铁先生真要转让的话，你的心理价位是多少呢？”蒙蒙微笑着问。

铁欢想了几秒：“我挂六百万元出售，有可能吗？”

蒙蒙仍然微笑着：“有人买，是有可能的。无人买，是不可能的。”

铁欢想了想：“我是说这个价位高不高？”

蒙蒙笑着：“有钱人来买不贵，钱少的人来买太贵。凡事看购房者的经济实力和心情。铁先生是按六百万元挂牌出售吗？我需要你的肯定答复，便于我们工作人员按正规程序操作。”

铁欢想了想：“我还想咨询一个问题，如果长时间卖不出去，我可以按原价退房吗？”

蒙蒙：“可以的。我们将竭诚为铁先生做好退房服务。但要在你挂牌出售一个月后，才能进入退房程序。”

铁欢：“先别忙挂牌转让，我和家人商量一下，一会儿再联系你好吗?”

蒙蒙：“没问题的。你和家人商量好后，我们工作人员二十四小时等待铁先生的消息，愿铁先生一切如愿。”

铁欢坐着沉默了一会儿，卖还是不卖困扰着他。元宇宙房产炒得这么火热，费尽了口舌才打动了爹娘，争取到了三百万元成功购置了一套虚拟世界的房产。本想大赚一笔抽身走人，把爹娘三百万还了，净赚的三百万再去投资其他元宇宙产品，也没有压力。但是，才一周。他查阅了网上几乎所有大炒元宇宙虚拟房产信息，没有看到“三幻”公司平台“三妙”公司开发的“飘”楼的任何消息。他有点不放心，但又找不到动摇自己爆炒暴赚虚拟房产的理由。一看到网上那些第一批爆炒虚拟房产的已经暴赚的消息，他就激动不已，至今还没有发现一条投资血本无归的案例。至少，现阶段投资虚拟房产只赚不赔，铁欢越发坚定这种想法。

铁欢决心再等等，先按六百万元挂牌出售，一个月后再办退房也不迟。

他又进入了“飘”楼售楼部，那位笑容可掬的蒙蒙说：“铁先生，和家人商量好了？是按六百万元挂牌转让，还是直接办理退房手续呢?”

“按六百万元挂牌转让。”铁欢果断回答。

“好的。一个月之后再联系我们。如果没有转让成功，你再申请办理退房手续。祝铁先生一切如愿。欢迎再次光临‘飘’楼。”蒙蒙微笑着退出了窗口。

铁欢盯着电脑，发现蒙蒙退出窗口后，窗口内立即出现了一段广告：“‘三妙’公司从今日起隆重推出黄金地块，共一百亩。整体出售不分零。起价一千万元。与大海为伴，与机场为邻。稀缺资源，整体出让，升值空间巨大。望挚爱我们‘三妙’公司，前期青睐我们‘飘’楼的三百九十九名业主先行考察，详细论证，稳健投资。‘三妙’公司爱你们。”

铁欢把这条广告反复看了几遍，一看到一千万元，他就泄气了，随即关掉了电脑。

第二天，铁欢准时出现在电子技校的课堂上。还没开课，教室门外一位教师伸进头来："铁欢，回来上课啦。"铁欢微微一笑。那位教师加了一句，"下次代课找我，我可以便宜一点。"铁欢做了一个手势表示同意。

铁欢看着三十名学生："这几天，代课老师教的课，你们都复习了吗？作业都做了吗？搞不清楚的问题都提出来了吗？"

学生们都看着他，在想这几句话是啥意思。

一位学生举手："代课老师讲的课，我都复习过了，也做了作业，但未批下来，不知道做对没有。不懂的问题，有几个……铁老师，我能说真话吗？请你不要告诉代课老师。"

铁欢示意学生直说。

"铁老师，代课老师讲的课和你讲的课不连贯。从我们课本的第一章到第五章第二节，本来你开始讲得很好。一层层讲下来，很顺。但这一个月，你有几次请假，让代课老师来讲，之后你又来讲，之后，代课老师又来讲。我们算了一下，从第一章第一节开始到今天进入第五章第二节共十六节课，你讲了四节，他讲了十二节。如果你一开始讲四节，他讲后十二节可能我们听起来效果会好些。但是，你讲一节他讲三节，你又讲一节他又讲三节，我们早就习惯了你的讲课风格，又要重新适应他的讲课风格，刚适应了你又来讲课，所以我们听起课来有点别扭，肯定影响了学习效果。课间休息时，我们同学几个一组在讨论，这一个月的课特别难掌握。以前课后，老师都主动留下来，问问同学们有什么没听懂的。你曾经讲过，有问题只能在课堂上消化，不允许带回家里，因为家里的父母已经帮不上忙了。但是，这一个月，你没有留下问我们，代课老师更没有课后留下来。有几次下课后，我们都追着代课老师问，但他比谁都跑得快。他对我们说，你是正课老师，你都不留下帮我们，他凭什么留下来？"

另一个学生举手："于是，我就带着一大堆问题回家。心里着急，又怕影响爹娘的情绪，只好又带着问题开始听下一课。这一个月下来，问题成堆。我的想法是，这一个月不算，重新开始十六节课。而且，我们全班同学一致希望铁老师给我们讲课，不要请那个代课老师。"

其他学生嚷起来："我们要铁老师给我们讲课，坚决不要那个代课老师！"

铁欢双手作了一个安静的动作："好，好，好，同学们请安静，老师一定会找到好的解决办法的。我今天不是在这个课堂上吗？"大家笑起来。铁欢低下头叹气，"最近，老师家里有些事。父母年纪都大了，六十多岁了，身体也不好。他们都有哮喘，发作起来只能到医院住院。我是大娃，为他们就医来回奔波。请代课老师临时顶一下，是没有办法的办法。把爹娘的事安排好了，我就想到了你们，又赶回来上课，上完课又去医院。这个月反复了几次，但你们始终都在我的心里。爹娘现在出院了，回老家去了。哮喘病是会反复发作的，但是为了给你们上课，从今天起，我保证连续一个月给你们上课。"

同学们使劲地鼓掌。

下课了，教学任务完成了。看着兴高采烈的同学们，铁欢心里因投资元宇宙虚拟房产带来的焦虑暂时一扫而空。

他看见最后两个同学在玩手机，头也不抬往教室门外走。

"在玩什么呢？"他顺便问问

两个同学猛然一抬头："对不起，铁老师，现在是下课时间，我们玩游戏，谁也无权干涉。"

铁欢一笑："我好奇你们玩的什么游戏。"

"'世界末日'。最新上市的区块链游戏。"高个子男同学得意地说。

矮个子同学补充："是灰灰游戏公司开发的，顶级的游戏，玩起太过瘾了。"

"区块链游戏？"铁欢想了一下，"和传统游戏有什么区别吗？"

"这个……"高个子同学说不上来。

小个子同学摇摇头："我只觉得很有新鲜感。"

"新鲜在什么地方？"铁欢又问。

"在玩'世界末日'游戏时，里面的虚拟物品不会被清除，不会被转让。关机休息再重新开机后，我可以继续使用。物品是加密的，只有通过我授权认可才能清除、转让。最大限度保证了游戏的连续性和我的资产价值。"高个子同学说了几句。

“登录注册加密了吗?”铁欢问。

矮个子同学点点头。

“好了。我给你们简单说说。区块链的分布式存储和加密技术，保证了游戏中的虚拟物品也就是虚拟资产，是不会被运营商随意清除。刚才你们说‘世界末日’里面的一些虚拟物品没有被清除，也就是游戏运营商控制不了这些虚拟物品。还有，你们在游戏中拥有的数据是加密的，也必须经过用户授权后才能被使用。而传统游戏呢？所有的虚拟资产所有权都归运营商。运营商可以在后台随意更改、转移、清除用户在游戏中拥有的数据，你们一直处于被动地位。”

说完，铁欢看着两个认真听的同学：“再说就说远了。你们在玩区块链游戏，简称‘链游’，也需要知道大概意思。简单说，传统游戏都是高度中心化，也就是游戏开发者完全掌握整个游戏的控制权。而区块链游戏是去中心化，去控制权。游戏操作，就如你们在玩‘世界末日’时，还会带来你们的收藏价值和实际收益，这些收益和数据信息，会永远保存，不可篡改。游戏开发者不可以随意关闭。因为区块链游戏数据是分布式储存在区块链上，里面的内容和数据是在不同的平台和服务之间共享的。你们记住，打破开发者的控制权，打破传统游戏市场的垄断地位，这是最大的意义。”铁欢又笑起来，“所以，这正是‘链游’火热的原因。”

“铁老师，你也玩游戏?”高个子同学问。

“以前玩，现在没时间玩。现在正是你们这一代人玩的时候。我是希望你们玩游戏，别只顾玩‘链游’。很多游戏都搭上了元宇宙这班车，贴上了元宇宙标签。其实，和普通游戏一样，绝大部分都是网页版游戏，其架构就是早期模拟经营的‘虚拟人生’。你们玩的时候感觉到了吗，操作很简单，但特别让人感兴趣的是什么？你们的心理追求是什么？不就是买卖工具吗？买卖虚拟资产吗？你想买别人好的工具，又希望自己的工具被别人买。我教你们一个办法。把游戏放在那儿不管它。等一段，你的工具肯定有人买，收益就有了。”

两个同学又相互看看：“铁老师什么都懂，我们又学到了知识。”

两个同学走了，铁欢陷入了沉思。他知道链游有别于传统游戏。传统游戏从手游到端游，从手机到电脑，他早就玩转了。而链游，这个与元宇宙一起火起来的新玩意儿，暗含多少乱局。哈哈，游戏币只涨不跌？可以增发？兑换虚拟币可以实时变更比例？控制收益？购买装备，土地？玩家相互购买增值？还可以随时换购？"链游"等于"骗游"啊。

铁欢越想越不舒服，自己的三百万元还在"飘"楼里。虽然已经以六百万元挂牌出售，但能成功吗？他内心很挣扎，虽然早就明白炒作元宇宙虚拟房产可能是一个巨大骗局，但又偏偏进去了，想趁乱大捞一把。骗无知的人，骗发烧的人，骗任性的人，骗有钱的人，骗喜欢卖弄的人，骗喜欢作秀的人。能骗到手吗？铁欢叹了一口气，起身离开了教室。

今天是难得的周末，也是铁叔和豆娘高兴的日子。铁头村"铁锹制造公司""豆腐制作公司"双双再次获得县里的先进民营企业称号。铁叔和豆娘被评为了"优秀民营企业家"。

他们太看重这份荣誉了。以前获奖，不是铁叔，就是豆娘。这次是两人同时登台领奖，成了聚焦中心。会场很热闹，参会的人都为他们高兴。最高兴的莫过于村长了。他到铁头村快六年了，这六年也是铁锹公司和豆腐公司大发展的六年，成功进行了技术升级和公司制改造，效率和质量飞速提升。这期间，经历了多少困难，仅和铁叔、豆娘斗嘴、吵架就差点让他失去信心。还不时与镇上、县上的人围绕技术升级和公司制改造发生过顶撞，甚至拍桌子。这些都不重要了，铁锹厂和豆腐厂终于走到了今天，他心里踏实了。全镇九个村长，有三个外调提升了，有五个就地提升了。就因为自己曾经顶撞了几个镇上、县上的领导，至今仍留在铁头村。领导说这是一个很富裕的村，其他村长都想来，虽然没有提拔，但也是一种照顾，一个人不能把糖吃完了，吃完了，其他人会有意见的。

"那就继续干吧。"村长苦笑一下安慰自己。要干的事情也太多了。那份铁头村三年基础设施建设规划，是他花了三个月跑村、蹲点，请教了十几位专家，熬了十几个通宵，又经村委会反复讨论十几次的结果。凝结了自己的心血。现在最大的问题是资金，村里虽然富裕，能够积累一定的资金，但要启动三年建设规划简直就是天方夜谭。没有镇上、县上的财政支持，没有大企业、大老板的投资合作，那就只能把规划方案束之高阁了。“老同学楚总，我得扭着你啊。”村长早就动了小心机。

村长一直惦记着这份规划。他盘算着铁头村有什么好的合作项目。明铺家具厂迁到铁头村是因为翻新农户住房顺势以廉价的租金为代价，租了三百亩建厂房。还是划算的。引入一个家具厂到铁头村，社会意义远大于经济收益。起码解决了五十多名中青年农民就业。让他们每月都有几千元的收入。此举得到了镇上和县上领导的反复表扬。

想到这里，他内心又舒服了一些。又想到了明铺家具厂的顾总。哈哈，元宇宙家具。还有那个甘旺和菱姣。甘旺着魔似的要做元宇宙电脑生意，还要开一个元宇宙电脑维修部……

此时的铁叔和豆娘手牵手，慢慢走向他们三娃铁喜的鱼塘。多少年没这么牵手了。因为两人心情太好，重新体会到了一个温暖的家，驱使他们关心起自己的娃了。

远远望见鱼塘，就涌起一股幸福的冲动。到了捕鱼收网的季节，那一刻啊，活蹦乱跳的哪是鱼哟，满目都是亮闪闪的金条、银条……

铁叔高兴地指着前面：“这鱼塘够大的，有时起雾望不到边。”

“今天天气不错，有太阳照着，水里银光闪闪的。”豆娘指着鱼塘说。

“那是鱼儿在动，阳光在湖面形成了碧波荡漾。”铁叔笑笑。

“从哪儿学的词呢？”豆娘笑着看着铁叔，“你老爱装有文化。”

“是吗？请问有什么湖泊比这鱼塘美呢？”铁叔双手叉腰地看着豆娘。

“那是，那是，湖泊是美景。跟大海、江河、小溪是一串的，水美，它们都有份。你这鱼塘就是养鱼的地方。”豆娘说。

“好。我又问你，你喜欢那带水的一串，还是喜欢小小的鱼塘？”铁叔又问。

“那当然喜欢鱼塘，鱼塘里有东西嘛，有三娃铁喜的心血，有我们的牵挂，还有十几个农户的收入。还有，村领导的期待嘛。”豆娘干脆坐在了鱼塘边。

“你从来就喜欢三娃。我也喜欢，总觉得比前两个争气。”铁叔也坐下来。

“三娃吧，现在要说，就是勤快、勤劳、勤奋。从小就帮我们干活。记得吧，每年大冬天的，零下二十多摄氏度，那时候没有暖气，没有空调，没有加热器，家里生个大炉子，一根烟筒伸到屋外，一家人过冬就全靠它了。煤炭在外面一大堆，要把指姆大小的煤炭拾回来生炉子。大娃、二娃经常要滑头，指使三娃去捡。三娃成了捡煤炭的专业户了。那手冻得像胡萝卜一样，几根指头冻裂开的口子都流血了，我看着是真心疼啊。”豆娘还在想。

“我几次去医院给三娃买防冻伤的药膏，因为需求旺盛，我托了多少次熟人才把药膏买回来。我给三娃搽完药，用纱布包好，可他还是每天到外面冰天雪地捡煤炭。我是疼在心上，也喜在心上。心想，终于有一个能吃苦的人了。我那时就在想，以后我们家一半的东西，不，大半东西都留给他。”铁叔说。

豆娘笑起来：“那叫财产。我也是这样想的，如果你不给他财产，我就把我的全部财产给他。”

铁叔：“我们想到一块了。如果你不全部留给他，我也会把我那份财产全部给他。”

“好了，好了，现在说这些太早了。不过呢，三娃有什么需要，有什么要帮助，我必须出手。”豆娘看着鱼塘里的水。

“不瞒你说，三娃有什么困难，第一个出手的一定是我。”铁叔叫起来。

“爹，娘……”铁喜远远地朝铁叔和豆娘跑过来。

铁叔和豆娘一下子站起来看着铁喜。

“爹，娘，你们啥时候来的？来得正好，看后面几个村民正拖着鱼苗呢，今天是放鱼苗的日子，你们来正好，助助兴。”铁喜把身上的水壶取下递给铁叔。

“我们不喝，我们就是来看看你，也顺便到处溜达溜达。没想到你们今天放鱼苗了。”豆娘满怀欣喜。

铁叔拿着水壶：“你就喝白开水？咋不喝高档点的饮料呢？”

“爹，那些东西有什么好喝的？还不如娘的豆奶。娘上次专门给我送了十斤过来，看见没有，就后面那几个人，一会儿就喝没了。平时，背个水壶方便。你们看，这几个村民和我一样都背着水壶。我有时到县上去，看到街上已经有背水壶的了。只是水壶不一样，他们的花里胡哨的，是时尚。”铁喜招呼几个村民，“来，来，我爹我娘来了。”

几个村民跑过来：“铁叔好，豆娘好，我们在电视上看到了你们又被县上评为先进了，两人上台领奖，好多记者照相呢。”

铁叔：“我们不喜欢照相，但没办法。”

豆娘看看几大箩筐鱼苗：“这有多少呀？”

铁喜指着箩筐说：“三万尾草鱼苗。”

豆娘：“快放下去吧。”

“好。”铁喜和几个村民把鱼苗慢慢倒进鱼塘里。

铁叔和豆娘就一直看着。

“啊，没想到放鱼苗还是一个细活。”豆娘说。

“是啊，这得慢慢来，急了，一堆鱼苗进去，要打绞，生命脆弱的有危险。”铁叔也盯着鱼塘。

“爹说得对。我们这几年，鱼苗的成活率在百分之九十五，放进去三万尾，长到一斤左右，再捕上来，基本上接近三万条。很奇怪，就这么奇妙。”铁喜说。

一位村民补充：“现在流行科学养鱼，我们有专门的养鱼专家指导，还有鱼医生专门给鱼看病的。哈哈，就像养自己的儿女一样。”

铁叔和豆娘相互一看，不停地点头。

铁叔又问：“其他四个鱼塘也是今天放鱼苗吗？”

“是的。这样便于统一科学管理。”铁喜说。

“好，你忙，我和你娘还要到其他地方溜达溜达。”说完，铁叔和豆娘就离开了。走了几步，铁叔回过头，“铁喜，有什么需要的，遇到困难什么的，吱个声，别捂着，我们砸锅卖铁也要帮你。”

豆娘也硬硬地冒出一句：“我们倾家荡产也要帮你。”

铁喜在身后挥挥手：“爹，娘，你们说啥呀……”

铁叔和豆娘来到先奇老人和傅曦老人家。刚跨进门，先奇老人就招呼道：“来来来，小铁匠，豆喜妹子，今天上午在电视里又看到你们了，得奖状了。好啊，咱铁头村后继有人啊。而今眼下，你们两个把铁头村的面子撑起了啊。太好了，太好了。”

傅曦老人把豆娘拉到身边坐下：“豆喜妹子，你那个‘娘的豆奶’好喝，以前我和先奇早上都喝牛奶，现在喝豆奶。”

先奇老人也说：“豆奶更有营养。记得吧，豆喜妹子，你娘做豆腐的时候，有一种东西最好吃，就是白豆花。有一碟调料，辣椒粉和盐。一碗豆花一顿饭，清香，可口，我是爱不释手。现在你又发明了豆奶，好啊，我们有口福啊。”

铁叔拉住一旁的小兰：“小兰，豆奶没了就给我们打电话，我们送来。从现在起，两位老人就喝这种豆奶，不要再买牛奶了。”

先奇老人指着小兰：“小兰，还是要给点钱的，不能白吃白喝。”

豆娘笑了：“不用，不用，这个就算豆喜妹子和小铁匠孝敬你们的。”

先奇老人也一笑：“好吧，随你们吧。”又转了话题，“小铁匠，豆喜妹子，你们两个年纪轻轻的，应该知道一些现代化的东西吧？最近，元宇宙这个东西这么热，你们研究没有？这里边复杂得很呀。”

傅曦老人急忙指着先奇老人：“他关心国际形势，国家大事几十年了。老习惯，经常一个人对着电脑，还有那个小收音机，评头论足的。说得不过瘾，又跑来找我理论，我又没看那些新闻，哪知道什么元宇宙，都由他说，怎么说都是对的。”

铁叔看着豆娘，两人都说不清楚什么是元宇宙。但先奇老人都知道一点，自己怎么也得说上几句。

铁叔强撑着：“先爷爷，傅奶奶，这样啊，我给你们汇报一下啊。我和豆娘早就研究了，这个元宇宙啊，就是把地上的东西，就比如把我们铁头村所有的东西都搬到一个叫虚拟世界的地方。但是呢，要搬上去之前，就得把我们铁头村的地形地貌测量一下。这样，在那个虚拟世界里的铁头村，就和我们现在的铁头村一模一样了。”说到这里，铁叔喝了一口水又看看豆娘。

豆娘嘿嘿一笑：“先爷爷，傅奶奶，这么说吧，我们不仅研究了，现在我们家就住了几个建设虚拟世界铁头村的年轻人，是科技工作者。他们现在每天都在搞沉浸式体验。这个沉浸式体验呢，就是和我们同吃同住，还到铁锹厂去敲打铁锹。那手啊，磨出了几个大的血泡子，我看了都心疼。我和铁叔一合计，给他们做了板栗窝窝头，炖了土鸡汤，给他们补补，让他们早日把铁头村搬到虚拟世界去。”

傅曦老人听到这里，用手指敲敲桌子：“那个虚拟世界在哪儿呢？我不愿意搬。”

先奇老人接着问：“那个虚拟世界是什么东西呀？长什么样？和我们这里是一样的吗？”

铁叔又看看豆娘，豆娘示意铁叔来回答。铁叔想了想：“虚拟世界就是地球之外的一个世界。”

“对，是大气层外边的一个世界。据说是悬挂在空中的，上不沾天，下不着地。”豆娘又想起什么，“那上面建的房子都是‘飘’的，不是打水漂的漂，是在空中飘的飘，就是……风一吹，像棉花一样在空中飘来飘去的。”豆娘边说边用手在空中比画。

先奇老人和傅曦老人开始摸摸头，揉揉脸，好像越听越糊涂。

先奇老人用手指着小兰：“念，念给他们听听。”

小兰拿着手机打开，传出声音：“虚拟世界是以计算机模拟环境为基础，以虚拟人物化身为载体，用户在其中生活、交流的网络。”

“再念。”先奇老人又看着小兰。

小兰又念：“虚拟世界的用户可以是居民，就像我们现在铁头村的村民。我们可以选择虚拟的3D模型作为自己的替身。就像铁叔和豆娘你们可以扮作狮子和老虎，啊，不，可以装扮成……”小兰在想。

傅曦老人直接插话：“装扮成军人，女军人，男军人。”

“哦，对，你们扮成女军人和男军人，可以在那个空间里走路、排队，可以像鸟儿一样在空中飞。还可以乘坐交通工具——高铁、飞机、公共汽车——到你们想去的地方。还可以在那个空间里，和其他虚拟人，就是其他替身通过文字、图像、声音、视频进行对话，就像现在在这屋里的几个人都可以互相说话一样。”小兰边说边解释。

小兰刚念完，先奇老人用手在桌上敲敲：“听见了吧，这就是虚拟世界。”接着说，“我叫小兰每天给我念一遍，我就慢慢搞清楚了。我没什么大毛病，就喜欢刨根问底。几十年前那场战斗，小铁匠你爷爷老铁匠，还有老铁匠的三个兄弟，我们两百多人在一次突围战中，被敌人围困了三天三夜，后来我们都听见敌人的坦克声渐渐远了，大家商量着准备突围。刚准备动身，我趴在地上，耳朵贴着地面一听，不对，另一个方向的坦克声又过来了。我立即下令让大家别动，迅速钻入掩体。之后，侦察兵又来报告，说刚来的坦克也开走了。我说你亲自看到的还是凭耳朵听的，他说是眼睛看的，我说你等十分钟再去看。果然十分钟后，坦克没有上来。两百多名战士已经饿了三天，都希望冲出去，不想在掩体里等死，我坚持了一下，一连串的问号在我脑子里涌出来。我决定叫上老铁匠和他三个兄弟亲自去侦察。毕竟这关系到两百多人的命啊，得谨慎点。大约十五分钟后，我们几人匍匐前进到村口，四面突然响起了坦克声。‘撤！’我大声说。已经来不及了，敌人已经围了上来，坦克疯狂向村里开火。我们边打边撤，分头往村里跑。好不容易，我跑到了掩体内，和战友会合后钻入了地道。我们知道敌人最怕地道战，一旦我们钻进地道，敌人就不敢贸然进攻。通常是围几天，筋疲力尽就撤了。所以，我们两百多战友都活了下来。后来，我们大部队来把那股敌人消灭了，把我们也解救出来。在清点人数时，我和老铁匠才发现，他的三个兄弟在往回撤的过程中被敌人坦克的炮弹击中了。我们在寻找时发现，他们没有留下一具完整的尸体，惨啦。”先奇老人低下头，轻轻揉了揉双眼，“好了，不说这些了，我是想讲一个意思，遇到事情多问几个为什么，就容易把事情搞清楚。哈哈哈，我老说过去，说打仗。现在回过头来，还是来说说元宇宙。”

铁叔听先奇老人这么一说，就突然想起随身不离衣兜的小收音机，拿出来放在桌上，随手把收音机打开：“哈哈，我也有一个。”

“元宇宙游戏公司突然暴增八倍。游戏币疯涨三倍。链游已成新宠。虚拟币又翻两倍。虚拟场景花样百出。虚拟商品层出不穷。虚拟人市场竞争激烈。人才稀缺紧俏奇缺。百万年薪诚聘英才。技术人才价值飙升。”

傅曦老人问：“怎么没有虚拟世界的北极光南极光呢？”

几人都不说话。

小兰插了一句：“如果那个虚拟世界和我们地球一样就能看见北极光和南极光了。”

先奇老人叹一声：“哎，这个元宇宙还真有点深奥啊。我活了一百多年，这次被难倒了。新名词太多，看着就头痛。在网上打斗地主游戏就没有这么复杂。”

铁叔一拍腿：“元宇宙那就是一个虚拟世界。有三个人轮流当地主，这三个人是替身，就是虚拟人，不是吗？一个地主，两个长工，三个真人替身在玩纸牌，玩游戏。三个替身都在动脑筋，考虑出什么牌。有时可费脑筋了，因为出错就要输。”

豆娘也拍起掌：“有点这意思，但那是虚拟世界吗？”

铁叔看看豆娘：“小兰刚才不念了吗，就是通过计算机搞的网络世界，就是虚拟世界。”

小兰立即说：“铁叔，人家那个虚拟世界的真人替身可以走路、飞翔、搭乘交通工具，还可以相互交流说话。”

铁叔立即说：“是啊，没错啊。在虚拟世界打牌斗地主和我们现实世界打牌斗地主一样啊。怎么能说话呢？说了不要赖皮吗？再说了，能走能飞吗？不三缺一吗？”

先奇老人也拍拍桌子：“我终于有点明白了。小铁匠说得有点意思。我们不说打牌，打牌是不能说话，也不能说走就走，总要打完一盘才能走嘛。如果是三个人开会总可以说话吧，那个声音不就有了吧，你一句我一句的。开完会下班了，一个人乘车回家，还有一个人飞起来回家。”

傅曦老人也拍拍桌子：“嘿嘿，这话终于有点意思了。开完会下班后，我不坐车也不坐船，我们俩手挽手飞起来到北极或是到南极，看极光去。看了再回家吃饭。”

“那我们两个的替身，虚拟人该是啥样的呢？这你好好想想，肯定不能像妖魔鬼怪，鬼哭狼嚎式的，也不能戴头盔铁甲式的，太重。”先奇老人设想着。

傅曦老人：“要我说，你就穿一身军装，军人。我还是那件灰色旗袍，戴一条绿色围巾。”

“对，对，这比什么都好看。”豆娘说完跳起来，“绝配!”

离开了先奇老人家，豆娘用手碰碰铁叔：“收音机里广播的元宇宙几句话新闻，咋没有房地产的消息呢？咱铁欢不还在里边吗?”

铁叔若有所思，摇摇头：“我一句话都没记住。”

/ 五 /

元宇宙概念家具小试锋芒，顾总笑了

腾云驾雾沉浸式体验团准备到明铺家具厂进行深入体验。他们抱定只走路不乘车的决心，今天只携带了微型摄像机和暗拍工具。

大约两周时间，他们把原来酷毙新潮的着装和发型都换成和普通年轻人一样了，觉得工作起来更方便，再也不招路人奇奇怪怪的眼光。

上次他们在返回路上，有几个小孩远远看见他们就叫“鬼”来了，大声喊叫着跑回家里报信。几个老农民手里抄着家伙从屋里冲出来，用看怪物的眼神打量着他们。这还不说，有几个爷爷奶奶直接把拴着的土狗放了出来。随着几只狗叫，体验团强作镇静列阵对峙。

四人排成一行足够震慑几只土狗。人都牛高马大的，手上的摄像器材，大包小包立即成了防身武器。几只土狗一阵狂叫之后，明白几人并不想进入它们看守的家园，便知趣后退了。

这一声叫“鬼来了”，让四人相互看看彼此的装束，顿觉怪异，大家自嘲式地笑起来。

四人从铁锹制造厂回来，金戈整理影像资料时才发现，铁叔在做示范时，那旁边的十个徒弟，有九个的眼光并没有看铁叔，而是贼溜溜地打量着他们。电脑里再把现场原声放大，“哦，”几个铁叔的徒弟居然在相互耳语，“我看他们不像好人。”有一个徒弟说：“像嬉皮士，颓废。”年龄最大的一个徒弟，都认为以后要接铁叔的班，掌管铁锹厂的那个三十九岁的肌肉男直接蔑视他们：“没一个正经的。”

金戈看到这里，心凉了一半。他下意识摸摸头发，看看几个窟窿眼的牛仔裤："我们都把衣服换了吧。"

所以，今天他们到明铺家具厂穿得特别朴素、传统，但心里踏实，不再被人笑话。

当精神放松时，话就多起来。

金戈问："谁最近炒股票了？"

紫藤、仙女、绿苗都回答："我炒了。"

"哈哈哈，都想搭上元宇宙概念股。"

金戈说："我也买了，三千股，买入价二十四元，今天开盘就直接涨停。"

"我买了五千股，昨天涨停，今天跌停。"紫藤说。

"我买了，卖早了。我买了三千股，我看盘中股票在跌，就卖了，没赚到钱。"仙女有点遗憾。

绿苗最后一个举手："我宣布，我昨天卖了，赚了一万五千元。"

"可以哦。"几个人投以羡慕的目光。

"不仅卖了，而且已经用了，一个新手机，价值八千元。一双新的旅游鞋，价值七千元。"绿苗笑哈哈。

仙女："绿苗，你运气真好，赚了就跑。"

绿苗："我运气不好。以前买的股票被套了一年、两年的都有。这次我是下定决心，设置了心理价位，上涨百分之三十必卖。"

仙女："我心里很脆弱，股价一波动，我就按捺不住想要卖了。唉，这几年，进进出出，进去的五万元，现在只剩一万多了。"

"哈哈，捂着别卖，机构庄家拿我没办法。"紫藤说。

"现在股市乱糟糟的。热点集中在与元宇宙有关的概念股上。我数了一下，几十只股票属于这个板块。有百分之三十拉升无力，最多冲到两个涨停就开始往下掉。有百分之五十的概念股，在缓慢上升，有涨有跌，涨幅不大。有百分之二十的股票涨势惊人。一般都有四个涨停板以上，有的达到了七八个涨板，最厉害的达到了十个涨停板以上。"金戈很认真地说。

其他三人停下来看着金戈："你买的哪只股票？"

“网格标电子。”金戈一口说出。

三人同时手机查询：“啊，都七十元了！”

“你啥时买的?”绿苗问。

“买入价是多少?”仙女问。

“翻番了吧?”紫藤问。

“二十四元买入，三千股。”金戈得意地说。

“做什么的?”三人都在问金戈。

金戈点点头：“我买的时候考虑只要贴上元宇宙标签都可以买。跟风，热炒是炒股人的习惯，我不例外，想趁机大捞一把。这个时候，只要投进去了，肯定赚钱，赚多赚少而已。”

“哇，你还真守得住，现在还不卖?”仙女挺羡慕的。

金戈说：“我买了以后才开始关注这只股票。嘿，我发现我可能买到了黑马。这家公司是做芯片的。我们都知道做数字化技术的上市公司都能贴上元宇宙标签。做大数据的，做芯片的，做显卡的，交换机的，区块链的，游戏的，云计算的，人工智能的等等三十几个大项，几千个小项。我们无法知道紧贴哪一项的股票何时要涨，涨多少。你买到了，在最初阶段都能赚钱。但芯片是任何电子产品的核心要件。元宇宙所有的一切都离不开电子，所有的电子都离不开芯片。于是，我就特别放心地坚守。不管它，一周看一次，稳稳守到了七十元。”

“啊，你真行。不怕跌下来吗?”紫藤担心地问。

金戈哈哈一笑：“过程中，至少有六次下跌，还有一个跌停。管它呢，我就是不卖。现在到了七十元，我还是不卖。我预计，元宇宙热会持续三年以上。这只股票应该过百元吧。”

“啊，你太专业了。推荐一下，我们买什么?”仙女迫不及待地问。

“对，对。推荐几只，让我们也尝尝甜头。”绿苗、紫藤也说。

“以前我给别人推荐过股票，推荐哪只哪只跌。别人也给我推荐，全被套了，不赚反亏。但我感觉，和元宇宙相关的，有一个方向可以关注。”金戈平静地说。

紫藤、仙女、绿苗似乎悟到了什么："安全。"

金戈："对。这是一个永恒的主题。现在不起眼，但不久的将来会越来越重要。元宇宙是一个数字化产业，大数据系统是核心业务。我们都听说过，也经历过，我们楚支科技的数据系统就瘫痪过，导致所有的业务瘫痪了。"

紫藤抢着说："对，对，对。那一次可把楚总急坏了，找了计算机安全专家搞了整整两天才恢复。"

"你们看啊，元宇宙是产业数字化高度集中体现的产物。而数字产业化包括了我们的数字金融、数字货币，还有车联网、物联网等等。总之，我们正在推行的智慧城市、智能小区等等，涉及的方方面面，每一个数据系统都不是那么简单的。我已经感觉到，只要是基于代码和软件就不可能没有漏洞，有漏洞就容易被攻击，被窃取。所以，我认为数字安全方面的股票可以关注，现在可以建仓，长线投资。"金戈看着大家。金戈提醒道："同时，炒股千万不要急功近利。我听我爹说过，百分之九十以上散户炒股就是一种精神生活。每天看看大盘指数和涨跌是一种精神需要，是一种生活习惯。由于天天关注，频繁进入，炒了七八年，十几年，都亏了。机构大户赚的就是这些散户的钱，几亿散户，他们赚大了。而几亿散户每人亏一点，没有伤筋动骨，屡败屡战。"

"是这样。我娘也说过，明知山有虎偏向虎山行，不加入炒股大军感觉不舒服。亏就亏一点，反正投入不多。"仙女也笑了。

"哈哈哈，机构大户吃掉的就是这类散户。"金戈笑得合不拢嘴。

"哎，重在参与。我们这些散户大势好的时候赢一点，大势不好包套。我已经跑了，赚了一万五千已经变成手机和旅游鞋了。"绿苗很得意。

"大家注意。我们快到上次被几只土狗围着的那几户人家了。"金戈和紫藤提醒大家。

"嘻嘻，真有缘，那两个小孩又跑过来了。"绿苗指着前面。

"两个小孩不叫鬼来了，也不往回跑了。"仙女对着两个三四岁的小孩笑笑。

两个小孩靠近他们招手，肉嘟嘟的脸上洋溢着善意。

几只土狗也跟了过来站在两个小孩身后摇着尾巴。从几间房里出来了三个老奶奶，也一脸善意地看着他们。

金戈突然叫起来：“太经典了，太经典了。”

几人摄像机、照相机瞬间启动。

金戈情不自禁感叹：“太经典了。难得碰到三个奶奶同时进入画面的场景。”

三间一楼一底灰色砖块砌成的小楼房，房檐、门窗明式建筑风格。三间房屋呈弧形，像两手环抱。房前椭圆形院坝宽大而平整。边上长长花台围成围栏。台上摆放几十个小小土盆种植的不一样的花，花朵开放，很喜庆。花台相间处有几棵果树，树不大，但想到果实就想到农户对美好生活的期盼。

“一秒都不能耽误，一丝都不能放过。”金戈端起摄影机专注地捕捉着各种细微的画面。

“走，我们进去。”金戈带头走进院坝。

一位老奶奶从凳子上站起来：“你们是电视台的吧？”她盯着金戈手上的摄像机。

又一位老奶奶走上前：“拍电视？拍吧。省上、县上电视台的来好几次了。”

又一位老奶奶走过来：“两个姑娘好漂亮呀。听说电视台招人都是美女帅哥。”老奶奶拿来几把凳子：“你们坐坐，我去给你们烧点茶水。”

一个老奶奶又问：“什么时候播出啊？”

“是啊。我两个小孙子拍了吗？”另一个老奶奶指着两个可爱的小孩。

“快给奶奶们看看。”金戈指着紫藤把摄像机上的监视屏打开。

“呵呵，两个小孙子笑得好灿烂哟。”老奶奶高兴了。

“来来，喝碗茶。”一个老奶奶提起一大壶茶水和几个土碗摆在用竹子编织的小桌上：“来，先一人喝一碗，这叫半山飘香，咱们铁头村的特产，村里人都爱喝，小娃也喝。来，来，过来，你们小的也喝点。”老奶奶招呼两个小孙子。

金戈端着茶水看着紫藤、绿苗、仙女，他们已经把一碗茶水喝完了。

一个老奶奶站起来往屋里走去："你们拍吧。我去给你们煮几个鸡蛋。"

"不了，不了。奶奶，我们还有事。"金戈想拉住老奶奶。

"那怎么行呢，来的都是客，不吃一两个鸡蛋是走不了的。今天三个爷都不在，在的话，还得喝三碗酒。我们家腊肉、香肠多的是，随便你们吃。"奶奶直接进屋了。

"我们走吧，给几个老奶奶添麻烦了。"仙女、绿苗悄悄劝说金戈。

可紫藤一听说腊肉、香肠就欢喜起来："还有腊肉香肠啊，我最喜欢吃了。"

"多的是，你们拍完电视，送你们一人一大包。"一个老奶奶说，"在我们铁头村，每家每户都有，吃不完，就拿到镇上去卖了。"

金戈看着紫藤："你这样一说，我们就不好走了。把鸡蛋吃了再走吧。腊肉香肠就不要了，要吃我们自己去买。"

"来了，来了，荷包蛋来了。你们四个拍电视辛苦了。一人一碗，一碗四个，代表事事圆满。"老奶奶推出小推车，四大碗荷包蛋放在上面。

四人一看："哦，吃不完。"

紫藤："真好，奶奶，你真好。"说完，端起一碗就吃。

金戈也端起一碗吃起来。

仙女："我吃不完，绿苗你帮我吃三个好吗？"

绿苗看着碗里四个亮晶晶的荷包蛋，眼里又湿润了："以前都是我娘给我煮荷包蛋，真香啊。"说完，就吃了一个。

仙女看到绿苗在吃，也慢慢吃起来。

转眼，紫藤、金戈吃完了。

仙女端过去："金戈、紫藤，拜托你们一人帮我吃一个吧，求你们了，我实在是吃不下去。"

绿苗吃完了，走到仙女面前："快吃了吧。哪怕是吃了吐，也得吃了。"

一位老奶奶急忙端过仙女手中的碗："吃不完不要勉强，伤胃。"说完就把剩下的三个荷包蛋吃了。

金戈转过头问紫藤：“都拍了吗？”

紫藤：“拍了，三个老奶奶的脸特别经典。前额、眼角、面颊、皱纹、肌理清晰。说话、笑声等语音部分十分有特点。更难得的是，三个老奶奶好奇、喜悦、善良、纯朴、开朗的神态都在会说话的眼睛里。回去后，我会分几个层次整理编码进入数据库。”

金戈：“太好了，这和现在所谓的虚拟世界的虚拟老人不一样。难得难得。可惜的是，三个爷爷还没回来。”

紫藤：“两个小孩也拍了，真不错，未来虚拟小孩也有了模板。”

金戈：“那四条狗拍了吗？”

紫藤点点头：“拍了。”

仙女和绿苗走过来：“房屋和院坝的测距也出来了。环境中各种物品与环境的比例关系也出来了。今天的收获真不小。”

金戈听后拍拍手：“意外之喜，意外之喜。”想了一下，“我去问问那三个爷爷何时回来。”

金戈问一位老奶奶：“两个小孩子挺机灵的，他们的爷爷什么时候回来呢？”

老奶奶：“快了，他们忙完了农活，就到茶坝喝茶去了。从右边一条路弯过去，是我们村最出名的农家乐茶坝。可热闹了，每天有三四百人，都是镇上、县上、省上的，还有些是外省来的。”

另一个老奶奶凑上来：“是村长学习外地经验搞起来的。选址就弄了几个月。股份制，村里、茶坝承包人、经营户和农户都有份。每年有十万收入，现在是什么什么‘网红打卡点’。我带你们去，看看三个大爷。”

金戈连忙说：“谢谢奶奶，我们现在就去。”回头看着紫藤、仙女、绿苗，“准备好，一秒一丝不能漏过，走！”

在老奶奶带领下，经过二十分钟路程，穿过一条幽静小路，走进两边参天大树在空中合拢形成的林荫大道，一出去，“啊！”四人同时叫了起来。

茶坝坐落在半山腰一块天然形成的巨大岩石上面，宽约五十米，长约一百米。上面坐满了品茶饮茶的茶客。几百个茶客之所以到这里，是因为巨大的茶坝前面又是一个巨大的沟壑，缓缓流淌的山水，形成涓涓细流通向更深更远。沟壑两边排列着巍巍群山，层次分明，如诗如画。

山中饮茶品茶论茶。山间小溪上，股股凉风习习。山的味道，绿的色彩，扑面而来的气息，沁人心脾。

金戈和紫藤还没回过神来，仙女和绿苗已经跑到平台前沿的护栏边上深深吸了几口："哇，世间还有这般仙境，品茶的人岂能闭目养神？要睁大眼睛看一看，闻一闻。要畅快地吐几口气，吸进整个山野。"仙女感慨道。

"请茶客的脑洞大开吧，胸襟大开吧。把眼前，把远方，把天际都装进心里。向世人说，我们是这里的主人。"绿苗从一边又跑到另一边，眺望远处，特别兴奋和陶醉。

金戈和紫藤大为震惊，开始了拍摄。茶桌、椅子是由竹子编织而成。一节节竹筒、竹皮经过人工巧手，已经是茶客眼里体验的美丽风景。

茶桌上数不清的盖碗茶在几大把茶壶长长的尖嘴吐出的细流浇灌下，热气腾腾，向四方溢出茶香，这便是"半山飘香"。

老奶奶带着金戈和紫藤来到三个爷爷就座的茶桌前："这就是三个爷。"

仙女和绿苗也赶紧跑去，几个人围着一圈。

老奶奶给三个大爷介绍："他们是拍电视的，我带他们来找你们，今晚吃点腊肉香肠，你们三个要接待好啊。"

"我不拍电视，我这个长相不行。"三个大爷几乎同时站起来往后退。

金戈和紫藤立即收起摄像机并示意仙女和绿苗开启暗拍模式。

"今天不拍了，我们是来喝茶的。"见金戈和紫藤坐了下来，三个大爷这才高兴地坐下来。

"大爷，我们就想来这里看看，这里太美了。"金戈想让几个大爷放心。

大爷笑笑："这里边就我们三个是村里的，其他的都是外地人。每天三四百人，不知道是茶好喝还是风景好，可能都有。"

另一个大爷也介绍："顺便也卖点瓜子、花生米、小饼干、小麻花，生意很好。"

又一个大爷说：“我们还准备卖咖啡，提供扑克牌、象棋、围棋，以后这里更热闹了。”

“大爷，你们每天都来吗?”金戈问。

“我们三个是玉米地的承包户，聘了六个年轻人和我们一起干，每天忙完了，就来这里喝喝茶。这张桌子是我们专用的，我们来了，茶老板才抬出来。”一个大爷说。

“太好了，又能喝茶，又能欣赏风景，还可以说说话，聊聊天，一天的劳累就没有了。”金戈说。

“是的，喝完茶我们三个就回家。晚上喝喝酒，一天天就过去了，很舒服的。”一个大爷高兴地说。

“你们几个大爷都喜欢聊什么呀?”金戈笑笑往前凑凑。

“我们啦，我们什么都说，天南海北的。没有说的就看看其他人，听他们说话，看着他们就很高兴。他们来得多，把生意带好了嘛。”一个大爷哈哈大笑起来。

“啊，这里人太多，好热闹，都在悠闲聊天。”紫藤站进来看见另一拨很热闹的茶客。

“他们在说元宇宙。这一段都在说，有时还要争论。我们不知道什么是元宇宙，但他们说得挺有劲的。”一个大爷看着那拨人说。

金戈示意紫藤：“你去听一听，说不定又能捕捉到什么。”

紫藤扭扭腰，装作不经意凑上去了。

一个大爷又问：“你们年轻人可能都听说了吧，元宇宙这个东西虚得很，说在地球之外又是一个什么世界，离我们很远很远的，你们说去那儿干吗?能吃吗?能喝吗?有玉米地吗?没有粮食不都得饿死啊。”

金戈想解释，又觉得给三个大爷可能解释不清楚，便反问了一句：“这些人都在说元宇宙吗?”

“都在说。最近一个月，热闹得很，可惜我们不懂。我们只说村里的事，有时也说说电视里的事。”一位大爷看看周围，指着不远的一桌：“你看，就是那桌几个戴眼镜像有文化的人，四十来岁，他们喜欢说元宇宙。”

金戈看见紫藤已经搬了一把椅子，还要了一壶茶，买了一袋花生米，加入了那桌知识分子的聊天。金戈一笑："这小子，还真有他的。"

金戈又悄悄暗示绿苗和仙女："都拍了吧。"

"拍了。"仙女和绿苗装作无事的样子，"这里真美呀。"

"你们两个也像紫藤一样，一人找一个地方，和同龄女孩喝茶去。别忘了买袋花生米，大方一点。"金戈示意。

金戈坐下来和三个大爷喝茶聊天。

刚坐下，金戈就听见紫藤和几个知识分子在讨论元宇宙，声音很大。

"我认为 VR 头显才是元宇宙最最重要的窗口。想想，没有 VR 头显，我们怎么能进入元宇宙？大门锁着的，请问怎么进去？只有戴上 VR 头显，才有后面视觉和听觉的沉浸式体验。"一位年轻人发出声音。

"但是，但是别忘了，没有视觉导航技术，你戴上 VR 头显也无路可走。VR 头显必须依靠视觉导航。"一位年轻人说。

"说来话长了，没有三维空间，没有 3D 建模，VR 头显只是一张乖巧的壳，一只乖巧的贝壳。"戴眼镜年轻人也发出了声音。

一位中年男人解释道："我指的 VR 头显本来就包括了这些技术，没有这些还叫 VR 头显吗？VR 头显里有几十上百种技术，是事实啊！结合到一起才叫 VR 头显嘛。"

紫藤插话："我听说今年 VR 头显的销量直线上升，这也说明了，VR 头显与元宇宙关系最密切，或者说是元宇宙的开门之钥，这个观点我是同意的。"

"那么 5G、6G 就是发展元宇宙的基础。速度、速度，要命的速度。数据中心、光纤通信、设备运营商、物联网模组等等不重要了吗？这些都是元宇宙的后端基础建设，难道不重要吗？"那位年轻人又说。

"这样说话就长了。元宇宙的硬件软件和操作系统还有一大堆。SOC 系统级芯片、模组、图像传感器芯片、显示产品、光学器件等等，离开了这些元宇宙一无是处。"中年男人又谈出了自己的观点。

紫藤一听，抓紧机会抛出："我觉得应用场景也很重要。游戏、视效内容、TOB应用。同时，人工智能方面如视觉识别、智能语言处理、智能交互等等，也是非常重要的。”

年轻人又发言：“讨论到现在，我终于明白底层架构才是最重要的。数字孪生、区块链等等离开了行吗？”

几个知识分子终于讨论不下去了，离开了茶桌。

紫藤回过头对金戈一笑：“有意思。看来和我们是同行，网络公司的。”他们同时回头看着仙女在一个茶桌上和两个中年妇女聊天。

白衣中年妇女：“我的股票又涨了，你看看，你看看，你说我出不出啊，涨了百分之二十三啦。”

蓝衣中年妇女：“我都涨了百分之三十三呢，你着什么急啊，你买了多少啦？”

“十万股，重仓呢。”白衣妇女说。

“赶快卖呀，再跌回去就可惜了呀。”蓝衣妇女很惊讶，“我只有两千股呀，炒着玩玩，没关系的呀。”

仙女附和道：“我也买了一千股，就是不涨。”

白衣妇女看着她：“看你买什么股票了，现在是元宇宙，当然要跟热点啦。”

蓝衣妇女：“其他股票暂时不要买，没意思的，摆那儿动都不动。”

仙女听聊股票没意思，就到绿苗那桌去了。

绿苗也正好与两个年轻女大学生在进行热烈的交流。她运气好，那两个大学生也是计算机专业的。她们聊的是关于元宇宙虚拟人。

“你觉得‘夜游神’这个虚拟偶像怎么样？”红衣大学生问。

“可以啊，能成为虚拟偶像就成功了。”绿衣大学生点点头。

“我同意你的观点，跟真人一样，真假难辨，创作虚拟偶像技术一流。”红衣大学生说。

“正因为虚拟偶像，‘夜游神’才拥有了三千万粉丝，了不得，一炮走红。这个开发公司的老板好有远见。”绿衣大学生也说。

“我认为推出的时机恰到好处，老板抓机会的能力超强。”红衣大学生竖起大拇指。

“‘夜游神’视频我看了。虚拟人与现实人交流顺畅。哇，背景、空间的特效灯光奇幻美妙。我是第一次看到虚拟偶像。”绿衣大学生很兴奋。

“只有几分钟时间，让所有人认识了什么是元宇宙虚拟人，和现实里的人几乎一样。”红衣大学生说。

绿苗插话：“这是‘虚’与‘实’的结合，最后实现‘真’人与‘虚’人的完美重合，这可能是未来元宇宙的诱人之处。”

红衣大学生笑笑：“你也懂啊，看上去，你像学文史哲的。”

“我也是计算机专业的，在楚支科技工作。”绿苗礼貌地自我介绍，“还有她，叫仙女，我们一个公司的。”

仙女上前和两个女大学生握手：“你们好，经常在这里喝茶吗？”

红衣大学生：“这里环境好，风景好，氛围好。”

绿衣大学生：“空气也好，说说话出出气，不说话吸吸气，天然氧吧。”

红衣大学生突然做了一个鬼脸：“嘿，叫‘元宇宙’天然茶吧……怎么样？”

绿苗笑起来：“对，就叫‘元宇宙’半山飘香茶，怎么样？”

“哈哈，”仙女抓起一把花生米俏皮说：“‘元宇宙花生米’来几颗。”

绿衣大学生哈哈大笑：“都会有的，元宇宙里啥都有。现实生活里的一切都会有。”

红衣大学生看着绿苗：“你在楚支科技年薪是多少？”

绿苗笑笑看看仙女：“还可以吧。”

仙女也笑起来：“不多也不少。”

“我毕业后能到你们公司去吗？”绿衣大学生问。

“前几年计算机专业的很好找工作。现在多了，还是有竞争吧。”绿苗回答。

“只要足够优秀，也是有机会的。”仙女说。

红衣大学生：“我听说现在科技公司都招博士、硕士，你们楚支科技也是这样吗？”

“不一定，不一定。我们老板主要看专业能力。当然最好是计算机专业的。现在也在招其他专业的，主要是设计、广告、动漫、游戏相关专业的。”仙女补充。

“你们大学毕业后，再去读一个硕士，可能就业要好一点。至少，在专业上更强一点。”绿苗看着两个大学生。

红衣大学生：“说实话吧，我们大学毕业后就想就业。很多东西在实践中再学吧。我们还有一年就毕业了，现在的就业形势很好。元宇宙呼之欲出，为我们学计算机的创造了很多机会。一年后，元宇宙可能会大爆发，那时候，涉及元宇宙的科技公司会冒出很多，如果我们不把握住这次机会，以后就业就难了。”

绿苗和仙女都点点头看着两个大学生……

这时，她们发现村长来了。

“我就听说你们在这里。时间不早了，我给顾总说了，你们明天再去家具厂。”村长坐下一口就把金戈未喝完的茶水喝了，又端起紫藤剩下的茶水一口喝了，“这温度刚好，新泡一杯又要等半天。”

“对对对，他们明天再去明铺家具厂，今晚到我们那儿吃饭，都安排好了。最好的香肠、腊肉。”三个大爷极力想说服村长，“村长既然来了，就一起。”

“不不，我就不去了。几个年轻人去，请他们尝尝咱们铁头村的家常菜。”

金戈连忙推辞：“我们不去了。晚上，我们还要加班整理资料。”

一位大爷挽着金戈：“吃饭工作两不误。现在吃饭和以前不一样了。以前说吃饭就是喝酒，一喝就是一醉方休。不喝到迷迷糊糊、跌跌撞撞、推推嚷嚷、拉拉扯扯的谁也不能回家。”

又一位大爷抢着说：“有时候还喝到骂骂咧咧、打打闹闹的。有时走两步就干脆坐在地上不走了，醉得走不动了。还有的吐在花台上，就当给花儿施肥了。还有的吐在围栏边，几只土狗上前舔得干干净净，狗也醉倒了。”

几位大爷大笑不止："还有的，哈哈，还有的屁滚尿流拉一裤子。"

村长上前打断："现在不了。我到村里当村长，就开始整顿酒风。村里的人，你们几个怎么喝我管不了。但是，只要是请来的客人、朋友一律实行能喝多少算多少，实在不喝就算了的政策，一定要让客人感觉轻松加愉快。否则的话，客人们都不敢和村里人打交道了。"

金戈看着紫藤："就你一句话，喜欢吃香肠、腊肉，这下走不掉了。"

紫藤看仙女和绿苗都面有难色，就向几位大爷和村长抱拳说："谢谢各位大爷，我们今晚确实要加班，要整理很多很多资料，现在必须赶回去，否则就来不及了。"

村长见紫藤这么认真，就对三位大爷说："看来他们确实有事，就让他们回去吧，改天再吃饭。"

三个大爷听村长一说，看看几个年轻人，便也不作声了。

这时，三个奶奶出现了，径直朝他们快步走来："有请，有请，有请，准备好了，准备好了。"

一个奶奶走近："都准备好啦，一顿便饭而已。我保证不再煮荷包蛋了，就吃点香肠、腊肉，喝几杯我们铁头村的老烧酒啦。"

金戈再三跟老奶奶说："我们真有事，要加班。"

老奶奶："饭总是要吃的嘛。你们回去也是要吃饭的吧，在哪儿吃不一样呢？我都准备好了，当然到我们那里去啦。"说完，拽着金戈朝另两个奶奶喊话，"他们是拍电视的，这个是头头，把他逮住，别让他跑了。"两个奶奶上前一人一边扭住了金戈："走啦，走啦。"

村长见状，无奈地挥挥手："走吧，走吧。"

金戈直说："我跟你们走，我跟你们走。"又提醒紫藤、仙女、绿苗，"你们别喝醉了。注意，元宇宙饭局。"

明铺家具厂研讨会还没有结束，已是深夜十二点了。顾总和几个研发人员刚吃了两块蛋糕又回到研发中心。

今天讨论三个贴上元宇宙标签的"元宇宙家具"方案。三位博士分别代表三个研发小组阐述各自的设计理念和开发思路，吸引眼球的是一目了然的图案。

三个设计方案各有所长，都是精心设计之作。既有电子版的，也有纸质件的。纸质件的拿在手上就觉得舒服，有质感。只看封面，就反映了文化、知识、内涵。

高个子博士介绍完，和研发小组的几个同事交换了自信的眼神，得意地喝了一口桌上摆着的一杯白开水。

从炫酷的角度看，高个子博士带领的研发小组经过十几天奋战搞出的方案无疑是最出色的。炫酷就意味着令人眼花缭乱，很能启发消费者无限的想象空间。比如家具里的背景元素、色彩元素、配饰元素，是想把消费者带入元宇宙虚拟环境学习、工作、生活中。如果放在家里或是办公室，仿佛已经置身于元宇宙世界，力图达到沉浸式体验效果。

二号方案是由一位女博士带领的研发小组搞出的实用型方案。介绍方案前，女博士就直说："我的业余爱好是冰球运动。在比赛期间，任何花架子都可能导致失败。每一个动作都必须非常实用。传球射门，不允许有半点花式表演。否则，有可能给对方队员零点一秒就把球封住了。"

二号实用型方案也是贴上了元宇宙标签，这是十几天前顾总下达的攻坚任务。

实用型方案主攻书桌和床。书桌上去掉了电脑及附属品的位置，用一个非常精美的放置 VR 显示器的长方形小盒代替。小盒两边是四个存放虚拟人偶像的显示器镜框。书桌右边是存放饮料和咖啡机的位置，意思是沉浸式体验人群百分之九十是年轻人。当过足了瘾，惬意正当时，会顺手拿一杯饮料喝上一口。一段精彩的体验之后，会本能地按下咖啡机的按钮。体味、体验全有了。在书桌右边上方事先就有漂亮、美观的放置位子，并附上了说明用途。

女博士接着介绍："关键是年轻人在体验过程中，整个人的肢体受大脑体验反复支配，会把两只腿往上翘。所以书桌下方左右两边又专门设计了踏板，两脚放上去很舒服。再下来，就是我们设计的为元宇宙书桌配套的座椅。

“座椅的重心在前半区。因为人一躺，重心向后靠，不注意容易人仰椅翻。在日常生活中，这种例子不少。而重心在前又富有弹性，既满足后仰的激动，又提供安全稳定。椅子两边扶手和靠背的彩色可以五颜六色，供爱好者选择。”

女博士又打开电脑，示意大家看前方屏幕。

屏幕上出现的是一张床侧面的粗线条的示意图。

女博士用激光笔介绍：“床，就是用来睡觉休息的，这是传统观念。但现在我们把床改为‘元宇宙实用型睡板’，去掉‘床’的概念。‘睡板’能随着人体重心移动，自然生成四个角度，八十度、四十度、二十度，零度。零度是累了，睡了。八十度是体验者在虚拟世界探索新的目标。四十度则是静心体验。二十度，接近于平躺，是体验者兴奋已过，身心逐渐疲惫，仍然抓住体验的尾巴，为完全平躺休息作了预备。接下来，体验者放松肩颈和腰部，带着愉悦的心情入睡了。”女博士介绍到这里微微一笑，“请注意，可升降睡板不是医院里的病床可升可降，而是专门为习惯于在床上看电视、玩手机、用平板电脑的年轻‘懒’人设计的。未来，电视、手机、平板电脑的替代者，将是 VR 显示器。

“这里有个前提。现在市面上的 VR 头显必将升级换代。戴在头上，架在鼻梁上短时间可以，但超过一小时，受声、色、光的刺激和跌宕起伏情节诱惑，大脑神经和心脏频率均会出现异常反应。恶心和眩晕是迟早的事。再根据眼科的一般道理，戴上 VR 头显，声、色、光与眼睛的近距离接触，必定伤害眼睛。这不是一般的近在咫尺，而是紧贴瞳孔。白眼仁和黑眼仁会慢慢出现斑体。视力下降是轻的，可怕的事情可能还在后面。”女博士又把指示笔射向大屏幕，“啰唆了这么多，就想说明一个道理，现在的 VR 头显必须改变。头戴式 VR 头显适合于旅游、外出。全人类公认的‘窝子’就是家。为此，我们研发的‘睡板’上方设计了一个‘影棚’，类似婴儿车上遮风挡雨的弧形棚盖。‘影棚’随着人体重心前后自然移动。而‘睡板’的两边正好设计了滑动的功能。‘弧形影棚’的中心点离体验者眼睛最短距离必须在三十公分以上。五十公分为最佳。‘弧形影棚’长度按现在床的四分之一设计，宽度为床的宽度。‘弧形影棚’中心向两边延伸，就是我们诱人的‘显示器’。在这个空间里，‘头显’概念没有了，取而代之的是 VR‘躺显’。懒人的福音，累人的福音，睡人的福音。”女博士仍然滔滔不绝，“元宇宙给所有人带来了机会。只是现在很多机会还没有浮出水面。顾总时时处处的超前意识、商业头脑，使我们愿意为你打工。我有个想法，我们为何不找一个科技公司合作，他们包技术，包人才，我们出思路、资本，合作研发 VR 躺显、家具一体化的‘躺着乐’呢？并由此带动家具所有功能都搭上元宇宙之车啊……”

顾总带头鼓掌。此刻已是第二天凌晨两点了。他看了看最后一个还未发言的博士精神抖擞跃跃欲试的样子，心里非常高兴，博士真的在搏啊！顾总很感动。他不是军人，突然冒出一句军人的话：“继续战斗。”

博士是个小个子，戴一副黑色宽边眼镜，面容清瘦，皮肤白净，一头黑发往前盖在前额。一身大方格子西装，下穿一条牛仔裤。平日说话细声，逢人有礼有节，惹人喜爱。微笑时，脸上两个小酒窝楚楚动人。其他人都称他为“小博士”。

小博士微微点头开始了他代表“精准型”家具研发小组的发言。

“精准定位、精准设计、精准推送是我们研发小组的主要思路。其理念在于当体验者融入虚拟世界之时，同时也是积淀历史文化底蕴之时。‘明铺家具’在向体验者展示不一样的历史风貌和人文情怀。我们线下库存的典藏珍品正好十全十美诠释了这一切。家具的单品和套装，红木的和非红木的，有明代特色的，也有极简明式与现代中式结合的，更有脱胎于明式而延伸演变至今的新潮款式，让体验者深入其中，抚今忆昔，追溯历史渊源，深感收藏价值。”小博士又指向大屏幕，“由于是在元宇宙里建设‘明铺家具’虚拟博物馆，因此，博物馆的设计和现实博物馆的‘大而统’‘多而全’‘宽而平’的满眼尽收眼底完全不同。体验式观展将是博物馆的核心内容。

“我们研究小组一致认为，主攻适用于人类在任何时候、任何地点都依托的家具'三大件'：桌、柜、床。只要坐在桌前，虚拟博物馆之'桌型'典藏呼之欲出。只要亲手打开柜门，'柜型'系列就会出现在眼前。只要躺下去，'床型'就能展示不一样的温暖。美观大方，经典怀旧，带你穿越奇异梦境。"小博士最后说，"在虚拟世界体验订购，可在虚拟世界保值增值。也可以相互转让，但我们真正目的是让体验者线上订购，线下提货。"

顾总又带头鼓掌，仍然满面红光，津津有味品赏着三位博士的倾情演说，这些新颖的设计无疑是对他二十多年来制作和经营明铺家具厂的洗礼。二十多年的家具生涯，几经沉浮，凭着顽强与坚韧，顾总练就了一双战略性、前瞻性的眼睛。但大多数人仍然把他冠以老实疙瘩，老实巴交做事的模范。虽然没有贬低的意思，但他自己也认为自己就是一个家具行业的"土鳖"。

一批博士、硕士的加入，让明铺家具厂很快实现了人才升级。外界不再认为它"土家子"气了。面子很重要，讲点面子，就像梳妆打扮一样，谁都要的。但顾总期盼的'里子'效果也随之而出。

太值得了。顾总心里难掩激动。怎么办呢？本来说好的"三选一"让他无法决策。三个研发小组十几天呕心沥血之作，太难选择了。他看了看旁边十几个评委，还有三个演讲博士的神情，不由自主用双手撑住桌面站起来，喊出一句早已不那么流行的语句来："炫酷、实用、精准乃伴我飞向元宇宙之翅膀也。"

全体鼓掌……多人流泪……

"醒了吗?""醒了吗?"仙女和绿苗连接跑过来问紫藤。

"动了几下，快了。"紫藤笑着说，"昨天吃饭挺宽松的，但他控制不住多干了几碗，痛快，痛快。"

"我不是因为要拍摄，也会一醉方休的。最终只能含着眼泪拍摄。"绿苗用手捂住了眼睛。

仙女也捂住眼睛："这是我一辈子见过的最动人的几双手。奶奶的手，大爷的手。当他们双手举起酒碗敬村长时，敬金戈时，那一只只手，是日晒雨淋、日夜劳作、宁折不弯、绝不向命运低头的手。”

绿苗：“是的，那双双手油亮黝黑、青筋暴鼓，拥有铁一般的力，钢一样的韧。那碰杯的瞬间，是那么温柔……”

紫藤也擦擦湿润的眼睛：“回来后，我把影像在电脑上放到最大，哭了。我仿佛看见了画面中的一只手变成了一条巨龙，龙身上一根又一根的龙筋分明是几道澎湃的血脉，在流淌，在扩张，在呼喊，在向世人昭示，生命从无尽头。”

仙女和绿苗围着紫藤：“值得，金戈之醉。”

几人见金戈撑着双手慢慢坐起来。

“快，给他来一杯温度合适的‘娘的豆奶’。”绿苗催着紫藤递给金戈。

见紫藤过来，金戈还惦记着：“手，手，拍了没有？”

“拍了，在你一口干完，失声大哭，喊着‘把手拍下来’时，我们全拍了。四十多段，老爷爷老奶奶的手已经定型建模了。”紫藤说。

“不只是定型啊，要让所有的体验者在虚拟世界体验那几双手，来自于生命之源，大地之父的托举，大地之母的哺育。离开了大地，往哪儿走？到何方？迈出一步，我们都会沦陷的啊。”金戈一把擦去眼泪，慢慢平静下来。

“好，太好了，昨晚的饭局。不，是奶奶、爷爷招待我们的盛宴。几位大爷的倾情述说我会记一辈子的。”金戈看着紫藤。

“记得，我就在旁边听着的。他们说在很久以前，没吃的了，就找啊，找啊。他们分工，两个奶奶到外面乞讨，两个爷爷去找树皮、树枝。还有一个爷爷和奶奶去挖泥巴。颜色白一点的泥巴都是宝贝啊。软一点的树枝、树皮都是宝贝啊。两个奶奶从外面乞讨回来，端着缺了口的土碗，什么也没有。她们乞讨一天，只有叹气声……那时，爷爷奶奶们才三四岁啊。”紫藤说着捂住嘴巴。

金戈抬起头：“山里的野菜，是上天赐予的美味佳肴。挖不尽，吃不完，硬是把几个三四岁的小生命拖大了。熬啊熬，终于一步步告别了那个吃了吐，吐了吃，吃了又吐，吐了又吃的野菜时代了。你看，现在的爷爷奶奶们活得多好，那笑容、那精神、那底气从何而来？苦尽甘来啊！”

紫藤点点头：“甜得那么自然，甜得那么浓郁，甜得那么厚实，甜得那么回味无穷。”

“那几碗酒，那几双举着大碗大碗酒的手，那是对你、对我们、对我们这一代最无保留的慈爱，掏心掏肺的祝愿，望眼欲穿的期待。”紫藤忍不住激动。

“对，我们要孝敬他们，我们要为他们做点什么。一颗孝敬的心是不够的。要用我们的双手，我们的大脑，创造他们的梦想。”金戈难掩激动。

“奶奶们说，她们要坐着村里的渔船到大海很远很远的地方，去看看大海四周的风景。要比一比，有比铁头村更好的吗？”

“爷爷们说，他们把渔船划到大海很远很远的地方，带着奶奶们去捕鱼，看看那些鱼儿有没有铁头村鱼塘的鱼儿个头大，个头肥。鱼身光闪闪，鱼眼亮晶晶。”

“奶奶们还说，她们想去百花园，去看看鲜花盛开的地方，活着的牡丹花是不是比电视里的更好看。”

“爷爷们还说，他们想去传说中的酒国喝上几壶，尝尝那酒的烈度与醇香。”

“一个奶奶还发誓说，如果那天实现了，她要带着两个孙儿去他们爹娘打工的城市，在虚拟世界欢聚一堂。娃的爹娘再也不用摩托骑行几千里，一路风尘赶回家了。”

“一个爷爷也发誓说，要在虚拟世界里抱抱他从未见过的孙女。”

金戈说：“都能实现，都能实现。”

紫藤说：“一定能实现，一定能实现。”

仙女说：“在虚拟世界真实体验。”

绿苗说：“在元宇宙里阖家团聚。”

/ 六 /

“娘的豆奶”上了元宇宙？订单接到手软

村长一早来到了铁叔家。

铁叔一见：“瞳孔放大，眼里有血丝，昨晚喝高了？”

“是，和体验团四个年轻人一起在老村民家中喝了酒。”村长显得疲倦。

“你肯定一夜未睡，又想了很多事。我说，村长，这可不好，身体是本钱，你经常跟我们这样说。”铁叔给村长倒满了一大杯茶水。

豆娘也从里屋出来直接给村长倒了一大杯豆奶：“村长来必有事，慢慢喝，慢慢说。”

村长喝了一大口茶又接着喝了一大口豆奶：“不瞒你们说，我昨晚一夜未睡。睡不着啊，脑子里想了很多很多事。昨晚和那几个老村民喝得痛快哟，我喝了不下十大碗，吐了，吐了三次。吐了又喝，喝了又吐。吐了就慢慢清醒了。这一段时间，元宇宙这三个字始终围着我脑子转。我认为元宇宙离我们这么远，就是虚无缥缈的东西。我是一村之长，只关心地里的玉米、鱼塘的鱼，还有几个企业的效益。我干的全部活儿都是围绕这些实实在在的东西。可是，吹来一股元宇宙风，还越刮越大，就在我耳边‘嗖嗖’地吹，停不下来了。从腾云驾雾沉浸式体验团第一天入住咱们铁头村开始，一些与元宇宙相关的事就发生了，像影子一样跟着我，甩都甩不掉。我到明铺家具厂，顾总搞那一套‘元宇宙家具’和‘虚拟家具博物馆’，甘旺还神神道道地说他要搞虚拟世界电脑贸易，还开一个维修部。还有，你们大娃铁欢炒元宇宙股票亏损三十万。你们二娃沉迷于玩元宇宙区块链游戏消费了十几万。还有，先奇老人和傅曦老人也在听元宇宙新闻，他们要在有生之年手牵手，静静坐下来，在元宇宙虚拟世界里，观看绿色极光变幻莫测，美轮美奂的实景。

“还有，就是昨晚那顿酒。说实在的，香肠、腊肉我是一块也没吃到。刚伸筷子，酒就来了。刚看准一块金灿灿的腊肉片片，酒就来了。好不容易在厕所吐了出来，想夹上几大块腊肉塞进嘴里，明铺家具厂顾总电话又来了。都半夜了，他还那么激动给我说，要我帮忙找一家科技公司与他们合作，搞什么元宇宙‘VR 躺显’，就是躺着看，躺着体验。你说，顾总这个人就是争强好胜，你就老老实实为元宇宙做好配套服务，趁元宇宙现在乱哄哄的，炒一个元宇宙概念的家具不就行了吗？搞‘VR 躺显’，就像我们睡觉看天花板一样，多费劲啊。

“还有，接完电话，那四个小年轻一个劲儿地拍摄，说要抓住未来虚拟人最真实、最经典的肢体、表情，还有真人的原声。他们说了好多好多元宇宙的话，说了好多好多虚拟世界的事，几个大爷和奶奶都信了。他们要把渔船划到大海深处去捕鱼，去观光。他们要在虚拟世界里与他们的孙娃、女婿、媳妇一起团聚……回家后我躺下了，辗转反侧啊。我不是大当官的，我只把村里的五脏六腑疏通疏通就行了。但是，元宇宙这些事，不理一理、顺一顺好像不行了。从哪儿理呢？从哪儿顺呢？那收音机小广播说得一串一串的，一堆一堆的。我哪有那本事呀。想来想去，想了一夜，就来找你们了。”

铁叔看着村长：“想好了吗？”

豆娘也凑过来：“想好了吗？”

村长想了想；“没想好，但一定要想想怎么弄一弄。”

“我感觉，你是第一个入局元宇宙的村长，已经进去了，进入了。”铁叔说。

豆娘笑起来：“按眼下流行的话来说就是‘元粉’，还是村级档次的。元宇宙沾你光了，有福了。”

“哎，豆娘说啥呀。我刚才说到哪儿呢？看你们两个把我搅的。”村长又拍拍脑门。

铁叔机敏一笑："想好了吗？"

"对，想好了。我在想，我在想搞一个什么研究机构，从现在开始把元宇宙研究研究。"村长说完看着铁叔和豆娘。

铁叔一抬头："我就知道你要搞事，说，我出多少钱？"

豆娘也叫起来："我们砸锅卖铁也要支持你。"

"铁叔、豆娘说啥呢，不是那档子事。我是说，在你们铁锹厂还是豆腐厂腾间办公室出来，二三十个平方米就够了。放一个资料啊，档案啊，每天把铁头村凡是与元宇宙有关的事作一个记录啊，形成一个工作日程，看看这些事进展啊，有什么困难啊，需要解决的问题啊等等，事倒是挺多的。"村长看看铁叔又看看豆娘。

"放我那儿，我们豆腐厂办公室宽裕。"豆娘说。

"放我那儿，我们铁锹厂刚好有一间三十多平方米的办公室，装修豪华，雕花大班台开会正好。资料、档案放进红木柜里，气派。"铁叔越说越起劲。

豆娘又冲着村长："他那个不行。他那个办公室几个月没人，全是灰，有污染。再说，紧挨他那个手工打磨车间，整天'当当当'，有噪声。"

"这样吧，先放在豆腐厂。以后县上的镇上的领导来了在铁叔那儿开个会研究点什么事情上档次。豆娘你先准备好，先不忙动，一切听我的。我还要给村委会报告一下，领导定了我们才干。"村长说。

豆娘高兴得很："好啊，取个名呗，我叫人做个牌子挂上。"

"是应该挂个牌子，否则的话，研究的人都误走到你那个臭豆腐车间去了。"铁叔说。

村长想了想："那就叫'铁头村元宇宙推进中心'吧。"

豆娘拍起掌："太好了，村级档次的。"

仅过了两天，村长就要来检查"元宇宙推进中心了"。

铁叔、豆娘已经把推进中心的办公室搞得像模像样的。有五个双开玻璃门的档案柜一字排着，中间放着一张宽两米长三米的桌子，十把实木座椅分列两边。墙的另一边整齐排放着茶水柜，咖啡柜，还有一个很上档次的豆奶柜。柜上有一张放大十寸的相片，相片里豆娘手端一杯“娘的豆奶”，笑容可掬地看着来自任何一个角度的目光。最醒目的就是办公室大门外上方的那块木制牌子了。上面雕刻着“铁头村元宇宙推进中心”，牌子长两百厘米，宽五厘米，高三十厘米。在实木板上挖凿出来的十个宋体字，行云流水、苍劲有力。在乳黄色的背景下，一个个鲜红鲜红的字体，活灵活现，欲跳出框外，让人驻足难移，久久凝视。

“妹子们，快出来，村长到了。”豆娘一声令下，欢迎村长就开始了。

豆娘手提铜锣“铛”的一声，两边妹子齐声大喊：“欢迎村长！欢迎村长！”

豆娘又是“铛”的一声，两边妹子齐声大喊：“推进元宇宙，建设铁头村！推进元宇宙，建设铁头村！”

村长一看：“别别别，都放下，别喊了，别喊了。豆娘，你这是搞啥呀？又不是酒店开业，又不是县上领导来，解散，解散。”

“啊，这就完了？腰鼓队、舞蹈队、彩旗队还没上呢。”铁叔茫然地看着村长。

“都省了，都省了。带我去看看那间办公室吧。”村长抓住铁叔和豆娘的手。

“请村长先检查招牌。”豆娘手往上一指。

“哦，这么大一块。不得了，不得了。扎实、厚实、敦实。字太漂亮了，宋体吧。雕工细腻、细密、细致入微啊。上档次，太上档次了。”村长问铁叔，“这是你们搞的？才两天时间呀。”

豆娘说：“我们请明铺家具厂五个师傅一人挖出两个字，昨晚四个小时搞完了。我们说村长今天上午要来检查，他们顾总说一分钱不要，义务帮忙。但我还是一人送了十斤‘娘的豆奶’。”

“豆娘啊，豆娘啊，复杂化了，复杂化了，这动作太大了，太大了。就是个办公室的小招牌，找张纸条用毛笔写几个字贴上去就行了，就像你们小时候看到的大字报那种，不会写吗？”村长说。

“哦，你说大字报那种，有！”豆娘向后面一招手，两个妹子抬过来一个花篮，上面挂着两个长长的纸条。右边纸条写着“热烈祝贺元宇宙推进中心开业”，落款是“铁头村铁锹集团全体员工”。左边纸条写着“庆祝推进中心入驻豆腐集团”，落款为“豆腐集团董事长豆娘”。

村长看着花篮上的条幅：“这个，这个，意思有点……哦，哦，有点意思，有点意思。我现在就宣布我喜欢你们两个，太喜欢了。”后面传来掌声，一排妹子齐喊：“向村长学习，请村长指导。”

村长摇摇手：“你们忙去，你们忙去，我和铁叔豆娘在推进中心研究研究。”

一进屋，村长忙说：“布置得很好，我很满意。找两个小伙子把我车上两大捆东西抬进来。”

豆娘出门叫人抬东西去了。

村长问：“铁叔，大娃铁欢炒股输了三十万的事平息了吧？”

铁叔摇摇头：“再添个零又进去了。”

村长情绪一下子没有了。

“这是我们铁家的事，你别操心。把这个元宇宙推进中心搞起来，请几个研究生一起研究研究，研究透了，铁欢就不会亏了。”铁叔说。

“好，好，好，得尽快启动推进中心的事。我给村委会申请了从县上弄个大学生来，负责日常工作，先搞起来再说。我考虑到元宇宙有好多事，没有一个专人来弄不行。但县上说要人有点难，涉及财政编制，过一段时间才有消息。”村长正说着，两个小伙子把两大捆东西搬进办公室打开。

“豆娘，正好来看看这两捆东西，都是我收集的各种报纸、杂志，还有从电脑上、手机上下载的关于元宇宙的一些资料。已经进行了大致分类，但看上去还是很乱。我们推进中心的第一步工作就是整理档案资料。我在想，最多一周时间，县上派的工作人员就到位了。所以这一周，你们两个来负责这项工作。”村长见铁叔和豆娘眼巴巴地看着他，嘴巴紧闭着。

“别误会了，就一周时间，我是担心叫其他人来把我的资料搞乱了，搞丢了。这个工作其实很简单，就是把报纸杂志，还有打印资料、复印资料分开装进不同的柜子就行了。一周时间。为什么一周呢？因为你们两个的厂子不能受任何影响。一天只抽百分之一的时间来搞搞，百分之九十九的时间干你们自己的活，对你们没有影响。”村长还未说完，豆娘就说：“哪有这么复杂，我请假一周，全包了。”

“不是这档子事。你要请假，我就找另外的人了。”村长说，“不能影响你手上一点点工作，影响了，这个推进中心就撤了。”

铁叔看豆娘：“按村长的指示办。请教一下，一天百分之一的时间是多少？”

村长笑笑：“一天二十四小时，百分之十就是二点四个小时，百分之一就是二…”豆娘抢着叫起来：“百分之一就是二点点四个小时。”

村长一怔：“二点点四个小时是多少？”他没反应过来。

铁叔也算不出来：“她说的。”看着豆娘。

豆娘疑惑地补充：“二点四个小时，再加一个点不是二十四小时的百分之一吗？”

铁叔摸摸头说：“好像豆娘说得对哟。”

村长也没有自信了：“应该是二点四分钟吧？”

轮到豆娘一怔：“二点四分钟？就算三分钟吧。我每天走进来，左看看，右看看，放个屁就出去了，哪有时间把一大堆东西理顺呀？”

村长苦笑一下：“铁叔，豆娘，麻烦你们别说话了。你们一说又把我脑子搅乱了。我重新来理理。一天二十四小时的百分之十是二点四个小时，这个没有争议吧？二点四个小时的百分之十，对了，是百分之十，刚才问题就出在这儿，豆娘说成是百分之一了，对了，百分之十就应该是零点二四个小时。零点二四个小时换算成分钟，就应该是十四点四分钟，对吧？”村长看着铁叔和豆娘。

铁叔说：“村长，你说多少就是多少。每天我来十四分钟，豆娘来十四分钟，我如果太忙，豆娘就坚持二十八分钟，一定把地上的东西捡顺，把推进中心加速往前推一把。”

“看看，我就是喜欢你们两个。他们都说我偏心，你看看，你们两个表态积极、动作迅速，说干就干，怎能叫人不偏心呢？”村长竖起大拇指。

“村长，看把我们表扬的。我们一定干好。村长，你看明天还是后天开始?”豆娘很积极。

“从现在就开始。不管是铁叔还是豆娘，一人十四分钟，连着干，时间到就下班。”村长又说，“但千万千万不要影响你们两个厂子的事。我还有事先走了。”村长走到门口又回头，“不许其他人进来，我那些资料要看好。”

村长离开了，铁叔和豆娘看着散落在地上的两大堆资料愣了神。

“你先上，还是我先上?”铁叔问。

豆娘笑了笑：“你那打铁的手，算了吧，别把资料弄破了，还是我先来。你看着时间，十四分钟后准时来接我。你去厂子里吧。”

铁叔离开了。豆娘立即弯腰把地上的两大堆资料抱到桌子上，全部分散铺满一桌，开始按村长的要求一本一本地，一张一张地分别放进四个柜子。

她非常仔细，一页一页地看着，一本一本清理着……

她看到一本看上去很精美的杂志中夹着的一张彩色照片。她看看后面没人，就起身把门反锁了，再拿起那张照片来仔细端详。

照片上是一位六十岁左右的妇女。“啊，好像村长。是村长的娘？为什么照片会夹在这本精美的杂志里?”再看看杂志中夹页上写着“抗疫大娘志愿者纪实”。抗疫大娘志愿者？和村长接触几年了，他从来没提及过他的娘……

豆娘迟疑了一会儿，又仔细看着照片上的妇女。她眼睛很大，一张胖胖的脸微微笑着，很精神。

手机响了，豆娘急忙接听。“豆娘，你在推进中心吧。那两堆资料里有一本杂志，封面是浅蓝色的，上面写着‘抗疫志愿者纪实’。你把它捡起来看看，里面夹着一张彩色照片，照片上的人是我娘。你可收好了，放在第一个书柜最上面一排的边角，我有空来取。”

豆娘边听电话边看着照片：“那本杂志我看到了，照片就在我手里，你太像你娘了，‘儿从母，不愁福’，你当村长，领导我们能幸福。”

豆娘听村长那边没应答，过了几秒，她马上意识到抗疫大娘志愿者的事：“村长，村长，你咋啦？”

“你把那本杂志和照片放在柜子里。”村长哽咽着一字一句吐出来。

手机挂了，豆娘也陷入了沉思。

坏了，闯祸了。豆娘想。

她突然觉得整个屋里特别安静，也特别暗。她立即跑到门口把灯全部打开，把大门大开。“啊”的一声，铁叔就在她眼前。

“怎么了？慌慌张张的，大白天的把灯都打开干啥？”铁叔进屋，“我提前五分钟就在外面臭豆腐车间等着，终于熬到你下班了，走吧，该我上了。”铁叔背着手，“嗯，铁头村元宇宙推进中心。嗯，好，咱们村和元宇宙干上了，村级水平，很好，很好啊。”

“你咋又摆出董事长的大架子呢？我给你说件事啊。”豆娘把那本杂志和照片从柜里取出来给铁叔看。

“村长他娘。”铁叔脱口而出。

豆娘指着杂志夹页的文字“抗疫大娘志愿者纪实”。

铁叔比豆娘多认识几个字。往下看，看到最后“这位大娘，一个最不起眼的大娘，我们只能看到她的防护帽、防护服、口罩和那双口罩上面的眼睛，眼睛里满满的爱。三十多天，她在医院门口自愿当起义工，为救护车开道，为担架开路，为患者维持秩序，为家属提供情况。她向其他义工招手，以示鼓励。她向快递小哥招手，以示鼓励。她向出租司机招手，以示鼓励。她向送饭的、送菜的、送药的招手，以示鼓励。突然有一天，周围的人再也没有见到她，她的身影消失了。没人问起她的名字，没人知道她的名字……”

铁叔瞬间合上杂志：“完了，他娘没了。”

两人沉默……

豆娘捂住嘴忍住悲痛，铁叔强忍着不让眼泪流出。

“快，把杂志和照片放柜里去。”铁叔刚把柜子打开，村长就来了。

“谢谢，谢谢，我是来找这本杂志的，里面有我娘的照片。这下我可放心了。”村长把杂志和照片放进包里，见铁叔和豆娘呆呆地看着他，他明白了，“是，我娘走了。是我的好娘……”

深夜十二点。远在县上电子技校的铁欢打开电脑链接进入虚拟房产“飘”楼的售房部。

小窗口出现了一位男士售楼主管。金色的大背头，金色的宽边眼镜。蜡黄的面容上，鼻梁高挺，他微微一笑，嘴角向两边翘：“你好，铁先生，我们又一次相逢在‘飘’楼售房部。我们经过全力精心打造，功能扩展，出售地皮成为我们的核心业务。请问铁先生，我们‘飘’楼最亲爱的业主，501 室最智慧的主人，你有什么需求吗？我们愿意为你效力。”

铁欢没有兴趣欣赏男主管的介绍，他只关心他购买的 501 室挂牌六百万元卖出没有。他迫不及待问：“501 室卖出了吗？”

男主管手一指，弹出了一个窗口。窗口是三十多户房屋交易成交明细。

铁欢仔细从上往下浏览，成交价格和他买入时差不多。和 501 户型相同的成交价格在四百万元上下，但没有 501 室。

他反复看了两遍，确认没有 501 室，才停下。

他琢磨着，猜想着，盘算着……

他再问男主管：“六百万元卖出价是不是高了？”

男主管回答：“只要是你真实意愿的表达，无所谓高低。卖出很好，不卖出也好，房屋都在增值。特别最近十天左右，随着我们推出首块一百亩黄金地皮，出让价一千万元，房产、地产遥相呼应，你增我涨。联络者、咨询者、考察者、洽谈者络绎不绝。到今天为止，访客量已突破二十万人次，热衷地皮的投资者占七成以上。他们犹豫的主要原因是不知这块临海地皮旁边的机场何时建好。我们只能客观介绍，机场周边道路已经修好，绿化带已经完工，来自全球的名贵树木和花草已种植安放完毕。但机场内部设施和停机坪等等还在建设中，具体一个月还是三个月以后竣工，我们不能向二十几万访客提供保证。因为，访客是上帝，欺骗上帝是会受到惩罚的。”

铁欢：“如果三个月后机场建成了，这一百亩地块价格肯定又要上涨吧？”

男主管："通常是这样，但我不能提供一个如果以后的结果。我们的回答历来就是一是一，二是二。"

铁欢："刚才听你介绍这块一百亩的地皮，我非常感兴趣。我个人觉得升值空间巨大，你能帮我提供一个参考意见吗？"

男主管："听得出铁先生是一个有远见的人，也是一个很诚实的人。我愿意以我个人名义提供一个参考意见，与本公司无关。我的意见是趁早下手。正如铁先生所说未来升值空间巨大。二十几万访客中任何一位先生或女士，一旦出手，铁先生就无任何机会，或者说失去了一次绝好的投资机会。这是我个人观点，仅供参考。"

铁欢："一千万元不是小数，我差几百万元，能否在虚拟银行贷款呢？"

男主管："虚拟银行正在建设中。目前，我知道的有几家银行已经购买了地皮，正在建楼。在不久的将来会提供虚拟金融服务。"

铁欢："我只有六百万元，差四百万元。你能提供一个解决方案吗？"

男主管："很遗憾，我们只是打包出售一百亩地，不分零出售，一千万足额才能购置。"

铁欢："我付六百万，用 501 室作价四百万，这样可以吗？"

男主管："我们是卖房，不收房。501 室作价四百万不行。我没有这个权限。"

铁欢："哦，明白了。那我退房行吗？"

男主管："行，我们将热忱为你开展退房服务，请铁先生慎重考虑，一旦定下来，我们就启动退房程序。"

铁欢："现在就退吧，我想把退房的钱用于购置那一百亩虚拟地块。"

男主管："好的，我们倾力为你提供退房服务。请铁先生关注本国币、虚拟币、购房币的汇率变化情况。"

铁欢看到弹出了一个较大的窗口。他仔细一看，顿时就蒙住了。

窗口显示"购房币与虚拟币汇率比一比五十，虚拟币与本国币汇率比一比五十"。"啊！"铁欢一拳砸在桌上，"我怎么没关注币率变化呢？"

铁欢回过神来。他知道搭上元宇宙的车，虚拟币也炒得热火朝天，各类游戏币也出现了异动。原来，和购置虚拟房地产也有关系。而现在退房，最后退回手里的本国币岂不是又要巨亏了吗？

铁欢摇摇头，退房这条路不能走。他马上反应过来"飘"楼售房部那位男主管看似不经意的一句话"我没有这个权限"。

铁欢又联系上男主管："我和夫人商量了，房子是开盘时买的，无论怎样，将来都具有升值空间。退了就失去了一次绝佳的投资机会。但是，我和夫人又确实看上了你们已经备好的那块黄金地皮，但手里只有六百万元，能否把 501 室作价四百万元，共计一千万元购置那块地皮呢？我和夫人是诚心诚意的。"

男主管："我之前给铁先生已有言在先，我没有这个权限。"

铁欢："谁有这个权限？"

男主管："当然是董事长一支笔了。我劝铁先生放弃这个想法，董事长是根本不可能批准这种以房产作价换取大额现金，充抵购置地皮资金不足部分的。"

铁欢："谢谢主管给我这么详细的解释，但我不想放弃任何一丝机会，哪怕是抱着侥幸心理也要试试。请主管帮助我和夫人实现这个愿望，谢谢你。"

男主管："铁先生和夫人诚心诚意，令我感动。但我还是奉劝铁先生放弃这个想法。因为，我知道董事长百分之九十九点九不会审批，即便是你和夫人把六百万本国币换成虚拟货币再换成购房币进入公司的电子银行账户，董事长还是不会批的。他是不会被诚心诚意感动的，他就是一个地道的商人，没有特殊情况他是不会做出傻事的。这种特殊情况就是百分之零点一的机会。但这个机会是不存在的。哦，对了。铁先生诚心诚意的态度感动了我，我会提前告知你关注购置地皮的币率变化情况。由于是公司首次推出，一百亩一次性出售，正如铁先生购置'飘'楼 501 室一样，首次购置，本国币、虚拟币、购房币均按一比一比一。虚拟币、购房币之所以现在飞速上涨，是因为购房者越来越多，具有升值空间。同时，购房币发行是有限制的，发行多少额度，不是我们公司自主决定的。发行后各方面的使用情况要受到监管部门严格管制，一旦出现购房币超过发行定额，我们董事长是要进监狱的。”

“谢谢主管，你比前面两个女主管介绍得更详细，让我了解了很多东西。但是，但是我还是不想放过你刚才说到的百分之零点一的机会。”铁欢再次提起。

“哎哟，铁先生，我已经两次建议你放弃这样的想法。你又第三次提起，我都不好拒绝你了。万一以后亏损了……虽然我们素昧平生，远隔万里，一辈子可能只有这一次见面，但你亏损了，我的良心会受到惩罚的，我会一辈子不安的。百分之零点一的机会就等于董事长喝醉了或者董事长突然出现了神经错乱。当有一天，董事长案头上摆着六百万元购置地皮的审批单和一张‘飘’楼501室作价四百万元的审批单时，喝醉了就糊涂签，神经乱了就胡乱签。你和夫人要真有诚意，我就把一百亩地皮预留一周，这是我的权限，同时帮铁先生做好501室作价四百万元的审批方案。等到你的六百万元兑换成六百万购房币入账后，我再把两张审批单一起送达董事长。那时，我们共同期待奇迹的出现。最后，顺便说一下，铁先生是我遇到的最执着的人。你诚心诚意的精神值得我学习，我将随时为你提供各种币率的最新情况。现在各种虚拟币、游戏币、购房币、购地币正借元宇宙之势，一波又一波上涨，投资价值显现。我个人已投资一亿元购入虚拟币。尽管现在下跌了百分之二十，但我相信未来定会翻倍。我从铁先生这里学到了执着，对未来充满乐观。再见，铁先生，希望尽快见到你，我最真挚的朋友。”

铁欢关了电脑，一动不动。他环视着四周，低下头呆呆地看着桌上摆放的东西。除了电脑、笔筒、闹钟，还有丁香和铁蛋的合影相片。他看着相片笑了，因为相片里的丁香和铁蛋正对着自己微笑。他动了动身体，回想刚才在电脑里与那位男主管的对话。关了电脑，感到了疲惫，仿佛自己身体被掏空了。

“六百万元，在哪儿去找呢？”铁欢想到了这个问号。三百万元购房了，但由于币率发生巨变，退房换回来的本国币，不敢想象。又亏三百万元？

无法给爹娘交代。关键是自己生活生存信心遭到重创。怎么能出现巨额亏损呢？难道那些大把大把赚钱的人比自己强？哈哈，想骗我，看谁能骗过谁。骗术不就一个套路吗？抛出诱饵，尝点甜头，坐等大鱼上钩。现实世界如此，虚拟世界也一定如此。

元宇宙各种泡沫浮现，正常啊。骗局都设计好了，骗子都出动了，就看谁能骗到最后。六百万元算什么？回来六千万元难道没有可能吗？这就是一个赌局。不参与赌博，谁胜谁负都不知道。万一赌赢了呢？谁都无法预料。不参与赌博，就只能一辈子守在三尺讲台上，挣着几千元的月工资养家糊口。

"不行，不行，一定要搏一搏。"铁欢咬咬牙。可六百万元到哪里去弄呢？找爹娘借钱，不可能了。找二娃铁乐借钱？最多几万元。找三娃铁喜借钱？十万元有可能，无济于事。找同学借钱，算了。上次借钱不成，反而断了来往。

铁欢想了一遍，无可奈何。

突然，他的眼睛落在书桌左上方那只大号的"娘的豆奶"杯子上。"娘，铁欢借钱无路，只能托您的福气了……"铁欢流下眼泪。

早餐后，体验团准备到明铺家具厂去。四人都检查了设备和行囊，轻松愉快上路了。他们决定另外选择一条路，采集更多的实景素材。

他们从前面分岔的一条小路往前走。一眼望去，远山翠绿色，生机勃勃，心旷神怡。仙女问金戈："我们这个活动效果如何，楚总有说法吗？"

金戈哈哈一笑："当然给了好评。公司技术组正没日没夜地加班呢。他们把我们传回去的影像资料和数据，包括所有的环境和人物，正在拆分又重组，为了一个人物的动作，从头到脚的和真人一样灵活变动，正在研发传感器更新技术。研发出的仿真人更加接近于现实的自然人。不容易啊，几十个人围绕着这个技术费尽心思。还有，我们传回公司的所有自然景色，在显示器里看起来不那么光鲜。考虑到以后进入元宇宙虚拟世界沉浸式体验的，大多数是我们这代年轻人，还是偏向明亮的画面感。自然光适用于中老年，尤其是中年，能够进入虚拟世界体验的又大多是‘高知’和精英阶层，办公室是他们的事业‘空间’，安静、舒适是他们对环境的心理要求。”

仙女：“如果放弃自然光，会不会变成传说游戏里人为增设的很多光怪陆离只能吸引青少年的鲜艳的大色大调？”

“他们技术组正在研发。肯定不是那种传统游戏里的人为牵强附会的增色技巧。他们正研究光学捕捉技巧，就是有别于传统游戏里的光色。是先进的技术而不是技巧。通过光学捕捉技术，使体验者置身于任何环境，所见光线引导既亮丽又自然。”

“技术组辛苦了。”绿苗很是同情。

“这还只是几十分之一，还有很多技术需要攻克。否则，元宇宙早就盖棺定论了。”金戈说。

紫藤：“太难了。”

绿苗接话：“相比较，我们算是轻松的。”

“哈哈，也不能这样说，唯一的优点就是我们在大自然工作，在实景工作，能幸运地享受新鲜空气。”仙女望着一望无际的绿色大地，深深吸了几口。

“还有，这里的山美、水美、人美。特别是人太美了。如果某一天我辞去楚支科技的工作，我会到这里来，我会毫不犹豫到这里来的。”绿苗有感而发。

“我也会，我们一起来。我们到茶坝去，为客人们端茶送水，和他们一起聊天，一起回忆过去的时光，一起展望未来。”仙女也说。

紫藤禁不住接话：“我也要来。我去拜铁叔为师，把一只只铁锹打磨得锃亮锃亮的。绿苗，忘了吗？我们在铁锹厂采景时，你说要亲自打磨一把铁锹。铁叔说，那把铁锹就叫‘绿苗定制款’。我要在那里打造三把‘紫藤定制款’，送给你们三人，作为我们腾云驾雾沉浸式体验团的纪念品。”

“哈哈，你们越说越起劲。我呢，我到哪里去呢？我在元宇宙虚拟世界与你们会合。一起聊聊我们曾经的艰辛，一起回忆我们与这么多好人、劳动者、生产者共度的催人泪目的时光。或许命运眷顾我的一天，我来铁头村当村长……”金戈也高兴了。

几人一起鼓掌。

“嘿嘿，那边是什么？”金戈一指。

“甘蔗林，哇，好大一片！”仙女叫起来，“快去，但愿能捕捉一个精彩的实景。”金戈带头向甘蔗林走去。

紫藤：“我好长时间没见过甘蔗了，小时候吃过。可能有七八年没见过了。”

“我也喜欢吃甘蔗，想起那个撕咬劲儿，我就直咽口水，真甜啊。”金戈也说。

绿苗慢慢说：“甘蔗，又叫薯蔗、糖蔗。黄皮甘蔗是白糖之母，既好吃又富有营养。我现在看见白糖就想起甘蔗。真想不到眼前就是甘蔗林，意外之喜。多亏金戈选择了这条线路。我以后就来这里种植甘蔗，算是一种梦想吧。”绿苗看见一个人骑着自行车过来，“嘿嘿，那不是铁叔和豆娘家的二娃吗？对，是他，铁乐，就住在铁叔家四楼，每天早出晚归，很少见到他。”绿苗高高挥手，“嘿，铁乐，铁乐……”

“原来是你们啊，怎么到这里来了？”

绿苗迎上去：“我们今天到明铺家具厂去，路过这里。”

“哈哈，你们绕道了，还得多走一公里。”铁乐说。

“你喜欢骑自行车？怎么不骑电动摩托车呢？”绿苗问。

铁乐笑笑：“自行车轻巧方便得多。电动摩托虽省力，但声音烦人，我喜欢安静。”

“听你爹说，这片甘蔗林是你承包的？”绿苗问。

“是的，已经承包三年了，有一百亩。效益还不错，今年村里还准备把一千亩玉米地交给我，只有受累了。”铁乐说。

“说明你能干，村里看重你呗。”绿苗夸铁乐。

“不完全是这样。村里年轻人大部分都到外地打工去了。我算年轻的，爹娘不让我走，村里只好让我多承担一些。”铁乐似乎并不高兴。

“种甘蔗，种玉米多好啊，你还嫌弃啊，不识抬举。”绿苗笑起来。

“哎呀，什么事干久了都烦。守在这个地方哪儿也去不了。你们来自大城市，倒是无所谓了，我可经常想到大城市去看看。现在嘛，经常感到很无聊，只有边种甘蔗林边打游戏来消磨日子。”铁乐取出最新款的游戏机，“我这款还行吧？”

金戈、紫藤、仙女都凑了过来。

金戈一见：“哟，你这款是最新款，玩起来比手游、端游带劲，我只在广告中见过，很贵吧。”说完拿起游戏机欣赏起来，而后又递给仙女和紫藤。

“你喜欢打游戏？”绿苗问。

“年轻人都喜欢嘛。你不喜欢吗？”铁乐反问。

绿苗笑笑：“喜欢是喜欢，但是现在没时间玩了。你打的什么游戏？”

铁乐得意一笑：“最新上市的区块链游戏，简称‘链游’。我估计你没玩过，和元宇宙概念有关。我指的是区块链技术。”

“啊，你还知道‘链游’，区块链技术？”绿苗有点吃惊。

铁乐解释道：“游戏比较公平吧。身份和数据储存在不同的地方，需要身份认证才能进去，使用数据要得到许可。不像传统游戏，一家开发商可以在后台控制玩家的经济收入。数字资产的增值与贬值，他们在后台可以人为操作。”铁乐耐心地给绿苗解释。

“是的，这种既可玩游戏，又有收入。如果你玩得足够好，你之前积累的数字资产都可以增值，不可能随意被后台操控清零。这就是‘链游’和传统游戏的最大区别。去掉了一家独大的中心，采取了多家链接的数据分储，起到了相互制约的作用，保护了玩家的权益。”绿苗说完也很得意地看着铁乐。

铁乐得意的表情一下没了：“你也懂一点呀？我可是铁头村出了名的超级玩家。每天玩游戏的时间至少在六小时以上，是名副其实的‘链游’高手。”

听到这里，绿苗收起笑容：“六小时以上，你不睡觉了？”

“要睡觉啊。白天，比如今天不碰到你们，我就躲进甘蔗林去，在里面玩一天才出来。”铁乐仍然得意地说。

“你哪是在玩游戏，这是玩命的。”绿苗说完变得有点严肃了。

铁乐不好意思地收起了笑容，话锋一转：“我请你们吃甘蔗。你们都过来，吃一根就行了。”说完，不知从哪里取出一把砍刀砍下一根甘蔗，然后熟练地用砍刀刨去甘蔗皮。

“拍，拍，拍。”金戈叫起来，“经典，经典，经典。”

几个人眼睁睁地看着铁乐把一根长长的甘蔗削完皮，砍成几节，分给他们。

铁乐不好意思说：“请各位品赏，多提意见。”

大家都笑起来。接着就是一阵咬甘蔗的声音。

“我听我爹说了，你们是从省上科技公司来的，到铁头村采集素材，以后要搬到虚拟世界去。你们都是年轻科技工作者。虽然表面上看不出来，但刚才听绿苗说‘链游’，我感觉你们都很厉害。这两个月，我‘链游’消费了三十三万了。有机会帮我一下，让我技术提高一些。”铁乐说完，看见几人停止了吃甘蔗，都盯着他。铁乐又笑起来，“不不，不是钱的问题，主要是提高技术水平。”

几个人还是不说话，相互看着。

“我教你玩‘链游’，你教我种植甘蔗。”绿苗看着铁乐。

铁乐有点吃惊的样子。仙女忙说：“绿苗是我们四人中的游戏高手。在传统游戏中曾经号称‘绿林深处女玩家’。”

“哦，那太好了。”铁乐高兴地蹦起来，骑上自行车一溜烟不见了。

体验团终于来到了明铺家具厂。

一位自我介绍为办公室主任的男子带体验团四人进入厂区：“村长给我们顾总打了电话，顾总也给我交代了，由我全程陪同你们进行实景采集活动。顾总还交代，对你们实行无保留全开放。你们想采集什么，我们全力做好配合。”

金戈："谢谢主任，我们想采集厂区的外景，然后从制作家具的第一个环节开始采集。你通知一下，我们自己去，你不用陪着，谢谢你了。"

"仙女、绿苗采集外景，我和紫藤沿路往里走，看看其他地方。"金戈说完就和紫藤往其他地方去了。

仙女和绿苗拿着微型摄像机沿厂区外围，从不同角度把整个环境拍了并进行距离测量。

她们迎面碰到一男一女。男的问："你们是电视台的吗？"女的则夸着厂区的环境优美。

仙女说："对，我们是电视台的。你们说家具厂最值得拍摄的是什么？"

男的一笑："想不起来。"又笑笑，"还是我女儿给你们说吧。她叫甘花，我是她爹，叫甘旺。"

"哦，甘旺叔叔，甘花妹妹。"绿苗上前自我介绍，"我叫绿苗，她叫仙女。"

甘花说："我们厂区可以拍的东西很多，很漂亮的，可上镜了。比如我们的明铺家具厂展览厅，那里面件件都是精品，而且全红木的。最贵的一套家具，包括床、沙发五件套、衣柜、书桌、饭桌，十几把椅子要三千万元才能买到。还有一些单个的家具，一种家具都值三五百万的。这个可以拍，拍出来在电视里播放出来，特别上档次，也帮助我们明铺家具厂宣传宣传。"

甘旺想了想："还有更好的，拍出来比展览的还要精彩。但是还没有研究出来。我知道这事正在研究，全厂二十几个博士、硕士都在开足马力，研究与元宇宙、与虚拟世界有关的，具体的我说不上来，这个要是拍到了，在电视台一播放，那明铺家具厂就飞上天了，绝对是爆炸式新闻，你们电视台也跟着出名了。"

"是吗？和元宇宙有关？和虚拟世界有关？是想在虚拟世界推销明铺家具吗？"仙女好奇地问。

"就是这个意思。现实正在研究，样品已经出来了。我们顾总和几个博士正在研究。"甘旺笑笑，"你们继续拍吧，我和甘花还要到直播室。今天是明铺家具厂直播带货测试，我女儿甘花专门来现场帮我。”甘旺说完想走。

仙女一听就乐了：“这个要拍，我就想从后台看看直播带货的事。”

绿苗也抢着说：“我也特别好奇，我给铁叔和豆娘还说呢，我想帮他们‘娘的豆奶’直播带货，但又怕搞砸了，就不敢再提这事。今天正好，我也学习学习。”

甘旺急忙说：“今天是测试，练习，不是正式直播。”

“测试我们也去。你放心，我们不会打扰你们工作的。走，我们一起去。”绿苗挽着甘花和甘旺，与仙女一起去了。

一进直播间就惊到了仙女和绿苗，和电视上看到的一间小屋不一样，是一个很大的家具展示厅，几乎所有的家具都是明式风格的。

“啊，古色古香。”仙女发出了感叹。

“我感觉穿越了。”绿苗俏皮一笑。

在家具前方摆着一个明式画案，长两百公分，宽八十公分，高八十公分。

甘旺一指：“这是直播台，这把椅子是明式官帽椅，比清式简洁多了。”

甘花把直播话筒放上面，接好线，拍拍有声，就朝隔壁房间叫了一声：“娘，准备开始了。”

菱姣从房间出来：“你们才到啊，今天说不定顾总要来检查，马上开始吧。”说完看到仙女和绿苗，“看样子，她们是电视台的吧。”

“我们是来学习的。纯属好奇。”仙女和绿苗退到后面一个角落坐下。

甘花把前面摄像机三脚架调整了角度：“爹，娘，你们坐好了，准备开始了。等等，你们的台词都记下来了吧？”

甘旺和菱姣同时回答：“记住了，记住了。”

甘花又一问，“慢，爹，娘，你们谁先说？”

甘旺手一指：“你娘先说。”手指微微抖动。

“怎么是我先说呢？练了多少遍了，不是你先说吗？还没开始就乱套了。”菱姣看着甘旺还举着手，“把手放下来，放松一点。”

“慢，爹，你咋身体也在抖呢？马上开始了，你要稳住，不能动。你总共说十句话，坚持一下就完了。”甘花走过去，把甘旺的身体搬了搬，移了移。

甘旺趁机悄悄给女儿说：“还是让你娘先说吧。”

菱姣听见了：“按台词的规矩就是你先说。看这张纸条，明明上面写的是甘旺说，然后是菱姣说，再是甘旺说，再是菱姣说，看清了吗？”

甘旺看着纸条：“看清了。”

甘花看爹娘准备好了：“我数一、二、三，开始。”甘花又一声，“慢，爹，怎么腿在哆嗦呢？腿不准动。”

仙花和绿苗在后面角落看着，实在憋不住，“哈”的一声笑出声来。

甘旺和菱姣回头一看站起来向她们招招手。

仙女性急，她想帮帮甘旺，走上前鼓励甘旺：“其实甘旺叔叔表现很好，可能是台词记不住了，你就照着纸上写的说，没关系的，我看过好多直播带货的，照着纸上念的很多，一样的效果。”

“是吗？可以照着纸上念，那轻松多了。实话告诉你吧，我也不一定能背下来。那台摄像机对着我，一想到千千万万的人都能看见我，我就激动，一激动就乱套了，这是我一生中唯一的毛病。”

菱姣把纸条放在桌上摆好。

甘花立即说：“我数一、二、三，开始。”

甘旺：“材料扎实，做工精细。”

菱姣一下就冒火：“你咋把我的台词说了呢？你该说‘明铺家具，家喻户晓’。我接着说‘材料扎实，做工精细’。”

甘旺又把纸条拿在手上。

甘花又一声“开始”。

甘旺：“明铺家具，家喻户晓。”说完仍把纸条死死捏住。

菱姣又冒火：“你说完把纸条放回桌上啊。不然我看什么呢？”说完把纸条重新放回桌子上。

甘花再次说：“开始。”

菱姣看着纸条："明铺家具，家喻户晓，材料扎实，做工精细。"

甘花手一指："娘，你把爹的台词也说了。"

菱姣一愣："是吗？"

甘花向外看到了什么，立刻跑过去："哎哟，顾总来了。我爹娘正在练习，效果不错，再给点时间，他们会好些的。"

顾总和金戈、紫藤相视一笑："我们在门外已经看了一会儿，没进来。不错不错，不急不急。我在想，请两个年轻人给你们示范一下，可能会好一些。"

"那太好了，我们可以模仿了。"菱姣笑笑。

顾总看看甘花："甘花，你来。"

"好的。"甘花直接就坐在了凳子上。

"那男的谁来？"顾总看着金戈和紫藤。

"紫藤你去，我来拍摄。"金戈直接走到了那台摄像机面前，"你们两个把稿子放桌上，一人看一眼，一人说一句，准备……开始。"

"亲爱的观众，亲爱的朋友，今天铁头村明铺家具终于在广大粉丝支持下和你们见面了。想想吧，明铺家具自问世以来，走过了三十年的家具历程。三十年呀，家具厂已发展成年产值五十亿的大型家具生产厂家。得到各种荣誉无数。请镜头给一下，看到了吧，最醒目的一块牌子。大家注意看，上面写着'三千年传承，三十年工艺'。对，一句'工艺'，概括了我们明铺家具的工匠精神。孜孜不倦，精益求精。明铺家具早已家喻户晓。今天，我们要请一个完全不懂家具，从来没有沉浸式体验过明铺家具厂的年轻美女……看，她惊讶、不惑、好奇地看着我，她心里产生了一连串的问号……你看，她笑了。这种笑并不能说明她已经熟知了明铺家具厂的真正秘诀。那么，真正的秘诀是什么呢？请美女提问。"紫藤一连串开场白把甘花搞蒙了。但随着紫藤的循循善诱，甘花很快明白了自己在直播带货中的作用，就是提问。而紫藤不断地看着桌上的纸条，暗示甘花看纸条上写的台词，把每句话变成问号，至于紫藤怎样回答，她不考虑。

"请问明铺家具厂取得这样的成绩，秘诀是什么呢？"甘花不免觉得好笑。

紫藤迅速面对摄像机镜头："为明铺家具消费者做好全方位服务。老实做人，老实制作，老实服务。"

"那么，明铺家具厂三十年坚持的服务理念是什么呢?"甘花又问。

紫藤又答："明铺家具厂三十年自始至终秉承和坚持了两个字——'忠实'。'忠实'包含太多的内容。忠实自己，对得起自己良心，把家具做得尽善尽美。传承家具历史文化来不得半点掺杂使假。对消费者要'忠实'。尽一切努力，从选择原材料到制作加工，再到精雕细磨，都要体现对消费者'忠实'的态度。当一件件家具成品出厂时，当货车载着明铺家具奔向千千万万消费者时，我们全体员工会发自内心对自己说，对消费者说，我们做到了'忠实'!"

"那么，未来明铺家具还有哪些令人期待的呢?"甘花已经非常自信地问完了纸条上最后一句话。

紫藤不慌不忙看着摄像机镜头："明铺家具厂的顾总从来不拘于传统保守。早已把传统与现代相结合，把现实与虚拟相结合，把中老年情结与年轻人审美倾向相结合，把工人技艺与机器精密制造相结合，把纯天然木材与环保轻型材料相结合，又一次走在了时代前列，继续引导着家具行业的潮流。"

"停。"顾总挥挥手，"不能再往下说了，再往下说，就把我们刚才在路上交流的秘密都暴露了。先到这里，今天虽然只是一个练习，一个测试，但我完全入迷了，被紫藤和甘花的直播对话打动了。虽然一开始听起来有点像接受记者访问。但后来，紫藤很快找到了感觉。甘花一开始没想到紫藤连珠炮式的开场白，有点蒙，但很快冷静下来。几句简短的提问，正好撞在紫藤的枪口上。紫藤回答自然流畅，把明铺家具厂的秘诀、理念、期待都说明了。配合默契，配合默契。"顾总又看看金戈，"金戈，你是体验团负责人，我有个建议，明铺家具厂将推出贴有元宇宙标签的家具，包括即将与科技公司合作研发适合在不同空间体验的 VR 显示器，就请紫藤和甘花作为直播带货代言人，未来作为元宇宙虚拟世界虚拟数字人推广大师。

当然，在不影响你们体验团工作的情况下，我内心非常渴望得到你的支持和理解。”

“哦？顾总又出奇招，这可是在我意料之外的。这样吧，我先给楚支科技楚总报告一下，为紫藤和甘花合作提供方便，把元宇宙家具推出来。下一个采集地是家具厂区的原材料，这是我们最关心最想采集的实景之一。想请甘旺和菱姣出场，非他们莫属，请顾总支持。”金戈向甘旺和菱姣招招手。

体验团来到厂区最大的一个原木存放和粗加工的地方。乍一看，很像是码头卸货的地方。

足有五千平方米的地方，一半搭起了棚盖一半露天。直径、长度、大小不一的大树桩子有序排列着。有去了树皮的，有保持原样的。原生态、陈年怀旧之感油然而生。粗细一致，大小有序。树桩堆积起来十米左右。根根树桩都有几十公分，个别的近一米。走近会产生一种欣赏古木古树的古老感觉。抬头仰视，毫不输十辆坦克放在一起的威严。又粗又大的树桩大多放在露天，少则五年，多则二十年以上。经风吹日晒，里面的水分被慢慢风干，呈现密实、厚实。上手摸摸，心里特别踏实。

有一根一米多粗、长十一米的树桩，单独存放于一处棚盖罩住的角落。

体验团好奇地围了上去。

顾总兴奋地说：“这是一根阴沉木金丝楠，至少上千年历史。二十多年前我用三十万买下，从买入地到我厂里用了十天，我派了十个人沿路护送，人工费和运费耗费十万元。当时为了这个宝贝，我算是不惜一切代价了。”

囤积原材料的场景都拍了。金戈说：“我们现在要重点拍摄两个场景，为家具推广做前期铺垫。为了在未来元宇宙虚拟世界推广原材料的真实性和价值体现，这个场景需要甘旺和菱姣出场，主题就是‘老实人在维护老料’。甘旺和菱姣穿着厂服，一人拿着毛刷，一人拿着扫帚，在原材料存放处打扫卫生。重要的是，用毛刷仔细地清扫原木侧面，要非常仔细，就像爱护自己家里的家具一样，要用手摸摸，用嘴吹吹灰尘，一句话也不说。扮演的角色就是护卫原材料的清洁工。”

甘旺一笑："菱姣上，这个不用教，家里打扫卫生长期是我承包。扫帚有了，小刷子有了，怎么没看见拖把呢?"

"不用拖把，不用拖把。好不容易阴干的木料。你和菱姣就用扫帚扫地，用毛刷清理木料侧面就行了。"顾总自己都忍不住笑起来。

"开始。"金戈开始拍摄。

甘旺走到木桩面前，在横切面上用手拍一拍、抹一抹、摸一摸，用毛刷轻轻扫，用嘴轻吹吹……

菱姣在另一堆木桩前，重复着甘旺的动作。

这一切都被金戈从远景推到近景，再推到特写……

顾总在摄像机旁监视器里看到放大到特写的画面："啊，真漂亮，原木的纹路一层层，一圈圈，相互依存。原木的肌理协调一致，曲里拐弯、绵延起伏。经甘旺和菱姣细致入微的清扫，精心维护、呵护，一根根原木才露出了真容。亮锃锃的圆形，圆满啊！我做了三十多年家具，与原木打交道这么长时间，从来没有像现在这样对原木产生敬畏、厚爱。这几个镜头，加上甘旺和菱姣作为原木的守护神，我坚信，无论是虚拟世界的推广宣传，还是现实世界的直播带货，一定会产生信任的力量，明铺家具厂腾飞在即也。"

"顾总，顾总，我们还有一个场景需要采集，'改料'。我们需要古老传统的'改料'方式，这段实景就完整了。在未来元宇宙虚拟世界，体验者可以亲身体验劳动生产的全过程。'改料'很经典，对年轻人有大的吸引力。"金戈越说越激动。

顾总也高兴："好的，我找人配合你们。请八个壮汉两人一组，光膀子，下穿短裤，腰扎一条粗布腰带，全身用水淋湿，表示大汗淋漓。选一根五米长粗壮的原木，直径五十公分。找一把三十公分宽的大钢锯，一人一边，抬着大钢锯从原木一端开锯。两人累了，第二组再上。直到把原木横切面从头到尾彻底锯断。最后，一根粗壮的圆形原木分开成两个半圆，平整，半径大小一致。哈哈哈，还原我二十多年前，二十几岁'改料'的真实过程。兄弟们，上……"

/ 七 /

再登铁头山顶，村长想娘了

又一个清晨，雨过天晴，太阳升起，一派春的气息。树叶，绿草，花瓣上剔透的露珠渐渐消失。远远的山坡上有一个人影穿过森林，向铁头山高处走去。山顶可眺望一马平川的大地。农田、玉米、猕猴桃、甘蔗林、鱼塘、茶山。若隐若现的厂房，两只手臂一样环抱的小河，小河两边的明式村居。

那人影正是村长。这一段时间，他够辛苦了。一个传统甚至有点保守的小村庄，在元宇宙烈风强劲吹拂下，变得蠢蠢欲动。是的，有点挡不住诱惑的感觉。一切像是被动的，又像是主动在迎合。一开始，他感觉是大势所趋，但仍不相信来得如此之快。是啊，现在的世界，先进的传导方式、手段已经把铁头村与外界紧密相连。

是时候该想一些事情了。

村长在大学和楚支科技楚总是同学。大学期间他唯一的爱好就是读书，喜欢读一些历史、哲学类的，读起来带劲。他听人说，文史哲有相同之处，可用来思考人生，描绘未来。

来铁头村之前，县上领导找他谈话，要他入乡随俗，与农民打成一片，把整个身心融入农村。和以前他听说的到农村接受再教育不同，这次派他到铁头村当村长，是帮铁头村更好发展经济。县上领导握住他的手说：“我曾经当了两个村的村长，要和村民们融为一体。第一关是语言，要学会并运用村里农民的语言。”

他掌握了这个要领，与村里人打交道，说话时，能跟则跟，能附则附，一大句、一小句再到某一个字。很管用，两月不到，他和铁头村老老少少说话就语通一气了。而在大学期间“语不惊人誓不休”，开口美句频出，闭口词藻满天，统统收捡起来。

快六年了，他做了不少事。数得着的，摆得上桌面的大大小小也有十几件。铁头村一跃成为镇上九村首富，功劳肯定是大家的，毕竟县上、镇上和村委会不支持他将一事无成。他一直以来都是尽职尽责，左挤右拱，上蹿下跳，忙里忙外，走村串户，良心应该说得过去吧。他常常自我表扬，把辛苦劳累给淡化忘记了。

今天，他又来到铁头山高高的山坡上，是因为去年他曾来到这里，看着娘的照片哭了很久很久。来这里，不只是为了悼念娘，他想借娘的慈爱支撑自己，鼓励自己把铁头村下一步的事做好。今天，正是娘作为抗疫志愿者劳累去世两周年祭日，他最想对娘说的，也是最想继续做下去的。

他拿出一张报纸铺在地上，靠着大树坐下来。拿出一壶酒和一只小杯子，把酒倒入那只小杯子中，又拿出一包在铁锅里烘炒的去了壳的花生米，撒了几颗在酒中，跪在地上面向远方云海：“娘，不记得有多少年了。过年过节，我在大学期间的寒暑假，在铁头村工作回到家里，都能吃到你烘炒的热腾腾、暖乎乎的花生米。你总说‘烘炒的花生米要趁热吃。抓一把放在手里，轻轻揉几下，打开一吹，把花生上面的红皮吹掉，吃净米米。香脆，爽口’。我每次走，你必定为我准备一包烘炒的花生米，用布袋子装着，热乎乎的。娘，我会想你的，虽然娃成不了大器，但时时处处都想为你争气。”村长把那杯酒，连同酒中的几粒花生撒在大树下面的土中。他长出一口气，又重新倒满酒杯，捧起几十粒花生，轻轻一揉，一吹，红皮飞撒出去，剩下白花花的净米米，他一把塞进嘴里，嘎叽嘎叽的，咬得透彻，痛快，爽啊……

他端起酒杯一口吞下，一个浓郁醇香的嗝儿从喉咙喷薄而出。“哇塞……”他叫了一声。

他呆呆地看着远方，若隐若现的群山薄雾，天上的云和光影。

“事真多呀。”他自言自语，说完，又捧起一把花生，揉揉吹吹，塞进嘴里。又是一杯烈酒倒进嘴里，连打了几个响嗝。他在想……铁头村元宇宙推进中心得从这里开始。线上的，线下的，虚拟的，现实的，生产的，基建的，手工的，智能的，村里的，村外的……他站起来，沿着山坡的最高处眺望着山峦。他从左边走到右边，又从右边走到左边。一会儿甩开膀子走，一会儿又背着手低头沉思，不时抬头看着远方，摇摇头又点点头……

铁头村率先实现智慧村的任务早下达了。

这几年智慧村的基础有了，但任重道远。

要建铁头村村域网，户户联通，要建5G基站，要改造电缆光纤。要实现户户有电脑，人人有手机。要实现网上办公，村务公开，劳动生产项目电子监控。医疗、教育要在网上、手机上操作。对人的服务和管理要网格化。村里的企业，明铺家具厂、铁锹厂、豆腐厂要实现智能化。村里的种植业、水产业要实现智能化……

基建怎么办？三座桥、三条路、三个码头，虽然不像城市那样庞大，但总要花一笔巨额资金，三个亿总是要的。能不能和智慧村一起搞呢？他在山边停了下来，托腮遐想。钱呢？和村委会商量时，他为这事发愁。他有一个初步想法，老同学楚总得出大头，毕竟他们是“生死之交”嘛。三个亿把三座桥、三条路、三个码头修起来。顺带把沿线的光纤电缆和5G基站解决了。然后，租一块便宜的地给楚支科技，二十年三十年都行。把楚支科技公司搬迁至铁头村，这可比城里好多了，青山绿水的。现在已经有科技公司搬到了郊区，安静，空气好，养心怡情，便于研究。不知楚总干不干。总之他会想尽一切办法把楚总请进村来。他灵机一动，把明铺家具厂顾总投资搞元宇宙VR显示器和楚支科技结合起来，成立合资公司。楚总大概率会到铁头村来。

村长自信渐强。他还有一个杀手锏，那就是楚支科技派了腾云驾雾沉浸式体验团的四个年轻人到铁头村采集实景，包括环境、人物，还有劳动、生产的很多细节，铁头村都是免费的。楚总求我，我一口答应，我求他做点啥，他也应该不会拒绝。对，给楚总提出，把铁头村打造成第一个元宇宙主题公园。这诱惑，楚总能抵挡得住？

把铁头村人和物都搬到虚拟世界去。元宇宙主题公园里没有像样的桥、路、码头是不行的。再租给楚支科技几块地，搞什么都行，顺带把乡村旅游再加一把火。

村长想着。对，对，对，要借元宇宙这个劲，把铁头村挺起来，把智慧村建起来。智慧村的一切本身就是元宇宙的最基础工程，没这些东西，元宇宙也不好办。还是钱的问题。县上给点？镇上出点？村里掏点？企业赞助点？楚总大方一点？

他脑子里形成了大概思路，心里有数了。他站在山边，向那远山、云彩、天际放声大喊："我来了，我来了……"

趁金戈到楚支科技总部报告情况，绿苗偷偷跑到了甘蔗林。她想找铁乐学习种植甘蔗技术，也想教教铁乐玩好"链游"。

一路上，绿苗心情特别好。小时候她爹娘带她到甘蔗林去，不是去欣赏，不是去玩，而是现场选择最粗壮的甘蔗。当农民剥去甘蔗皮，露出白白的甘蔗肉时，她吞咽几下，上去拿过来就撕咬。确实，一股冰冷的糖水从口中顺流而下进到胃里，那叫一个甜美啊。后来水果多了，就想简单剥皮入嘴的，橘子、广柑、猕猴桃之类……好长时间没有吃甘蔗了。想到甘蔗就想到娘，想到爹。偶尔回家，爹把甘蔗去皮，切成短短的。自己拿着就啃。嘻嘻，那残余的渣渣装了一大盆。爹在一旁看着，喜在心上："行了，别把胃吃坏了。"

现在甘蔗林就在她眼前。微风轻轻吹着，她呆呆地站着，注视着，欣赏着风中的甘蔗林。

"好美。"她自言自语，"嗯…铁乐在哪儿?"

她向四周望去，铁乐会在哪儿呢?

她试着大喊一声："铁乐……"无人回应。

她又大喊几声，仍无人回应。

"嗯，奇怪了，他会在什么地方呢?"绿苗四下张望。哦，对了，铁乐曾经给她说过，可能钻进甘蔗林深处，找一个地方蜷缩起来，躲着其他人打游戏。他一天要打六个小时游戏，真是不要命了。

她向甘蔗林深处望去。她试着靠近，用手小心打开前面的甘蔗一步一步往里走。走了十几步就被甘蔗林完全包围住了。她迟疑了，告诉自己千万别迷路了。她用脚踩一个小窝，形成可以找到出路的记号。当她再次使劲往下一踩，下意识感觉到甘蔗根部有小虫子在动。她摘下眼镜，跪在地上，睁大眼睛看，啊，密密麻麻的小虫在爬动。她吓了一跳，起身就往回跑。一紧张，沿途做的记号忘了。只能一个劲掰开前面的甘蔗往前冲。不对，往左边冲过去，又不对。往后面冲过去，还是不对。手划破了，脸也刮伤了。她干脆站住了。“冷静、冷静。”她告诫自己，往一个方向冲出去，不，走出去，不就一百亩吗？终于，她走出了甘蔗林。她立即摸出手机拨打铁乐手机，铁乐关机了。“这人怎么回事。”她很生气，又立即给紫藤打手机。紫藤把手机按了，随后发了一条短信：“我和甘花在排练直播带货，一会儿回你。”她又给仙女打手机，通了：“我在甘蔗林，亲眼看到甘蔗长虫了，黄颜色的，密密麻麻的，吓死人了。对，对，铁乐手机关机了。你快去找铁叔豆娘他们来弄一弄。”

仙女接完电话就从房间跑出来，朝楼上大喊大叫：“铁叔，铁叔。豆娘，豆娘。甘蔗林长虫了。甘蔗林长虫了。”无人应答。仙女毫不犹豫向铁锹厂飞奔而去。绿苗又回到甘蔗林，在土里观察小虫的情况，想想有什么办法可以把这些小虫给灭了。

她再次摘下眼镜，跪在地上，想把长虫的地方看得仔细。哎哟，密密麻麻的蠕动，让她顿感头皮发麻，全身发痒。她立刻退到边上，脱下鞋，在石头上啪叽啪叽抖了几下，又仔细检查袜子裤子，看看上面有没有趴着的小虫子。再站起来，使劲拍打衣服。她一屁股坐在石头上，无助地望着那片刚才印象那么美好的甘蔗林。

“绿苗，绿苗。”仙女的声音。绿苗向仙女跑去。

仙女也向她跑过来，后面跟着二十几个人，每人手上拿着铁锹，领头的正是铁叔。铁叔走到甘蔗林蹲下，用放大镜一看：“螟虫，甘蔗虫的一种。螟虫善于把幼虫蛀入甘蔗嫩茎，入侵蔗茎组织。被螟虫叮咬的地方，还易诱发甘蔗赤腐病。完了，甘蔗林毁于一旦了。”铁叔站起来，“抢救多少算多少，把有虫的土铲开，把已经被螟虫侵害的甘蔗连根拔起，喷药！工时工资照付，干！”

二十几人一拥而上……

铁叔回头看着绿苗：“铁乐呢？”

绿苗好像被吓着了：“我就是来找他没找着，发现了虫害。给他打电话，他关机了。”

铁叔咆哮起来：“这个小崽子，我打断他的腿。”

仙女和绿苗站在铁叔面前不知所措。

“你怎么了，脸破了，身上腿上都是泥。”仙女关心地问。

绿苗说：“我刚才进去找铁乐，发现甘蔗底部全都是黄色的小虫子，被吓着了，往外跑，踉踉跄跄地被划伤了，特别狼狈。”

“到这里来找铁乐？”仙女问。

“是我想让铁乐现场教我种植甘蔗，我教他玩‘链游’。想不到会是这样。这次虫害和铁乐每天六小时玩‘链游’有直接关系。铁叔说那种虫子侵害甘蔗已经几天了。说明铁乐有好几天没到这里，耽误了大事。”绿苗看见另一边，紫藤也过来了。

“绿苗，你刚才给我打手机有什么事？我正在和甘花练习直播呢。你怎么了？脸上都被划破了。”紫藤严肃起来。他看见甘蔗林中二十几人，还有铁叔，都拿着铁锹在使劲拼命地铲土，紫藤有些迷惑。

绿苗说：“我们都来晚了，甘蔗林遇到了虫灾，已经几天了，可能都毁了，可惜。”

“铁乐呢？几天前在这里碰到他，那时候甘蔗林没事的。才几天啊，说毁就毁了。完了，这事闹大了。”紫藤呆呆看着铁叔他们穿梭在甘蔗林。

“嘿。”仙女突然叫一声，“那不是铁乐吗？骑着自行车朝这边过来了！”绿苗和紫藤一看：“真是他。”

绿苗急忙说：“他爹正好在这儿，撞见了他要被打断腿。你们等着，我去去就回。”绿苗一路跑过去，边跑边给铁乐做暂停的手势，双手使劲在空中比画着，“不要过来，不要过来。”铁乐停了下来，问绿苗：“啥事？”

绿苗气喘吁吁：“甘蔗林遇到虫害了，你爹带了二十几个人正在抢救，估计没有希望了。”

“哇，怎么可能呢？我就三天没来，怎么会成这样？”铁乐远远地望着甘蔗林。

“你到哪儿去了？三天都不过来看看。”绿苗问。

“玩‘链游’，通宵达旦啊。但是，但是想不到这样了。”铁乐还是不解。

“你在哪里玩游戏？家都不回。”绿苗又问。

“我在家呀，白天睡觉。”铁乐说。

“之前仙女在楼下大喊，叫你爹你娘，说甘蔗林有虫害，你没听见吗？”绿苗不理解。

“我玩了一个晚上，白天睡觉我喜欢把被子蒙住头睡，睡得太沉没听见。”铁乐说着准备推着自行车向甘蔗林走去。

绿苗一把拉住他：“你还去？你爹说要打断你的腿。”

铁乐一惊：“他说了吗？”

绿苗：“不只是说，是在咆哮，你找个地方躲躲吧，等你爹消气了，再回去承认错误。”

“那我赶紧走，他可真的会把我腿打断，他说到做到的。”铁乐说着一步跨上了自行车。

绿苗松开手：“这边有什么消息，我给你发信息。”

绿苗、仙女、紫藤小心翼翼回到了住处。

走路、关门轻手轻脚，他们觉得可能会碰到那个从甘蔗林回来，怒气冲天的铁叔。

绿苗一进屋就说：“这损失惨重了。”

仙女对绿苗说：“你还教铁乐玩‘链游’，铁乐玩出水平了，更忘乎所以。”

“不可能教他了，万万没想到他这么痴迷，误了大事。”绿苗气愤地说。

“看我们能不能帮帮他。我真有兴趣有机会去守护一片甘蔗林，为人类造‘甜’。哈哈，自己每天可以吃，天天甜甜蜜蜜，有意思吧？”绿苗开玩笑似的。

紫藤走过来：“今天铁叔和二十多人刨土、挖土、铲土、翻土、拔甘蔗、砍甘蔗、劈甘蔗的动作都拍下来了吗？”

“拍了，全拍了。有意思，动作幅度之大、之有劲、之利索，就是对付甘蔗林虫害的标准版，可以放入数据库中。”仙女说。

“慢，轻一点，外面有脚步声。”绿苗敏感地招呼。因为他们知道铁叔因虫害一事早已恼羞成怒。他们轻轻走到门前，就听见随着一股粗重的喘气声，“咚、咚、咚”的脚步声。是铁叔上了二楼。他们在门口听了一阵，互相瞧了一眼，点点头。知道了铁叔上楼，他们担心起铁乐来。他们轻手轻脚回到座位，大气不敢出，二气不敢冒，竖着耳朵听楼上的声音，那随时暴跳如雷的呵斥传导下来。

不一会儿，又一阵急促的脚步声上了二楼。

紫藤示意安静，是豆娘回来了。楼上立即传来了吼声：“铁乐，我是你爹。你把手机关了干什么？啥玩意儿啊，打了几十遍。现在我和你娘都在，我把话说清楚，我和你娘给你两道命令。你听好。第一道命令，按去年甘蔗林销售盈利，从你的银行账户中立即取出十万元，支付给其他十个农户，赔偿他们的损失，否则你就失去承包的机会。听好了，立即去做。第二道命令，你听好了，今晚八点在咱家二楼我和你娘的会客室，我们必须见面，分析分析虫害的原因，讨论讨论你未来的前途大业。你生在铁匠之家、豆腐之家，我和你娘都丢不起这脸。一个人犯错是难免的，我和你娘合计好，我们一生给你们三个娃各一次犯错的机会。这次就算给你一次机会，也不打断你的腿，今晚必须回来商量以后咋整。”豆娘又接过电话：“先赔钱，其他事情再商量。”

“还好铁叔和豆娘没吵起来，我都准备冲上二楼去劝架了。”紫藤悄悄说。

“铁叔和豆娘在给铁乐打电话，大概意思是叫铁乐先赔钱，以后的事情再说。”仙女说。

绿苗用手指比了一个十：“赔十万吧。”

大家都点点头：“该他赔偿。”

“铁乐玩‘链游’输了很多钱。”绿苗说，“‘链游’里个人权利受到保护，个人数字资产受到保护，个人打游戏的所有数据是不会轻易被开发商删除掉。怎么回事？想不通，输一点是可能的。但是‘链游’是一个互相投入互相增值的过程。难道游戏里的玩家只让铁乐投入购买数字资产，而铁乐积累的数字资产又廉价卖出，高进低出，这种亏本生意，一万个铁乐在‘链游’里怎么玩也实现不了增值。”

紫藤分析道：“啊，铁乐是不是陷入了一场骗局。比如被人利用了，让一个貌似‘链游’实则是传统游戏给套进去了，被后台操作控制，让你历经千难万险终于登上一个至高点，打败战胜了一个巨兽王者，但你必须支付更多的钱，购买所谓更加先进的各种武器装备，才能在通过顶峰的路上过五关斩六将。游戏开发商设计的情节、人物、造型、服饰、装备，包括不多的对话和音乐等等，精彩刺激，有强烈的吸附能力。玩家一旦进入，很容易上瘾，像中魔一样沉浸其中不能自拔。”

“现在还不能肯定。我们没有见到铁乐玩的那款游戏。只是听他说是‘链游’。看见了，才知道他玩的是真‘链游’还是假‘链游’。”紫藤又补充。

“铁乐玩游戏输了多少钱？”仙女好奇。

绿苗比了三个指头：“三十多万，他亲口告诉我的。”

仙女表示不解，几人摇摇头。

绿苗：“刚才楼上传来铁叔的声音，晚上要铁乐回来，我估计铁叔要揍他。”

“说不清楚。其实先把钱赔了再说以后，他们一家应该好好商量一下。”仙女说。

“我们三人都回自己房间休息一下吧。”紫藤说完就回自己房间了。

紫藤回到房间就收到甘花的信息：“今天的直播排练效果不好，原因在我。不知为什么，那天顾总临时在直播排练现场点名你和我做示范表演，我强装镇静，其实一团麻木。还好，在你一段轻松自如的开场白后，我才慢慢恢复平静，勉强跟上你的提示，顺着你提了一些问题，总算勉强过关。结束后我一直处于紧张状态，今天仍然没有缓过劲来，总感觉你有一股神秘的魔力，罩着我叫我不能轻松自如地发挥。脚本看似简单，台词只有十几句，但我就是说不好。说不好就焦虑，焦虑又导致不断犯错，真的是恶性循环。”

紫藤立即回复：“发这么长的信息，有机会多配合就行了。”

甘花又回：“你不在时，我就躲在一处偷偷练。但越练越糟糕。两人组合拆分开，怕是练不好。”

紫藤又回复：“我们各自的台词要记下来。我也一样，有时需要背。至于在直播中两人如何配合，多磨合，多练就好了。”

甘花又问：“今晚如果有空到厂里直播室，我想多练练。你在，我心里踏实。”

紫藤回复：“好的，可以，我八点到。明天金戈就要从楚支科技回来了，不自由了。”

绿苗刚想睡一会儿，铁乐的信息就来了：“绿苗，我是铁乐，有钱吗？”

绿苗一惊回复：“啥意思？”

“我想借十万元用于赔偿，支付几个农户。”铁乐回。

绿苗回：“你没钱吗？”

“玩‘链游’用了三十多万。我五年的存款全用完了。只借十万元，明年我就还给你。相信我。”铁乐回。

“你用了三十多万玩游戏，你爹娘知道吗？”绿苗回。

“不知道。千万别跟他们说，他们知道了，我就惨了。”铁乐回。

绿苗犹豫了，关了手机。躺在床上望着天花板，叹叹气又坐起来。

她在想借十万，这可怎么办？

绿苗想起铁叔给铁乐打电话时说的话，坐起来，又重新打开手机回信息：“铁乐，我想告诉你的是，今天我借给你十万，明天后天你很可能又要找其他人借十万二十万的。我和紫藤、仙女都帮你分析了，请你相信，我们几人都是玩传统游戏的高手，玩区块链游戏也在一般人之上，只是工作任务重，没时间玩。我们认为你玩的不是'链游'，可能陷入了一场骗局。"

铁乐回复："不对呀，我找的是一家著名游戏中介带我进入游戏平台的，不可能骗人吧。他们说是'链游'，不是传统游戏。"

绿苗回："我不知道那家中介说的是真是假。我们楚支科技公司就有专门研究区块链技术的。区块链技术是整个元宇宙架构的一项非常重要的技术，也是一项多功能多种应用场景并存，为现实世界和虚拟世界同时提供不同体验的技术。分设、分储、分治、分管、分享是共同特征。具有公开性、透明性、约束性、保密性。用户的隐私和权益是会受到保护的。一家游戏的开发商想控制、想垄断，想借此敛财的可能性几乎为零。从游戏中已经体现了打破高度垄断和一家独大的原则，这是游戏玩家十分向往的游戏。更放心，更安全，也更刺激，还可以保值增值。而恰恰这时，处于元宇宙初始爆发期，各种泡沫和骗局夹杂其中。很多公司根本不具备开发'链游'的经济实力和技术。趁着人们还处于懵懂之时，他们便打着元宇宙的旗号，贴上元宇宙的标签，以元宇宙区块链游戏广告，引诱你们进入玩'链游'。表面看和传统游戏有明显区别，因为注入了很多元宇宙符号和元素，加之你们不懂得什么是区块链技术，只能随着游戏中介进入游戏开发商的套路，所以你总是打不赢，总是要投入很多钱。他们在后台控制，坐收渔利。这条信息很长，你要保存下来，要牢记，切勿删除。"

铁乐回复："看了，我好像明白了一点，看来以后玩'链游'要谨慎。"

绿苗回复："把你玩的'链游'名称和开发商名称发给我。"

铁乐回复："游戏名称《浑浊水中的地雷》，推理游戏。开发公司是呼啦圈游戏软件开发有限公司。"

二十秒不到绿苗回复："二十年前从国外传来的，经过国内游戏开发商嫁接，更名为《雷中情》，推理游戏。当时的游戏开发商是圈圈圈游戏制作有限公司。两款游戏，两个公司如出一辙。二十年后借元宇宙概念重出江湖，一洗二十年的颓势，偷换概念，偷天换日，骗人骗财。铁乐你上大当了。投入三十万，输了三十万，这是你五年劳动生产的报酬，怎么就乖乖交给了骗子公司呢？还造成了甘蔗林虫害，毁于一旦。这已经不是钱的问题，而是你的人品，你的责任，你的担当，你的男子汉气概全都出了问题。好，我答应你，我借给你十万元，解你燃眉之急。记住，下一季甘蔗收获之时必须还我，这是我参加工作三年的全部积蓄，把你的银行账号发给我。”

铁乐犹豫了一阵，还是把银行账号发给了绿苗，绿苗随即通过手机银行把十万元转到了铁乐的账户上。

铁乐又匆忙把十万元转到了其他十名农户账上，并顺便发信息告知农户：“是我的责任，该我赔偿，请务必收下，不收下我爹就要打断我的腿。”

这只是赔偿的十万，自己年收入十万也没有了。铁乐想到这里不免难过起来。他又把绿苗发给他的信息反复看了几遍，确认自己是被游戏中介套路了。为什么这么着迷呢？自己只觉得好玩，上瘾了。但甘蔗林呢？前几年自己很努力的，几乎每天都要去检查一遍。这个月，唉，自己的心早飞了。今晚怎么办？八点钟爹和娘找我谈谈未来，肯定被爹大骂一顿，说不定抓起凳子就砸过来。爹的心一狠，啥事都干得出来。

铁乐有点怕了，一想到绿苗借他十万元已经赔偿支付给了十名农户，心里稍稍坦然一些。他立即回复绿苗：“绿苗你真好，救我于危难之中，还让我慢慢了解游戏中的种种骗局。是的，每天玩六小时以上的游戏，可能真会荒废人生，成为世人耻笑的‘游戏人生’。绿苗你真好。算了，我不强求你教我玩什么‘链游’了。当然，有空教教我也行，让我这个自称的‘超级玩家’学习一点真东西。哪天再进入‘链游’战场不至于一败涂地。绿苗你真好。你要我教你甘蔗种植技术我教，但我要抓紧学习。前几年，在爹娘的要求下，在村长像拿着教鞭一样的催促下，我看了几本书，关于甘蔗林种植技术的，这几年早忘了。在其他几个农户的帮助下，凭感觉，凭经验，就这么干过来。不行，我得好好再学习一些知识，真要教你，就要对得起你。绿苗你真好。如果对不住你，正如你说的我的‘男子汉气概’全都出了问题。绿苗请相信我。等我今晚八点过了爹娘这关再说。你等着。”铁乐一口气给绿苗发完信息，紧张的心情得到了缓解。

想着想着，铁乐就在甘旺家的桌子上睡着了。甘旺走近一看，拿了件衣服搭在了铁乐的身上，到门外和菱姣坐在一起。

“哎，这小子，弄啥事啊？”甘旺摇摇头。

“小声点。我刚回来在路上听人说，为这事村长发怒了。你知道的，村长发起怒，咱们铁头村没人不怕。铁叔豆娘也怕。”菱姣小声说。

“我也听说了，明年一千亩玉米地不交给铁乐了，可能给他们三娃铁喜。村长发起狠来，谁都拦不住。县上领导他都敢顶，收拾一个小小的铁乐岂不是砍瓜切菜？”甘旺也悄悄说。

菱姣碰碰甘旺：“顾总给你说了吗？他说我们俩不适合直播带货，要分配给我们更重要的工作。我被分配到原木维护部当主任，相当于中层管理人员，月薪八千元。体验团那几个年轻人在原木厂房拍了镜头，顾总就天天到原木厂房，看看摸摸那堆木头桩子。对原木的感情增加了。之后就成立了一个原木维护部，我当主任。”

“顾总真好。维护部有几个人？”甘旺很高兴。

“就我一个。顾总说以后凡是进入明铺家具厂的大学生，都必须在原木维护部实习三个月，接受原始木材教育。”菱姣越说越高兴，“你呢，顾总给你分配了啥工作？”

甘旺坐直了身子，向四周瞧瞧，贴在菱姣的耳边悄悄说：“已经内定了，明铺家具厂元宇宙运销部部长助理，享受中层管理人员待遇。保密，绝对保密。”甘旺说完又看看周围。

菱姣问：“部长助理就是为部长服务的，那部长是谁？”

甘旺：“博士，那个女博士，技术很厉害。”

菱姣：“那该人家当，咱比不上她。”菱姣看看周围没人，“我看啊，咱甘花和那个体验团的紫藤挺般配的。你看他俩在直播带货直播间，你一句我一句，很合得拢，就差眉来眼去了。”

“你想哪儿去了？那个紫藤是大城市的高材生，是楚支科技的科技工作者，甘花怎么配得上他？”甘旺说。

“甘花怎么了，甘花也是大学生。如果是在大城市工作，也是出类拔萃的。你看她肉唧唧的，高挑性感，走起路来，一阵风一阵雨。厂里好多年轻小伙都在打她的主意，甘花还没瞧上眼呢。”菱姣说。

“哎，这事儿由甘花自己决定吧，几十年前那种包办婚姻没有了，这事由她自己定。哦，对了，甘花给我打电话说，今晚她约了紫藤在直播带货间继续练习，说是她要向紫藤学习。”甘旺看着菱姣。

菱姣立即坐直了身子：“看看，说来就来了吧，我看有戏。”

晚上八点正。一个人影出现在直播带货演播室窗户外面。是菱姣。她捂着嘴闷声偷偷笑着，东一拐西一挪地贴近窗户，睁大了眼珠子向窗户里边看去。

紫藤和甘花各自拿着一叠稿子在看。“嗯，就这里。”甘花指着紫藤手上的稿子，用笔在稿子上画着。

紫藤抬头看稿子，又给甘花解释。

甘花点点头，又在稿子上记着什么。

紫藤拿着稿子在说，给甘花示范。甘花也照着紫藤的示范在演练。

紫藤脱稿对着摄像镜头又开始说。在反复说什么，手比画着什么。

轮到甘花了。甘花照着紫藤说的对着摄像头说着什么，手也比画着。

窗外的菱姣看着女儿和紫藤的一举一动，观察每一个细节。她在观察这个印象良好，省上来的，懂技术的，有礼貌的，还能教教女儿这样那样的年轻小伙子。

她观察了好一阵子，并没有发现甘花和紫藤有眉来眼去的那种神情，觉得无趣，就悄悄离开了。

晚上八点。铁叔、豆娘和铁乐面对面坐着。

有一分钟大家都没有说话。

铁叔开口了：“钱赔了吗？”

铁乐抬起头：“赔了。”

“他们都收到了吗？”豆娘关心。

“收到了。”铁乐打开手机，“他们都回了信息收到了。”

“往后怎么弄，你咋想的？”铁叔问。

“没想。”铁乐回答。

“不行就到我豆腐厂来打工吧，给你安排一个轻松的活儿。看个门，当个保安什么的，有的是时间玩游戏。”豆娘说。

铁乐摇摇头。

“到我那里去，仓库保管员你总行吧。你可以整天待在仓库里面打游戏。一个月工资高一点，四千元，比其他新来的高出一千。”铁叔也说。

铁乐还是摇摇头。三人又不说话了。

“你咋想的？你要说出来我们才好弄。”铁叔又开口。

“是啊，你要说出来，我们能帮你就帮你一点。”豆娘有些着急。

铁乐终于坐直了腰杆：“我还想继续承包甘蔗林。”声音之大，表态之坚决，让铁叔和豆娘一时之间有些不知所措。

“这么说，你是不愿意放弃甘蔗林了？”豆娘问。

“你不是赌气吧？这不能说着跟玩游戏似的。”铁叔冷静地说。

“我不是说着玩的。”铁乐很坚决。

“好小子，哪里跌倒从哪里爬起来。有种！”铁叔声音大起来。

铁乐看着爹娘：“我要教绿苗种甘蔗，是她救了我。”

铁树和豆娘一惊，无语了。

豆娘正想问绿苗救了铁乐是啥事，铁叔一把拦住她：“别问了，二娃怎么想我们就怎么帮他。”说完，气氛一下缓和了下来。

铁叔说：“这玉米地的事就不想了。村委会已经交给三娃铁喜了。我再跟村长协调协调，争取继续让你承包甘蔗林，咱从头再来，你去吧。”

铁乐刚出门，铁叔就追了上去小声说：“我再给你转二十万。此事保密。小子，珍惜机会。”

铁乐上楼去了。豆娘追出来：“你给铁乐说啥了？”

铁叔：“别问了。以后咱对绿苗好点。”

豆娘：“啊，你还掺和着这事啊……”

明媚阳光照在铁头村的大地上，青山翠绿，鸟语花香，生机勃勃。豆娘心情特好，穿了一身新衣裳，步履轻盈，从楼上快步走到大厅，刻意在体验团四个年轻人住的大门口停步，想进去打个招呼，问问早晨好。大门没开，她只好去豆腐厂上班了。

走进豆腐厂董事长办公室，她主动抓起毛巾擦擦大班台、茶水柜、椅子，嘴里哼着小调。

秘书走进来："董事长，清洁已经做完了。"

这时手机响了，豆娘笑着示意秘书出去："哎呀，铁欢呀，想起给我打电话了。"

"娘，我想你了，我有个好事儿告诉你。我购置的元宇宙虚拟房产涨了。我买成三百万，现在已经四百万了。"铁欢说。

"那好呀。赶紧卖了它，赚一百万算一百万。"豆娘很高兴。

"不着急，现在势头很好，再涨几百万也很正常。现在是考验我耐心的时候。我是汲取了买股票的教训，这次我要守住，不涨到六百万我是不会卖的。"铁欢信誓旦旦地说。

"我说铁欢啊，不要太贪心，万一又下来了呢？赚到的钱又飞了。"豆娘提醒着。

"放心，娘，我这次看得特别准。每天的走势，价格变化都在我的监控范围。想想啊，三百万可不是一个小数，亏了就惨了。我怎么向你和爹交代啊。放心吧，娘。"铁欢故作轻松地说。

"看你吧。控制好风险，万一要下来了，你就赶紧卖。少赚一点也行。"豆娘说。

"好的，娘，我听你的，这次少赚点，我也卖了。娘，还有个好消息让你高兴。'娘的豆奶'很快就在元宇宙虚拟世界向千千万万的体验者、消费者推广了。让不计其数的人都知道了'娘的豆奶'。这可不得了，火了。现在流行的话就是'爆款'了。因为这是元宇宙虚拟世界首次推出的豆奶制品。之前只有茶叶和酒。娘，你要有思想准备啊，各地要来买'娘的豆奶'的消费者不是几十人几百人，而是几千人几万人。我从小长大都是你哺育我，你在帮我，今天，我终于可以自豪地说，我也可以帮娘做点事情了。”铁欢越说越来劲。

豆娘沉默了几秒，没回话。

“娘，娘，你在听吗?”铁欢问。

“铁欢啊，娘在听。娘给你说，你说的那些不是咱家的福。娘现在把豆腐厂扯拉到这个份上，已经很不容易了，豆腐厂现在发展挺好的。铁欢啊，娘不是不让你操心娘的事，只是想你安安心心把丁香和铁蛋弄好就行了。还有啊，你集中精力把那套虚拟世界的房子尽快卖了。说实话啊，娘和你爹根本没有寄希望你要赚多少钱，只要能够卖掉，亏一点也没关系。有些福啊，我们享受不起，也不属于你，咱就平平安安过一辈子不好吗?”豆娘劝说着。

“明白，明白。娘，你说的我都记住，我听你的。在元宇宙虚拟世界推广‘娘的豆奶’是好事，不犯法，不违法，没有什么可以担心的。我在推广宣传中说了，说的是线上订购。如果线下有货，比如一吨，他们就付全款。如果豆腐厂一时做不出来，他们就算预订。可以一周以后，也可以一个月以后，还可以一年后发货。豆腐厂没有一点压力的。你只要按照计划天天生产制作豆奶就行了。如果线上没人买，豆腐厂也没有损失。我承担总经销的角色，线上订购，由我和买家统一结算。每月底我再把买家的钱转给你，一点风险都没有。我是你大娃，再坑也不能坑自己的娘啊。”铁欢解释着。

豆娘摸摸脸叹息道：“铁欢，你刚才说了这么多，娘都没听明白。你的个性娘也是了解的。看得出，你这是铁了心要干那种事了。你真要干，千万小心一点，不要再被别人骗了。这样，娘才能放心。”

“娘，我现在干事小心又小心，没有把握的事是绝对不干的。放心吧，娘，你现在就要准备足够多的‘娘的豆奶’。小杯的都不要了，要准备大桶的，五斤装的，十斤装的。桶上要贴上‘娘的豆奶’标签，就像我现在桌上摆放的小杯子一样。我天天看着这只小杯子上面‘娘的豆奶’几个字，看着你端着杯子的笑容，对我们几个娃是多么慈爱……”铁欢越说越用情。

几秒后，豆娘终于答应了："哎，铁欢，你弄吧。还是那句话，万一出了事，别告诉你爹，你直接给娘打电话吧。"

"上网了，上网了，看手机呢，看手机呢，'娘的豆奶'上元宇宙啦！'娘的豆奶'上元宇宙了呢！"一个骑着自行车的铁头村村民呼喊着朝豆腐厂驶来，"快看呢，快看呢。'娘的豆奶'上热搜了。'娘的豆奶'上热搜了。"一位豆腐厂员工拿着手机，一路蹦蹦跳跳。豆腐厂也瞬间热闹起来，大家奔走相告："铁头村上头条了！豆娘上头条了！娘的豆奶上头条了！"一阵急促的敲门声惊动了精神疲惫的豆娘。

秘书快步走近豆娘，打开手机截屏："刚看到的信息，我立即到了营销部，他们说不知道，这事太突然了。"

豆娘一看："哦，这事我知道。我大娃铁欢在操作。他是电子大学毕业的嘛。懂这个元宇宙和虚拟世界。把'娘的豆奶'生意做到元宇宙上面去，没有什么大惊小怪的，多一种营销方式不好吗？"

秘书捂住胸口："啊，那我就放心了，董事长亲自拍板，一定是大好事情。"说完走出办公室。

豆娘突然想起什么："那个，那个什么什么，哦，五斤装的，十斤装的塑料桶多准备一点，要严格卫生检测。嗯，嗯，你去吧。"秘书刚离开。营销部主任忧心忡忡跑进来："董事长，这个订单吓死人哦。"豆娘轻轻一笑说："说来就来呀，我定的。"

营销部主任指着订单。

豆娘仔细一看，立即站起来："六百斤。"

豆娘来回踱步："我们现在有多少？"

主任："全天供应量只有五十斤，而且上午已经卖了十二斤。"

"哦，铁欢这家伙搞得我措手不及呀。"豆娘又来回踱了几步："今天的豆浆和牛奶够吗？"

主任："满打满算只够一百斤。因为事发突然，来不及了，而且调制车间只有十人，远远不够。"

豆娘："今天调制一百斤，今晚十点前送给买家。告诉其他买家，三天之内我们全部送到。从现在起，所有小杯不卖了。所有做豆腐的六个车间全部停止，转为豆奶制作。所有人，也包括我，共计七十三人，全部参加调制豆奶。”

营销部主任刚走，副主任又来了，战战兢兢把订单递给豆娘：“收到共四十六笔，共计二十三吨。还好订单上注明是六个月内送货。”

副主任刚走，主任又来了：“报告董事长，又收到一百五十张订单，共计二百八十吨，八个月内送货。”

豆娘终于忍不住大叫起来：“所有订单不接了。电话不接了。手机不接了，网也断了。”

豆娘立即打电话给铁欢：“说来就来。突然来这么多，娘哪有这么大的本事啊，哭都哭不出来。你别再弄了，一张订单也别接了。现在已经三百吨了。娘现在豆腐厂什么都不干，只做‘娘的豆奶’，二十四小时不间断，一天最多能调制一百斤。三百多吨？我要多少时间才能送到客户手里啊？”

“娘，冷静一点，铁欢没骗你，这是好事啊。我早就想到了娘的担心。所以你看到的订单吧，有六个月内的，有八个月内的，随后还有两百吨是一年后送货的。妥妥的十元一斤，你算算，五百吨就是一千万元啊。这是你几年加起来都挣不到的钱。你把豆腐厂所有的事停下来，再招十几个人专门做这一块就没问题了，其他的都不重要了。你就放心，娃怎么会坑娘呢？这次你相信了吧。你就等着收钱吧。再说了，我只收了定金，真的生产不出来，把定金退给他们就行了。”铁欢一字一句说。

豆娘拿着电话叹叹气：“好吧，铁欢，我还是没听明白。这事闹得太大了，我一点思想准备都没有。我还得和你爹商量，还给村长报告。希望一切顺利，你那边要处理好，收的钱要按月给我转过来，听见没有？”

“听见了，娘，放心吧。铁欢分分秒秒盯着呢。”铁欢放下电话，随即打开了电脑，见客户预订的五百吨，收的是全款，正好一千万元。

他立即联系上了虚拟世界售房部主管。主管及时出现在电脑的小窗里，向他微笑致意：“铁先生，我们又见面了，有什么需要的，我将为你全程服务。”

“谢谢你亲切周到的服务。按我们上次的初步约定，我和夫人经过周密考虑，决定在你的支持下，购置那块一百亩的黄金地皮。我们想尽一切办法，找了二十几个亲戚，筹集了六百万元，加上‘飘’楼501室作价四百万，共计一千万元，烦请你写成文件呈报给你们董事长。尽管如你所说只有百分之零点一的机会，但我和夫人还是想争取这个机会。”铁欢诚恳地说。

“哎哟，铁先生和夫人真是锲而不舍呀。我劝都劝不住，挡也挡不住。当然，一个人如果没有一点锲而不舍的精神将一事无成。我相信铁先生将成为一个非凡的人，也预祝你成为一个更加非凡的人。你把六百万转过来，所有程序，我和我的服务团队会帮你全程完成。之后，我亲自到董事长在虚拟世界的办公室向他说明和解释一切。当然，最好是趁他喝醉之后。”

铁欢毫不犹豫将把六百万元转进了那个专门兑换虚拟货币和购房币的“私人”账户。“私人”账户很快回复：速办。一分钟不到，售房部主管出现：“铁先生，购房币六百万元收到了。我们立即启动审批程序，祝铁先生好运。”

铁欢想了想，还余下四百万元，这个月底转给娘两百万，下个月底再转给娘两百万。两个月时间足够了，投在那块地皮上的一千万说不定翻了几倍。他泡了一杯咖啡慢慢品尝，又把桌上放着的教案翻了几页。他在等待……

二十分钟后，他再次联系上那位售房部主管。主管面带笑容地向他热情招手：“恭喜你，铁先生，还有你的夫人，你们真是上帝恩赐的幸运儿，董事长批准了那两个文件。”

铁欢兴奋地问：“董事长喝醉了？”

主管热情地回答：“董事长没有喝醉。他在十分清醒的状态下告诉我，铁先生和夫人是我们伟大的朋友。今后，只要铁先生和夫人对虚拟世界中的任何东西感兴趣，我们整个公司其他事项全部停止运作，董事长将亲率全体员工为铁先生和夫人服务。”

铁欢拍了拍手：“太好了。我还担心董事长喝醉了签字，酒醒后不认账呢。”

“但他神经错乱了，我们全体员工都这么认为。拜拜，铁先生，期待我们下次见面。”主管微笑着挥挥手退出了窗口。

/ 八 /

“踩入地、翻上天、砍成行、剁成块”响彻天际

铁头村元宇宙推进中心迎来了首批“研究研究的人”。村长喜上眉梢。凭他苦口婆心死缠烂打锲而不舍坚定机智的精神把几个他认为很难说服的人都说通了，铁头村几个关键人物总算聚到了一起。楚支科技楚总是来者中的重要人物，是村长以“生死之交”之名请来的宝贝中的宝贝。明铺家具厂顾总，无疑是另一重要角色。

铁叔和豆娘以主人身份列入其中。村长像是组织者，又像是主持人，更像是穿针引线的跑路人。他明白，如果这次研究不能解决问题，就等于一事无成了。所以之前，他就给县上、镇上领导和村委会反复提起，不希望更多的人参加，避免在会上你一言我一句，踢来踢去把请到的重要客人气得拂袖而去。村长还嘀咕了一句：“这方面苦头我吃得太多了。要说讨价还价的本事，我比那些人强多了。再有，以自己一生名誉担保，研究的结果只有一个：对铁头村有百利而无一害。”

刚要进入研究主题，村长就发现铁叔和豆娘一直看着他，举手示意要说什么。

村长顿了一下：“又有什么？你们叽叽喳喳的经常把我脑子搞乱。说吧，简单一点。是豆娘说还是铁叔说？”

豆娘看着铁叔：“我们两个都说。”

“又来了。我最怕你们两个车轮战，不把我搞晕不罢休啊。”村长逗趣。

豆娘可能是激动，一开腔，嗓子就提到了最高位：“‘娘的豆奶’上了元宇宙了。昨天我们收到了五百吨的订单。我自豪地向在座的各位领导、各位大老板宣布：豆腐世家已经实现转型，全力生产制作‘娘的豆奶’，正式步入豆奶世家。”

铁叔抢着说：“铁头村昨天已经上了网上热搜。‘娘的豆奶’全榜提名上了头条。那家伙呀不得了，订单啊，雪片般飞来，目不暇接啊，接到手软，豆腐世家后半辈子全搭进去了。”

村长看着豆娘：“这是好事啊。你现在一天出货量多少啊？”

“只有一百斤。”豆娘说。

村长一想：“只有一百斤。五百吨？你的订单都是期货交易吧？”

豆娘似乎明白大致意思：“有一个月交货的，还有三个月、六个月、八个月、一年后交货的。”

村长一听：“这就对了，多少钱一斤？”

“十元一斤，很便宜。他们买去，可以分装成四小杯，一小杯再卖十五元。从我这里十元一斤买去，到他们那里就变成了六十元了，买家赚翻了。”豆娘越说越起劲。

村长看看楚总和顾总，担心这个话题影响到两个老总的情绪。但突然发现两个老总饶有兴趣，非常认真在听在想。生意人果然在哪儿都对生意的事感兴趣。

“豆娘，你们说这是啥意思？需要村里出面解决啥？”

豆娘急忙说：“我们豆腐厂的生产能力不足。我们今天招了十五个人但无济于事。前十年我们进行了设备现代化改造，但那是做豆腐不做豆奶的。现在看来，不再次进行改造不行了。这五百吨，我下半辈子都做不出来。”

铁叔接着说：“昨天已经把订单停了。那家伙，不停不行，一亿吨也能冒出来。元宇宙这玩意儿实在厉害。今天正式提出来，就是要让村长知道这事。豆腐厂要改造，升级现代化的豆奶厂。钱不是问题，我们不差钱。希望村长全力支持。”

村长冷静表态：“引进豆奶生产线。全过程进行智能化改造，确保豆奶引进原料按比例配置，豆奶质量，物流运输，运货上门，送货到户，验收签字，实行全程智能化监控监管，确保食品安全。”

顾总补充一句："确保质量和效率双提升。"

村长说："谢谢顾总理解。借此我想说，顾总的明铺家具厂能否在一个月内全面实行智能化？同时，铁叔的铁锹厂也在一个月内实现智能化？"

顾总点点头："我已经在十天前开始推行智能化升级。再给我二十天，请村长进场验收。"

"我前几年已经引进了几套大型制造设备。我现在保留了一个手工打磨车间，就是要把铁匠世家精湛的手艺传下去。"铁叔想了想说。

村长插话："我说的厂子全部进行智能化升级。比如厂子的智能化设计、智能化控制、智能化传输、智能化抽检，智能化监控等等是通过设定的各种参数，通过计算机调动掌握，最大限度控制人为因素，达到程序化、标准化。同时降低人力成本，也是质量和效率的双提升。"

"噢，我有点明白，不过我这几年总在想一个事，铁锹厂以后能不能转型，就是走另外的路。想起这事就头疼。现在我还有几个钱，想把这事尽快办了。"铁叔看着村长。

村长觉得意外："你转型搞什么想过没有？"

铁叔一口就来："还是和铁疙瘩有关的吧。转型快，方便。最近元宇宙不是挺火的吗，豆娘的'娘的豆奶'已经上去了，我呢，也做做和元宇宙有关的具有铁的属性的一些产品。"

村长又问："那你厂子里的九十多人怎么办？"

铁叔摇摇头："难就难在这儿，所以我捂了这么多年不敢提出来。"

楚总终于说话："铁叔，咱们商量一下，把你九十人给我，进入我的建筑公司，工资待遇不低于铁锹厂现在的待遇。下一步，铁头村的三座桥、三条路、三个码头，还有一座大型的元宇宙主题公园，以及配套环境的整治和改造，都需要他们。同时，我负责引进九十个技术人员。你的铁锹制造公司就转型专门生产与元宇宙相关的虚拟现实显示器，就是现在流行的VR头显。我出人员、技术、材料，资金，你出地、厂房。我占百分之五十一股份，任董事长。你占百分之四十九股份，任副董事长。"

顾总及时插话："楚总能否把棚盖式宽屏VR显示器也加进去，至少列一个研究项目。如果这个项目研发成功，不用穿戴即可沉浸式体验。”

楚总点点头：“理论上是可以的，技术原理都是一样的。现在已经有大公司在研究无须穿戴就可沉浸式体验的VR隐形眼镜，VR腕表，VR手机等等。我试试，开发费用我们各出一半，专利各占一半。”

顾总挺直身：“一言为定。我希望立即进入合作研发启动模式，我是个急性子。”

楚总：“我也不拖沓，喜欢整事，整得快溜。”又看看村长，“铁头村的地下管网、电缆、光纤、5G基站等等，与三座桥、三条路、三个码头同时改造修建。还有网络办公、网络管理、网络服务等等，楚支科技将提供技术支持。”

村长明显兴奋起来：“来之前，我请示了县上、镇上和村委会，考虑租三百亩地给楚支科技，希望楚支科技搬迁到这个山清水秀的地方。我们一起奋斗几年，拿出点好东西，让铁头村的村民有收入，有福气。”村长最后说，“铁头村要率先实现智慧村，有很多事。我们仔细分析一下，都是元宇宙的基础工作。没有这些，能走到元宇宙吗？立足当下，把手上的活弄好，才是我们的首要任务。同时，与元宇宙更为接近的技术开发和产品制造，我们村委会也抱有非常大的兴趣和信心，愿提供一切服务。我还建议把这个铁头村元宇宙推进中心再加一块牌子，叫铁头村智慧工作推进中心。元宇宙与智慧村同步推进，相得益彰，两朵花一起开。”村长再补充一句：“当然，免不了一周一检查，一月一通报。这事，我来负责。”

几个人，几件事，几十分钟，几下就敲定了。

老同学，生死之交见面，叙旧是必须的。

在铁头村堪称赏心悦目、清心宜人的茶坝，村长以半山飘香茶水和村民自酿米酒招待楚总。烘炒花生米来了一大盘，粒粒饱满，剥了外壳，粉嘟嘟、肉嘟嘟散发烘炒热气的花生米，让两人食欲大开。

随着一阵哈哈哈，两人捧起大把花生米，揉揉放开，吹吹，细碎的红皮四散开来，一口送进嘴里，咬得粉碎，之后，两人才想起举起酒碗一碰全倒嘴里。平静下来，彼此看着对方的脸。

“村长，哈哈，还是叫你村长吧。说实话，我到铁头村是来求你的，不是你在电话里说的是你来求我。”楚总说。

村长点点头：“我已经明白了，你是想把楚支科技与铁头村紧紧结合在一起，把天和地结合一起，在铁头村找到科技研发的灵感，把铁头村作为科技试验田，在这块土地上圆你的梦想。”

楚总笑笑：“还是老同学知我也，我从来就不是一个好高骛远的人。远大的目标当然有，而我的工作没有一件是可以三级跳远的，只能一点点做。元宇宙突然火起来，我早有预感。三十年前的一部科幻小说，里面不可思议的一些故事场景看似游离于现实之外，但三十年后，你看看已经被一些执着的科技达人攻克了。围绕他们的科技梦想，技术创新出现了新的疯狂。当技术创新达到一定程度，当人们物质与精神生活的内涵不断扩展和延伸之时，欲望、希望就与技术、应用慢慢融合。强大的技术支撑和人们的心理基础，促使人们重新捡回了‘元宇宙’三个字，看似全新实则不然，但又确比之前可视范围的虚拟世界增添了更多元素。我认为，元宇宙概念下的虚拟世界的沉浸式体验，并不是这个阶段的重要方式，因为各项强大技术的整合远未到达。但元宇宙强劲的风又一次激起了更多的技术创新。投资机会的爆发式崛起，让人类趋之若鹜。我当然看到了元宇宙带来的无限可能。楚支科技在哪个方向投资我考虑了很长时间。决定到铁头村来，和我一生中最可靠的你，拼一下也行，搞搞事也行。没有你在这里，我可能还在思考，没有结果。

“来，这碗酒干了。村长，咱们算是有缘吧。今天上午的会议已经把我俩又牢牢地捆在一起。或许三年，或许更长。你说：‘借元宇宙这股劲把铁头村挺起来，把智慧村建起来，元宇宙和智慧村两朵花一起开放。’这就是咱俩的纽带和共同目标。”

村长说：“这五年多，老老实实做点事，是尽村长之责。要说没有其他想法也不客观，我也想得到提拔，想到城里去。我爹现在身体还行，在省上银行做后勤工作。他常问我为什么还留在铁头村，说有些人早到县上去了，想把我调回省上。我犹豫过，但下不了决心。眼前，铁头村一件件事都在落实，一年年都在进步，我的心里呀，有一种满足感，就算是自我安慰吧。我现在利用业余时间学习博士课程，也是想有一天，凭这张文凭到省上去。”说完，村长端起酒来，“这碗酒敬你，想不到楚总同学又出现了，我不走了，就在铁头村再干几年。”村长一口喝完酒。

楚总说：“我是实在人，要来就得对得起你。这几个月，我把楚支科技和铁头村的事想透了。元宇宙的事我要做，做楚支科技所力所能及的事。元宇宙的未来究竟怎么样，一百个人有一百种观点，没有人能说清楚。比较通俗易懂的观点，就是把现实社会的一切完全真实地在虚拟世界实现，让体验者可以到虚拟世界体验现实世界的一切。可能吗？不可能。沉浸式体验某种现实中的工作、学习、生活可以。个人与多人或是十几万人甚至几百万人相互交流可以。人与环境、与其他生命体的互动可以。这是个很复杂的系统工程，为此，楚支科技展开了三个月的讨论，梳理了六千多条意见，但实实在在可以做的只有七十多条，还在研究的未来可能操作的有八十多条，剩下的都是空想。楚支科技只能做能做到的。我动用了六亿资金投入研发，在科技公司中算少的。有些公司一年投资几十亿、几百亿。我只能有针对性地研究几项，能研发成功，能在一个完整虚拟世界链条中有一席之地，我就非常满足了。”

村长端起一杯茶：“我们喝喝茶，再吃点花生，一会儿铁头村自产自销的香肠腊肉就上来了。”

楚总感慨：“村长，我的老同学啊，你可真幸福啊。你不知道我搞企业是多么辛苦，搞科技创业是多么不易，长期不回家，没有周末，没有节假日，这些都是小事，主要还是费脑费力费事。科技这东西没完没了，刚研发一项比较成熟的技术，三年不到，你的订单就没了。因为其他科技公司把同类技术研发出来比你更先进。科技竞争中，你追我赶成了常态，‘没日没夜没命’成了研发者的口头禅。今年来，明年走，三十多岁就老了。我相信人类智慧是无限的，偶尔要点运气。换个新人，出其不意地给你带来一丝灵感。到铁头村来的四个年轻人，就属于这一类。让他们同时来，就如同弹钢琴四手联奏，我想听到不一样的共鸣。”

村长想想：“我一直以为你比我活得潇洒，看来我们都是苦命人。你费神费脑，我是费心费力。我是婆婆妈妈，东一榔头西一棒，操心村里乱七八糟的事，你也是煞费苦心操心企业的事。哈哈，方向不同，专业不同，但是小目标是一致的，都想把自己的这块自留地弄好。你带领企业以营利为目的，创造产品服务社会，我是让铁头村发展起来为社会做贡献。”

楚总看看旁边有人端着香肠腊肉上来了：“来了，来了。先说好哦，我今天是连吃带包啦。”

两盘香肠腊肉，薄薄的肉片，晶莹透亮，冒着热气，就在眼前。

“趁热吃，先吃够再说，少喝一点酒。”村长夹起一大片腊肉放进嘴里：“这味道，这口感，爽吧。”村长又手抓三片香肠塞进嘴里，“口感、味觉，喉咙里原味的香啊。我敢说，咀嚼吞咽所具有的致命诱惑是任何食品都无法替代的。哈哈，我想问老同学，元宇宙虚拟世界有这种口福吗？”

楚总被逗笑了：“没有。人的身体里面的感觉，比如口感、味觉，在虚拟世界里是无法体验的。

“外观的、看得见的，比如肢体动作、面部表情，以及骨关节的活动是可以做到的。行动与体会是不同的东西。虚拟人的内心反应是体会不到的，只能通过外部判断。也许某一天，当科技足够发达，能把人的各种体会、感觉，分成对应标准语言，通过虚拟人感知其他事物，接受外在信息时表达出来。目前世界上还没有这种‘人外人’的‘感知学’。”

“楚总，我再问一个外行话。虚拟世界的虚拟人，如果设计有感知的虚拟人，比如几千个虚拟人在开会的路上互相挤碰，一个跌倒在地，其他虚拟人会有不同反应吗？而不是现在虚拟人跌倒在地，站起来就走，不痛不痒的。”村长说完看着楚总。

楚总心想，这个大学同学在读书期间就常常突发奇想，提出各种莫名其妙的问题，无法实现，但却有趣。

村长又说：“这个虚拟人能从地上站起来，又撞到其他虚拟人，骂上几句打上几巴掌。这能实现吗？也许跌倒的虚拟人站起来说一声‘谢谢你把我撞倒了’。看似不可想象，能实现吗？人上一百，形形色色。现在虚拟人市场竞争激烈，功能、造型、名字成为竞争前沿。现在的虚拟人面部表情和肢体动作就那么几种，没有内心反应。一个虚拟人批评一个虚拟人，被批评的虚拟人会有什么反应？就如现在游戏里被一枪打到半死的虚拟人，坐起来发出痛苦呻吟，是虚拟人发自内心的呻吟。这是根据现实人情感的人为设计，和电影一样，导演叫你干啥就干啥。”

“村长啊，你这个脑袋总是突发奇想，倒也未必不可。我们可以针对个别案例考虑投入。我相信那句话，最先进的，在最初的时候都被说是痴心妄想，可后来呢，一步步就向你走来了。”

村长说：“我赞成你的观点，我有时候乱想，有时候狂想，更多的是瞎想。没用，想想而已，没有形成思维。思维这个东西很难有固定模式，有发散性，有跳跃性，有逻辑性，有无厘头的。但我认为无论哪种思维，只有形成，才有后续。比如元宇宙，大家突然认识了这三个字，但是，支撑元宇宙的一大堆柱子建好了吗？各路科研大军正往柱子上爬。有的刚起步，有的到了中间，有的接近顶端。各个柱子之间还未形成互相链接，但又必须链接，这叫网状思维。同时，在向各个柱子攀爬过程中包含了逻辑思维，有先才有后，有坡才有爬，有梯才有攀。达到顶端是总体思维，过程中又有阶段思维，没有这些思维，一切目标都是空谈。”

楚总想想：“你这个老同学具有文史哲的通融思维，总能从技术思维之外启发技术思维的空间。我立即就想到一个问题，区块链是元宇宙的底座，大家基本达成了共识。但现在的区块链经历了十几年的构建，还不能达到一般体验者、消费者、投资者的期望，无法实现人们认为的绝对公平。‘去中心化’限制了科技研发巨头的权限，打破了垄断，最大限度保证了参与者的权限。其‘经济行为’可以确权数字资产，实现保值增值。‘交易货币’非同质化代币又暗藏其中，这是最让人忽略和最厉害的赚钱手段。虚拟货币之数字加密货币，才是人们看不清，又必然随大流卷入的巨大旋涡，在旋涡里已经浮现出保护与抵御，血洗与暴赚。现在有些人在投资虚拟货币，他们早就发现了区块链中这块隐藏的金库。可能的情况是，随着元宇宙日益壮大，现实世界的东西在虚拟世界不断完善充实，虚拟币就可从虚拟世界向现实世界蔓延，堂而皇之登堂入室。现在，数字加密货币已经在人类的经济活动中出现了。你看到了吗，很多国家就在研发本国数字货币，就是希望有更强的防御能力抵抗来自另外的虚拟货币的冲击。如果某一天，一个庞大的经济体的本国币被数字货币所替代，必将引发全球货币地震，这不就是一场新的货币战争吗？现在已经开始了……”

村长点点头：“元宇宙玩的是一场科技革命，更是一场经济战争，货币战争。犹如互联网，既是一场科技革命，也是一个收纳包，财源不可阻挡地流向了科技领先者。”

楚总说：“于是，我想到，停止了科技创新就如同做了待宰的羔羊。”

一条小路，两边绿树随风沙沙作响，放眼望去，清澈透明，满目春意。

铁乐骑着自行车载着绿苗，轻盈地驶在小路上……

“慢一点，我想看看两边的风景。”微风吹拂，撩起绿苗的长发。

“哈哈，看吧。两边是咱村的玉米地。春播不久，还没到收获的季节。”铁乐叫着。

“我已经闻到了土里种子的春味，萌芽初开，生命蠕动。”绿苗叫起来。

“是啊，这是粮食。我们千万别小看玉米地，它能让人类延续。”铁乐高声说。

“说得好啊，喂，铁乐，你的境界很高啊。”绿苗夸他。

“本来就是这样，我们村其他农作物只有几十亩几百亩，玉米地有一千亩。村长说过，一定要拿一千亩种玉米。其他东西再好，但吃不饱会被饿死的。”铁乐说。

“铁乐，你咋不到大城市去工作呢？你们家有这个条件。”绿苗问。

“想去没机会。大学没考上，我爹我娘怕我到城里学坏了，就把我留在村里承包了甘蔗地。每年有几万元收入，最多有十几万，但我不喜欢。想想啊，一个生命力旺盛的年轻人，整天守着甘蔗林有意思吗？没意思。现在还没有找到合适的机会，只好在这里熬着。看情况吧，走一步算一步。哦，我还你的十万元收到了吗？你还没回复我。”铁乐说。

“我没看手机。相信你。铁乐，大学没考上，还有其他读书机会呀。”绿苗又问。

“读了一年的经济管理。还读了一年的环境保护。哎，我真的没兴趣。我爹说培养我成为经济管理型人才，以后接他的班，我坚决不同意，打死我也不当铁匠。”铁乐说。

“可以，可以。两年的专题培训还是学到不少东西。环境保护专业，我都不懂。”绿苗说。

“是的，这门专业非常热门，城市、农村都适用。和我一起培训的，咱们村还有好几个。我们都是咱们村环境保护委员会的。村长可重视了，你都看到了，每十几户门外小路上有两个塑料桶，一个是可回收垃圾，一个是餐厨垃圾。村长到铁头村第一件事，就把村里脏乱差狠狠治理了一通。开始很多人不理解，现在你看，咱们村大路、小路干干净净，还实行了分片包干清洁，值班员轮流值班。”铁乐说。

“啊，村长真有远见。环境卫生了，人也健康了。铁乐，那你以后怎么办，你想过未来没有？”绿苗问。

“没想过。很迷茫，很困惑，很无助，我不知道怎么办，只好天天等着，等着机会出现，也不知等到哪天。”铁乐无奈。

“为什么不喜欢甘蔗林呢？你知道现在很多人都喜欢甘蔗林。种植甘蔗会令人有幸福感。正如你说种玉米是粮食，会让人类延续，而种甘蔗会让人类尝到甜蜜。”绿苗笑起来。

“你说得太神圣了。种甘蔗很普通，很简单，就是农活的一种。我要教你种甘蔗，兑现承诺。”铁乐说。

“哈哈，你很讲信用。我以为甘蔗林遭到虫害后你就不种甘蔗了。”绿苗笑着。

两个人在自行车上慢摇慢晃的，你一言我一语，乘着一路春风到达了甘蔗林种植地。

他们站在边上，凝视着一百亩经过喷药翻土的甘蔗地。

“走，我们下地里看看。”铁乐想牵着绿苗，“小心点，有些土软，容易打滑。”

绿苗一伸手又缩回来：“我自己走，你放心吧，我不会摔倒的。”

铁乐在前，绿苗在后，两人一拐一溜地向地里走去。

“不好。”绿苗惊叫起来，失去重心往前一倒，两只手伸进地里稳住了身体平衡，“哈，滑了。”绿苗又站起来，双手沾满了泥土。

“来来来，我牵着你，你看前面，全是这种泥土。”铁乐又把手伸向绿苗。

“我手脏。”绿苗不好意思笑起来。

“这算什么脏啊。这泥土在我眼中都是宝贝，没有它们，甘蔗长不起来。来，把手给我。”铁乐笑起来，一把牵住了绿苗的手。

“慢点哈，我走到哪儿你走到哪儿，踩着我的脚印走，走慢一点，慢一点。”他们一步步向深处走去。

绿苗不由自主攥紧了铁乐的手。两人深一脚浅一脚地东倒西歪，两只牵着的手不时因为地滑攥得紧紧的，又慢慢放松。

终于，两人走出了甘蔗地，看着对方笑个不停。

“你的手，你的脚，全是泥。”铁乐看着绿苗。

“你也是。”绿苗看着铁乐。

“我手上是你手上的。”铁乐说，“没事，我都不用洗手。伸手对着太阳晒干，两手一搓泥土就没了。”

绿苗双手伸向阳光：“哈哈，铁乐，你教我种甘蔗，这是第一课吗?”

“不是，不是，这是让你感受一下甘蔗地的泥土。第一课是翻土，是深翻。用铁锹深翻后，然后平土。平土以后再把甘蔗种子插入土中。今天任务是翻土，明天是平土，后天是播种子。看似简单，但是一百亩地，很费体力的。”铁乐笑笑。

“就我们两个人翻土?”绿苗问。

“有几个帮忙的。你把这些过程记下来就是了。播完种子以后就是维护了。”铁乐说。

绿苗若有所思：“在虚拟世界中种甘蔗也是这样吗?”

铁乐看着绿苗："一个步骤也不能少。翻土、平土、播种、盖土、施肥、维护都有的。天气好的话，一年可收成两季，偶尔三季。"

绿苗："来，铁乐，我想把你翻土的动作拍下来。"

铁乐拿着铁锹就开始翻土，踩着铁锹一脚下去。

"好，太爽了，再来几下。"绿苗叫着。

又是几下。听着绿苗的话，铁乐的干劲倍增，连续十几下。踩得之透，插得之深、翻得之高，把绿苗看呆了。

"好了，该你了，我来给你拍。"铁乐说。

绿苗拿着铁锹开始翻土。铁乐还没拍就笑起来："脚要用力，踩下去以后双手用力往上翻，不急，慢慢来。"

绿苗试着换了好几个姿势，终于找到一点感觉，一脚把铁锹踩到深处，又使劲把泥土翻上来。连续几下，绿苗两手没力气了。

"好，休息一会儿。"铁乐把随身带的矿泉水递给绿苗："喝点水，再想想翻土的动作有哪些不对。"

绿苗："后面找到感觉了，就是没力气了。"

这时候十几个中年农户，人手一把铁锹走过来。铁乐说："叔叔们，干吧。"

十几人一字排开。嘴里有节奏地吼着："踩入地！翻上天！"随后又喊，"砍成行！剁成块！"只听十几把铁锹随喊声节奏整齐地咔嚓咔嚓，不一会儿向前推进了几十米。

绿苗感叹："太壮观了，劳动真的是美丽动人。"她一边拍摄一边赞美。

铁乐也在翻土的队伍中："绿苗，把这段拍了就会了。你下来吧，我们一起干。"

"好的。"绿苗拿起铁锹就冲进地里。她跟着队伍大喊，"踩入地！翻上天！砍成行！剁成块！……"

她累了，但她坚持。她看着铁乐，铁乐看着她。

她一脚下去，把土翻起来，用铁锹把土砍成竖行，又用铁锹垂直剁下，把土切成横行。十几个大叔把她远远抛到了后面。

她坚持着，铁乐鼓励着她。她一块一块翻土，也不看前面其他大叔，一心想着把自己脚下的泥土翻好，平好。

她想着用手掏一个小窝，把甘蔗种子插在里面，就该期待收获了。真甜，甜蜜的劳动，甜蜜的收获。不知过了多长时间，她累了，回到路边坐下，喝了几口水，远远地看着铁乐和十几个大叔还在挥锹不停，像人力推土机整齐地往前推进。

几小时后，天色渐晚。她不想离开，她要等待甘蔗地里的他们完工，她要和铁乐一起回到住的地方。

她远远看着他们的身影。“快完了。”她自言自语道，“值得！从小长到大，我从来没有体验过这种劳动。”

终于，他们收工了。

绿苗又坐在铁乐自行车后面摇摇晃晃。随着铁乐踩踏的节奏，她全身松弛下来，感到了疲惫。

她不由自主地慢慢靠在铁乐背上，想休息一下。她索性双手搂着铁乐的腰，把脸靠在铁乐背上，闭上了眼睛。

铁乐没说一句话，骑车速度放慢了，缓缓前行，没有颠簸。

金戈从省上回到了铁头村。紫藤、仙女、绿苗有了主心骨，争相汇报自己做了什么。

紫藤说接到了金戈从楚支科技打来的电话，允许他和甘花为明铺家具厂做直播带货，高兴了一夜。以前都在电视上看很多网红直播带货，为消费者提供了很多方便，收入不菲。这次他做直播带货，感觉刺激。和甘花搭档，测试几天都非常成功。明铺家具厂顾总和现场观看的人都说效果很棒，还开玩笑说他和甘花是绝配。说到这里紫藤有点不好意思了。

大家都笑了，你一句我一句逗紫藤。紫藤说：“随便你们怎么说，我是在完成任务，争取把直播做到最好。”

仙女：“我们中间能出一个网红，我们都跟着沾光。”

绿苗：“楚支科技出一个网红，全公司人都跟着沾光。”

金戈："是的，紫藤在为楚支科技公司工作。别看现在只是测试，一旦正式直播，谁都无法预知有什么奇迹发生。"

金戈这句话引起大家的猜想……

"奇迹发生？"大家还在想。

金戈："我感觉楚总有更深远的考虑。他做事是之前想得很复杂，一旦收口，一夜之间就可能发生质变。凡事认真，每一件看似不起眼的具体小事他都不会放过。绿苗把甘蔗林翻土、平土的视频发给我，我都震撼了。我从未见过谁亲身体验过如此强度的劳动行为。当你真正注意到一个细节，你会震撼的。这些具体劳动行为通过全息还原技术在未来虚拟世界会转变成体验劳动的最初版本。楚总定位为'示范体验'。当体验者在虚拟世界看到一片肥沃土地时，翻土、平土、破土、铲土、犁土等等，会让体验者体验自己和劳动的关系，土与粮食的关系，土与人类生存的关系。还有田的概念，种田、耕田、犁田。把体验者与辛勤耕耘联系在一起，与稻谷、玉米、大豆、水果联系一起。还有水的概念，让体验者体验水是人类生命的源泉。要与山川河流、造水净水、节约用水联系起来，把打井、挖井、池塘、水库联系起来，为未来虚拟世界提供关于水的体验，对水的敬畏。"金戈看着大家继续说道，"我们的任务才刚刚开始，更艰巨的任务在后面。你们看到了，楚支科技又派了三个技术组到铁头村，六十多人。看这阵势，我感觉楚总要在铁头村大干一场。我们以前的任务完成得不错，得到了楚总表扬，得到了技术组的认可。他们说我们拍的资料丰富真实，为他们进行分类编程，进行模型设计提供了真实而动人的材料。我们还要继续努力。"

金戈又说："我们现在要调整实景采集的思路。之前都是我们四人一起，现在要各自为政，提高效率。一切工作往前赶，绝不落后于技术组。我们把自己手上的活儿干好，就是对楚支科技的最大贡献。"

几人都睁大了眼睛望着金戈，知道金戈一席话的后面是楚总的要求。

"铁头村就是楚支科技下一步的主战场。楚支科技准备在这里大放异彩。"金戈像在开发布会似的，"仙女，你的任务就是采集'水和鱼'的实景，要与承包五个鱼塘的铁喜打成一片。采集从放鱼苗、养鱼、护鱼、捕鱼，收获条条肥鱼的全过程。”

仙女跳起来：“我天生就喜欢水，喜欢吃鱼。铁喜是一个养鱼专业户，我一定向他请教，向他学习。”

金戈又看着紫藤：“紫藤，你一如既往与甘花打成一片，把直播带货做好，说不定哪天你们直播带货会超过你们想象，可能是虚拟世界的类似产品。而你们的身份既是现实人，更有可能是虚拟偶像。想想都兴奋，现在电视上网红之类很快就要过时了。虚拟人、虚拟偶像才是未来吸引眼球的主角。”

紫藤也跳起来：“我决定了，去整容，在虚拟世界一亮相，要惊艳所有人，要成为虚拟偶像中的偶像。”

大家又笑起来。

“绿苗，你继续和铁乐打成一片，把甘蔗林从始到末的过程精心捕捉到底。”

绿苗拍掌说：“放心吧，我一定完成任务。”

正说着，甘花从门外快步走进来：“听说金戈回来了，我爹我娘给你们弄了香肠腊肉，你们自己煮煮就可以吃了。”

金戈忙说：“谢谢你爹你娘。”又故意问：“我们中间谁最爱吃香肠腊肉呢?”

大家都看向紫藤。

仙女：“哈哈，原来是这样啊。”

绿苗趁机说：“噢，我们是沾紫藤的光啊。”

“不是，不是。我爹我娘说是给你们四个人的。”甘花不好意思地看了紫藤一眼。

紫藤也不开腔，红着脸傻傻地笑着。

甘花说：“我是来接紫藤到明铺家具厂去的，继续我们的直播带货排练。”

金戈看着紫藤：“紫藤，去吧。刚才已明确任务。这段时间你就和甘花好好磨合，争取出彩。”

紫藤：“好的。”急着和甘花出门了。

甘花骑着电动摩托，紫藤坐在后面向明铺家具厂驶去。刚驶出一百米，甘花停下，从包里取出一个纸包：“拿着，这是给你的，已经煮熟了，热乎着呢。”紫藤连忙打开，两根软乎乎的香肠，热热的。他拿起一根就吃起来：“好吃，好吃。”

甘花骑着摩托，紫藤坐在后面吃得津津有味。甘花又顺手递给紫藤一瓶矿泉水：“慢慢吃，别噎着。”说完又递给紫藤一叠餐巾纸，“吃完了擦干净，别让人看见嘴边都是油。”

紫藤边吃边说：“这地方真好，我就想生活在这样的地方。”

“为什么呢？大城市不好吗？我们村的年轻人都向往大城市。你不会是在大城市待烦了吧，到这里觉得新鲜。”甘花问。

紫藤说：“年轻人都向往大城市。大城市工作机会比较多，在大城市工作，脸上有光。我就想能够发挥我的特长，在一个山好水好人好的地方生活，远离大城市的喧嚣，回归一片净土。前提是，我已经有了一份称心如意的工作。”

甘花笑起来：“是啊，我也喜欢大城市。但恰恰舍不得现在的工作。我曾经一度想跟着村里的大哥哥大姐姐到大城市去闯荡，被娘发现了，就叫村长把我安排到了明铺家具厂。干了几年，可能是我争气吧，成了厂里的业务骨干，顾总也很看重我，我突然觉得自己有价值了。那几个大哥哥大姐姐到大城市也找到了工作，但很辛苦，一年下来，挣的几个钱都花在返乡返城的路上。反倒是羡慕我在家乡找到了一份满意的工作。这不，有两个姐姐和一个大哥，已经托我为他们在咱们村找一份工作了，想回来了。”

紫藤接着说：“大学生毕业返乡已经是一种趋势。大城市就业竞争很激烈，而广大农村的发展机会越来越多。城市是繁华的世界，故土是美丽的乡村，都有发展都有机会，就看自己的选择。我的选择是在乡村工作生活。”

甘花笑了：“不现实。你要是结婚生子有家庭了，在城市居住上班，你要再到乡村来那叫乡村旅游。你要是把媳妇孩子都甩在乡村，媳妇孩子是不干的，除非你到乡村工作，在乡村安家，这对你是很大的考验。”

“其实用不着考验。如果是楚支科技公司搬到铁头村，我就一定会选择在铁头村安家落户。”紫藤说。

“如果楚支科技不来铁头村呢?”甘花故意问。

“那就要看铁头村有没有适合我的工作。”紫藤说。

“适合你的工作很多。你是搞科技的，具体说是搞设计的。网络设计，建筑设计，室内装修设计，场景设计等等你都在行。我们村在建智慧村，你的用处可大了。”甘花说。

“铁头村如有我的立足之地，我是不会后悔来这里定居的。山好水好人好，这是我最大的动力。”紫藤大叫起来。

甘花笑得灿烂：“你说得没错，这里人勤劳朴实，为人善良，家家和睦相处，亲如一家。铁头村就如一个大家庭，这几年从外而来的年轻人，有十几个都在这里安家落户了。我相信他们找到了好的归宿。”

说话间，他们已经来到明铺家具厂，两人到直播带货演播室准备进行第四轮直播演练。

甘旺和菱姣出现了，见着紫藤，一个劲儿地看，一个劲儿地笑。

甘花忙问：“你们来干什么?”

菱姣说：“没事，没事，我和你爹准备了一点吃的，你很忙，工作累了，中途吃几个煮鸡蛋，趁热吃，趁热吃。”

“紫藤刚吃完两根香肠。”甘花把碗盖打开，里面放着四个煮熟的鸡蛋，热热的。

菱姣一笑：“是我煮的。”

甘旺凑上来：“香肠是我煮的。”

“好吃，好吃。”紫藤忙说。

“好了。爹，娘，心意我替紫藤领了。我们还要工作呢。”甘花说。

“好好好，我们不打扰你们，走了走了。”甘旺拉着菱姣离开了，刚出门回过头朝甘花招招手，也笑着向紫藤招招手。

楚支科技几个技术人员随后来到了演播室。紫藤：“你们也来了。”

一位技术人员说："我们昨天刚到，今天就开始工作。楚总说一分钟也不能耽误。虚拟人、虚拟主播、虚拟主持人、虚拟偶像，是我们这个科技组的攻关任务。现在竞争非常激烈，各大科技公司都拿出了看家本领，独门绝技，都想抢占虚拟人的制高点。这一块的经济效益，全球明年将达到五千亿美元。楚总有话，虚拟人将是楚支科技在元宇宙项目的三大攻坚任务之一。另外两大块是虚拟场景制作和VR显示器制作。"

紫藤和甘花吃惊地看看几个技术人员。紫藤："说来就来吗？我和甘花一点准备都没有。明铺家具厂顾总说只在电视或在网上直播带货实物家具。怎么直接就变成虚拟人了？"

技术人员笑了："紫藤，你不是早早到了铁头村吗？你们传回实景和人的行为，已经进入了数据库。技术人员对部分实景和人的行为进行了建模设计，在电脑里放出来，完全是铁头村的现实实景，我们再进行光线和气候调整、润色。在虚拟世界的铁头村，就如同油画般的铁头村，栩栩如生，美轮美奂，令人惊叹，相信体验者不会失望的。所以，我们技术组立即启动了虚拟人项目。"

甘花说："我和紫藤前期练习的几个推销段子还能用上吗？"

技术人员："用得上。只是以后你们两个在虚拟世界里，变成了虚拟主播，也可以叫虚拟推销员。出现在虚拟世界里的紫藤和甘花，和现实的你们真人真身非常相似。如果我们攻克了一些技术难题，那就是惟妙惟肖了。"

紫藤和甘花一下子激动起来，两人情不自禁拥抱起来："我们被选中为虚拟推销员了。"

技术人员："冷静一点，是顾总和楚总决定选择你们的。你们不是为了直播带货练习了四轮吗？每一轮顾总和楚总都对你们的表现进行了透彻分析，觉得无论形象气质，还是语言表情都比现在市面上已出现的虚拟人更加真实，更加可信，更有亲切感和代入感。而且，楚总和顾总还认为，你们两人配对作为虚拟偶像，天生就有一种甜蜜幸福的感觉，这是其他已经出现的虚拟人不具有的。"

紫藤和甘花暗暗兴奋。甘花忙说："对，对，网络上，我看到了几个虚拟人，统统帅哥美女，一个面孔，眼睛耳朵嘴巴一个样。呆板、呆滞，没有亲和力，没有生命力，就像放在虚拟世界的花瓶、玩偶。”

技术人员：“对，所以我们楚总提出在虚拟人这块要主攻双人搭档，男女搭配。你们两人幸运地成为楚支科技虚拟人‘人模’。我们技术组将全力为现实中的你们量身定做虚拟世界的你们。”

紫藤又问：“就我和甘花吗？还有其他配对未来的虚拟人吗？”

技术人员：“有。楚总说先从你们两人身上攻关。解决一些技术难题后，还确定了绿苗和铁乐，仙女和铁喜。目前就你们三对。先研究你们再研究他们。今天任务是立体量身测距，从头到脚的活动，面部表情，五官和语音的精准协调。楚总说要争分夺秒，我们开始吧。”

紫藤和甘花又一次兴奋地抱在了一起。

/ 九 /

“俯下身、躬下腰、低下头”永远的基础

村长拿着一叠稿子兴奋地跑进“元宇宙推进中心”，把村里人喜欢、习惯，觉得最亲切的有线广播打开。他喝了两口水，清清嗓子，迫不及待宣读起来：“村里人注意了，村里人注意了，我是村长，我是村长。今天我给大家宣布一些事。这事都是为了我们幸福生活的好事：村里规划了三年的三座桥、三条路、三个码头已经开始推进了。技术人员完成了地形地貌、地层、岩性、地质构造、水文地质等技术参数的测绘和勘探。大家知道吗？这次勘探，用是智能机器人和人工相结合的方式进行的，参数已呈现出来。建筑公司正在通过 3D 打印把三座桥、三条路和三个码头的模型打印出来，形成三套建设模型方案，要求我们村每户签字，同意率达到百分之七十，我们就开干。还有呢，我们村地下管网改造和光纤通信升级同步进行。5G 基站正在布局当中。以后我们上网，用手机，还有企业制造，村务管理方面的智能传输通信信号不仅快速而且画面更加清晰，还会大大提高我们劳动生产效率和质量。

“还有呢，我们村所有生产用地和林木绿地，今后要实现无人机监测、巡视，机器人管理、电脑操控。这项工作昨天与楚支科技公司已达成协议。我们村每条道路、每个拐角，还有防灾和安保预警全部实行智能监控。昨天和楚支科技公司也达成了协议。以后我们村委会一级、生产组、各承包人均要实现办公网络化、智能化。减少大家凡事跑路的烦恼，在网上工作，一切公开，便于大家监督。这项工作正在推进中。以后村里开会，每家每户打开电脑，加入视频会议系统就行了。

“还有更好的。铁锹制造厂改为元宇宙 VR 显示器研发中心。铁叔说，无论如何要保留一个‘手工制作’车间，是对铁匠世家的传承，我们村委会同意了，相信大家也会同意的。铁匠世家是咱们村品牌，多年来为我们铁头村争取了很多荣誉，解决了近百人就业。显示器研发中心正在完成组装测试。技术人员正在加班加点，争取早日运行。原来铁锹厂的几十名工人已经加入到三座桥、三条路、三座码头的建设队伍了。请大家放心，没一人失业。我们希望，这批工人要继续发扬吃苦耐劳精神，把三座桥、三条路、三座码头早日建好，早一天实现我们村与外村，与镇上快速流动，互通有无。

“大家可能听说了吧。豆娘的豆腐厂也在进行智能化升级改造。我去看了，好家伙，热闹非凡呀。智能机器人和智能控制平台已经安装到位，正在测试。一旦测试完毕正常工作，我的天呐，上百人的豆腐厂，只需要十个人了。从材料、调制，再到装罐、装袋、装瓶、打包、进箱、上车、运输，一条龙全是智能化操作。更可喜的是豆奶质量是安全自检。智能化改造后，豆腐厂就改为专门生产豆奶的生产企业。‘娘的豆奶’现在已经红遍半边天。我们预祝‘娘的豆奶’一飞冲天。

“村民们，还有一件事要告诉大家。明铺家具厂在继续生产传统明式家具的基础上，正与楚支科技合作进行虚拟人的研发。还准备推出虚拟家具博物馆、家具数字藏品，以及体现元宇宙元素的现代家具。我看过设计图，非常梦幻。下一步，明铺家具厂将通过虚拟人在虚拟世界一露真容，助推明铺家具越卖越好。

“村民们，今天就说到这里。总之，我说呀，要借元宇宙这股劲儿把铁头村挺起来，把智慧村建起来，我们一起努力吧。”

豆娘忙了一天终于回到家，一屁股坐在沙发上昏昏欲睡。

铁叔进门看着她一笑：“累吧？我给你熬了一碗姜丝可乐，喝了提提气。”

豆娘有气无力：“又是甜的，我血糖偏高。”

“我知道。可乐只兑了十分之一，几乎没有，多半是开水，只有一点点甜味。”铁叔自己也端着一小碗喝起来。

“听你的，我喝上几口。”豆娘起身端起就喝：“这甜度还可以，以后都这样。你那边怎么样？我听说你要保留一个手工打磨车间，其他的都换成显示器研发车间了。”

“是的。一定要保留一个手工打磨车间，否则就断了根了。村里同意了。但是我这个董事长没了，变为副董事长，占显示器研发公司百分之四十九股份。显示器那玩意我不懂，想关心也关心不上。就是土地厂房作价入股。现在突然觉得轻松了，哎，轻松了反而不习惯，早早回到家里没事干，给你熬了姜丝可乐。以前都是你给我熬的，以后就我来吧。”

“真的没事干吗?”豆娘疑惑。

“开玩笑的，有事干，而且事还很多。管理还是老一套，迟到早退，清洁卫生、财物保管、安全保卫，本来就是我的专长。不过现在程序简化了，迟到早退，实行智能打卡。清洁卫生，采用扫地机器人。财务保管，进大门实行人脸识别。安全保卫，实行智能监控。我整天对着几台计算机和那几块 LED 连接的大屏幕。有时实在无聊，我就到车间现场走走。现在正在调试。以后正规了，我就不能随随便便进去了，进去了就是干扰技术人员工作，要扣奖金的，这些都写进了制度里面。技术上的事我不管，也不懂，搞搞日常管理还是可以，但心里边还是有些想法，总惦记着手工打造铁锹、铁铲这些事。一天不用铁锤抡几下，我心里就不舒服，双手不知往哪儿放。你看我手上的老茧，手腕的力量，手臂上的肌肉，几十年的成果呀，也是我们铁匠世家传承到今天的见证啊。”铁叔苦笑着。

“那你每天到铁锹手工打磨车间溜达一下，拿着铁锤抡几下发泄发泄，慢慢习惯就好了。你还是要把管理工作做好，你刚才说的这些管理都很重要。我们豆腐厂智能升级后，我可能和你一样，也搞搞这些管理。我都想好了，我就负责原材料、进货、财务三个方面。其他的叫技术人员去搞，反正都是标准化配方、配料，自动化流水作业，机器人运送装罐储存，每个环节都是智能监测监控。都现代化了，还操这么多心干吗？我们该享受享受生活了。这大半辈子够苦够累，能到今天不容易。”豆娘感慨。

“时代不一样了。科技发展把我们变成了这样，是好事，轻松了，费劲、费力、费心的时代结束了。行，我答应你，我们制订一个旅游计划，每年到村外，到县上去旅游观光。买点好看的、好穿的、好吃的，潇潇洒洒去，愉愉快快回。”铁叔笑起来。

“我想买台相机，贵一点的，找个师傅来教我。我们到风景名胜区去兜风，把美好的东西记下来，再买几十个相册，分门别类装进去，没事拿出来看看。这个有意思，想想都兴奋。”豆娘也笑起来。

“是啊，我们该享受享受了。我想征求你的意见，我想学开车，以后出远门就不用几个娃开车了。他们有事，不打扰他们，我就开车带你去。”铁叔看着豆娘。

豆娘沉默一会儿：“你说要干的事就得去干，拦不住。这事我暂时同意。但学得不好就不要勉强。我担心你那打铁的手，手劲大，捏着方向盘，轻轻一转车就到沟里了。”豆娘笑起来。

铁叔又收起笑容：“铁欢那点事我还是不放心。现在五百万吨的豆奶单子压在你头上，预付款都在他那里。两天以后你的智能化豆奶厂开业，当月就可生产三十吨，第二个月就可以生产五十吨。但这钱什么时候能从铁欢的私人账户划到你公司账上?”

“铁欢给我说了，下个月就开始转到我公司账户，每个月转两百万。”豆娘说。铁叔沉默无语。

豆娘又想起啥：“嘿，你说咱们铁乐和绿苗能成吗?”

铁叔一听笑起来：“我发现几次了，晚上他们去散步。那种神态神情就和处对象一样一样的。这是我的猜测，不能肯定哈。”

“啊，还真对上了。不处对象晚上出去散步干啥，还几次。有戏有戏。我看绿苗这姑娘聪明，有学问，又是搞技术工作的。我们铁乐聪明，也想搞技术，两人方向是一致的，我觉得有可能处成。前段听说铁乐在教绿苗种植甘蔗，绿苗很想学，两人又找到了共同点，这座鸳鸯桥已经搭起来了。”豆娘很兴奋。

“是啊，我看绿苗讲礼貌，懂规矩，这就够了。”铁叔也夸绿苗。

豆娘点点头："要是成了该有多好，咱们家就有知识分子媳妇了。我得给铁乐做做工作，叫他什么事都让着点绿苗。"

铁叔忙说："别这样，处对象是他俩的事，现在让着绿苗，结婚以后就不让了，那还不得搞离婚？装是装不出来的，让他俩自然而成嘛。我们就是支持。你没看到我转给铁乐二十万吗？明白吗？铁乐的钱玩游戏全进去了。没钱了，甘蔗林虫灾，我要他先拿出十万赔偿，他哪来这么多钱？是绿苗借给他的。你看看这绿苗姑娘心多好，关键时刻见人心。我预感他们能成。"

豆娘兴奋得很："那是的，那是的。"

金戈来到先奇老人和傅曦老人家

小兰在门口把金戈迎进门："哇，帅哥，刚才村长打电话说你要来看看两位百岁老人，他们可高兴了，还说要你和他们合影。两位老人刚才换了衣服。先奇老人穿上了保存了几十年的旧军装，傅曦老人也穿上那套保存了几十年的乳白色的旗袍，还特别戴上了那条保存了几十年的绿色围巾。"

金戈进门就看见先奇老人和傅曦老人并排坐在沙发上笑容可掬地打量着他。

小兰忙着给金戈倒上一杯茶水，退到一边坐下："爷爷奶奶听说你是拍电视的，特意换了这身衣服。他们希望你拍得好看，要作为他们最好的纪念。"

金戈一听"最好的纪念"，就感动了。他俯身上前双掌合拢："爷爷奶奶放心吧，我一定拍好，我一定拍好。"

小兰说："两位老人拍什么照，怎样拍，都已经想好了。要分几次拍，要拍他们初次相见的情景，要拍他们第一次拥抱的情景，要拍他们结婚仪式的情景，还要拍……"小兰突然不说话，看看两个老人。

"要拍我们三个男娃，一个女娃刚生下来，我们抱着他们合影的那个情景。虽然他们都牺牲在了战场上，但是我们很想念这几个娃，他们是勇敢的，是为国家牺牲的。"傅曦老人平静地说。

“好，我都拍。拍得漂亮，拍得真实。”金戈打开摄像机的开关。

小兰把两个老人和三个男娃一个女娃小时候和他们一起合影的照片放在桌上。

金戈看后激动说：“一定还原真实。让四个小宝宝活灵活现出现在两位老人的怀里。”

先奇老人说：“小伙子，不着急，慢慢来，我们今天就属于你了。你叫我们怎么着，我们就怎么着。”

傅曦老人轻轻补了一句：“配合你。”

金戈忙说：“谢谢爷爷奶奶。”

拍摄非常顺利。两位老人很配合。近两个小时拍摄，老人只休息了两次。拍摄完成，金戈把录像和合成的相片给两位老人看，让老人指出最满意的瞬间。金戈截屏说，这些照片制作装裱后再送来。

傅曦老人见金戈要走，忙说：“我们还有一个梦想。小伙子，你听说元宇宙了吧？没听说的话，请先奇爷爷跟你说说。上次村长，还有铁叔、豆娘到我们这儿，都说了元宇宙的事。把真实的绿色极光搬上虚拟世界，我和先奇要在虚拟世界亲临现场观看绿色极光美丽的真容，美妙的变化。请你务必帮我们实现这个愿望。”

金戈感觉到两位老人穿着几十年前的军装、旗袍，还有那条绿色的围巾，已经有着特殊的意义。在拍摄第一组两位老人初次相见的情景时，已经感悟了两位老人一起度过的沧桑岁月，多年恩爱如初的情怀。他深情地说：“我会尽最大努力帮助你们实现这个愿望。”

先奇老人指着小兰：“小兰，给小伙子讲讲元宇宙是咋回事，虚拟世界又是咋回事，在虚拟世界里虚拟人游览观光现实世界的真实场景又是咋回事。”

小兰看着金戈：“先奇老人这一年多天天上网。阅读元宇宙的资料、新闻。还听元宇宙的广播。戒掉玩了二十多年的斗地主游戏。他就想知道在虚拟世界能不能实现他和傅曦奶奶最美好的愿望。昨天他还告诉我，看了几十篇文章，认为技术上是可行的，为此，他和奶奶兴奋了一天。听说你要来，特别高兴。你拍摄录像、拍照片，他们就像小孩子一样听话配合你，他们想对你好，就想让你帮助他们实现美好的愿望。”

金戈上前握住两位老人的手：“我明白元宇宙，明白虚拟世界，你们的愿望一定能实现。”

小兰说话了：“我想和你一起帮助爷爷奶奶实现这个愿望。我从小被爹娘遗弃，是孤儿。是爷爷奶奶收留了我。收留我时，他们八十多岁了。长大了，还送我读书。我现在参加自考，学的平面设计专业。我就要待在爷爷奶奶身边，他们不仅是我爷爷奶奶，也是我爹我娘。他们对我很好。不骂我，不打我，还特别宠爱我。”说到这里，小兰呜呜哭起来，“他们对我很好，我一定要帮爷爷奶奶实现他们最美好的愿望。”小兰说完，看了看爷爷奶奶，对金戈说，“你看，他们昨天叫我取出他们保存了几十年的衣服围巾，很多地方都已经腐烂了，是我用胶布从里面一处一处贴上的。傅曦奶奶那条绿色围巾是我用绿色不干胶粘住的，还好，看着还挺好的。”

金戈眼睛湿润了：“小兰，你和两位老人情深似海。我热情邀请你加入两位老人圆梦项目组，一起为两位老人圆梦贡献我们的才智。”

小兰跳了起来抱住金戈：“谢谢金戈哥哥！”

“铁喜，铁喜，我来了，我来了。”仙女一路小跑找到铁喜。

“仙女，我爹娘告诉我了，你来专门采集养鱼的现实场景。听起来就很新鲜。我很好奇，养鱼怎么能搬到虚拟世界去呢？这些鱼儿在水下自由游动，这水随着鱼儿游动而起水波。有太阳照射，整个水面在不同地方出现不同光影，怎么能搬到虚拟世界呢？哈哈，你们的科研真有意思。探索是你们的精神，很执着。但是把养鱼搬上去，我看很难。我倒是建议到了收获的季节，捕鱼的时候你来拍摄一段录像，肯定很精彩。”铁喜见到仙女开口就说。

“我不是来捕捉几个画面的，而是要采集从放鱼苗开始到最后捕鱼的全过程，包含喂鱼、养鱼、保护鱼的全过程。”仙女急忙解释，“哦，还有钓鱼。现在城里人很盛行，到农家乐休闲度假，到乡村钓鱼。这个要重点采集。想想啊，在虚拟世界体验钓鱼的过程，是一个怎样的感觉啊。”

铁喜笑起来：“这个简单，那就专门采集钓鱼吧。”

“不，不。”仙女连忙说，“是全过程。我要从学习放鱼苗开始到最后捕鱼上岸，装桶入袋运走的全过程。”

铁喜摸摸脑袋：“是这样啊，让我想想，怎么能让你完成这个任务呢？”铁喜叉着腰看看四周，“我承包了五个鱼塘，有专门养鱼苗的，有三个月的，有五个月的，有九个月的，最后是十二个月的。一年期的大鱼能有两斤多，可以上餐桌了。”仙女一听伸舌头：“这么复杂。铁喜，你如果在虚拟世界体验养鱼的过程，你最想体验什么？你凭直觉一口说出来。”

铁喜又摸摸脑门：“放鱼苗、钓鱼、捕鱼三个环节。既有手感又有眼福，整个过程赏心悦目。你呢，你们女的第一感觉是什么呢？”

仙女：“我喜欢钓鱼。小时候我爹经常带我去钓鱼，但那时不是钓，是用纱布做的小网去捞。在枯水季节岸边自然形成的小水塘。涨潮时，大鱼产出鱼卵变成小鱼，很小很小，有的只有一根针大小。退潮时，刚变成的小鱼在水塘里一跳一跳的，太可爱了。我爹就把这些小鱼捞起来，就十几条。拿回来放在玻璃瓶里养。又在岸边水塘里捞回这些小鱼能吃的沙虫、线虫，喂小鱼，眼看着这些小鱼一天天长大，长得像蚕豆一样大小，就把小鱼放归大河里面。后来，我爹拿着鱼竿到鱼塘钓鱼，一坐就是一天，我和娘就陪着他，顺便踏青，满山遍野采花摘叶。只要我爹一次能钓上几条一斤多的鱼，我们就兴奋。当地农民会以很便宜的价格卖给我们。晚上就是我们的鲜鱼大餐。”

铁喜听后哈哈大笑：“我爹也是垂钓爱好者，但他不够耐心，巴不得一坐下去就钓上几斤大鱼。我娘为了哄他高兴，就在我爹把鱼钩甩到水里之前，抓一大把鱼食撒下去。我爹再把鱼钩抛向水里，你说这鱼还能钓不到吗？一钓一个准。你看，那边有一个鱼塘，就是我爹经常去的地方。不过，他钓上来的鱼又全部放回水里。如果他想拿回家，也得付钱。我们是要记账的。”

仙女也兴奋起来：“你爹钓鱼也要付钱？真有意思。我爹最喜欢钓鱼拉竿的感觉，那一刹那，别提有多满足了。偶尔钓到一条大的，十几斤一条的，哇，鱼竿都拉弯了。只见我爹稳稳把住鱼竿，顺着大鱼在水里挣扎游动的方向，一会儿往左，一会儿往右，仿佛在和水中鱼儿斗智斗勇。往返二十几分钟，鱼儿累了，才慢慢收竿，鱼儿就束手就擒了。钓到这种大鱼，我爹就放归水里，我爹说这么大的鱼不是鱼娘，就是鱼爹，它们还要照顾小鱼儿。”

铁喜接着说：“对对对，我爹也是钓到了大鱼就放回去。有一次钓到五斤多的，你猜怎么着，整个鱼塘沸腾了，水下的鱼儿全部铺天盖地跳起来，像是对我爹做出了强烈抗议。当时我在旁边，我说：‘爹，你钓到鱼王了，放回去吧。’我爹忙把那条鱼放回了塘里，鱼塘里瞬间就安静了。我爹和我都蒙住了，在鱼塘边足足坐了几分钟，傻傻地看着鱼塘。”

“鱼儿是有感情的。我还记得，我爹有一次钓了一条大鱼，在往回收竿的时候，突然发现大鱼身边出现了密密麻麻的小鱼，它们围着大鱼，想拖住大鱼，不让我爹往岸上拉。我爹惊住了：‘呀，钓着鱼妈妈了。’立即把鱼拉上来，把鱼钩取出，把鱼放回去。神奇的一幕出现了，那条大鱼后面跟着的一大群小鱼一字排开，对着我爹我娘还有我，像是谢谢的意思，争先恐后地摇摇头，然后才慢慢游走了。我和爹娘也是坐在原地，一动不动看着鱼塘，看着灵动的水面……”仙女坐在鱼塘边，回味着那次的经历。

铁喜慢慢走到仙女身边，看着鱼塘波光粼粼的水面沉思着。

“把这一段搬到虚拟世界有点不忍心。”仙女轻轻说。

铁喜仍然看着鱼塘，沉默无语。

“人类为什么要吃鱼呢？”仙女又轻轻说。

铁喜还是沉默无语。

仙女看着他低头沉思的样子：“你在想什么？”

“我在想同一个问题。唉，如果钓到了鱼妈妈就赶紧放生，钓到了鱼苗就赶紧放生。”铁喜说。

仙女：“那就不要钓鱼这个环节。总让我想起鱼妈妈的情景，难受。就采集捕鱼的环节，捕鱼体现丰收的主题。想想啊，十几个人拉着大网深入鱼塘，在水中一字排开慢慢合拢，最后时刻，鱼儿铺天盖地活蹦乱跳跃出水面，满眼金光闪闪，银光闪闪，多么鲜活的丰收啊，是大自然馈赠给人类的美食。”

“好的，我同意你的想法，就把捕鱼作为重点采集。看见没有，那边最后一个鱼塘还等几天就可以捕鱼了。到时找十几个壮汉赤裸上身，采集一场闪耀夺目的捕鱼场景。”铁喜高兴起来。

“太好了，太好了。我现在就想体验鱼塘里的感觉。我好想下水去摸摸水中的鱼儿，捧起来看看它们，两只亮晶晶的眼睛，还有拍打拍打的尾巴，身上像黄金银甲一样的片片鱼鳞，一定很好看。”仙女说着就跳了起来。

“可以的。你把裤腿卷起来，到鱼塘浅水区就可以摸到鱼。但要轻轻下脚，站住后千万不要动。站上几分钟，你就会感觉到鱼儿围着你悠悠地游，在你腿上啄来啄去。有些鱼儿还会啃你的腿。不痛，痒痒的，很舒服。也许这些鱼儿把你双腿当成了朋友，成了它们的依靠。也许它们和人类一样，对新鲜的来者备感亲切。用它的嘴，用它们的身体碰碰蹭蹭，表示友好。”铁喜高兴地说。

“那我们一起下水，我怕站不住，踩着小鱼儿就太残忍了。”仙女卷好裤脚，拉着铁喜的手，试探着往水里走去。他们一步步往水里走，由于紧张，仙女紧紧地抓住铁喜的胳膊。

“哦，轻一点，你抓得太紧了。”铁喜叫起来。

“好。”仙女紧张地松开了手，但是双脚在水下不听使唤，东倒西歪，她又本能死死抓住铁喜，边走边问，“我们不会踩着小鱼儿吧？”

“不会的。现在我们腿在移动，鱼儿吓跑了。一会儿站稳，它们才会慢慢游过来，觉得没有危险了，就一群一群地靠过来了。”铁喜见仙女还是使劲抓着自己，“你放松，别紧张，慢慢移动就行。”

“我真担心踩着小鱼了。”仙女胆子大了一点，加大了步子，一脚迈出一大步，没站稳，“不好，我感觉我踩着什么东西了。”

“别动，别动，别紧张。鱼塘里面只有鱼，没有其他东西。”铁喜安慰仙女。

仙女踩着东西的那条腿一动不动，她迟疑了一会儿，惊叫起来："扎脚！扎脚！"这一叫，她瞬间失去重心，拽着铁喜一起倒在水里。铁喜吓了一跳，在倒进水的一刹那，一只手顺势摸到了仙女踩到的东西，捞上来一看，一只破了的玻璃瓶。

"哎呀，谁这么缺德，钓鱼的时候把喝水的玻璃瓶扔水里了。"铁喜拽着仙女上了岸，发现仙女左脚划伤了。

"不好，你的脚在流血。"说完，他赶紧掏出随身带的纸巾，快速地擦去仙女脚上的血："没事的，我们鱼塘很环保，我们得赶紧回去搽搽酒精消毒，不用包扎，两天就好。"

"好吧，我们走吧。不好意思，害你身上都湿淋淋的，旁人看见要笑话了，还以为我们都落水了。"仙女自己笑了起来。

"可能他们会以为是我英雄救美吧。哈哈，来，我背你，一口气把你背回家。"铁喜说着半蹲在地上。

"好吧。你不背我，我这一瘸一拐的不知什么时候才能到家。"仙女一下扑在了铁喜的后背上。

甘旺笑眯眯对菱姣说："上次我们参加拍摄的明铺家具厂原木直播带货，听顾总说在一个家具网站上播了，效果很好。有好多厂家打电话来要直接订购原木。还指明要我们俩在现场拍摄的那几堆原木。顾总不卖，说原木资源稀缺，都是囤积了二十几年的，要用于做明式精品家具。"

菱姣："这下我们两个给顾总挣了面子。顾总见着我，和以前不一样，都是笑眯眯的。"

"见着我也是。我在想这一次他挣了不少钱。听说明铺家具厂又有很多订单，都是组合式的，大件套的。顾总看上去心满意足。说老实话，这个月你的工资是不是加了一点？"甘旺看着菱姣。

"嗯。"菱姣看看门外，"涨了一点，工资还是那么多，但奖金多发了一大包。"

"一大包是多少？"甘旺问。

“你还问我？你先说，难道你没有?”菱姣反问甘旺。

“有，三万。”甘旺往外一看，“嘘……小声一点。”

“我也三万。你给我交出来，放哪里了?”菱姣说。

“在枕头下面，你自己去取，但是你得返两千零花钱给我。”甘旺说。

菱姣一笑：“返你三千，百分之十，可以吧。我从来没有虐待过你。”菱姣又说，“我给你说，你在营销部要好好干。顾总对咱们这么好。可不能丢脸。”

“没有丢脸。听顾总说没有电子产品，只有和元宇宙相关的家具产品。设计模型我看了，很酷，年轻人一定喜欢。”甘旺说。

“现在顾总叫你干啥你就干啥，别想其他的。铁叔的铁锹厂已经改为什么显示器厂了，将来都是电子产品，你就有用武之地了。”菱姣安慰甘旺。

“顾总跟我说过，这事要等一段时间。主要是技术不过关。这块市场竞争很激烈，但我看顾总挺有信心的。他是真正的创业者，那种冲劲简直是用生命在拼搏，他们不成功，谁还能成功?”甘旺信心满满。

“以后那个显示器厂搞好了，我就到那边去专门搞显示器营销，最能发挥我的长处。我从现在起开始每天研究 VR 显示器是个什么东西，在元宇宙虚拟世界扮演什么角色。我一定要学好，将来一定会用上。”甘旺冷静地说。

“你现在手上的事情不能耽误，不要丢了西瓜捡芝麻。你必须专心干事，你必须向我保证。”菱姣看着甘旺。

甘旺表示：“好，好，我向你保证，先把手上的事干好。”

“我还想问你，咱们甘花最近动向怎么样?”菱姣问。

“你是指她和紫藤？这些事当爹的不好问，你心细一点，多关心关心。紫藤这小子不错，挺机灵。他又喜欢吃咱家的香肠腊肉，很对咱家的胃口，我看得上。”甘旺笑起来。

“我听厂里个别人说，他们最近经常在一起说说笑笑的，挺热乎，好像那意思越来越明显了。”菱姣也很高兴。

“那是在工作。他们真正单独在一起，谁也不会看见的。我们开始不也是这样吗？两人在一起谁也看不见。”甘旺诡秘一笑。

“讨厌，第二次见面就抱我，你真是个干柴火旺。”菱姣一拳打在甘旺身上。

“今天的香肠煮了吗?”菱姣问。

“煮了，煮了，甘花上班带走了。那个紫藤的口福不浅啊，每天上班都能吃到他未来岳父煮的香肠。”甘旺哈哈大笑起来。

“小声点儿，现在还没成，这事得保密，万一不成，多丢面子呀。从现在起，不准再提这事。”菱姣说。

“是你先说的，又不是我先说的。我每天负责把香肠煮好就行了，其他的就看你的本事了。”甘旺背着手走出家门。

这几天，楚支科技公司和明铺家具厂的技术人员对虚拟人的设计进入攻关阶段。三十多人的技术小组几十次采集，捏脸，量身，测距，让紫藤疲惫不堪，甘花也像犯了焦虑症。技术人员和他俩已经熬过一周了。

本以为先前数月攻关，有一点点自信的技术团队，碰上了研发真人真身版虚拟人，突然觉得不会了。

以前坐在办公室，参考网上各种虚拟人形象，特别是虚拟人偶像，凭想象和感觉，随便设计一个虚拟人的研发思路不灵了，尽管想象设计一个或几个虚拟人也不是那么简单的事。但楚总交代过，要设计真人真身版虚拟人，要设计全身的。这可是设计虚拟人的超级难题，因为目前展示的虚拟人大多数是半身的，腰身以下没有，让人觉得不舒服不完美。

如果真人真身版虚拟人未研发出来，那么现实世界里的“你我他”通过 VR 或 AR 显示器，看见虚拟世界里的“你我他”，突然发现并非“你我他”，或是大致的，甚至怪怪的“你我他”，体验的兴趣和情绪就会受到影响。

“由外及里”，这是技术人员研发的着力点。于是才有了一周的苦研。

现在，紫藤和甘花的真人真身真貌虚拟人总算设计出来，从建模到全息动作取得初步成果。大家松了一口气。绷紧的神经一旦放下，身体就如崩溃一般瘫倒，还没接到休息指令，都在原地趴着、卧倒睡着了。

楚总了解这批技术人员。楚支科技五六年来先后招了一百多位研发能力强的科技人才，平均年龄只有二十三岁。百分之七十的研发人员都只有二十岁至二十五岁。有少数三十岁左右的技术尖子是公司的顶梁柱，撑起了公司六大技术板块。除了“真人真身虚拟人”，还有“现实虚拟场景”“虚拟现实显示器”到“增强现实、混合现实、拓展现实”“数字孪生”“区块链”“算力”等等，每个板块的技术难点都有所突破。

楚总始终坚信把“虚实”紧紧结合起来，绝不走有些公司只“虚”不“实”之路。他在公司反复强调，元宇宙看似“突然”实则积淀已久。当各种基础技术成熟，走到一起已成必然，又一轮科技之光陡然亮了起来。

楚总坚持的理念是，只要埋头研发某项技术，无论一年或数年必有收获。楚支科技凭着“不怕事小，就怕做不好”的“做事”能力走到了今天。

元宇宙概念对楚总没有冲击，当人们大谈元宇宙时，他微微一笑：“先不说什么是元宇宙，撇开这三个字，只关注元宇宙的技术构成。楚支科技迅速成立六个技术小组，为什么？说白了，这六大技术构成了元宇宙的主要技术支撑。元宇宙三个字，通过某种因素顺势而出。我们决不能因元宇宙三个字，投其所好，投注于与元宇宙概念相关的噱头产品，看似捞到了几桶金，但把公司的研发精神，研发宗旨，研发作风全搞丢了。基础，永远是基础，没有基础，永远没有大厦。唯有俯下身，躬下腰，低下头，才能做好每件事。一晃几年过去了，公司在软件开发领域，尤其在游戏开发领域取得了巨大成功。而今，楚支科技转战研发元宇宙相关技术，寻找突破点，力求在元宇宙竞争中抢占赛道。”

楚总看着“真人真身虚拟人”研发团队，很心痛。他知道，只要踏进了楚支科技，凡能有所建树的真正强者，都应验了“脱了一层皮”，这是无法避免的痛苦。进来的人都明白，要想在公司出人头地，只能拼命、搏命、玩命。当然，待遇还是优厚。有的研发人员年薪达到了一百万至五百万，个别取得突破的主研人员拿到了一千万元，这是中小科技公司很难想象的，也是吸引“科技亡命徒”迈进楚支科技的优惠条件。

他看了看眼前的研发进展，无可奈何地说："休息两天，再进入真实虚拟人面部表情和肢体动作的深度研发。"说完，他看着紫藤和甘花，"哈哈，才几天就吃不消了。你们只是不断重复着喜、怒、哀、乐的表情和动作，被重复性的简单劳动折磨了，但技术人员有很大的收获。你们是样板嘛，未来的虚拟偶像，多付出点也应该呀。重复的数据已经记录在案。面部表情和肢体动作立体式展现，再配上你们的声音，你们就将进入虚拟世界，以真人真身数字身份主持会议，推荐产品，介绍风光，当导游、做主持，与其他定制的真人虚拟人相互交流。或者，一起搭建城市，一起耕种，还可以与你们的亲人交流，与你们从未谋面的人交流，体验时光穿越的快感。

"而且，真人真身虚拟人研发成功，我们就在'高仿虚拟人'研发上先人一步了。想想，你们的作用有多大。楚支科技为这个项目已经投入了一亿六千万元。"

紫藤和甘花一惊："啊。"

楚总看着甘花："我进来就看见你很烦躁，"又问设计师，"设计师，甘花这副面孔采集了吗？未来有这副面孔出现吗？"

设计师凑上来说："理论上讲，会出现这种烦躁的表情。"

"不，不，千万不要出现。你们看，我现在不烦躁了，哈哈，我高兴着呢。"甘花站起身非常得意的样子。

楚总又看着紫藤："紫藤，你是楚支科技的场景设计师，深知研发的复杂与艰辛，甘花的烦恼由你来消除。我给你们放两天假，你们到外面玩玩去。总之，要开开心心回来，一起进入'高仿虚拟人'的下一个环节。"

紫藤一听，立即牵着甘花跑出去了。

棘手的问题接踵而至。此时，楚支科技楚总和明铺家具厂顾总正在镇上一家信用社主任的办公室。

看起来，顾总和信用社主任是老熟人。洽谈室内，皮质沙发和一壶茶水招呼着两位不大不小的访客，这是主任招呼好朋友、老熟人的最高礼遇。

"顾总，你们明铺家具厂发展不错哦，看来我是支持对了。前几年有几个小企业找我支持，我支持了，但没搞出什么名堂来，贷款还不了，现在都挂着，只好等待，万一某个小企业翻身了呢？我们信用社的不良贷款率控制在百分之三之内，县上都在表扬我，弄得我怪不好意思的。他们哪里知道这些贷款的背后，我付出了多少努力？唉，这些就不多说了。总之，你们铁头村几家企业，明铺家具厂，还有铁锹厂、豆腐厂，我是大力支持的。县上领导也鼓励我，对优质企业要加大贷款力度，说他们的信誉是有保证的。在咱们镇上都是AAA级信用。”主任满面红光先开口。

顾总随即端起茶杯：“哈哈，主任有远见，有魄力，一心支持企业发展，是企业发展的原动力，是企业的福音。主任，今天我给你带来了一位客人，省上楚支科技集团楚总。几个月前，楚支科技已经和咱们铁头村深度合作了，正在承担铁头村基础设施建设，同时，把研发基地放在了铁头村。这是县上、镇上和咱们铁头村的极大荣幸，村长为此也得到了县上领导甚至省上领导的表扬。”

楚总急忙起身与主任握手致意：“主任好，在来的路上顾总给我介绍了主任理解支持企业的很多事迹，我深受感动。为此，顾总引荐，特别拜访您是想通过信用社贷十个亿。当然，是付息的。”

“楚总要贷十个亿？”主任瞪大了眼睛。

“是的。我们楚支科技在铁头村的基础建设项目预计投入三个亿，这还不是我今天来贷款的理由。我要贷款的理由主要是我们在铁头村研发有关元宇宙的几个主要技术。这个项目投入很大。我们六个技术研发小组在两年多的研发中已经投入了十二个亿。预计今年还要投入十个亿。我们作了仔细分析，还有一年时间，六大项目，至少有两个以上项目研发成功，我们就可以获利了，而获利少则几千万，多则几亿。请放心主任，我们只贷三年，我有足够信心还贷。”楚总说。

主任看看楚总又看看顾总：“十个亿？元宇宙？我一头雾水。”

顾总说：“主任，这和我做家具，铁叔打铁锹，豆娘做豆腐不一样，这是科技研发。科技研发都是研究软件的，研究芯片的，研发出来的东西体现在我们生活中。比如，这个信用社的运行软件就是研发出来的。因为在电脑上运行，审批效率更快。我几次申请贷款都是网上审批，我非常满意，逢人就说信用社是我们明铺家具厂的娘家人，急企业所急，想企业所想。”

主任一挥手：“好了，好了。顾总别再说了。我大致明白了一点。元宇宙我不懂，只是听听电视新闻里说过。问题是，顾总，我虽然支持贷款给你好几次，但最多一次也只有一千万元吧。楚总要贷十亿元，我的天哪，我整个信用社全部加起来也没有十亿元。顾总，你知道的，除了铁头村，还有八个村啊，它们都在发展乡村产业，在引进与特色产业配套的企业，都需要钱啊。十个亿对我来说，简直是天文数字。我建议，你们到县上银行去，或许，他们能想点什么办法。”

楚总看着顾总，用手抹了一下疲倦的脸，轻言轻语：“出师不利啊。”

主任看楚总和顾总很失望：“这样，县上有一家银行，我和行长很熟，我当着你们面给他打个电话，你们到他那碰碰运气。”

主任抓起手机拨通了那家银行行长的电话：“喂，喂，行长，听出来了吧，我是谁?”

行长回话：“主任好，找我有事吗？我有几个客户在谈贷款的事，你快说。”

主任：“我这儿有一个客户，是搞科技开发的，他要贷十亿元。这是一个具有还款能力的客户，但我们信用社没这么多钱，我叫他来找你，接待一下吧。”

行长：“你推荐的客户当然不用说了。可是贷十亿元有点多啊！它是什么科技开发企业啊？开发什么啊?”

主任：“搞元宇宙技术开发的。具体的我也不太懂，我叫他来找你吧。喂，行长，要热情接待啊，这可是重要客户，是明铺家具厂顾总推荐的。好，你忙，有空我请你喝酒啊。”挂了电话，主任看着顾总和楚总说，“你们去找他吧，试试运气。”

一小时后，楚总和顾总已经坐在了县上那家银行行长的办公室。

行长：“搞元宇宙技术开发？这可是大热门。我们银行上下都在谈这事。我喜欢玩游戏，业余时间减减压。前段时间听说了元宇宙的事，炒得挺凶的。想不到搞元宇宙研发的公司就来贷款了，这是我碰到的首例。之前，搞其他科技研发的公司在我这贷款也不少。一般来讲，只要研发项目成长性好，抵押物足够硬，我们都支持。哈哈，顾总，你们以前在我们这里贷了两千万元搞铁头村民居改造，不到五年，贷款加利息都还了。你是我们的五星企业，我们还等着你再来贷款呢。”

楚总把一本足有一寸厚的有关元宇宙研发项目和资金需求的论证书放到桌上：“行长，请过目，我们楚支科技关于元宇宙项目的开发和资金需求都在这里。抵押物是我们在省上的两幢办公大楼和三十家铺面，都有专业评估报告，大约值十亿元。另外，我们公司每年通过研发游戏上市，收入三千万元以上。”

“哦，我想问问，你们楚支科技净资产有多少？不好意思，这是我最关心的。”行长认真问。

楚总一口说出：“我们总资产六十亿，负债四十亿，净资产二十亿。”

行长点点头：“资产没问题，是个优质企业。这样吧，你把贷款书留下，我找专家们论证，三天以后给你答复。说实在的，元宇宙这个东西还没几人搞得懂，是要好好论证一下，毕竟贷十个亿，也不是小数。”

顾总和楚总只好离开了。

/ 十 /

税务人员找上豆娘，都是一脸懵圈圈的

村长到了豆奶厂，一进门就叫起来：“啊，豆娘，真快呀，牌子都换成‘豆奶制作加工厂’了。豆腐不做了？其实，豆腐很受欢迎的，好吃又有营养。”村长问豆娘。

“要做，要做。保留了一个车间专门做豆腐。其他的都改豆奶制作车间了。不改不行啊，那五百吨的订货压死人呀。现在已经出货了五十吨，还有四百五十吨。还好，豆奶厂实现了智能化升级改造，用了两百万元。工作效率提高了，人员减少了百分之八十。我主要把有关原材料进货和配料，其他的都由智能控制台操作，很现代化，完全摆脱了手工作坊式的繁琐劳动，我终于可以轻松了，享受高级管理的滋味了。”豆娘边介绍边领着村长参观正在工作的十五台机器人和全自动化流水生产线。

村长边看边赞扬：“终于实现了现代化，高兴啊。看着这些机器人在现代化制作空间里，来来去去，按照各自分工，完成任务真高兴。现在每月能生产多少豆奶？”

豆娘兴奋地说：“我们是全天二十四小时生产，每月可以达到五十吨。”

村长一惊：“哦，可不得了。一年可生产六百万吨，你们没有压力了。收入多少？”

豆娘说：“按量按价交钱呗，营业额大概在一千万元，扣除成本费、交税，纯利润在五百万元没问题，我非常满足了。我一个做豆腐起家的，每年有五百万纯收入，大福大喜了。”

村长伸出五根指头：“五百万，五百万。我现在一年才五万元，你这个

抵100个村长的收入啊，值得庆贺，值得庆贺。”

正说着，门口出现了两个穿制服的男人。

村长笑嘻嘻对豆娘说：“看，你看看这生意，税务局的不请自到了。好，你们谈，我弄别的事了。”

“豆娘好。”两名税务人员像和豆娘很熟似的热情地打着招呼。

豆娘上前拉住税务人员的手：“我还说把这阵子忙完了，就在网上报税呢。生意好得不得了，五百吨订单呀，已经出货了五十吨，以后每个月都能保证出货五十吨。真好，在那个元宇宙虚拟世界把‘娘的豆奶’这么一说，比电视广告还要管用，一下子就来了五百吨订单，弄得我忙都忙不过来。村里领导们又开会了，说要我们智能化升级。你们瞧，就一个月，我又花了两百万，搞好了。现在每月能生产五十吨，走，我带你们参观参观全现代化的工厂。”

“好哇，好哇。我们在外面已经听说豆腐厂改为豆奶厂，实现了智能化了。铁头村又一个现代化企业诞生了，可喜可贺。”

豆娘兴高采烈给税务人员介绍。

税务人员高兴地顺着问了一些问题：“豆娘，已经出货的五十吨豆奶，钱都到账了吧？没有拖欠吧？”

豆娘仍然兴奋地说：“应该都到账了。”

税务人员：“可是，我们税务所的人员在网上看你们的每月流水，公账上没有变化啊，这是咋回事呀？”

豆娘这才觉得税务人员到这里来是关注五百吨订单，五十吨出货，营业额一百万元，该收多少税的问题。

豆娘一本正经地对税务人员说：“哦，对对对，是这样的。这是我大娃铁欢在元宇宙虚拟世界推销‘娘的豆奶’。线上推销，线下提货，货款都是全额到账，没有预付款。在不到一周的时间里，五百吨，一千万元货款全到账了。由于是我大娃铁欢直接在网上虚拟世界和客户直接发生订货关系，所以客户的货款全部都支付到了大娃铁欢在银行的私人账户里。铁欢说，他每月往豆奶厂公账上转支两百万。我也在想，我每月就按两百万营业额，除去成本，就给你们税务局报税，上税。”

两名税务人员一听，蒙了，答不上话来。

一名税务人员问：“在元宇宙虚拟世界推销产品？”

另一名税务人员：“这段时间元宇宙炒得厉害，我好像听说过，像推销什么酒藏品呀，新潮衣裤啊，经典书画啊之类的。是不是这意思？我还真没听说过在虚拟世界推销豆奶的。”

豆娘一听乐了：“你不是听说在虚拟世界推销衣裤啊，书画啊，推销豆奶不也一样嘛？况且‘娘的豆奶’还是品牌，那上面标签有我的大照片呢，神采飞扬的。说不定，百分之九十的消费者就是冲着我来的。来来来，跟我来，我请你们马上喝一杯。”

税务人员急忙挡住豆娘：“不不不，豆娘。你听我说，你的一片好心我们心领了。”说完又望着另一个税务人员，“我们该怎么说呢？”

另一税务人员皱皱眉头：“唉，我也说不清楚。总之，豆奶从豆奶厂出去，送到客户手里，完成了实物交易。订货又在虚拟世界完成付款。付款又是通过现实世界里银行支付到了现实世界里银行的私人账户上。对了，有两个关键问题，一个是客户的付款不应该支付到私人账户，应该支付到豆奶厂的公账上。另一个问题，豆娘说的虚拟世界是哪儿呢？是从哪个网上哪个平台到了哪个虚拟世界呢？那个虚拟世界的购销合同是谁草拟的？谁和谁签订的，具有法律效力吗？进货付款就是根据这份购销合同支付的吗？为什么没有在虚拟世界银行进行支付呢？虚拟世界有银行吗？这个银行可靠吗？”

豆娘也蒙了。她红着脸看着税务人员，一时也不知说什么才好，两只手使劲地搓着，汗水也出来了，左想右想对税务人员说：“这样，我亲自来理一理这事。你们刚才说的一大串，说实话，我没有听明白。我把大娃铁欢叫回来，他是当事人，一手在操作。他有知识，有文化，我叫他写一个书面报告，到时你们什么都清楚了。我向你们保证，该上的税一分不少，只是该优惠的还是要优惠，该减免的还是要减免。我是几十年的‘守法经营大户’‘纳税大户’，这个牌子一定要保住。我是宁愿舍弃钱财也要保住名誉的人，这是我们‘豆腐世家’的传统，也是企业立业之本。”

豆娘这一说，又把两名税务人员搞蒙了。一位税务人员急忙说：“不是，不是。豆娘，你说远了。我们没那意思。我们只是想把问题提出来，其实，我们也没有答案。”

另一名税务人员接着说：“今天出现的问题是新形势下的新问题。元宇宙之风刚刚吹起，虚拟世界随之而出，一切都是新鲜事物。我们税务部门以前没有碰到过。研究，对，只有研究研究，才能找到解决办法。这样吧，豆娘，按你说的，你找你大娃铁欢写个东西。我们回去后，也找专家研究研究，我们会给你一个说法的。至于，优惠呀，减免呀，都是支持性政策，我们税务部门会一如既往地支持你。支持百年老店是我们税务人员的责任。豆娘，你放心吧，你该干啥还干啥。你看，这个厂子全都智能化了，我们为你高兴，你不仅为铁头村，也为整个社会在做贡献。”

豆娘目送着两名税务人员离去，站在门口还是懵圈圈的。

在电子技校一间教室里，铁欢照例上完课早早把学生放回家了。他取出笔记本电脑，在学生听课坐的第一排靠窗边的位置上，进入他急切想进入的一个国外的网址，但打不开。他反复用已经倒背如流的密码试着一次又一次进入，但电脑中始终提示“因线路故障无法进入”。这已是第五天了。前四天，还能进入这个网址，但一进入“妙妙妙”网站再进入“飘”楼房地产网页，也是出现“因线路故障无法进入”。他想因气候原因，雷暴原因，或是电脑故障，信号干扰。于是他耐心等待，每天带着电脑往返于学校与家庭之中。

铁欢不能在家里操作电脑，他不能让妻子丁香知道。他认为自己在进行豪赌，“元宇宙”已经令他极度兴奋，深深刺激了他的那颗“赌徒”的心。“元宇宙”很乱，就是一个箩筐，什么都往里装。乱就有机会，只要不做最后的接盘侠，赢面就有九成把握，他有足够信心。一年多前，元宇宙之风强劲吹来，他就知道机会来了。他迅速查阅了国内外关于元宇宙的资料，尤其是那些“借概念，割韭菜”的信息和事例。凭他多年对经济形势、市场投资的略知一二，以及人们普遍存在的投机心理，他感觉在元宇宙乱世之初，发财机会很多。他很快把自己仅有的三十万，也是妻子丁香反复交代不到万不得已绝不能动的家底，悄悄投到了股市里。买了一些他自己认为是披着元宇宙之衣，大行收割散户的股票。他自认为比其他散户懂得更多，能够赚取这些散户的钱。那一段，不用分析股市的波段行情，无须拿着放大镜点点滴滴查找与元宇宙相关概念股的财报数据，只凭感觉买卖就行了。在炒股过程中，他有几次卖出的机会，但一算账，赢利不到百分之五十，赚十万元又有什么用呢？要赚就赚三十万。赚了三十万，就把原来“打死都不能动”的三十万转回账户，交给丁香就万事大吉了，再拿着赚取的三十万，毫无压力地进行下一轮投资。这期间，他又不断看到元宇宙概念股上市公司高管不断减持股票的消息，他内心嘀咕着“他娘的，又跑了”。听到有散户暴赚十倍，二十倍的消息，他又嘀咕着：“他娘的，怎么被他们逮着机会了？”当然，他更关注元宇宙概念上市公司的业绩增长。他选股的首选原则是坚持上市公司的业绩，上市公司的未来成长性。但股市的热火朝天，股民的喜怒无常，更多新进入场的男女老少毫无理性，毫无节制，毫无规矩，毫无套路的思维与方法，一下就把他之前还算冷静的炒股思维搅乱了，炒股节奏顿时失控。他想着，自己进入股市不就是赚取这群笨蛋股民的钱吗？按理性操作不行啊。于是，他死死盯住这批“笨蛋股民”。他不惜请代课教师，趁讲课时间悄悄溜到股市现场，坐在百分之九十以上大妈大爷中间，探听虚实，掌握动向，为下一步取舍作出前沿判断。这时，也不知哪里吹来一股风，新闻里，信息里，股票交易大厅里，还特别是那一群他认为是“笨蛋股民”的大妈大爷那里，传来这也跌那也跌的哀声一片。这下好了，上涨受阻。他有机会立即斩仓，减轻损失。他的灵敏反应比围在他前后左右表态各异的大妈大爷要快很多。斩仓，卖了。又进入，又斩仓，又卖了。几轮下来，亏损了百分之七十。他又一次次查阅上市公司资料，关注元宇宙的发展趋势、态势、走势。炒作热点转移了吗？他知道题材的炒作是轮番上阵的。大庄家们以他们泰山压顶的优势和强大的资金实力，从来就不满足于收割一把韭菜，而是要收割一片韭菜。他几乎不分白天夜晚，几近疯狂地查阅着元宇宙炒作题材。终于发现了，继股市之后，炒作虚拟世界房地产的题材出现了。他果断卖掉了手中已经亏损百分之九十的股票，转而打起了向爹娘借钱的主意。凭他对经济形势和对元宇宙的一知半解说服了铁叔和豆娘借给他三百万元，一头扎进了虚拟世界房产炒作之中。在虚拟世界购置了一套价值三百万元的房产之后，他本想着能翻一倍就立即出手卖掉，还掉爹娘的三百万，再用赢得的三百万投资其他的。过了一段时间，他又隐约感到这其中有某种不可预测的东西。正当他犹豫不定之时，在那个网站上又看到了投资地产的广告，这使他的投资心理越发膨胀。投三百万，如翻一番，赢三百万。而广告中出现的投资一千万的黄金地皮如果翻一番，就是两千万啊。但是，投资买地的一千万又从何处筹集呢？他想到了那句自己早已应验的话——“要想和朋友断舍离，最有效的办法就是向他们借钱”。不行，再向爹娘借吧，但他们已经借给自己三百万了。自己是爹娘的大娃，退一万步说，三百万亏损回不来了，爹娘也不可能要他的命，只能强忍吞下自己酿下的苦果，也许这就是亲生爹娘最大的慈悲了。当他苦思冥想无计可施之时，他盯住了电脑旁边放着的“娘的豆奶”的纸杯。纸杯标签上娘的微笑，精神焕发的气质，手端一杯豆奶的神气，不仅缓解着他烦恼的情绪，更是一下触动了他的敏感神经。他灵机一动，何不做一则虚拟世界的推销广告呢？他说干就干。“娘，托你的福。”这既是他内心向娘的告之，也是他不顾一切行动起来的唯一希望。

他想办法挤进了一个虚拟世界平台，花言巧语又十分贴切地介绍着“娘的豆奶”的品质特点。特别标注着“首款元宇宙豆奶”，注明线上预订，线下提货，后又打出由于“娘的豆奶”供不应求，预付款改为付全款，指定打入自己在银行的个人账户。仅仅一周，五百吨“娘的豆奶”订完了，一千万元到手了。他通过那个提供虚拟币和购地币的私人账户，兑换了六百万元虚拟币，加上原先购置的三百万元房产，作价四百万元，共一千万元，义无反顾地购置了虚拟世界里那块他认为一定是价值连城的黄金宝地。

一千万元就这样投进去了。还好，他手里还有客户支付的四百万元。

他预判到价值一千万元的地皮快速增值不太可能。但在疯炒元宇宙概念的一段时期内，等待十几天，或是一个月、两个月也很正常。在两个月内，手上剩下的四百万元足以对爹娘有所交代了。于是，他理直气壮地给娘说，收的钱都在他那里，一分也跑不掉。每月从自己的私人账户里转移两百万到豆奶厂的公账上。爹娘看到以后一定不会有什么疑问。操心的，就只是按订单生产豆奶发货了。

从他个人账户转入两百万到豆奶厂公账的时间还剩一天，说不定爹娘就打电话来催款了。他开始焦虑起来。更使他火冒三丈的是，进入虚拟世界网址“因故障原因无法进入”，这不要命吗？几天了，故障还没有排除。恰恰这时，那些他最不喜欢，最讨厌的消息又接踵而至：“元宇宙房地产暴跌。一位神秘大佬预言，炒虚拟世界房地产者百分之九十九被套，十投九亏，赢家只有一个，那就是身兼设计者、发布者、宣传者一身的背后大佬。”

自己就这么倒霉吗？一生没做任何坏事，老老实实做人，为什么背后的大佬不放过自己？

他胡思乱想几天几夜，不像以前主动去找朋友打探消息，询问理由。他把一堆问号包裹起来，他就想着总有一天“故障”突然排除，就立即进入网址，找到那个“飘”楼的销售主管，卖掉那块黄金地块。最好是，那映入眼帘的价格已经翻倍，有几十个人在意欲接手。

“因故障原因无法进入”让他痛苦但又抱有一线希望。总比一夜暴跌，一千万分文不值要温和得多。而现在要想的是，明天何时把两百万转移支付到豆奶厂的公账上。

这段时间，他也了解到豆腐厂改名为豆奶厂，投入了两百万用于智能化升级改造。改造后的豆奶厂一个月生产五十吨豆奶，这让他非常放心、踏实。至少，收了客户的钱，订购的豆奶跟上了。

他又一次进入电脑，抱着碰碰运气的心理点击那个网址。但仍然是“因故障原因无法进入”。而新近到处散布的元宇宙房地产暴跌消息，和“故障”有关系吗？是那个销售地皮，销售房产背后所谓的大佬躲起来了吗？隐身了？携款潜逃？骗钱走人？不应该呀，不应该这么快呀。等自己把这块地皮卖掉也不迟呀。接盘的人不是大有人在吗？广告里明明告知那块地皮是开盘初始，大有上涨空间呀？难道没人跟风吗？难道只有自己一人在投资吗？

他又打开手机，仔细地查找那些他早已锁定的关于元宇宙的花边新闻和八卦信息。无意中看到了一则虚拟世界房地产商人携巨款潜逃，三十几人联名上书监管部门，要求迅速缉拿归案，案值八亿元的新闻。

又有一则消息称，在虚拟世界里发生的房地产交易信息可以随便被更改。发生的交易行为不受法律保护，请投资者好自为之。

他又换了一个网站，想从中找到一点什么。网页一出现便是陡然一排排黑体字："虚拟币升值空间巨大。虚拟币是通往元宇宙虚拟世界入口的黄金。当越来越多的人热衷于进入虚拟世界，享受沉浸式体验的快感时，虚拟币是唯一的硬通货。只有虚拟币才能兑换游戏币、购房币、购地币。越来越多的、令人眼花缭乱、令人兴奋的建设币、生产币、旅游币、竞赛币等等，人类生活广而有之的各类币会顷刻而出。虚拟币是一道门槛，也是一把钥匙，没有它，你就无法进入元宇宙，你就无法投资虚拟世界的一切，就无法切身感受虚拟世界之神韵，无法体验虚拟世界难以忘怀的、永驻心间的、打断了骨头连着筋的过往思念和今生情感。然而，很多国家都视交易虚拟币为非法，禁止使用虚拟币，严禁炒作虚拟币。由此直接导致虚拟币的交易稀少。购置虚拟币，囤积虚拟币已经成为投机分子的趣向。他们购置兑换大量虚拟币囤积于电脑里的数字账户，只等有一天，他们期盼的翻倍之时到来，大肆出手，赚得盆满钵满"。

他反复看了几遍，在思考这段文字是说虚拟币好呢，还是说虚拟币不好呢。但里面确实暗示了虚拟币是又一个投资机会。之前，他把现金从银行转移到一个私人账户，私人账户的主人操作并完成兑换虚拟币，再换成那家房地产公司的购房币、购地币，完成房地产交易，但自己从未想过投资虚拟币。虚拟币可以炒作吗？

"虚拟币升值空间巨大"这条消息，已经明确向外人发出了信号，虚拟币具有投资价值。且不说升值空间巨大，但投资一说是成立的。

再投资一下，看看能不能转转运气。他闭着眼睛，趴在桌上，整个头部埋在环抱的手臂中，心里默默念着“成功吧，成功吧”。

他又想到了明天要把两百万支付到娘的豆奶厂的公账上。如果还了，自己手里就只剩两百万了。投资虚拟币，四百万总比两百万来得爽快，一赚就是几百万。况且虚拟币本身就是数字币，都私藏于属于自己的设密数字账户里。

他又想到了爹娘。娘的豆奶厂已经实现了智能现代化。爹的铁锹厂已经改成了元宇宙虚拟现实显示器制作厂。家里没有其他经济负担，也没有外债。他投资虚拟币的决心突然增强了。

他咬咬牙，决心再赌一把。

他马上联系到那个私人账户的主人，告之又有四百万现金转入其中，全部兑换成虚拟币，并转入自己的设密数字账户。不到五分钟，签订了购币合约，四百万现金换成了四百万虚拟币。

他像干了一件重体力活一样，汗水湿透了他的背心，额头上汗珠滴落在桌面上。他连续粗粗地喘了几口气，觉得又完成了一件天大的事，闭上眼睛，松弛神经，脑里一片空白。

手机响了，他吓了一跳，抓起手机，里面传来娘的声音：“铁欢，铁欢，我是你娘，你还好吧，咋在喘粗气呢？”

铁欢很快镇静下来：“娘，我刚跑步了，最近有点忙，想恢复恢复体力。”

“哦，没事就好。我跟你说，今天税务局来了两个人，他们说我们豆腐厂两个月的流水没有变化，但看到了我们厂出去了很多桶装豆奶，就想搞明白情况，接下来才是缴税的事。他们说了，你写一个情况报告，他们研究一下怎么缴税。”豆娘声音很大。

铁欢顿了一下：“哦，是这事啊。他们税务局的倒是跑得很快。你告诉他们，我们一分钱也不偷税漏税。自觉纳税是我们家的光荣传统。放心，娘，我会给他们写一份报告，把事情经过都写清楚。我会的。这几天有点忙，忙过了，我就写，写完了我亲自给他们送去。娘，本来明天就该转两百万到豆奶厂的公账，等几天我忙完了，再转给你。放心吧，钱都在我账上，我一分钱也不会动的。”

豆娘迟疑了一会儿：“铁欢，那个情况报告可以推迟几天，但两百万你得转给我。你知道，厂里每天的运行成本，特别是原材料成本也是很大的，不仅明天要把两百万转到豆奶公司账上，最好下个月的两百万也转过来。否则，我真的很难了。你知道，现在豆腐厂改为豆奶厂，进行了智能化改造，每月生产五十吨豆奶。没钱，后面几百万吨就完不成了。”

铁欢大笑起来：“娘，我知道你的性子急。不急，不急。不就几天吗？好，我答应你，忙过了这几天，我立即把四百万转到豆奶厂公账上，放心吧。娘，我是你大娃，我会骗你吗？怎么可能亲娃骗亲娘呢？”

豆娘想了想说：“我说铁欢呀，娘是真需要钱，有些事不能拖的。你为什么非拖几天呢？其他事放放不行吗？把四百万先转过来不行吗？娘是急性子，但这次是为了豆奶厂正常运转。都是你揽的活儿，娘在想尽一切办法把事情做好。四百万是厂子的钱，不是我私人的钱，别人都看着我的。我不能总把我私人的钱拿出来垫付吧。智能化改造已经用去了两百万。娘不是大富豪，你爹也不是大富豪。我们每分每厘都是血汗拼出来的。几十年熬到现在不容易。娘恳求你，务必在明天把四百万转过来。还有六百万，等一段时间都转过来。”

手机里传来铁欢的声音：“娘，等等，我这儿来人了。娘，我一会给你打过来，忙完了给你打过来，娘，我挂了……”

豆娘盯着手机无语了。

这几天，楚支科技楚总坐卧不安。他在虚拟现实显示器研发中心转来转去。之前，他去了顾总的明铺家具厂，检查了“虚拟人”项目，离他的要求相差甚远。他似乎第一次感觉到做好元宇宙相关产品难度超乎想象。本来，他是有预感，也做好了思想准备，但一旦架起势搞起来，困难从未断过，且短时间内难以解决。真人真身的“高仿虚拟人”研发有一定进展，毕竟三十名技术人员也是专家级的。自从跟他多年，从事传统游戏人物设计的专家们，转过身研发“虚拟人”是有基础的。但他从不满足于一般“虚拟人”的研究，而是一步到位研究“高仿虚拟人”。不仅外形外貌一样，语音、表情、肢体动作也要一样。最高级的思想情感仿真技术，是人类最难攻克的难题，也可能是整个元宇宙未来永远解不开的谜。至于，他听到的“脑机”接口，这可能是实现“高仿虚拟人”思想情感的第一步。这一步，他深知楚文科技的实力做不到。但研发一个形象逼真，表情丰富，能说会道，动作灵活，服饰自然的“高仿虚拟人”是可能的，需要的是时间和资金。

贷款的消息还没有等来。十亿元的贷款也不算多。可能在县上银行，属于大额贷款，论证审批程序复杂吧。“高仿虚拟人”已投入一亿五千万元，还需要一亿元。如此，他盘算着研发时间和进度，不久就会“崭露头角”。这是他最愿看到也经常想到就聊以自慰的事情。

可现在，到了“VR 显示器”研发中心，他那一点点自我安慰又消失了。似乎，眼前的一切都成了问题。他体验过有实力的科技公司研发的“VR 头显”。从人的视觉体验上各有所长，也有明显不足。不足来自于有些非常细微的关键技术仍然没有突破。表面看，“头显”的形状和重量是体验者关注的问题，但这一切是可以改变的，只要材料先进，重量就会降下来。至于形状，只要设计师用心，根据老中青少的喜好，可以随意调整。说“头显”也好，说“眼镜”也好，再夸张一点说“头盔”也好，用途都是一样。就目前而言，实力公司研发的“头显”确实存在偏重和影响眼睛的问题。顾总的明铺家具厂研发团队中有位女博士提出的开发“棚盖式宽频显示器”，有借鉴意义，不用戴在头上，但对于好动者和外出者就不那么适用，特别是年轻人，甚至少男少女，都喜欢轻便的携带式“头显”。看来，实力研发机构一定做过了市场调查，首先锁定了年轻一代。“轻薄与酷”是设计师未来改进与升级“头显”的价值取向。但要真正做到“轻薄与酷”又谈何容易。计算机从最初需要一间几十平方米的房间才能安装放下，到现在只需要一只手掌就可托住用了近八十年。现在市面上到处可见的头戴式“VR 头显”如果变成每个人日常戴上的一副眼镜，那就真正做到了轻薄与酷，至少对人们的眼睛和鼻梁没什么影响。再做眼镜的“酷”，想象就多了，比如隐形眼镜。但又谈何容易，关键是那一小片安装在“头显”上的“芯片”，“芯片”里的一切反映了科技公司的研发实力和体验者的满意度，涉及高端技术非常多。宽视角、景深、三维空间、3D 建模、全息技术等等。不仅如此，“AR 头显”增强现实应运而生，真实环境与虚拟物体实时叠加。还有“MR 头显”混合现实，一个全新的体验空间。现实中的各种物件与虚拟世界中的各种物件同时存在，并及时产生互动，这是混合现实的基本要求。而扩展现实“XR 头显”，是完全将真实与虚拟结合，打造一个人机交互的虚拟环境。是人要与计算机对话了。人通过显示器输出信息，通过输入设备与显示器输入对应信息，实现人机互动。看似简单且十分有趣的几句对话，包含了硬件设备、语言识别、动作识别、眼动追踪、触摸控制。触摸又分多点、单点。多点触摸，这是一个显示界面上多个用户的交互操作模式。扩展现实“XR 头显”赢得更多体验者的青睐的原因正是这点。体验者在触觉、视觉、听觉以及人机相互感知方面会获得更满意的体验。

扩展现实“XR 头显”成为楚支科技的攻关首选。他们已经在“VR 头显”“AR 头显”“MR 头显”比较成熟的基础上，投入更多研发经费。为此，楚总已经为这个项目准备了十五亿元。他认为这是楚支科技围绕突破元宇宙项目的重中之重。他还暗暗筹备了二十亿元准备后续跟进。

想到这里，他下意识看着研发车间的几十个人，确切地说是五十六人。九十名研发人员才几月时间就辞职了三十四人。原因是熬更守夜，加班加点。高强度、高压力。也可能是自己研发能力不足，可能是攻坚克难勇气不够。还有就是，他以为悄悄掌握的，被其他科技公司挖走了。挖走的条件是年薪是楚支科技的两倍。一名二十五岁左右的研发人员，在楚支科技一年大约三十万元，到了其他科技公司，摇身一变成了百万富翁。当然，楚总认为楚支科技顶尖级人才必须留住，不惜百万、两百万的年薪。他长叹一声自我安慰：“留下的都是金子。”他久久看着几十名研发人员在电脑上无休止地操作，突然涌现出一股同情。

他微笑着看看大家："需不需要补充点香肠腊肉啊？"

大家先是一怔，随后反应过来，一阵狂叫："要。"

楚总又一声："再来一杯娘的豆奶怎么样？"

又是一片尖叫："要……"

几秒后，铁叔推着小推车，上面放着几大盆煮熟了的香肠和腊肉："我这个副董事长来了，给你们带吃的来了。几个微波炉全打开，能放多少放多少，热了就吃。"

"谢谢铁叔。"又是一片尖叫。

豆娘也推着小车进来了："孩儿们，豆奶是热的，把你们的瓶瓶、罐罐、碗碗、杯杯拿过来，老娘亲自为你们装满。"一片尖叫之后，众人围向豆娘和铁叔。

看着一群狼吞虎咽，有滋有味吃喝的研发人员，楚总眼眶湿润了。他实在想不出办法来安慰这批研发人员。放假休息，不可能。加薪，研发有了成果，可考虑，但要论功行赏。平时，伙食标准每人每顿按四十元算，鸡鸭鱼肉都有了。还有什么办法让他们在研发的煎熬和挣扎中获得安慰呢？没有了。

他突然想到了香肠腊肉。是因为他一想起就本能地吞咽口水。他在铁头村和老同学村长碰面，品尝温热冒气的香肠腊肉，一口进去，溢出嘴边的油，他要用舌头舔进去，卷进去，那香啊，香到骨头里了。

他来的时候正是下午四点茶歇时间，大家休息时间十五分钟。平时每天都是咖啡、蛋糕、饼干，没味了。他想给大家来个意外惊喜。他立即给铁叔和豆娘打了电话。铁叔和豆娘高兴得不得了，因为平时，他们基本上见不到这群孩子，也知道他们辛苦不便打扰他们。铁叔作为"头显"公司副董事长，不懂技术，只能做做后期保障工作。他不在乎百分之四十九的股份，因为他压根就不知道他眼中的"大眼镜"能产生什么效益，他只留恋那一间不大的铁锹手工打磨车间，每天在里面手起锤落，"当当当"几下，用力了，出汗了，也爽了。为了避免影响其他研发车间，他特意安装了隔音玻璃，外面无声。除此之外，他到处寻找"活儿"，拿着扫帚到处找垃圾，一片纸屑也不放过。拿着毛巾四处找灰尘，凡经他过手的地方，必定一尘不染。还有什么呢？他每天想着想着就觉得无聊。但对一群搞研发的孩子，他倒是挺同情的，同情中带着怜悯，但又不知怎么表达对孩子们的安慰。

一接到楚总电话他立即高兴起来，并在电话中反复强调："免费，全免费。你要是给钱，我和豆娘就不来了。"

这时，他看见楚总眼睛湿润了，不由得鼻子一酸："咱们走吧，让他们尽情地吃喝。"

走出门外，楚总又望着天空叹气："十亿元贷款还没有着落。"

铁叔和豆娘同情地看着他。铁叔说："现在贷款收紧了，银行对贷款项目和抵押看得很重，要论证很长时间，有时把企业叫去几次，还要带着专家到企业了解情况。十亿元可是大数，估计一时半会儿下不来。"

楚总点点头："我有思想准备，制作了专门的贷款项目报告，理由很充分。但我还是担心他们看不懂，非常希望他们到我们研发基地来，看看我们的研发情况。但现在，没有回话。我只能等待。"

豆娘很关心："贷十亿元就是研发大眼镜？"

楚总说："这只是一部分。我们楚支科技总资产六十亿，搞铁头村基础建设投了三个亿。而科技研发费用是惊人的。我们现在围绕元宇宙有六个研发项目，再投入几十亿也不算多。如能贷到十亿元，会大大缓解资金压力。我会把资金优先集中在高仿虚拟人，扩展现实'XR头显'，铁头村实景应用设计上，还有数字孪生，区块链，算力的升级研发。现在如能贷到十亿元，如救一命。"

豆娘摇摇头："太复杂了。听你的意思，贷十亿元还不够，那得需要多少钱？其他研究元宇宙的公司都是这样的吗？"

楚总点点头："是这样。有些科技公司一年的研发投入几百亿元。我们公司算小的，几十亿元投入是必需的。关键是找准在哪方面具有研发优势，再结合人才、资金去选择研发项目。我们开启元宇宙六个板块的研发，只是预设一个初步目标。我预感到，最后能出成果的可能只有两三项，能达到较好水平就不得了。能在元宇宙市场中占有一席之地，几亿，几十亿慢慢就回来了。”

铁叔点点头：“元宇宙这玩意儿太烧钱了，比建一艘航空母舰还要花钱。我不太明白，建航母是保家卫国，国防需要，而元宇宙这玩意儿就是为了让大家在虚拟世界里去体验那些花里胡哨的东西。那么在现实世界体验不好吗？钓钓鱼。钓上的都是看得见摸得着的活蹦乱跳的鱼。还有猛一点的体力活，抡着大锤敲打铁锹啊，多过瘾啊！到虚拟世界去，我断言，只能干瞪眼，看到摸不到，那才叫急啊，有力使不出，那才憋气啊，这是我的看法，算开玩笑。等技术研究透了，有成果了，比如，把‘大眼镜’研究出来了，我戴上体验体验，和我想的可能不一样。楚总，如果你确实资金周转不过来，我和豆娘可以借你两亿元，一年期，不要利息。”

豆娘一怔又一笑：“一年以后，本钱还是要还给我们的。”

三人都笑了……

省上一家大牌银行。村长和父亲端坐在信贷部主任的办公室。村长父亲是这家银行后勤部的伙食团长。主任很客气，在饮水机上接了两杯白开水放在桌上：“这就是你当村长的娃吧，我听说他当村长好几年时间了吧。”

“快六年了。”村长礼貌回答。

主任客客气气的：“现在大学生支农是一个方向。这个政策很好呀！派有文化有知识的年轻人到农村去，虽然只是一个小小的村长，但也是主政一方啊。年轻人得到了锻炼，同时也把一个村搞活了。有文化有知识就是不一样，能一眼看出这个村的缺点在哪里，很快找到解决问题的办法。而且，身体力行又灵活机动，一个方法不行就换一种方法。此路不通，其他路是通的嘛。其他路再不通，就绕着走嘛。年轻大学生就是好。我知道的大学生去当村官，正面的积极的反映总是占绝大多数嘛。看来这个政策是对了。”他看着村长，“希望你不要辜负组织的信任，为了你自己和你爹也要争口气，好好干，将来必有前途。”

村长和父亲连连说：“谢谢主任鼓励。”

村长有意用眼睛在桌上厚厚的一本书上扫来扫去。

“你们父子俩是来帮楚支科技贷款的？你这村长当得好，铁头村的事牢记于心，为了铁头村的经济发展，不辞辛苦，为楚支科技争取贷款。精神可嘉，精神可嘉啊。哈哈哈哈……为了见到我，把我们银行的伙食团长，哈哈，你的亲爹也搬出来了。用心良苦，用心良苦啊。”

村长接话：“谢谢主任鼓励。我想解释一下。我父亲是我搬来的，主要是想见你。但是，为楚支科技贷款的事，楚支科技还不知道。是这样的，楚支科技楚总先到了镇上的信用社，信用社没这么多钱。又到了县上的银行，找到了行长，把这本贷款项目书递给他了，行长说三天回话，但第四天，行长突然给我打电话，说审核未通过。行长说找了元宇宙方面的专家来研究审核。那些专家说元宇宙太复杂，技术要求很高，技术难度很大，很多上千亿的大牌科技公司都没有研究出什么名堂。更何况一个六十亿的公司，能有什么大的作为呢？他们怀疑楚支科技的研发实力。在电话里，我问行长那些专家看了贷款项目书没有。行长说，他们草草翻了几页，表扬了一下项目书装帧精美，就没多说什么了。行长要他们仔细看看，提出意见。他们说不用看了，他们说他们比项目书里的内容要知道得多，因为他们是专家。没有专家意见，银行就不再研究了。行长搁置了三天，没有给楚支科技楚总打电话，而是给我打电话，是因为这几年铁头村有些小项目贷款我找过他。”

主任点点头：“我还纳闷那个行长干吗不直接给楚支科技打电话呢。”

“主任，我和父亲来，只为一件事情，就是希望你组织专家仔细看一下楚支科技的贷款项目书。他们要贷十亿元。你知道的，科技研发是很费钱的，十亿元，对你们这样的大牌银行不算啥，但对楚支科技可是救命钱。他们围绕元宇宙六大板块研发，现在已经启动了三个，虚拟场景、虚拟人、虚拟现实显示器。研发团队真的是没日没夜在苦熬啊。我们铁头村的人看到了，都同情他们，给他们送吃的，提供各种方便。他们现在就需要十亿元。这十亿元会使三个研发项目继续，否则，就停下来了。为了这几个项目，楚支科技已经投入了二十亿元。而且在资金紧张的情况下，他们楚支科技还在帮助我们铁头村搞基础建设，三座桥、三条路、三个码头，虽然不是大型的项目，但也要用去他们三个亿。他们是响应了振兴乡村的号召，主动到铁头村来，和我们一起搞发展。还有，县上已经定了，我们铁头村要率先实现智慧村，现在整个铁头村热火朝天干起来了，也是楚支科技在提供技术支援，楚支科技对我们村是何等的重要，千万不能停摆呀。”村长觉得说话激动了，马上控制了下来。

主任频频点头：“好，我相信你这个村长说的话。村长当得好啊。我也很看重铁头村成为镇上第一个智慧村。你和你父亲一样，是个干事的人，从你脸上就能看出来，日晒雨淋，劳累奔波，为铁头村的事累得筋疲力尽。这样吧，贷款项目书我留下，你们先回去，一周以后，我亲自给楚支科技楚总打电话。”

村长和父亲可怜巴巴地看着主任：“有希望吗？”

主任看出了意思：“研究以后再说，这既是程序，也是我学习元宇宙的机会。”

/ 十一 /

紫藤和甘花，铁乐和绿苗，铁喜和仙女，金戈和小兰

又是一个晴朗的早晨，太阳早早挂在了天空。

“仙女，出发了。”铁喜喊着。

“绿苗，出发了。”铁乐喊着。

甘花骑着自行车到了：“紫藤出发了。”

仙女、绿苗、紫藤朝着各自的车主纷纷跑去，一屁股坐在后面。自行车队伍出发了……

金戈尾随到门口。惆怅？失落？心里有一股说不出的滋味：“那我呢……”

三辆自行车向前飞快行驶。

还是那条铁头村最漂亮的乡间小路。两边笔直排列的大树在阳光照耀下泛着金色的光，树叶不时掉落下来，随风飘舞。

自行车队伍穿行于小路中间。车上六人迎风畅快向前，陶醉着。

“铁乐，铁喜，慢一点，慢一点，我追不上你们啦。”甘花在后面大声喊着。

“你慢慢来吧，只有快，才能快乐。”铁乐回应。绿苗也朝后面大喊：“你们快点啊。”

仙女也朝后面大喊：“出发时你们还在前面呢，一转眼就掉后面啦，加油啊。”

甘花在后面大喊：“你们两个男的带两个女的，当然快啦，我没劲了。”又转过头对紫藤说，“你就当逍遥派呀，眼睁睁看着我们落后这么多。”

紫藤笑起来：“落后就落后，我感觉挺好。让他们先走吧。”

甘花嘟哝：“你还是个男子汉，我来带你是不是有点那个呀。”

“哪个呀？”紫藤眼睛笑成了一条缝，“女的带男的很正常呀。平时到明铺家具厂上班，不都是你骑摩托带我去呀？”

“我的天，那是摩托车，不是自行车。骑自行车是要用腿劲的，还带着一个大男人，能不累吗？你来试试。”甘花没好气地说。

“好，我来带你。让你看看我这个大男人怎么样。”紫藤说着示意甘花停车。

紫藤在前，甘花在后，自行车“嗖”的一下向前冲去。

“抱住我腰，抱好了，我可快啦。”紫藤提醒道。

“是，服从。你想多快就多快，我就这样从后面紧紧抱住你。”甘花把脸靠在紫藤背上，闭起了眼睛，只感觉，阵阵风声从耳边刮过。几分钟后，她睁开眼睛，见前面的铁乐和铁喜他们早已不见踪影，“喂，紫藤，你想过以后吗？我的意思是，你们元宇宙研发任务完成了，我们作为虚拟偶像的研发任务完成了，你要回省上吗？”

紫藤说：“我不想回省上，这是实话。这地方多好呀，山美、水美、人也美。干吗要回到那个乌烟瘴气的地方？但我爹我娘想我回去。”

甘花又抱紧了紫藤：“你听你爹娘的吗？”

紫藤说：“听。但要看在哪些方面。男儿志在四方，还是要以事业为重吧。现在铁头村就是我工作最重要的地方，我的事业全部在这里。”

“除了事业呢？难道铁头村就没有其他东西留住你吗？”甘花又问。

紫藤突然提高了嗓门：“有。那就是你！”

甘花的双手紧紧抱住紫藤，笑着，激动着，流下了泪水。

紫藤慢了下来：“这风景多好，让我们好好欣赏一下。”

甘花在后面：“嗯，让我们好好享受一下。”

他们下车，推着自行车慢慢往前走。

“喂，你们怎么啦？自行车坏了吗？”前面一声尖叫，铁乐和铁喜折返回来招呼着紫藤和甘花。

"没有，没有，我们在欣赏风景，仙女、绿苗呢？"甘花上前。

"她们到甘蔗林等你们。"铁乐和铁喜转过身，"快走吧，先到甘蔗林，后到养鱼塘。"

"好呢，走。"紫藤带着甘花向前面追去。

"甘蔗林到了。"紫藤一步下车用手扶着甘花，"你慢点。"

甘花一把抓住紫藤的手："我希望我们两个在虚拟世界和现实世界都是成功的。来，这两根香肠还是热的，我偷偷为你准备的，吃了我们再过去。"

"好。"紫藤几口就把香肠吃了，"我相信，我一定相信，我们在虚拟世界和现实世界是绝配，我会留在铁头村的。"

"快来，紫藤、甘花。"仙女和绿苗喊着。

六个人坐在甘蔗林边，欣赏着茁壮成长的甘蔗林。

铁乐站起来："上次虫灾损失不小。现在恢复了，长势喜人。我要感谢你们，特别要感谢绿苗，是她发出了第一个预警，让这片甘蔗林得到了及时救治。看看，现在长出一半了，还有几个月，就又可以吃了。我保证，这甘蔗比任何一次的甘蔗都要甜，因为有绿苗的功劳。"

大家都看着绿苗。绿苗红了脸："不不不，是你爹带人来灭了灾害。否则今天就看不到这片已长大两尺的嫩甘蔗了。我们要好好维护它们，呵护它们，让它们长得壮壮的。铁乐，你教我的，甘蔗是一种温性作物，温度一般在摄氏二十度和三十度之间比较合适。光照时间每天在八小时以上，土壤疏松通气，土壤里的含水量保持在百分二十左右。还有，丰富的养分……铁乐，后面我忘记了。"

"哈哈，其他都记住了，就是这一条，记了多少遍，还是没有记住。我再给你讲一遍。甘蔗需要氮肥，这是主要的养分，一般产生一吨甘蔗需要两公斤氮肥。还要根据生长周期，使用有机肥搭配一些化肥，满足甘蔗对养分的需求。比如，我们一亩地的甘蔗可以使用一千五百公斤到两千公斤有机肥，可以搭配二十到三十公斤复合肥。记住了吧？"铁乐望着绿苗红红的脸。

铁乐又转向仙女、紫藤、甘花："你们记住了吧？"

几人嬉皮笑脸地摇摇头：“没记住……”

紫藤俏皮地说：“我只关心什么时候能吃。”

铁乐笑笑：“最早也得一个月，甘蔗老一点好吃，甜味浓，水汁多，有咬劲，吃起来清爽，直钻心底。”

绿苗看着紫藤：“现在不准吃。它们还在生长期，我们要保护它们。”

甘花也笑起来：“我们不会吃的，看把绿苗心痛得。”

仙女也凑上来：“一个月后，铁乐和绿苗请我们吃，我要吃最大的那根甘蔗。”

“没问题，没问题。”一旁的铁喜说，“到时，我也来帮助收割。哥，你还是抓紧复习吧，明天就要考试了。”

铁乐看着绿苗，绿苗认真地给大家说：“铁乐在参加自学考试，自考大学本科。”

甘花激动地问：“真的吗，什么专业啊?”

铁乐摸摸头：“农作物栽培。”

铁喜：“哥，你真行。我早知道了，只是没说，绿苗要我保密。”

“学多久了，考了几科?”仙女关心地问。

“考过五科了，还有七科，顺利的话，明年就能毕业。”铁乐又摸摸头。他看见绿苗一直在点头，“要感谢绿苗一直鼓励我，有几次我差点放弃了，还是很苦的。”

“你行的。”绿苗冲上去，轻轻抱了一下铁乐。

大家一拥而上：“你行的。”

绿苗又给大家说：“种植甘蔗的现场实景已经完整地传给楚支科技了。技术部门的人已经在加班加点做数据编码，估计很快就能立体成像。到时候，我们在元宇宙虚拟世界里，就能成为第一批种植甘蔗的劳动者，也是其他体验者的导师。他们会像我们一样，辛勤耕耘，守护着甘蔗林。让一根根甘蔗壮壮的，挤出的甘汁是任何味道替代不了的。在虚拟世界里，我们收获了甜蜜。回到现实世界，我们品尝着甜蜜。甜蜜的日子，正是我们向往的。我喜欢甘蔗林，喜欢甘蔗林的养育人，我要做甘蔗林的守护者。

甚至，我不止一次想过，我愿意留在这片甘蔗林，永远地陪伴着……”

看着绿苗湿润的眼睛，铁乐眼里也湿润了：“绿苗，你真好，这片甘蔗林需要你，属于你，我愿意和你共同守护，守护着甜蜜。”

大家都被他们的话感动了。三辆自行车一路欢歌笑语到了铁头村最大的鱼塘。仙女第一个跳下车，兴致勃勃望着波光闪闪的水面：“我们的第一个任务是分头沿着鱼塘走一圈，仔细查看鱼塘边有没有矿泉水瓶、塑料袋和其他垃圾。”

铁喜也说：“这几年铁头村搞乡村旅游红红火火，我们是县上的旅游大村。过年过节和周末，钓鱼爱好者必定来这里钓鱼。这个鱼塘的鱼平均一斤多了，大的有两斤多。其他四个鱼塘的鱼，从鱼苗到一斤分四个生长期，不许钓。所以，每晚我都要到这里检查钓鱼爱好者离开时留下的东西，要清除塑料瓶、塑料袋这些垃圾，每次都能捡不少。”

仙女又说：“最怕这些人把塑料瓶、塑料袋扔到水里，鱼吃进肚里就活不成了。上次，我从水边下去，想体验一下鱼塘的感觉，结果被水下破损的玻璃瓶扎伤了，划了好大一道口子，流了好多血，要不是铁喜背我回去，我就惨了。”

大家主动分头到鱼塘周边搜索。

“这是一个塑料袋。”绿苗发现了。

铁乐立即俯下身子捡起来。

“这儿有包纸。”紫藤看到了。

甘花立即捡起来打开：“还有半个面包。”

“这个口袋里面是鸡蛋壳。”仙女捡起来。

铁喜急忙走到塘边，弯腰把水边的一只矿泉水空瓶捡起来：“幸好发现了，否则被水一冲就到水里了。”

仙女急忙说：“再看，再检查，就怕这个东西。”

他们沿着鱼塘慢慢搜索着……

“唉，这儿又有几根烟头。这些人真是的，随手乱扔。”

“看那儿，口香糖。哎哟，黏糊糊的。”

“还有，香蕉皮。”

紫藤和甘花一边搜索一边捡起垃圾放进塑料袋。他们同时想到什么，抢先叫起来：“虚拟世界的清洁工。”

这时，仙女在另一边突然叫起来：“你们快过来看。”仙女指着一只不到一斤的小鱼。小鱼浮在水面上，鱼嘴不断来回张开。

“是缺氧吧。”仙女拉住铁喜的手。

“坏了，鱼浮头。”铁喜叫起来，立即抬头看看天气已转阴了。

仙女也叫起来：“就是缺氧。你教我的，说鱼儿老在水面游，不时跳出水面，还有的围着旋转。看，铁喜，鱼的白肚皮露出来了，再不补氧，它们就没救了。”

“快过来，都来帮忙。”铁喜马上跑到一间看护鱼塘的茅草屋拖出氧气泵，取出一包增氧片。同时，把一根橡皮水管插入鱼塘。

“补氧！”仙女大叫，“紫藤、甘花你们负责氧气泵，绿苗、铁乐你们负责注入新水，我和铁喜负责投入增氧片。快干！”

不一会儿，鱼儿又进水里了。几只鱼儿在鱼塘中央高高跃起，摆着尾巴。几个人在边上，久久凝视着，欣慰地笑了。

“谢谢你，仙女。要不是你及早发现，再耽误一会儿，可能鱼就没命了。”铁喜看着仙女。

“谢什么啊，都是你教我的。经常看天气，只要晴转阴，有沉闷湿润的感觉，鱼塘的风险就来了，鱼儿的生命就会受到威胁。”仙女一脸通红。

紫藤突然想起什么：“刚才我们为鱼儿输氧的一幕好精彩，要是能记录下来该有多好。”

绿苗冷不丁冒出一句：“拍了，我偷拍的。”

甘花激动起来：“啊，真拍了，我看看。”

“我也要看，我也要看。”几声叫唤，大家盯着绿苗的手机。

一分钟以后，甘花说：“哎，怎么没有我们的镜头呀？”

“是啊，我们注入新水的场景挺壮观的啊。”铁乐也说。

“我和甘花抱着氧气泵给鱼塘输氧的场景也很精彩啊。”紫藤也说。

“都是我和铁喜的画面。看，我和铁喜向鱼塘投放增氧片。”仙女说着说着就不好意思再说下去了。

绿苗的手机显示：一开始，仙女和铁喜各自手捧一把增氧片使劲往鱼塘深处抛撒。仙女又从铁喜提着的一只布袋里抓出增氧片抛出。铁喜抓一把增氧片放在手上，仙女伸手欲从布袋里抓增氧片，铁喜移动手掌，刚好放在仙女的手下。仙女一愣，朝铁喜笑笑，从铁喜手上抓起增氧片抛向深水。一次，两次，三次……铁喜看着仙女：“差不多了，用不了这么多的。”他眼睛凝望着仙女，仙女紧张了，同样凝望着铁喜。铁喜轻轻地对仙女说：“来，最后一点，抛出去。”仙女脸红了，一只颤抖的手伸向了铁喜的手，终于抛出去了。但下意识的，仙女的手又伸向了铁喜的手。两只手触碰的一瞬间，铁喜紧紧抓住了那只白净、纤细的手。两只手紧紧扣住。他们相互看着，随后，看着周围和后面，突然松开了手。

几人都没说话。铁乐走近铁喜拍打着肩膀：“嗯。”

甘花走近仙女，两只手紧紧搂住仙女的肩膀，连连点头：“嗯。”

绿苗走近仙女和铁喜：“这就是我偷拍你们两人的心思，预祝你们能收获甜蜜的爱情。”

响起了掌声……

金戈在住地等着紫藤、仙女、绿苗回来。他端了一个小凳子在院坝坐着。因为铁叔也经常这样，有时还有豆娘陪着。之前，他楼下楼上走动，不时到院坝看看远方。他想打电话问紫藤他们几时回来，但几次拿起电话又放下。他隐约感觉到几个随他来的年轻人和铁头村的几个年轻人关系越来越紧密。这十几天，他的感觉越来越强烈，平时上班下班，紫藤、仙女、绿苗都是自己去回。但这段时间，总是铁乐骑自行车带着绿苗，铁喜骑自行车带着仙女，而甘花更是豪迈地驾着摩托把紫藤接走送回。几人成双成对出现在金戈眼前，彼此的爱意，通过眼睛传递，让旁人见到，就是一对对情侣。他想着，觉得挺合适的。虽然紫藤、仙女、绿苗来自省上，都是计算机专业的研究生，取得了硕士学位，在省上楚支科技就职，但山味野味十足、纯洁古朴的乡村吸引着他们。他们不是来旅游的，旅游观光几天离开，美好记忆就烟消云散了。他们是来沉浸式体验，采集现实世界的场景，采集环境和人文素材，便于再用数字孪生，3D 建模，全息复原在虚拟世界里真实再现铁头村的全景。采集现场实景不仅是物理性的地域地貌，人和物的外在，也包括人文情怀应收尽收。自然的，几个年轻人和村里人结合了。纯朴的感情，善良的友情，看到了，悟到了，体会到了村里人勤劳、顽强，奋力前行的力量。和村里人交流，往往忘记了在完成采集实景的任务，不由自主和他们融为一体。那次，金戈和几位老人开怀畅饮，一双双坚实的手，颤抖着把酒碗高高举起，他就认定了是善良、热情，是一股股力量，一根根撑起天空的擎天柱。还有，顾总对明铺家具厂的雄心壮志，甘旺、菱姣发挥自己的微薄之力，一张毛巾清一滴污垢，一把扫帚卷走一粒尘埃，令人心动。“婆婆妈妈”的村长，他图什么呢？终日穿梭往返于村里村外。为了一家农户，为了铁头村，为了一个项目，也为了村里的企业。为了一亩农作物，也为了整个铁头村丰收的季节。他没有家人吗？于家全然不顾。他没有假期吗？大家清闲下来，他还在那间简陋的办公室盘算着未来几天的忧虑，或许又闪现一出锦囊妙计。铁叔和豆娘，相伴四十年的夫妻楷模，让“铁匠世家”和“豆腐世家”依然保持着百年老店的风采。还有，先奇老人和傅曦老人见证百年蛮荒之地变成了美丽乡村，一块块良田，一池池肥鱼，一处处桥在建，一条条路在通，一幢幢小楼在翻新，一根根网线在布局。一缕缕清新，一幕幕风景，有香肠腊肉，有半山飘香的茶水，有小影院，也有老戏台，有手机里的即时信息，也有大喇叭传出的洪亮声音。有精瘦干练的小伙，也有风姿泼辣的小妹。土鹅，土鸡，土鸭，鲜鱼儿，鲜玉米，城里有吗？诱人的“娘的豆奶”，甜汁渗出的甘蔗，青悠悠，嫩绿绿的刚从土里拔出的蔬菜，还有从树上摘下的筐筐水果。不是喜欢鲜花吗？这里有。不是喜欢曲径通幽吗？这里有。不是喜欢听山谷的回声吗？这里有。不是喜欢群山雄伟吗？请来这仰望、远眺。

铁头村是文明村、先进村，示范村。几十年的积淀，又一次向智慧村、数字村迈进，是更高的起点。需要勇气与胆识，需要知识与文化，需要探索与创新。铁头村的人都在承担着属于自己的那一份辛劳。他们看到了大城市有的，他们越来越多。铁头村有的，大城市越来越少。是的，大城市有很多的优势，教育，医疗，住房，就业。送孩子到大城市读书去，考不上就回村里读自考。村里积累多了，有钱了，开设一个远程医疗医院，请医疗专家定期到村里，解决大病危病。住房？有了钱到哪里都是小事一桩。就业吗？为什么两百多名城里大学生涌到村里来呢？村里的孩子想往到城里工作，不满意随时回村也受欢迎。至于养老，铁头村已是人间仙境了。颗颗人心往一处想，股股暖风往心底吹。几个月的朝夕相处，紫藤、铁乐、铁喜与甘花、仙女、绿苗不走得这么近那才叫一个怪呢。

金戈笑了，好像释然了。他若无其事看着远方，没有车声、噪声，显得那么平静，不见空气中的一粒微尘，清澈透明，他产生了一丝孤独感。

“嗯。”他点点头，这是大城市没有的，但却是年轻人最怕的。鲜活的生命需要鲜活的生活，人是群居动物啊。城市喧哗，嘈杂，但繁华。车声，尾气，但交通方便。人潮拥挤，人头攒动，有人气。遍街琳琅满目，五光十色，喜庆。高楼林立，万家灯火，有档次。身为城市人，有模有样有脸面。

回大城市，还是情归铁头村？金戈想法乱了。

他打开手机，第五次阅读小兰发给他的信息。他笑笑，这个先奇老人和傅曦老人的养女，从第一眼见到她，他就被她的机敏、利索和那双会说话的眼睛所触动。

小兰照顾两位百岁老人是对长辈的深深敬意，是对把自己从孤儿院领养至今的两个活着的寿星的膜拜。说是自己的亲生爹娘已经远远不够了，是自己命运的拯救者，一生一切的灵魂。一切无微不至，任劳任怨。偶尔会被老人责怪，给几次难看的脸色，她都欣然接受，从不抵触。二十多年，她融入了老人的生活。生活中，还不断给老人增添新的乐趣，让老人感觉不老，活得好好的。吃饭吧，把一小块豆腐切成圆形、菱形、方形烧着吃。喝汤吧，碗里有五种不同的蔬菜。每次不一样的一小块鸡肉、牛肉，还有额外的海鲜。米饭定量一两。米白粒软，易嚼化渣。每天的水果，能进老人嘴里的，都是软软的，柑橘、葡萄、水蜜桃。还有西瓜、木瓜、哈密瓜。经常的，老人上午和下午加餐，一人一两蒸熟的红薯，宽畅顺气，增强体质。最让小兰丝毫不敢大意的是，两位老人每天的用药，每时每刻必须想到。几点吃药，吃多少，温水送服，温水冲泡，温度是否合适，她都要尝尝。入睡前，她牵扶着老人屋内屋外踱步，适当消耗着老人体内的热量，稀释老人胃里的食物。一般在晚上八点，老人开始坐着擦澡，二十多年的习惯。因为赤裸沐浴，老人并不合适，一旦摔倒，后果严重。她不止一次听说过八九十岁的老人，原本身体挺好的，但一朝摔倒，三个月内就病重去世。因为老人经不起身体的剧烈震动，心脏、心肌、心血管容易破裂、移位。她特别担心老人摔倒。屋内是防滑地砖，四壁都有结实的护手。老人的鞋既轻便、舒适，鞋底又有浅浅的凹槽，防滑又踏实。老人睡前情景，是她的创意。躺下后，窗帘留有一丝微光，暗示老人夜幕降临。几分钟后，她打开音乐盒，放起一段“睡眠音乐”，空灵，婉转、幽深，绵延，很快老人就入睡了。她好几次试着在门外偷看，效果极好。后来，老人刚躺下，就先后催促她播放“睡眠音乐”。吃睡是老人的大问题，她深知这点，但老人的精神世界同样重要，都想快快乐乐做自己想做的事。先奇老人喜欢在网上玩斗地主游戏，有时影响了正常生活，与傅曦老人发生了不愉快，还是她积极从中斡旋平息了纠纷。她把网上看到的新闻讲给先奇老人听，老人本来就关心国际形势、国家大事，叫她打开几个网址，固定下来。从此，每天“斗地主”的时间变成了“浏览新闻”的时间。经常评论，抒发自己的情感成为先奇老人的兴趣和爱好。傅曦老人也一样，自从被几个八十多岁的“小妹妹”开除“麻将队伍”以后戒掉了麻将。她巧妙地买了一卷绿色的毛线请求傅曦老人帮她织一双袜子。因为她了解傅曦老人擅长手工织毛线的技艺，喜欢绿色，投其所好。傅曦老人连忙点头接受，注意力很快从麻将桌转到了织毛线上。有了开始就没有结尾。从织袜子开始，连织五双，绿的织了又织红的。袜子织完了又织围巾，给她织完了又给先奇老人织，给自己织。都织完了，傅曦老人又瞄准了茶几、饭桌、电视柜的桌面、外套。她阻止了，说真要织，就多织几件儿童帽子、围巾，可以在网上开店卖钱。先奇老人关心国家大事，关注新闻热词“元宇宙”。近半年了，老人从电脑里、手机里关注着元宇宙的信息，打开心爱的小收音机听一些关于元宇宙的消息。一开始，老人饶有兴趣，广览博闻，渐渐地也知道元宇宙的各种信息有真有假，有不法商家趁机圈钱，有参与者上当受骗。最近，老人就不关心了，把小收音机搁置起来。老人说元宇宙太大了，太深奥，搞不懂。他希望专业技术人员把元宇宙搞清楚，迎头赶上去。两位老人的共同愿望是，能够肩并肩，手牵手，相拥一起，现场观赏绿色极光的斑斓色彩和玄幻变化……

小兰照顾两位老人多年，他们已经是生命共同体，谁也离不开谁。继续前行，愉快地一步步走向未来……多好的小兰，多么优秀的小兰。当从小兰和两位老人口中得知这一切的一切时，金戈被这个善良的女孩吸引住了。

这几天，金戈和小兰经常一起讨论如何实现两位老人的“美好愿望”。老人描述的极光景象，经他们查询，也经小兰把视频资料反复给老人确认，固定在北半球的北极光。楚支科技技术人员很快把北极光用三维模式制作出来，效果极佳，用3D和全息复原的老人的形象，肢体、面部表情正在紧张制作中。技术人员说要做出完全一模一样的“高仿虚拟人”需要高精尖的技术和算力，目前公司的研发水平达不到。但能竭尽全力，大体上实现两位老人的愿望。即便这样，金戈已非常高兴了，小兰更是兴奋不已。他们的愿望是越早实现越好。

楚总把老人“美好愿望”称为“临终梦想”项目交给了金戈，小兰也把全部希望寄托在了金戈身上。金戈曾在两位老人家里信誓旦旦，既是对长辈的敬仰，也是对先辈的致敬。

两位老人的“临终梦想”把金戈和小兰紧紧连在一起。他们更多的是通过手机信息，沟通设计两位老人“虚拟人”的细节上怎样模拟才能更合理合情，符合老人的心理状态，让老人一看就能满意。有时，也需要当面沟通交流，在老人家门外前面的池塘，他们就围着池塘边散步。都在中午，因为两位老人需要午休。交流十分钟，二十分钟，偶尔出现争议。小兰认为要做到尽善尽美，在元宇宙虚拟世界里出现的两位老人就是现实中的先奇老人和傅曦老人，而金戈则解释，楚支科技现在的技术达不到这样的要求，只能大体上模仿。小兰又认为，如果“高仿虚拟人”做得不好，就放弃。千万不要让老人看了，觉得遗憾，把“临终梦想”变成了“临终噩梦”。但金戈再次说服小兰，以两位老人为研发目标的“高仿虚拟人”一定会让老人满意，让“临终梦想”变成名副其实的“临终美梦”。就这样，为了两位百岁老人，金戈和小兰越走越近。但金戈感觉到小兰是不愿离开铁头村的，她要和老人永远在一起，不仅是义务、报答，也是一颗永不改变的心。小兰打动金戈的正是她的坚守和恒心。金戈不止一次夸小兰做任何事情都能做好，坚守和恒心难能可贵。渐渐地，他喜欢上了小兰，但他心里很矛盾。如果未来小兰不离开铁头村，而两人又在一起了，要么两地分居，要么自己就离开省上到铁头村来，这是金戈焦虑之处。他几次想对小兰表达什么，甚至只有他们两人单独相处时想更进一步，但他收住了。大城市与乡村困扰着他，而小兰对他的亲近，更像是背后承载着两位老人的梦想。小兰用心用情，用微薄之力在助推金戈把这个梦想实现，但小兰的言行举止没有任何暗示，这让金戈有些小小失落。但金戈也自信地认为，只要自己向小兰发动爱的攻势，并答应与小兰一起守护两位老人，爱的可能会直线上升。

此刻，金戈把和小兰相处的日子美美回忆了一遍。他仍然看着手机上小兰发给他的信息，又不时眺望，心想紫藤他们应该回来了。他正想着，紫藤一行就回来了。三辆自行车带着未消散的欢歌笑语冲至门口，刚停下，众人又嘻嘻哈哈笑个不停。

“这么高兴啊。”金戈对他们说道。

“金戈，我们回来了。”甘花打了个招呼，放下紫藤，就骑车走了。

铁乐下车扶住绿苗向金戈挥了挥手。

铁喜下车扶住仙女朝金戈做了一个鬼脸。

这时，二楼一扇窗户悄悄打开了，铁叔和豆娘探出头，偷偷瞄着楼下的铁乐和绿苗，铁喜和仙女。老两口喜形于色，喜上眉梢。

豆娘欢喜得控制不住："咋好事都成双呢？"

"小声点。"铁叔提醒豆娘，但声音比豆娘还大。

"铁叔，豆娘，我们回来了。铁乐和铁喜也回来了。"紫藤向二楼的铁叔和豆娘招手。

豆娘心急，想跑到厨房取出专门为绿苗准备的卤猪蹄子。铁叔一把拦住她："等等。"

豆娘："咋啦，你不是叫我对绿苗好一点吗？我每天都叫铁乐送她一根卤猪蹄子。绿苗可喜欢了，她都是悄悄拿到外面去吃，不让其他人看见。"

铁叔一撇嘴："根据我最近的观察和刚才铁喜从自行车下来扶住仙女下车的那一瞬间，感觉他们有点那意思了。你把我们俩准备吃的那根卤猪蹄子也拿去，叫铁乐和铁喜分别送去。"

"哦，明白了。"豆娘朝厨房跑去。

金戈招呼紫藤、仙女、绿苗坐下。疯了一阵子该收心了，金戈要讲工作上的事，大家安静地打开了电脑，把笔记本放在桌上，都一本正经的。忽然，窗外传来了两声鸟叫。

金戈下意识看看窗户："最近一到这个时间，这鸟就来了。"

紫藤问仙女："这是布谷鸟在叫？"

仙女摇摇头："不知道，最近经常来，就在这窗户外边。"

绿苗站起来："影响工作，我去把它赶走。"说完开门朝外走去。

鸟声没有了，绿苗回来了。

金戈把电脑打开："今天放假，你们玩得够嗨，也该收收心了。甘蔗种植和养鱼护鱼两个场景采集非常成功。实景和人物融合得天衣无缝……"刚说到这儿，窗外又传来两声"汪汪"狗叫。金戈朝窗户看了一眼，"铁叔家没有养狗呀。"正说着，窗外又传来"汪汪"。

仙女立即站起来："我去把它赶走，影响工作。"

"你不是怕狗吗？"金戈看着仙女。

仙女头也不回快步走出门外。

狗不叫了，仙女回来了。

金戈看了看几人："大家还是坐好，不要受影响。"说着，他的鼻子突然闻到一股香味儿，"什么味？嗯，好香，是香肠味还是卤肉味？"他说着又连吸几下。紫藤笑嘻嘻站起来，从裤兜里掏出一个纸包打开："这是甘花给我的，还是热的，来，大家一起分享吧。"

这时，绿苗也忸忸怩怩站起来，从裤兜里掏出一包东西打开："这是一根卤猪蹄子，大家一起吃吧。"

仙女也不好意思笑了："我这还有一根卤猪蹄子，还是热的，大家吃。"

金戈先一惊，随后哈哈大笑："我的天哪，都有香饽饽。"

紫藤低着头偷笑。仙女和绿苗也不好意思地笑了。

金戈顺手把紫藤拿出来的香肠分成两半："现在正事没法说了，吃了再说。我一会儿要到先奇老人和傅曦老人家，老人的'临终梦想'还需要琢磨琢磨。明天有机会，我还想听听那'鸟叫'和'狗叫'，我想学习学习。"

金戈看到仙女和绿苗津津有味吃着卤猪蹄子："你俩啃猪蹄子咋像啃西瓜一样呢？"

大家都笑个不停……

晚上八点，天色渐黑，铁头村慢慢沉寂下来。只见星星点点的路灯，远处几声狗叫，一切仿佛进入静默模式。劳作辛苦一天的年轻人都想找个地方放松一下，到村里和镇上网吧或娱乐场所去了。喝酒，聚会，聊天。最近两年，年轻人喜欢上了体育锻炼。村里有两个标准篮球场几乎没有空场，需要预订才能满足篮球爱好者。村里唯一的一个五人制足球场，去晚了只能等待，几轮之后才能满足球瘾。村里人明白，正是村里来了两百多名大学生才有了如此活泼健康的释放方式，把本村的年轻人、中年人带动起来，运动锻炼成为村里新的时尚。年纪大的人则在家里家外走步，边走边挂着心爱的小收音机，听戏曲、听评书、听音乐、听歌曲。有几个老人请了教练，学学太极，书画。个别的开始练嗓子，随着收音机里播放的歌曲，模仿男高音或女中音，扯开嗓门，放声歌唱。

在先奇老人和傅曦老人家，小兰把播放器打开，"睡眠音乐"缓缓传递。她偷偷瞄了一眼正欲安然入睡的两位老人，轻手轻脚关上了门，喘一口气放松下来。刚一转身，就听到门外鱼塘方向传来了像鸟叫又像人吹的口哨。一连三声，她知道是她和金戈在信息里特别约定的暗号。金戈已在鱼塘边等候。

她满怀欢喜地跑过去，一把拉住金戈的手："金戈哥，怎么样，今天的研发一定有收获吧？"

金戈说："你要我每天都给你说说研发情况，给你发信息，又怕说不清楚。见你信息，我就来了。我给你说，今天的成果还是挺大的。两位老人的'临终梦想'快收尾了。虽然不能说十全十美，但我戴着'VR头显'进入虚拟世界，把自己当作两位老人，尽情体验了一番欣赏北极光的感觉。现在技术组还在做最后的测试，到这一步，我们楚支科技发挥到极致了。"

小兰看着金戈："真的吗？我知道你们非常不易，投了大量的钱，就是为了实现两位老人的'临终梦想'。你看你，又瘦了，脸上的胡须长满了。你累吧？"

"很累。我和技术人员在电脑旁一坐就是十几个小时。但只要有一点点成果，大家都很高兴。累点没什么。"金戈看着小兰。

"金戈哥，你一定要帮助两位老人实现'临终梦想'。因为，因为那是他们爱的萌芽，爱的初始，爱的启航，爱的见证。一身绿色军装，一条绿色围巾，使他们手挽手，走过了八十多年的幸福历程。傅曦老人是大学生，浪漫的天性，使她对绿色极光有特别的偏爱。她不止一次说过，绿色极光能唤起她初恋的记忆，能让她想起与先奇老人首次碰面的情景。看见绿色极光，就能看见身着绿色军装的先奇老人。当闭上眼睛的那天，她和先奇老人会微笑着离开。"小兰抱着金戈哭了起来。

金戈紧紧抱住小兰："先奇老人也曾对我说，他答应过傅曦老人，要亲自牵着傅曦老人的手从北极到南极，实地欣赏绿色极光的美丽、美妙。几十年过去了，这个愿望没有实现。先奇老人曾遗憾地说，一生中只有这件事对不起傅曦老人。他希望，不，几乎是恳求我们，要帮助他们实现'美好愿望'。"金戈也哭了。

小兰抬起头：“金戈哥，你是个好人。”

金戈捧起小兰的脸：“小兰，你也是好人。”

他们相互端详着，彼此抹去脸上的泪水，拥抱……两片嘴唇紧紧地贴在了一起。

/ 十二 /

铁叔、甘旺“赶不上趟”的大心思

村长正往“元宇宙推进中心”走着，满脸不高兴。黑黑的脸上，眉头紧锁，汗水流出来也懒得擦去。他准备去给乡亲们通报喜讯，但楚文科技贷款一事仍未落实，他有点焦虑。他几天晚上睡不好觉，心情烦躁。托在银行工作的父亲几次打探消息，那位信贷部部长不是人不在，就是人在会议室。父亲是老实人，知道部长很忙，不忍心去打扰。村长只想知道银行到底研究没有，请了专家看了那本厚厚的贷款项目书没有。第三天了，仍然没有消息。万一贷款不行，怎么办？村长不敢往下想。但他仍有几分自信。他总想到银行里应该有懂得元宇宙的人。元宇宙已经沸沸扬扬两年多了。之前就没有一家科技公司去贷款吗？只要有一次，银行就知道怎么应对这种贷款需求。应该有，绝对有。大牌银行都不知道元宇宙，又怎么能在未来数字金融市场里抢得先机呢？

村长走到了“元宇宙推进中心”。他看着门上醒目的牌子，正欲一脚跨进去却又收住了脚。他还是紧锁眉头，烦躁、焦虑使他不停摆动头部，感觉浑身都不舒服，左晃右晃，心不在焉。他止步大门，转身露出了愤怒：“我操！”还没骂出口，手机响了，是楚支科技楚总打来的。

“村长，我刚从银行出来。啊，我的天，你是我的大恩人，是我的大救星。我操，搞定了。”楚总几乎是吼叫起来。

村长如雷击一般跳起来：“我操……搞定了，我操……搞定了。”他腾空而起，稳稳落地，才想起手机未断，“楚总，好事。你甩开膀子干吧。我还有事，断了哈。”

他再抬头看看“元宇宙推进中心”的牌子，“嗖”的一跃而进。

广播里立即传来了他雄壮又略带沙哑的声音：“各位父老乡亲，亲爱的村民们，今天元宇宙推进中心又要宣布几个大的喜讯。大家听好了，大家听好了：楚支科技贷款的十亿元资金正式获批了，获批了。意味着什么呢？意味着楚支科技在咱们铁头村的各个研发项目能顺利推进了，提速了，加快了，咱们铁头村建设智慧村、数字村有戏了。还有，5G 基站已经搭建起来了。配套的光纤电缆铺好了。咱们电脑、手机的网速提高了，你们随时打开试试吧。还有，三座桥、三条路、三个码头已经建好了。模型设计都是 3D 打印技术啊，我们从来没见过。等过几天，验收了，将向村民们开放。村民们，本来预计两年的工期，半年就完成了。机械化啊，智能化啊，等于现代化啊，了不起的科技进步啊。还有呢，铁叔的铁锹厂已经改为‘虚拟现实显示器研发中心’。我们铁叔还是副董事长呢。大家一定也关心豆娘吧，豆腐厂改为豆奶厂了，一个崭新的，全自动智能化企业诞生了，每月能生产五十吨豆奶啊。村委会决定，再租给豆娘五十亩地，建厂房，扩大产能。另外，我们的水产业，小鱼儿啊可肥了。我们的茶叶也要丰收了，嫩绿嫩绿的。我们的猕猴桃、甘蔗这两种主打产品，订单接踵而至啊。我们的玉米，一看就是大丰收的前奏啊，饱满、结实，颗颗玉米闪着金光啊。还有，还有三家小型科技公司和六家小型副食店，一个网吧，一个歌舞厅几天后正式营业。好事多着呢，下一次再宣布。父老乡亲们，亲爱的村民们，努力吧，我们创造的好日子奔着我们来了。”

县上公安局内，铁欢坐着。两名警察给他倒上水：“知道为什么叫你来吗？”一名警察问。

铁欢挪动了一下身子：“能感觉到，但说不清楚。”

“嗯？”一名警察，“能感觉到什么？咋说不清楚呢？”

铁欢有点不耐烦：“我犯啥罪了，你们直说吧。”

“好，直说。你把四百万现金转到一个私人账户，有这事吧？”警察问。

“有。”铁欢答。

“后来呢？转到这个账户干吗呢?”警察问。

“兑换虚拟币。”铁欢说。

“兑换以后呢?”警察又问。

“存在我私人电子账户了。”铁欢说。

“存起来干什么?”警察追问。

“什么也不干，我就是存起来。”铁欢不愿多说。

“是吗？那个私人账户之前先后给你兑换九百万虚拟币，加上这一笔四百万，共一千三百万元虚拟币，都存起来了?”警察很自然地说。

铁欢一下有点紧张了。他紧张的倒不是警察的询问，他是感觉一千三百万元怎么被警察盯上了，要是“栽”了，就全完了。

警察见他有点紧张又给他倒上水：“不用紧张，今天只是想请你配合调查。我们相信你的话，你后面兑换的四百万虚拟币的确还在你的私人电子账户上。还好，价格没有上涨，你没有转卖，不属于非法交易虚拟币。而你认识的那个私人账户里的那个‘私人’已经被公安机关请进去了。”

另一个警察告诉铁欢：“你用三百万元通过那个私人账户里的‘私人’换成虚拟币和购房币，购买了国外一个网站上虚拟世界一个‘飘’楼的一套 501 居室。又作价四百万，和你在网上借着元宇宙概念推销‘娘的豆奶’，获得一千万元购货现金，用其中六百万加上虚拟世界那套居室作价四百万，共一千万元又购买了一块同样是那家‘飘’楼售出的所谓的虚拟世界的一百亩地块。整个过程，都是买、买、买，没有卖。虚拟币、虚拟房地产都和现在热炒元宇宙有关。前段时间，元宇宙概念股票火了一把。但买卖虚拟币是不允许的。尽管有人铤而走险，浑水摸鱼，想赚这笔‘黑钱’。但此类事情已被我们公安机关盯上了。一旦盯上，随时都能把那帮骗子揪出来，正如那个私人账户里的‘私人’。”

听到这里，铁欢终于坐不住了，一下站起来：“我是受骗了，你们公安机关赶快帮我把一千万追回来呀。”

“冷静。”一位警察非常严肃地说。

另一位警察则温和地说：“铁欢，你在虚拟世界买房买地，钱是回不来了。那个什么‘幻幻幻’平台下属‘妙妙妙’公司再下属‘飘’楼售房部是国外的一个诈骗集团。你上当了，损失巨大啊。当然还不止你。据我们侦查，还有主动报案的，已经有几十起了。”

铁欢“啊”的一声：“完了，这是我娘的钱啊。我操，那个私人账户里的‘私人’你们不是抓到了吗？我要见他，我要见他。他私人账户里不是还有现金吗？对，我先把四百万虚拟币还给他，把他账上四百万现金还给我。对，最好是把之前的九百万现金都还给我。警察同志，你们是好人，你们是好人，你们一定要帮我的忙，一定要帮我的忙啊。”说完，号啕大哭起来。

两名警察不作声，看着铁欢趴在桌上哭。

几分钟后，一位警察说：“那个‘私人’的私人账户里的现金，共有三亿元，已经通过一个地下钱庄转到国外一个账户了。他的电子账户里，还有九千万元虚拟币被我们截获了，全部收缴。你的私人专用电子账户里的四百万虚拟币也要收缴。你只是买了虚拟币，没有卖虚拟币，属于受骗者。今天请你来，只是配合调查。以后千万小心，借元宇宙概念大肆行骗的大有人在。”

铁欢抱着头连连叹息：“我栽了，我栽定了。”想了一会儿，他问警察，“我爹我娘知道这件事吗？”

一位警察说：“不知道，如果需要我们出面解释，我们会去的。”

“不去了，我自己去给爹娘解释。一千三百万元没有了。税务局还在追这事，我娘这次还要缴好多的税。元宇宙啊元宇宙，怎么把我弄得这样惨呀？”铁欢望着天花板连声叹气。

两位警察同时提醒他：“戒掉赌徒心理吧。”

晚上，铁叔在家正要休息，突然接到丁香电话：“我没回家，我在学校，铁蛋也在，我们不敢回家。下午，铁欢在学校里找到我，突然说他要离婚。”

铁叔连忙把鞋穿好：“怎么发生这档子事？为啥呢？”

丁香哭着："他啥都不说。他只说他犯了大错，把祖宗八辈的脸都丢尽了，非要逼着我离婚。还说，他啥都不要，他要去做和尚，要离家出走。"

铁叔摸着脸："我的天哪，铁欢干啥啦？"

豆娘预感事情不对，从床上跳起来接过电话："丁香，铁欢是不是因为钱的事呀，那三百万元炒虚拟房产亏了，也不至于离家出走啊。你给他说，三百万元咱们亏得起，以后不要炒了。"

丁香还是哭："他没说这事，就是逼我离婚。他要离家出走，要当和尚。"

这时，铁叔冷静下来，一字一句对豆娘说："你那一千万元也栽了，一定是的。我一直怀疑货款存在他的私人账户就有问题。一定是的。什么都别说了，咱们先公后私，把税缴了再说。税务局和你沟通了吗？"

豆娘拿着手机："丁香，你和铁蛋先住在学校，一切明天再说。我和你爸还要商量商量。"转过身对铁叔说，"是啊，税务局找我了。可能明天吧，他们研究之后再说缴税的事。"

"好。"铁叔点点头，"铁匠世家、豆腐世家的名誉要不要？"

"当然要啦。"豆娘说。

"那好，你不愧是我的媳妇儿，我们是模范夫妻，在铁头村响当当的，家里还有一大堆奖状、证书、金杯，我们都要保住。"铁叔话未完，豆娘就抢着说："当然要保住啦。这是我们两家代代相传的光荣历史。"

铁叔一听面露喜色："那就更好了。听我说，万一铁欢把'娘的豆奶'收的一千万都投了，还有我们之前给他的三百万也投了，共计一千三百万没了，我们该怎么办？"

豆娘一松手："那就彻底惨了。你这个老头子怎么想得这么绝望呢？"

铁叔又说："这几十年，咱们家一般事情都是你做主，我不管。但重大事情，尤其是特大事情，我的判断出现了误差吗？哪一次不是我当机立断，力挽狂澜，最后把事情摆平，获得了最后的胜利？"

豆娘抬头："说什么呀？又翻那些陈年旧账，你有主意你说呀。"

"好。我说。万一'娘的豆奶'一千万没了。一千万产生的税费你缴不缴？还有五百吨豆奶你生产不生产？加上之前给铁欢的三百万，再加上豆腐厂改豆奶厂投入的两百万再加上预计税费三四百万，你算过没有我们共付多少?”铁叔看着豆娘。

“还有生产豆奶的成本也有三百万，那就是差不多两千万吧。你的意思是，这两千万元等于我们投出去了，回不来了?”豆娘惊讶地计算着。

“不，回得来。只能说今明两年回不来了。过了这段时间，投入智能化改造的两百万元继续发挥作用，不就慢慢回来了吗?”铁叔看着豆娘笑起来。

豆娘一声叹息：“老头子，你是在做我的思想工作啊。看来，这次要亏惨了。铁欢这娃，怎么沦落到这个地步?”

“不，还不一定，等见了铁欢什么都清楚了。我的意思是，先公后私，万一出现了这种情况，我们先把税缴了，名誉保住了，再来解决家里的事。铁欢和丁香离婚的事，铁欢要离家出走当和尚的事，铁欢和‘铁匠世家’‘豆腐世家’的关系问题，要不要清理门户。我们一个个关起门来解决，家丑不可外扬。”铁叔小声说。

豆娘只叹气：“先就这么计划着吧。”说完就想上床休息。

铁叔也觉得精疲力尽，把鞋脱了一屁股坐在床上，顺手关了灯。

“爹，娘，开门，我是铁欢。爹，娘，我是铁欢。”楼下传来两声吼叫，一阵敲门声。铁叔和豆娘神经质地坐了起来。

豆娘比铁叔还快，三步并两步跑到楼下打开了铁门。

铁欢一脸汗水，眼神呆滞，头靠在大门上。

“铁欢，铁欢！”豆娘叫着。

铁叔从后面一个箭步冲上来，用手指在铁欢脸前一晃：“没事，铁欢你跟我来。”

铁乐、铁喜还有体验团的四个人闻声出来，听铁叔一说，都各自回到自己的房间。

在客厅里，豆娘紧张地跟着铁欢，一步步在椅子边上坐下来。

“倒水。”铁叔看了豆娘一眼。

铁叔看了边桌上摆放的小闹钟：“已经深夜十二点了，此时来，必有要事，说，有我在这儿。”

铁欢仍然盯着桌面，头歪歪的：“爹，我栽了，全栽了。”

铁叔紧盯铁欢：“栽了？什么栽了？在我们铁匠世家豆腐世家，你知道什么是栽了吗？”铁叔的声音一下就提高了，“只有犯罪，与人民不共戴天才叫栽了。除此之外，生意上的失败，遇到了挫折，受到了不公平待遇，受气，就是气死人的气，这些都不算栽了。几十年了，你看你爷爷奶奶，你爹你娘付出了多大艰辛。特别是你爷爷你奶奶，他们都是为了我，为了你这个孙娃，活活累死的。这不是栽了，因为有我在，还有你和你的两个弟弟，后继有人，一代一代扛着走。栽了吗？活得杠杠的，咱铁匠世家的大旗举得高高的。你咋说出一个栽了，还全栽了，啥意思，犯罪了？与人民为敌了？还是准备叛国呢？你要真敢这样，老子就一铁锨劈死你。”

听着铁叔怒吼的声音，豆娘跑进来，全身发抖，边给铁欢倒水边说：“铁欢咋会叛国呢？”

铁欢喝了一口水，冷静了一点：“爹，不是你说的这些。我说栽了的意思是一千三百万没了，一分钱也回不来了，就这样。”

豆娘看了铁叔一眼：“咋和你说的一模一样呢？”

铁叔瞄了豆娘一眼，抬起头：“我只是猜测，我说过，在特别重大的问题上，我的判断几乎没有误差。”说完，又看着铁欢。

铁欢喝了一口水：“我简单说说吧。借着元宇宙概念炒股票亏了，炒房子被套路了，炒地皮被欺骗了，炒虚拟货币被没收了。我这么晚来，就是想给你们打个招呼，明天我就出家了。”

豆娘吓了一跳：“当和尚？”

铁欢没说话。

铁叔看着铁欢：“主意定了？”

铁欢点点头。

铁叔又问：“原因？”

铁欢：“对不起豆腐世家和铁匠世家，对不起爹娘，对不起丁香和铁蛋。无脸见人，看破了红尘，想去做和尚，让眼前的一切统统消失。”

豆娘着急：“就因为一千三百万元，这么一点点钱就把你逼得离家出走？还有更大的事吗？比如杀人放火之类的。”

“娘，你说哪儿去了？我没有杀人放火。我想了很长时间。自从我被请到公安局去协助调查，我就知道一切全完了。一千三百万没有了，我的赌运结束了。为了借元宇宙这个题材，我的赌性近乎疯狂，想一把转运，结果鸡飞蛋打。更不幸的是，我欺骗了丁香，背着她把你们给我的三十万拿去炒股，亏完了。我又欺骗了你们，变着花样说服你们给我三百万去购买了虚拟世界的房产。我更欺骗了生我的娘，在网上打着元宇宙的标签推销娘的豆奶，把一千万的货款存入我的私人账户，又购买了虚拟世界的地产。还剩四百万元，我再次欺骗了娘，说每月转两百万回来。其实我又把四百万去换成虚拟币，想最后赌一把，赢多少算多少，赢了就不再赌了。结果我被公安机关盯上了，数字账户里的四百万虚拟币被没收了。为了我的赌性、赌瘾、赌运，我一直在欺骗我最亲爱的人。唉，现在说一万个对不起也无济于事，我心里很难受，过不了这道坎，要么自杀，彻底消失，要么出家，远离尘世，我别无选择。今晚来，是向你们两个打招呼，不是征求意见。我出家后，丁香到民政局说明情况，开个证明就离婚了。我希望你们还是继续管管丁香和铁蛋。好了，我走了，谁也不要送我。”铁欢推门而出，消失在黑夜中……

早晨，团团白雾环绕在铁头村的半空中。公鸡打鸣，远处偶有狗叫。当雾气渐渐散去，鱼塘边出现了两个坐着的身影，铁叔和甘旺。

“铁叔，没想到你今早也在这里。”甘旺说。

“是啊，睡不着觉，想到你喜欢钓早鱼，我就来了。”铁叔边说边把鱼饵弄好，把鱼食放好，从包里取出一只保温杯放在地上。

甘旺问：“你咋不带桶呢？钓到鱼往哪儿放？”

铁叔：“往哪儿放？往鱼塘里扔呗，怎么上来怎么下去，不都是铁喜养的鱼吗？我今早来，主要是想找你说说话。我心里烦，心里闷。”

甘旺也把鱼饵和鱼食准备好了，拿出一只保温杯打开，喝了一口热茶：

“我也想找你说说话，我心里也烦也闷，感觉不舒服。”

“咋啦？你和菱姣不是挺好的吗？顾总对你们不薄，工资待遇也可以。菱姣做原材料后勤维护，你做家具市场营销。你俩在明铺家具厂已经不错了。”铁叔说。

“是不错了，顾总对我俩挺好。可是，可是，我都说不出口。顾总叫我当营销部助理，我现在啥事都没有。我期盼着在元宇宙虚拟世界去宣传推销家具，想在虚拟世界去做推销员，推销电子产品也行，做我的老本行。可是，好像不是这么回事。上次我和菱姣做了一次明铺家具厂原材料的直播带货，在网上效果很好。但在家具市场营销这块，感觉不对了。铁叔，你知道现在的市场营销叫什么吗？叫数字营销，就是电商平台销售。使用数字传播渠道推广产品，节约成本，便于直接和消费者沟通。这种事，两个小姑娘就搞定了，用不着我出马。但一天天过去，我就坐不住了，觉得无聊，心里挺烦的。”甘旺把鱼竿往上一甩，鱼线带钩在空中画一道弧线潜入水里。

铁叔已经把鱼钩甩进了水里，他一动不动，眼睛盯着水面，脑子却并没有想钓鱼的事。他竖着耳朵仔细听着甘旺的一席话，掂量着自己正在重复着甘旺的经历。

几年前，铁叔就有意改变“铁锹制造厂”，他到省上、县上走走看看，盘算着搞点别的什么。但“铁匠世家”的帽子如一道紧箍咒戴在头上，使他担心转行会带来不利影响。于是，他想着把铁锹厂的各个环节、各个工艺流程进行现代化升级，从炼铁到最后精打细磨，都引进了自动加工系统和控制系统。厂里各个车间改造成现代化车间了。人工成本节约了，环境卫生好转了，生产效益有起色了。凭着铁匠世家的家传影响，每年从外面接到的订单，从两千把铁锹、一千把小铁铲，增加到十万把铁锹和五万把小铁铲。铁锹、铁铲成为铁匠世家近十年的标志产品。在村里，在镇上，在县上都有铁匠世家的销售门市。有九十名工人，人均工资四千元。大部分是三十岁到六十岁的农民，村外来的农民占去七成。村里很重视，各种表扬表彰都离不开铁匠世家。光环层层加码到他头上。渐渐地，他想转行另起山头的想法就放弃了。但是，工人们每月只有四千多元的工资，始终都是他心中的一个结。他耳闻目睹其他地方工人工资高的七八千，少的四五千元。走出去看看才知道原来铁匠世家的工资待遇是偏低的。他想把工人待遇提升到一万元，因为工人都是有技术的，这样也为铁匠世家长脸，但是厂里的销售额没有突破，营收和利润满足不了每人一万元工资的要求。

他想来想去，想到了科技类企业。他早就听说科技类企业员工的待遇都是几千上万的，科技骨干都是几十万。他不懂科技，却向往科技，恰在这时，村长找他征求楚支科技与铁锹厂合作一事。因为很长一段时间，铁叔给村长透露过想搞科技的想法。他太相信村长了，村长一说，他无须推敲，想都不想以后是死是活就一口答应下来。除了他占有百分之四十九股份，他唯一的想法就是留一间“手工打磨铁锹车间”。九十名工人，自由择业。六十多名工人加入了铁头村基础建设工程队。好了，地皮厂房租了，设备卖了，工人走了，一切皆空。随之而来的，清一色的小姑娘小伙子，一溜的电脑，一溜的手机。曾经红红火火，叮叮当当的车间变成了悄无声息的研发中心，一夜之间降临在他眼前。他看着，想着，体会着，总感觉不是滋味但又说不出口。他是合资公司的副董事长，按和楚总的分工，他就管安全保障，后勤保障，运输保障，与他在公司合资之前，直接指挥各个厂区，身体力行站在生产一线形成了巨大反差。那时，最过硬的技艺，唯有他，心情好时，才能时不时魔术般地炫耀一下，直逼旁人就问你服不服。安全啊，后勤啊，运输啦，哪是他管的事？他眼睛盯一下分管这些杂事的副总，不怒自威，这些事都能顺溜达标。

“唉……”他发出叹息。有时实在无聊就拿起扫帚和毛巾在研发中心各个车间东走走，西瞧瞧。偶尔他听到背后路过的小青年在议论“这老头有洁癖”，他也不生气。他老琢磨自己能干点什么，以后干什么，却总也想不透，更不敢妄下决心。几个月过去，他心里的疙瘩越结越深，烦恼越来越多。偶尔在家里莫名其妙冒火，和豆娘骂上几句之后又重归平静。他有时也到研发车间遛遛，看到几十个小青年只专注于电脑，手放键盘摸着鼠标，没人搭理他，没人起身叫一声“副董事长好”或叫一声“铁叔好”，他觉得无趣，就出门回过头远远地望着这帮小青年。通过一段时间观察，他发现这群小青年个个都很认真。有的面容憔悴，有的精疲力尽，还有的支撑不住瞌睡了。“真辛苦。”他得出一个结论。他逢人就说：“科技这东西真难，熬死人了。”但对科技研发者的态度和信心慢慢增强了。他像一个好奇的旁观者，在旁欣赏着也心痛着，希望帮助大家做点什么，但又插不上手。他的这种心情不止一次给豆娘倾诉过，但豆娘总说不要他到研发车间指手画脚，干扰其他人，还让他每年享受百分之四十九股份分红就够了，好好享受来之不易的清闲生活。他又不能向村长倾诉，怕影响村长情绪，反而批评自己。咋办呢？他总要说出来一吐为快，要不然就憋死人了。

他想到了甘旺，这个和他长期有隔阂的家伙。甘旺对“铁匠世家”和“豆腐世家”能发展到三亿资产从不服气，对外宣传说他们是靠上几辈打下的天下，现在坐享其成。要是甘旺他自己也有巨款财富继承，日子比铁叔和豆娘还要好上几百倍。可甘旺从来不知，铁叔和豆娘上两辈只是打下了坚实基础，把铁匠世家和豆腐世家的“坚韧”传统保留了下来。大部分资产是铁叔和豆娘近四十年一分一厘赚取的。铁叔和豆娘对谁都不能说，藏富于己，更何况甘旺只是嫉妒。豆娘几次给铁叔说：“这人不坏，自己的电子产品生意不好了，就看不惯别人发财。”

甘旺肚里有几滴墨水、几斤几两本事铁叔是清楚的。甘旺除了能说流利的推销话术，其他的也是有心无力，甘旺在明铺家具厂找到一份工作，铁叔明白是顾总看在甘旺女儿甘花的面子上，给他一份工作，正好把甘花对企业的忠诚和积极性调动起来。因为顾总在厂里寻遍未来家具的代言人，认为甘花是唯一候选人，开发价值巨大，注定甘花要为明铺家具厂创造更多价值。顾总还任命甘花的娘菱姣为后勤维护部主任，甘花爹甘旺为市场运销部助理，工资待遇相当于厂里中层管理人员。在外面看来，甘花的爹娘已在明铺家具厂当上了官，面子有了。但甘旺能干什么？能干出什么？铁叔心里是有底的。“哈哈，别看甘旺现在是什么助理，干不了多久就会离开那里。很简单，差本事。”铁叔不止一次对豆娘说。

铁叔表面笑话甘旺，但内心却比甘旺还要挣扎。毕竟自己是村里、镇上、县上大名鼎鼎的“铁匠世家”的新任掌门人。他对自己与生俱来的奋斗精神有相当自信，但在VR显示器研发中心能干什么？能干出什么？既能符合自己副董事长的身份，又能解除心中之“苦”，之“闷”，之“愁”，之“忧”？他确认无解。

所以，当他听到甘旺说出“其实，心里挺烦的”，他就自然地回答：“正常，预料之中。我就知道你迟早有这一天。”铁叔仍然盯住水面，鱼钩已经在水里晃动了。

“铁叔，你还是这样瞧不起我？”甘旺也盯着水面，鱼钩也在不停晃动。

“不只是瞧不起你，我现在连自己都瞧不起。”铁叔说完手往上一提，一条两斤大的鱼儿瞬间在空中翻来覆去，使劲地挣扎着。铁叔轻轻一收，把鱼儿嘴里的鱼钩取出，顺手把鱼扔进了水里。

听铁叔这么一说，本欲往上提拉钩鱼的甘旺停下手，好奇地问：“铁叔，遇到什么事了吧？你都有瞧不起自己的时候？在咱铁头村就数你风光了。”

铁叔注意力在水中：“是啊，甘旺啊，谁都有本难念的经。只是咱们都没有发现罢了。这几个月，我很纠结，过得并不比你好。我和你想法一样，不知道自己能干什么。铁锹厂嘛，没了。我虽然是名义上的副董事长，但在研发中心我能做什么呢？搞搞后勤，搞搞安全。我的才能、我的技术全都废了。我不是说这个科技公司不好，但我英雄无用武之地了。所以我找你，是料你也好不了哪儿去，也是英雄无用武之地。咱们合计合计，总得找个解决办法，把我们心中的疙瘩给解开了，才能好受一点，以后我们还要在铁头村愉愉快快地生活下去。”

甘旺仍然盯着水面，失落地回应铁叔的话：“想不到啊，元宇宙风一吹，咱们两个赶不上趟了，但又不甘心，想做点事，发挥发挥。唉，铁叔，不瞒你说，我已经想了很长时间，想离开明铺家具厂，到你那个研发中心来，看能做点什么。你知道吗？明铺家具厂和楚支科技已经联合成立了‘元宇宙市场营销公司’，里面没我的份。这个公司就是元宇宙广告营销的前沿平台。通过这个平台，公司业务和客户业务都要扩展到虚拟世界，帮助明铺家具厂和客户买卖家具产品，你说我能插得上手吗？插不上。我待在那里难受，能早一天离开就早一天离开。”

铁叔终于不再盯着水里的鱼竿，转头看着甘旺：“好啊，咱俩终于一拍即合了。你有什么想法说说。”

甘旺说：“我能到你那个‘虚拟现实显示器’研发中心吗？”

铁叔哈哈大笑起来：“我马上就要辞去副董事长了，离开这个公司，让楚总选拔年轻人来担任。我保留股份，以后能分多少算多少。”

甘旺看着铁叔：“你都不愿意在那儿干了，那我不去了。我想了想，现在销售电子产品，要么在商城，要么在网上，我没什么机会。我还能干什么呢？噢，对了。开个卤肉店，你看怎么样？”

铁叔眼睛一亮：“哈哈哈，我俩想到一起了。哈哈哈，我跟你说，我也想开个卤肉店，咱们合开一家规模大一点的。”

甘旺立即打断：“慢一点，慢一点，先说好，我们各开各的。你那脾气，店里打杂的事全是我了。”

铁叔：“哦，不愿和我开店是吧？那好，那我就先说为准了，我开腊味店，专卖腊肉香肠，你不准卖腊肉香肠，其他什么都行。”

“好啊，那我开卤肉店。专卖鸡爪、鹅掌、猪蹄子怎么样？我们两家店挨着，保证生意好。不过，铁叔，以你的影响，开一个腊味店是在开玩笑吧？我不太相信。”甘旺看着铁叔。

铁叔说：“开一个腊味店，每天为咱们村年轻人提供一些很便宜的腊肉香肠，给他们增加营养。他们太辛苦，我能做点算点。当然不止这个，我盘算着在咱们村开一家像样的远程医疗室，和县上、省上大医院联合在网上会诊。咱们村 5G 开通了，村长说，网速比以前快很多，图像更清楚了。咱们村原有的卫生所只能解决小病，大病和突发疾病诊断不了。怎么办？就到远程医疗室，通过网上由县上、省上的医疗专家会诊，现场开出药方子，能暂时缓解病情。专家们也可迅速赶来，治一个算一个，救一个算一个。总不至于……”铁叔说不下去了。

甘旺低下了头：“总不至于像你爹你娘突发疾病也不知道该怎么办。从村里到镇上又到县上最后到省里，三天时间，救护车一路畅通，但到了医院还是不行了，我记得你爹是脑溢血吧，走那年就六十多岁。你娘是摔了一跤，几天以后也是送到省上医院就不行了，也就六十多岁吧。当时咱们村条件差，前后还有几个上了年纪的大爷大娘，都是突发疾病去世的。你要开远程医疗室，太好了，我支持你。我想把菱姣调给你当助手，她能发挥作用的。你这是为咱们铁头村办好事，办大好事。”

铁叔擦干湿润的眼睛转身握住甘旺的手：“就这样定了。咱们赶不上元宇宙，那就干点实在的。”

甘旺站起来：“铁叔，这次我听你的。”

/ 十三 /

楚总在虚拟世界复原生命中的白衣天使

楚支科技拿到了十亿元贷款，楚总信心百倍。这几天他马不停蹄奔波往返于“高仿虚拟人研发中心”和“VR 头显研发中心”。这两个项目关联性太强了。进入元宇宙虚拟世界，无论什么沉浸式体验都离不开人的体验。仅有场景设计，结构搭建，无非是把美丽风光，名胜古迹复制一遍。人的出现和人的体验，毫无疑问是虚拟世界沉浸式体验的核心要素。

在创设一般虚拟人和高仿虚拟人的选择上，楚总选择了后者。他曾经和很多科技公司一样，通过创设一个外表靓丽和脸蛋迷人的虚拟人来获得市场的认可度和影响力。不否认，有些科技公司获得了成功。“虚拟偶像”率先在文化、娱乐和商业用途上发力。但随之而来，也是符合人类心理预期和审美要求的“高仿虚拟人”呼之欲出。创设虚拟人具有仿人类的属性，是创设人类中的“人”。而楚支科技主攻研发的则是高仿人类中真实的“个体”，点对点，一对一的“真人”。这两种虚拟人的研发原理、基础构造有相同处。不同点是，“高仿虚拟人”比一般虚拟人研发难度要大很多。

楚总费尽心思和投入重金，把楚支科技研发中心迁到铁头村之前，已在公司内围绕元宇宙组成了六个攻关小组。“虚拟人”“VR 头显”“场景”“数字孪生”“区块链”“算力”之外，还有很多关联核心技术，但他无能为力地将其放到一边。其中，应用场景中的“实景应用”，包括铁头村的基础建设、网络建设，以及包含了元宇宙工业应用的家具制造、豆奶生产和楚支科技本身的“VR 头显”设计生产。随后还有农业、种植、水产、医疗、教育、饮食、娱乐、交通、物流等等几十个小的应用场景，都为元宇宙区块链提供了实用基础价值。应用场景越丰富，区块链越厚实，为商用元宇宙提供了无限前景。

分布式的各类形态的应用场景对构建元宇宙最底层的基础构造太重要了。楚总知道是一个庞大复杂的系统性工程。应用场景的不断深化与运用，凸显出区块链各块“管口”的巨大价值。游戏、娱乐、商业才能真正做到去中心化。体验者、参与者才能确立自己的数字身份，沉浸式体验文娱、经济、行政活动，获得数字认证、数字账户、数字资产、数字财务等数字安全，让体验者有自由度和安全感。为此，早早把在铁头村采集的物理形态、生态和人的活动，都作为区块链多领域应用场景构建要素。他曾经不止一次说：“只有俯瞰现实世界，才能洞悉区块链的每一块基石。没有更多的应用场景，区块链就是空中楼阁，元宇宙就是一场白云飘飘。”

为此，楚总派了楚支科技四名年轻骨干——金戈、紫藤、仙女、绿苗——深入铁头村进行现实世界沉浸式体验，采集了几十万条数据，科技人员不分白天黑夜进行数码编辑。从各方面效果看，都好于想象中的临摹塑形。数字孪生技术、三维空间、3D 建模、光色渲染，使虚拟世界的“现实场景”活灵活现，有别于人们眼中“玩具式，木偶式，脸谱式，动漫式”的环境模式。曾有技术人员提出个人意见，认为“玩具式，木偶式，脸谱式，动漫式”效果更加适应少年儿童和青少年，因为这种效果中的魅力恰恰有别于现实中的真实性。过分真实，把“虚”和“实”完全重合，形成数字孪生的单一化，没意思。

但楚总始终坚持虚实结合“二变一”的观点，这让技术人员时常为难，研发思路一度发生了偏差。但楚总固执己见，硬是把六个项目的研发步步往前推进。

今天正是现场测试“高仿虚拟人”的时候，研发团队的各路人马早已到齐。同时，也是现场测试 VR 头显，由虚拟现实到增强现实，再到混合现实的测试。

现场的人没有一个喜形于色。技术人员深知研发的“高仿虚拟人”和

“VR 头显”系列并没有达到令人叫好的效果。不懂技术的人不知要测试什么。看到技术人员一脸严肃认真诚惶诚恐的表情，好奇心理减去了大半，像人人进入了考场。

金戈和小兰，紫藤和甘花，铁乐和绿苗，铁喜和仙女坐在后排，面色紧张。

甘花紧紧抓住紫藤的一只手，而紫藤则紧紧搂住甘花的肩，想让她松弛下来，而自己也明显哆嗦起来。现场气氛有点凝固，像是准备接受一场大考。金戈和小兰的手紧紧握住。仙女靠在铁喜身上。只有绿苗和铁乐端端坐着，瞪大了眼睛。他们都期待紫藤和甘花“高仿虚拟人”在虚拟世界登台亮相。那一刻，或许是激动人心的。因为与他们同属楚支科技研发团队的参与者终于有成果奉献给大家。更可喜的是，“高仿虚拟人”的出现，意味着楚支科技在元宇宙赛道上抢到了先机，影响力不容置疑，其“高仿虚拟人”的效应一定会为楚支科技创造经济价值。

“请大家戴好头显。”随着楚总一声清脆的命令，现场的人慢慢把 VR 头显戴在头上。

“请按下开关。”楚总又发出了一声命令。

几十人按下手柄控制器上的开关，一下进入了虚拟世界……进入眼帘的是：俯瞰的铁头村的全景。地形地貌蜿蜒起伏，森林、河流、山丘、房屋、农田、水果园、玉米地、甘蔗林、鱼塘、茶山。一条条小路从农户家穿过，伸向四面八方。

没有解说，但音乐慢慢响起，体验者为之一振。虚拟世界里明铺家具厂远景、近景，立体式地出现在眼前。走进明铺家具厂的是一大群年轻人，都有自己的数字身份，穿着新奇的服装，发型怪异。之前，现场的人都按自己喜好自设了数字身份，并被告知是“围观的人”。

“停。”楚总喊了一声，“现在是属于紫藤和甘花的世界。由他们独立操作体验。其他人仍然是虚拟世界的旁观者，操作时稳一点，别跳出围观队伍了。”

训练了几十遍。紫藤和甘花按照训练的操作步骤开始沉浸式体验。虚拟人紫藤和虚拟人甘花抬头望着“明铺家具厂”几个大字。两人手牵手一步步走进厂区内一处标有“家具体验馆”标识的大门，他们进入了一个展览大厅，大厅门前挂着“家具藏品”的牌子。两人手牵手向大厅内走去。虚拟人紫藤向左边一指，同步语音：“这是明铺家具厂的柜子系列。”虚拟人甘花走近柜子用手轻轻抚摸大柜子，同步语音：“十年前我母亲买了一个，现在还和新的一样。父亲说这种家具是一种文化，一种传承，不仅可以储物，而且赏心悦目。”虚拟人甘花又指向右边，两人缓缓走向右边。虚拟人紫藤指着梳妆台：“喜欢这款梳妆台吗？”虚拟人甘花：“喜欢，我希望结婚时拥有同款梳妆台。”虚拟人紫藤：“我一定满足你。”同步语音：“哈哈哈，嘻嘻嘻。”在后面和旁边观看的虚拟人发出了同步语音笑声。虚拟人紫藤继续牵着虚拟人甘花走向大厅中央一张大床，同步语音：“好漂亮啊”“好结实啊”，男女声音分明，引得围观的虚拟人一阵笑声。虚拟人甘花坐在床的边沿拉着站在面前的虚拟人紫藤说：“我喜欢这张床。”虚拟人紫藤说：“这张床是明铺家具厂的镇馆之宝。预订同款大床的客户已经排到明年了。”虚拟人甘花：“我们可否预订一张呢？”又引来虚拟人围观者的笑声。虚拟人紫藤说：“可以。”虚拟人紫藤又牵着虚拟人甘花的手走向一间小屋向虚拟人甘花介绍，“这是明铺家具厂的小件物品。看，小桌椅、小板凳、小鞋柜、小书架、小花架、小枕头、小镜子、小梳子、小托盘、小台灯。哦，太多了，数不过来了。”虚拟人甘花娇滴滴的同步语音：“那就打包买走。”虚拟人围观者哄堂大笑。虚拟人紫藤和虚拟人甘花又走进一个大厅，里面整齐地排放着明铺家具厂几十根又圆又粗的原木。每个体验者都看到了虚拟人甘旺和虚拟人菱姣在擦去一根根原木上的灰迹和污垢。虚拟人紫藤和虚拟人甘花在一旁观看，点点头，竖起大拇指。两个虚拟人又进入一个房间，里面有一张四方桌，两边有座椅。虚拟人紫藤和虚拟人甘花分别坐下，抬头，体验者这才看见了虚拟人紫藤和虚拟人甘花的脸，随之发出了惊叹声，虚拟人围观者也同时发出惊叹声。

“参观了留个纪念呗。”虚拟人紫藤同步语音。

“拍个照呗。”虚拟人甘花同步语音。

这时，又一个虚拟人从虚拟人围观者队伍中走向前，举着照相机“咔嚓”，转过身，虚拟围观者又发出一声“啊”，他们认出了是虚拟人顾总。

体验结束，现场掌声热烈，所有人的焦点都集中在了虚拟人与真人像与不像上。

“像。我觉得很像。”

“就这样，会盖过很多虚拟人。”

“捏脸技术一流。”

“骨骼转动比较自然。”

“转头、点头也比较自然。”

“眨眼、嘴动、颈动比较自然，不像木偶剧。”

“手牵手，胳膊前后移动，四肢移动比较自然，和动漫区别大了。”

“虚拟人紫藤、甘花、顾总亮相是经典。我紧张得要命，真担心脸谱化。嘿，结果爆好。”一位技术人员热泪盈眶。

“比较成功。”又一位素以苛刻著称的技术人员终于作出了评价。

“但是，需要改进的地方还有很多。”

“那当然。受算力制约。”

“这是大的技术难题，算力解决了，才能如真人真身那样灵活自如。”

“深挖起来，问题真不少。”

“仔细想想，虚拟人和现实中紫藤、甘花还有较大差别。”

在现场，紫藤和甘花手握手静静地听，心跳加速，听着现场的人各自发表意见，是否合格，他们心里没底，但还是暗暗高兴。虽然按预先设计思路和步骤完成了沉浸式体验，但把自身虚拟人形象展示在虚拟世界，并作为明铺家具的虚拟偶像固化下来，以后几乎可以肯定获得虚拟代言人的位置。尽管测试阶段是人为设计的，但为下一步自由进入虚拟世界任何场景，从事任何体验提供了技术支撑。这是楚文科技近两年投入两亿多元，几十名工程师研发的结果。紫藤和甘花提出：两个虚拟人面部表情比较僵硬，对非常细腻的脸动、眼球转动、瞳孔收缩、嘴动同步语音，特别是笑声不太自然。甘花还提出希望虚拟人穿着更漂亮一点，比如在不同光色背景下的衣服裤子应该背景与搭配，与家具颜色更和谐、更靓丽。头发造型和头饰搭配更需要符合虚拟偶像的特征，也希望紫藤打扮得更帅气，鉴于紫藤身高只有一米七，建议穿一双增高鞋，高出十公分，这样男女搭配更符合审美习惯。现场又一次哄堂大笑，目光纷纷向紫藤他们投过来。

很快，现场安静了下来，几十人都在等待楚总、顾总、村长说点啥。领导嘛，总要总结什么什么的，这是大家的习惯思维。尤其在这种时候，大家明显感觉到在真人真身“高仿虚拟人”和“VR 头显”取得明显突破之时，又存在许多明显不足。这些明显不足来自于研发能力不足，缺乏顶尖级的领军人物，比如缺乏算力方面的专家。研发经费投入不够，经济实力不够。原因是多方面的。今天，对两个研发项目的测试，大家心里有谱，勉强合格。这时，大家的目光都集中在了楚总、顾总、村长身上。

顾总迫不及待先说：“第一次戴着 VR 头显体验，比较激动，看到的是我从未见过的虚拟世界。我是经营实体的企业家，在体验时我就在考虑我正在体验的一切，准确地说我进入虚拟世界看到的一切，是如何把明铺家具结合起来，把现实世界的明铺家具系列变成虚拟世界的明铺家具系列。我觉得有希望了，有些条件已经成熟了。我们已经建立了元宇宙数字营销中心，建立了元宇宙数字藏品中心，元宇宙数字家具体验中心。通过这几个元宇宙数字平台，让线下客户在虚拟世界沉浸式体验，这是明铺家具厂要做的重要事情。

“这里还特别提到，明铺家具厂和楚支科技共同研发的两个虚拟偶像紫藤和甘花是成功的。真人真身的高仿虚拟人研发方向是先进的，研发思路是超前的。今天体验时，在虚拟人紫藤和虚拟人甘花身后的其中一个虚拟人就是我的数字身份。我全程目睹了紫藤和甘花两个虚拟偶像的简短表演。虽然套路是人为设计的，但因是测试阶段，人为设计是必要的。因为，他们要为明铺家具厂推销产品。我决定立即布局虚拟 IP 赛道，让现实营销结合元宇宙营销迎来明铺家具厂的又一个增长点。今天看了虚拟人紫藤和虚拟人甘花在虚拟世界的推销活动，我认为他们已经是明铺家具厂的虚拟代言人。接下来，我将和紫藤、甘花签订两年的元宇宙虚拟世界明铺家具厂系列产品代言合同。

“另外，在体验虚拟偶像推销活动时，我也在体验楚支科技刚刚研发出来的‘VR 头显’到混合现实‘MR 头显’。因为体验内容的限制，我的眼睛都是随着虚拟人紫藤和甘花在移动。当我的眼睛看往别处时，对应的环境，或者眼睛的可视物并没有成为可视主体。当然，也可能是操作问题，因为我十分小心，生怕按错了，跳出了围观虚拟人群体。如果‘眼动’技术和‘瞳孔’追踪技术再取得新的突破，虚拟人会在虚拟世界更自如一些。”

村长说话了：“哈哈哈，是一个新奇的世界。之前，什么是元宇宙我都搞不清楚，听了很多小广播，找了很多资料查阅，结果越搞越糊涂，头都晕了，还是没搞清楚。今天戴上‘VR 头显’进入虚拟世界，脑子里的元宇宙概念才有了那么一点小意思。

“楚总说了，要打造真人真身的‘高仿虚拟人’。我在看虚拟人紫藤和甘花的推销活动时，因为我认识现实中的他们，和他们接触过，总会忍不住和现实中的他们比较。外在有七分像，内在不好说。因为是预先设计，推销语言不多，要完全把两个人的内在气质和思想感情表现出来不太可能。不过，推销过程中的说话和动作还是挺像现实中的紫藤和甘花。我建议楚总和顾总，研发虚拟人不一定锁死在真人真身‘高仿虚拟人’。像其他科技公司研发的什么什么偶像之类的，更适合不同受众人群。游戏也好，购物也好，参观浏览也好，不同的体验者对不同的虚拟偶像有不同的喜好。比如我，就喜欢像甘旺和菱姣这样的虚拟代言人，老老实实的一对夫妻，推销扎扎实实的一堆木头，让我觉得可以踏踏实实去购买。”说到这儿，现场有人笑出声来。

“但是呢？”村长又说，“年轻人可能就喜欢紫藤和甘花这号的。少男少女呢，可能就喜欢唱歌的，演电影的。幼儿园的小朋友呢？他们可能更喜欢活泼的，可爱的，俏皮的。所以，我觉得，研发虚拟偶像的路可以再宽一点。另外，我对‘VR 头显’到混合现实‘MR 头显’提点意见。刚才我们体验的时间不长吧，由于注意力高度集中，体验结束我也不知用了多少时间，可能有二十分钟吧。这个东西戴在头上还是很有感觉的。虽然不是很重，但还是觉得有一大坨东西吊在脑袋前面。楚总啊，如果研发实力和资金实力足够强，能否研发出一副那种轻薄的眼镜，甚至，研发‘VR 隐形眼镜’，那么在这一块你就领先了。当然，我是站着说话不腰疼，虽然粗鲁一点，但心是好的。”现场的人都笑了。

大家又转向楚总。可楚总并不兴奋，略带一点叹息：“今天虚拟人和 VR 头显的测试算是基本成功吧。别小看这点成功，这可是凝结了我们楚支科技一大批研发人员的心血。从布局到现在，两年了，不知熬过了多少日日夜夜，付出了多少汗水，才一步步走到今天，两个项目投资四亿元还不算什么，关键是我们整个研发团队付出了巨大的精力，做出了巨大牺牲。我感谢他们，更要感谢他们的坚持。

“是的。刚才紫藤和甘花作为虚拟偶像出现在元宇宙虚拟世界时，我有一丝慰藉，辛苦终于迎来了回报。基本合格吧，这是我内心的评价。需要改进的东西还有很多，有些地方下来后就可立即改正，使虚拟偶像更加栩栩如生，有的还需要技术攻关，我们将继续引进高端人才。现在我们才四个捏脸师，不够，还要引进五个捏脸师。捏脸师之间要展开疯狂竞争，一年底薪三十万，胜出者一百万。我们还要引进面部追踪、眼球追踪、瞳孔追踪、嘴动追踪、手动追踪、脚动追踪方面的专家，还需引进专业图形处理应用软件系统，输入和演示设备等人机交互系统方面的科学家，在数字孪生、区块链、机器人、人工智能等方面的尖端人才。准备拿出五个亿，请他们到楚支科技。看来，不下狠心，不下狠手，换不来理想和满意。

“在这里，我要告诉大家，楚支科技决心走元宇宙之路绝不动摇。两年前到今天，再到以后很长一段时期，公司都要围绕元宇宙研发有关项目，以我们的研发实力和财力，争取在一两个方面有所突破，甚至，不惜找大公司和我们楚支科技进行人合也好，资合也好，联手推进。我之所以有这样的决心是因为，根据这几年我的观察和判断，元宇宙已经一发不可收。元宇宙所带动的不仅是又一场科技革命，更是我们人类社会的深刻变革。你看，富裕了，日子变好了，消费需求多样了。电脑、手机已经满足不了大众的消费需求，而元宇宙则是新的消费需求增长点。未来，戴上 VR 头显在虚拟世界沉浸式体验必将成为一种新的消费模式。而消费的内涵，必将影响到我们社会生活的方方面面，学习、工作、生活、工业、农业、服务业，甚至国防、军事等等。因为元宇宙的主要技术和基础构架，正是这些领域需要的技术和基础构架，而互联网经过这么多年发展，这些技术已经成熟了，元宇宙正是这些技术的结合体，是这些技术达到一定程度的集中反映。没有元宇宙也会出现方宇宙、长宇宙，或者云宇宙。是这些技术的成熟，把元宇宙推到了今天的风口浪尖上，这是自然的，正常的，符合科技发展规律的。

“还有，你们都知道疫情，但是疫情还要持续多久呢？谁能下这个结论？家庭聚会、朋友聚会、公众聚会少了。旅游、春游、国外游少了。而居家学习、居家办公、居家消费多了。人们花在网上和手机上的时间多了吧，紧跟着，寂寞、无聊、憋气是不是也多了？电脑、手机之外，VR 头显来了，既新奇，又能满足室内办公和居家一族的很多需求。在虚拟世界里不仅可以娱乐，同样可以工作、学习。而且在虚拟世界里，还可以实现全国性的全球性的交流互动。国界、边界没有了，在另一个崭新的空间里，复制和创造着现实中的一切。你们知道我为什么执意要研发真人真身真语的‘高仿虚拟人’吗？现在可以告诉你们，那是因为我一段永生难忘的经历。

“三年前的疫情肆虐，大家都深有同感。因为职业的关系，长期出差于国内国外，不幸感染了病毒。开始并不在乎，虽然已经听说了病毒有多厉害。在持续咳嗽发烧之后，我到医院检查，确诊阳性。可能是因为心理因素吧，再坦然的人也不淡定了。特别是，当我看到一个又一个病毒感染者被送进医院，你们知道吗？人在那种环境下，紧张感油然而生啊。在几天的焦虑不安、过度紧张之后，我直接上了呼吸机。整个人啊，精神都垮掉了。天天都在用药，护士天天都在精心护理，我却感觉末日在一步步逼近。烦躁、抓狂，你们知道什么时候出现吗？这个时候出现了。我不止一次用双脚使劲踹着那张床头。由于戴着呼吸机，说不了话，我就从喉咙发出‘嗡嗡’的声音，想把呼吸机拿掉，又怕拿掉停止呼吸。大脑在往绝处想，内心在做垂死挣扎。头在不停晃动，手在不停抓动，脚在不停踹动，身体在不停扭动。我想到楚支科技还有那么多的事需要我去组织实施，一帮志同道合的同行还等着我，我怎么可能突然离开他们呢？悲观、失望向我袭来。正在这时，连续几天照顾我的一位女护士走到病床前：'听说你是楚总，不，我叫你帅哥吧。帅哥，你为什么狂躁、焦虑呢？你的指标，已经开始转好，你的病情也已经开始好转。帅哥，有什么悲观的呢？你将是第一个走出重症监护室的人。帅哥，你真幸运，外面有你一个同学托志愿者送来了一小杯鸡汤，他说你就当喝一杯酒，喝完他才离开，不喝他就不走。'哈哈哈，这个同学就是村长。半个月以后，我获准出院，还是那个女护士送我到医院的大门。我看着那位女护士，不知说什么才好，只有感激，感恩，感谢。我要上车离开医院了，同事们都在等待，我突然涌上一股勇气走近女护士，感激地望着她：'能把口罩摘下让我看看吗？'她微微一笑，摘下口罩，又微微一笑，戴上口罩。那一瞬间，我震惊得全身的血液都似凝固了。她脸上由于长时间戴口罩，出现了几道深深的血印。她微笑中被掩盖的疲惫，神采中被深藏的大爱，期盼中被激发的自信全都浸透在她脸上几道深深的血印中。临摹，描绘，算得了什么？雕刻、塑形算得了什么？她是屹立在我眼前活生生的白衣天使，是一尊占据我整个身心的女神。我不知道她的名字，但我记住了她的脸，脸上那几道深陷的红色印记。有了这样伟大的救护，伟大的爱护，我们的生命才如此精彩。"楚总说着，忍不住热泪盈眶。

掌声如雷动，村长紧紧握住楚总的手："我明白了，我支持你搞真人真身版的'高仿虚拟人'。"

顾总握住楚总的手："我们公司还可以调动三十亿元现金，你大胆闯吧，闯出我们所有人期盼的大爱世界。"

楚总又到了"VR头显"研发中心。楚支科技的六个研发项目，每推进一步就越显困难。研发能力不足已经上升为主要矛盾。近期，又离开了十几名研发人员，但同时又引进了几名专家。当"VR头显"呈现在人们的视野里并进行了首轮面向大众的测试后，楚总和专家们敏锐地捕捉到了需要改进和提高的技术，信心满满。他和研发人员一次又一次讨论，不断在电脑上演示，总结“VR 头显”的成败得失。

研发人员不只在电脑上进行着方案的演示、测试。在他们的案头摆满了国内外最先进的、最新的“VR 头显”研究近况。从虚拟现实到增强现实、混合现实、延展现实。“VR、AR、MR、XR”软件环环相扣，技术越来越复杂，延伸性和覆盖性越来越广。但是，从虚拟现实开始，经过十几年的积累，有关技术已经成熟。每一项技术成熟，都自然而不可避免地向技术的深度和广度扩展，这既是技术本身的内在动力，也是技术人员所具有的无可阻挡的创新动力。不断探索创新成为科学研究的永恒，科技人员已经成为一个国家的核心人力资源，科技研发成为人类社会发展的核心驱动力。

楚总推进“VR 头显”，很大程度上是测试着自己和整个研发团队的信心。这个信心就是从“VR”“AR”“MR”“XR”步步升级，明知越来越难，甚至不能自拔，但又必须拔出来走下去。

他所倾心的“MR 混合现实”，两年前就已在脑中酝酿，却一次次被兴奋刺激，又一次次被自卑打击。他不止一次对研发团队粗暴地表态：“老子打死也不放弃。”

他的率真与执着感染和激励着研发团队。一群近乎疯狂的年轻人，在玩命地捕获头部、手部追踪数据，并在三维空间展现全身活动。他们清楚如果不能突破头部和手部的追踪技术，就展现不了作为虚拟人的全身活动，无法生成真假难辨的 3D 化身。又比如，研发团队一致认为的，不解决眼动追踪将不会是真正意义上的“MR 头显”。眼睛是心灵的窗口，窗口内刻板呆滞，或眼里“死水微澜”，让人无法想象“MR 头显”的先进与优越。

“眼动技术”成为楚支科技的“拦路虎”。研发团队反复查阅资料，明白了“瞳孔角膜反射法”，由眼动摄像机、光源和算法共同完成。研究团队进一步深入：光源发射红外光在眼角膜反射形成闪烁点，眼动摄像机捕捉眼睛的高分辨图像，经过缜密而快速的算法，实时定位闪烁点与瞳孔的位置，最后借助模型估算出体验者的视线和眼睛停留位置。于是，研发团队解析“眼动技术”的技术构成。两个多月时间，没有白天黑夜，几十人轮番上阵。楚总的头发又白了几束，脸皮又厚了一层，老态、疲态尽显。最后楚总不得不低下了头：“仅此一项，借助‘眼动技术’大公司的技术，支付专利费。其他的技术，给我冲，死磕。”

楚总有气无力地靠在椅子上，望着天花板摇摇头：“我当初为什么选择这条路啊？”

铁叔端着一盘切得又大又薄的冒着热气的腊肉，一杯豆奶进来了：“来吧，到茶歇时间了，趁热干掉它，精神头就有了。”

“铁叔，谢谢你。我不想吃，只想睡觉。”楚总无力地说。

铁叔有点心痛比自己小三十多岁的楚总，尽管楚总在楚支科技岁数已经偏大了，其他的百分之九十以上的年轻人在铁叔心目中还是乳臭未干的小毛孩子。

“吃了再睡。吃饱了，睡好了，什么都好了。年轻人，拖垮身体不是偶然一时，而是长期积累。我爹我娘都是六十出头就走了，他们为了铁匠世家的荣誉和传承，每天每时都在忙碌，为了下一辈，每天都在艰难地生活。他们的身体早就出问题了，但没时间去医院，县上医院要坐拖拉机去，得耗费一整天。所以他们一天天就这么疲惫着，忙碌着，操心着。有时不舒服了，就托人到县上买点药吃了又继续干。日复一日，年复一年。年轻时扛得住，但一上六十，免疫力下降，扛不住了。我就经常听到爹娘说这不舒服那不舒服。后来看见床头柜上、餐边柜上、组合柜里，甚至鞋柜里都放着各种各样的药。爹娘的衣裤兜里随时随地都装着药，我们家都快成药房了。老年人有的基础病，他们全都有，却为了下一代还在累，还在苦，还在忙，还在干，毫无疑问，这是伟大的父爱母爱。我爹五十多岁就已经不行了，患上了肺癌，这和他抽叶子烟有关系，一根接一根地抽。但当时，爹自己不知道是肺癌，村里、镇上没有检查条件。所以，一经检查，加上脑溢血，就已经不行了，还没送到省上医院就走了。娘是摔了一跤，看起来没啥。本来娘的身体还行，但不到十天，突然就不行了，刚送到县上医院几天就走了。所以呀，楚总，要学会爱护自己的身体，以为睡一觉就能撑过去是不对的，体内的营养没有得到补充，里面的肠肠肚肚都处于不良状态。你还是把腊肉吃了，快凉了，把豆奶也喝了，这玩意儿真是补充体力。”说着，铁叔就夹了一大片腊肉递到楚总的嘴边。楚总什么都不想了，一口就吃进嘴里，又迅速把剩下的几片一起送进嘴里。因塞得太满，他说不出话，只是“嘿嘿”点头。铁叔把豆奶递给楚总：“别急，别噎着，喝一口疏通疏通。”楚总拿起杯子，一口喝下去，吞咽几下，又一口喝下去，又吞咽几下。终于，好不容易缓过劲来。

铁叔站起来：“你休息，睡上两小时。我不陪你了。”

楚总也站起来：“铁叔你真好，待我像你娃一样。我也不想睡了，我们再聊聊。这段时间我实在太忙，顾不上你。在这，我向副董事长道歉，对不起。”

铁叔哈哈大笑：“道什么歉，哪来这么多歉来道？咱们分工不是很明确吗？你抓总，管全面，重点管研发，我协助你管好后勤。你给我说研发的事，就是对牛弹琴。哈哈，别说了。我后勤方面的事没给你多说，是怕打扰你。今天来，我是想说一件事，看你累得这样，还是改天吧。”

楚总：“来了就说吧。”

铁叔：“好，我说。我打定主意了，辞去副董事长职务，干我喜欢干的事。”

楚总一惊：“铁叔，啥意思，是我对不住你吗？”

铁叔：“我是另有想法。我想开一个远程网上医疗站，让我爹娘的悲剧不再在铁头村重演。另外，我和甘旺合计好了，开个腊味店，随卖随吃的那种。甘旺开卤肉店，卖点鸡爪、鹅掌、猪蹄子什么的，为村里两百多个年轻科研人员提供点营养，丰富一下餐桌。哦，对了，豆娘还要恢复几家豆腐店，那玩意儿有营养，适合中老年，对你这种用脑多的人也合适，这就是我的想法。至于 VR 头显研发中心，我的 49% 的股份，你要就便宜卖给你。你不要，我就留着，等你成功以后我坐享其成。”

楚总听了铁叔一席话，本来想一口回绝铁叔辞去副董事长一事，但感觉他经过了深思熟虑，也不知说什么才好：“铁叔，我可没有赶你哦。你要想好，想通了，你干什么我都全力支持你！”

正说着，村长气喘吁吁地跑来，大声嚷嚷：“铁叔，铁叔，你大娃铁欢是怎么回事，怎么事先不跟我说呢？他是你大娃，也是铁头村的人呢，要到什么地方去，我心里好有个数呀。再说了，他不是出差，是出家，这么大的事你也瞒着我。好端端一个男子汉，出家干什么？是你逼他的吧？你这个出了名的霸道老爹快给我说说咋回事，我看能不能挽救一下。”一看村长发着脾气大声嚷嚷而来，铁叔反而异常冷静：“哦，对了，忘了给你报告了。因为我和豆娘明天要去看他。不，不，劝他回来。到时，村长你什么都知道了。”

“那你把铁欢劝回来。”

“好，我马上回家，和豆娘准备一下，明天就去。”铁叔说完就离开了。

村长一见铁叔走了，回头正要说，楚总的两条胳膊已经紧紧地抱住了他：“老同学，你又一次出手帮助我贷到了十亿元。我欠你两次人情了，怎么回报你呢？回报不起哟。我的老同学，我的父母官，我的村长大人。”

“干啥干啥，什么情不情的还不还的。你看你干了啥？一嘴的腊肉味。”村长也搂着楚总的肩，“钱弄到了，我也放心了，你就使劲干吧。我来找你，就是说我爹不愿意离开那家银行，说银行对他很好，他不能一走了之，对不起银行。”

楚总放下手：“哦，我是想找你爹来做后勤主管，薪水是他在银行当伙食团长的几倍，你们互相也有个照顾。”

“谢谢楚总好意。我爹留意已定，我不好劝他，以后我多抽时间看看爹去。”村长说。

“铁叔要辞去副董事长职务，你知道吗？”楚总问村长。

“知道，他给我说过，叫我不要声张，他考虑好了再决定，一旦决定了就会辞的。铁叔那脾气谁都知道，很固执的。”村长说。

楚总又问：“刚才听你说铁叔大娃铁欢出家了是咋回事？”

村长说：“县上公安局找我了。铁欢炒虚拟世界房产地产，炒虚拟货币，被骗被坑了，一千三百万元全没了，惨得很。还好，他只是投入，没有参加买卖，只需要配合调查。后来我到县上电子技校去找铁欢，他老婆丁香支支吾吾不肯给我说，我就没在意。过了几天，我又去电子技校找铁欢，丁香给我说实话了。我想只要人没事，平安活着就没事。这不，我刚从电子技校回来，就到你公司来找铁叔，问问是什么原因让铁欢出家了。”

楚总：“可以挽救，可以挽救。我估计铁欢是痴迷于元宇宙夹杂的各种骗局，想赌一把，结果被骗了。一千三百万元不是一个小数目，他可能觉得无脸见人，对被欺骗又产生了过激反应，认为他周围的一切都是‘骗’。他想远离这些‘骗’，找个与世隔绝的地方安静一下。”

村长叹息：“可惜了，他是咱们铁头村唯一考上大学本科的人才。那年他考上了省上的电子大学，全村男女老少敲锣打鼓，张贴喜报庆祝。铁叔和豆娘摆了几十桌宴请全村的人，那叫一个欢喜啊。他大学毕业后，被县上电子技校要去了，当了一名教师，咱们铁头村也算是出了第一个教书先生，很光荣的事。可是才几年，他怎么就出家了，还亏了一千三百万元。这件事铁叔事先没有告诉我，我刚才挺生气的。”

“家丑不可外扬嘛。铁叔和豆娘可能是这种想法。”楚总劝村长，“你要相信铁叔和豆娘能够解决好这件事，等他们把铁欢劝回来后，我找他聊聊。”

铁叔和豆娘回家了。一进门铁叔就说：“村长知道了。”

豆娘埋怨：“我早跟你说过给村长说一下。这下村长肯定生气了。”

铁叔很不耐烦：“这事怎么说得出口嘛？”

豆娘急了：“铁欢没偷没抢，就是输了点钱，想不通，无脸见人，找了个庙子躲起来，这有多开不了口？”

铁叔忙说：“村长问的时候，我说咱俩明天去看铁欢，把他劝回来。”

豆娘还是急：“他不回来怎么办？”

铁叔无可奈何：“试试吧，只能这样了。”

豆娘：“我们得准备准备，想想带点什么东西给铁欢，衣服不带了，他有，还是带点吃的吧。”

铁叔点点头：“只能带点吃的。其他东西庙里都有。”

豆娘一下高兴了：“我给铁欢烧一碗红烧肉。铁欢喜欢吃我烧的红烧肉。他去了八天没吃肉，我给他多弄点肥的，油也多一点。”

铁叔忙说：“拉倒吧，那一碗下去不得拉一屁股猪油出来。”

豆娘想想：“我给他煮几根香肠，香肠瘦肉多。”

铁叔又制止：“不行，几根下去又拉不出屎了。我们都经历过，肥了泻得慌，瘦了憋得慌。”

两人突然一起叫道：“卤猪蹄子。”

豆娘笑起来：“卤猪蹄子是个折中方案。万一他们庙里领导检查起来，既没有肉也没有油，只有皮和筋。”

铁叔露出笑意：“还是你高明。我亲自下厨，给铁欢卤两根好吃的猪蹄。”

“还有，我们去了，万一被庙里老和尚发现了怎么办？”豆娘问。

“对，不能让其他人看见我们。”铁叔想想，“能不能采取引蛇出洞的战术？”

“你说啥呀，铁欢又不是蛇。不过，不过这个战术还是可以。”豆娘赞成。

“这样，明天我们去，咱俩头上都戴一张大花头巾，免得其他人认出来。另外，把铁乐、铁喜都叫上，对，还有体验团的几个人。”铁叔得意一笑，“哼哼，我就不信把铁欢引不出来。”

出发了。铁叔和豆娘还是穿着平时穿的衣服。不同的是，两人头上都戴了一张大头巾。铁叔戴了一张蓝色带小碎花的头巾，这是豆娘十几条头巾中最素的一条。昨天晚上，她好不容易在柜子里翻了出来，也没有洗洗，就给铁叔扣在头上凑合着用。豆娘则精心挑选了一张红、黄、绿、蓝大花格子头巾。由于是真丝的，戴在头上，不仅润滑，而且金光闪闪。这是豆娘最喜欢的一张头巾，每逢过年过节才戴在头上炫耀。由于长期在豆腐车间来来往往，豆娘已经多年不用，而是整齐地摆在箱子里。昨晚找出来轻轻一抖，几乎没有折叠的纹路，平平展展的。豆娘戴在头上觉得舒服，很有气场。

昨晚铁叔特别还叫来铁乐、铁喜，交代了今天要到寺院里去想办法把铁欢叫出来和他们见上一面，顺便把两根卤猪蹄子啃了。

他们选择了寺院和尚打扫的时间到达。他们大概知道寺院的旅游参观区，在电影电视里看过。在古装武侠片里，寺院成为家喻户晓的建筑场景之一。寺院、和尚也成为人们耳熟能详的词语。但和尚干什么的他们无从知晓，没兴趣也没有必要知道，因为他们已经忙得晕头转向了。

因为关心他们的大娃铁欢，铁叔和豆娘来到了寺院外面大平台一侧的下面，暂时待在那里。他们踮起脚，探着脑袋，聚精会神地往前窥视寺院外面的一切。

一切都是那么安静，只有风轻轻地吹，地面上掉落的树叶沙沙作响。

铁叔往四周看了看："咱们是不是来早了一点？"

豆娘一手死死捂住提着的竹筐内用了几层消毒餐巾布包裹严实的两大根卤猪蹄子："耐心点吧。铁乐、铁喜已各就各位。我还看见紫藤和甘花，金戈和小兰都到了。"

铁叔干脆蹲在地上，用手摸摸头上戴的蓝色碎花大头巾："这玩意儿戴着真难受。"

"哈哈哈。"豆娘捂着嘴笑出声，"像偷菜的。"

铁叔站起来："不是为了这个操蛋的铁欢，我需要受这般苦？"

"昨晚看你卤猪蹄那劲儿，还是心疼他吧。"豆娘也警觉地四周看看，"我说老头子，这老天爷是不是把咱盯上了？我们的爹娘都早早走了，但我们两个却活成了富豪。铁欢到现在算是没有出息了，但二娃铁乐和三娃铁喜又找到了有文化有知识的好对象。我信人不能完美，事不能两全，好事都占全了，说不定哪天就有不好的事。"

铁叔站累了又蹲在地上："我也信这个理。不过好事还是多点好。你看铁欢亏了点钱去当和尚，又不是因为其他原因。"说完看看豆娘放在竹筐上的手，“你轻点，卤得很软糯，别压碎了。”

豆娘急忙收手：“我不想让热气跑了。”

“有情况。”铁叔探起头盯住了寺院大门。

豆娘也站起身探头盯住寺院大门。

寺院大门走出来一个小和尚，后面跟着三个大一点的和尚，人手一把大扫帚，开始打扫门外的大平台。

铁叔和豆娘眼都不眨地看着他们。

“没有铁欢。”豆娘说。

“铁欢没有出来。”铁叔说，“可能在里面打扫卫生。”

豆娘又说：“里面可大了，我去[illegible]过。”

“目标出现。”铁叔叫出来。

“谁？”豆娘紧张地问。

“铁乐和绿苗。”铁叔说。

“他们咋就手挽手呢？”豆娘[illegible]

“恋爱期吧。”铁叔笑笑，“目标又出现。”

“谁？”豆娘看着：“哦，是铁喜和仙女。”

“金戈和小兰，紫藤和甘花都来了，来帮我们了。”铁叔开心起来。

“都是手挽手啊。金戈和小兰也好上了？”豆娘问。

“不知道。可能是假扮的吧。也许是铁乐告诉他们要扮作情侣参观游览寺院。”铁叔也不敢相信。

“你看那几个和尚莫名其妙看着他们，可能在想这么早哪来这么多旅游的。”豆娘说。

铁叔笑笑：“早游对现在的年轻人来说不算啥。”

豆娘突然看见有个和尚在看他们：“有个和尚好像发现了我们。”

“快低下头。”铁叔一把按住豆娘。

铁乐、铁喜他们发现从寺院出来的几个和尚没有铁欢之后便开始了早已预设的行动。他们知道这座寺院很大，铁欢是新进和尚，应该在里面某处打扫卫生。看来得抓紧时间，一旦打扫完卫生，和尚就要入内接受寺院的各种教育，外人是看不到的。

绿苗比铁乐还急，拉着铁乐快步往前走，偶尔碰到一个和尚又立即慢下来装着拍照。

仙女也比铁喜急，挽着他急匆匆往前赶。一个和尚突然出现在他们身边：“你们想到哪儿去？”

仙女机智回答：“我们在找洗手间。”

和尚的手往右边一指。

金戈和小兰、紫藤和甘花进入大门后从另一侧深入院内。听到一个和尚友善地说：“今天来参观的人都挺早的，多年未见这种情况了。”

四对年轻人分四个方向探索目标。

铁乐和绿苗走着走着突然站住了。他们突然看见铁欢提着一桶水，在一处墙壁下停住，用毛巾沾水拧干在墙上擦洗。他们无心关注和欣赏墙壁上的图案和文字，快步上前，与铁欢站成了一排。

铁欢看见了，不等铁乐和绿苗开口，却先问铁乐：“她是你的女朋友？”

铁乐点点头，绿苗有点紧张，把铁乐挽得紧紧的。

“祝贺你，小子，不错啊。”铁欢说着继续擦洗墙面。

铁乐说：“爹娘也来了，在外边等你。”

铁欢转头：“他们来干什么？”

绿苗：“他们想你，就是来看看。你去吧，看了再回来。”

“他们在哪儿呢？”

“在寺院门外，东南角。你跟着我们走，其他和尚不认识我们。”铁乐拉着绿苗走在铁欢前面，铁欢在墙的一边抓起一把扫帚跟在后面。

出了寺院大门，铁乐用眼神示意爹娘的位置。

铁欢一看，一个头扎蓝色头巾和一个头扎花色头巾的人在平台边沿上上下下忽隐忽现。铁欢很不耐烦地脱口而出：“什么妖魔鬼怪，爹娘在哪儿？”

铁乐再示意：“那就是他们，为了不被别人认出，特意戴了头巾。你快去吧。”

铁欢把扫帚一扔，沿东南角边小道走下去。

豆娘一见铁欢光着头就惊叫起来：“铁欢，咋没头发呢？”

铁欢没有笑脸：“你们在这儿装神弄鬼的干什么？这地方是不相信邪的。”

铁叔：“我们来看你，又怕别人认出来。看来你挺好的，就是头发没了。”

豆娘忙把捂得严严实实的两根卤猪蹄子拿出来：“你们这只能吃素，所以弄两个卤猪蹄子给你解解馋，它不是肉，也没有油，只有皮和筋。不会犯规的。”

铁欢一脸不高兴：“我们这不能吃荤菜，是要犯戒的。”

豆娘看着铁欢又看看铁叔再看看铁欢：“都拿来了，昨晚深夜，你爹亲自下厨专门给你卤的。猪蹄子不属于荤菜，是介于荤菜和素菜之间的一种菜。如果你们领导知道了，我和你爹去给他解释。”

铁叔：“你吃了不就完了吗？谁知道呢？”

豆娘把卤猪蹄子送到了铁欢的嘴边。

铁欢想拒绝，但瞬间闻到了香得直钻胃里的卤味。他又用鼻子轻轻吸了两下，按捺不住，拿起猪蹄就啃起来。啃完了一根又啃一根。

“慢点，慢点，又不是啃西瓜。”豆娘兴奋地看着铁欢嘴里包不住猪蹄吞咽困难的样子。

两根卤猪蹄子终于啃完了。铁欢把剩下的大小骨头塞进竹筐：“娘，这些骨头还给你，寺院发现了要追查的。”

“明天我们再来，今天是东南角，明天是西北角。”豆娘递给铁欢一张毛巾。

铁欢使劲擦去嘴上的痕迹：“你们别来了，麻烦。”

铁叔：“就是明天，西北角。铁乐他们不来了，我们以后也不来了。明天还是这个时间，你自己走出来。你快快回去吧。”

铁叔和豆娘目送着铁欢进入寺院内。

四对年轻人散步式地慢慢向他们靠拢。

铁叔一挥手：“解散。”

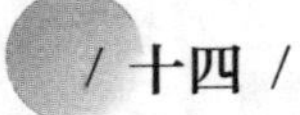

/ 十四 /

香肠腊肉熟食店试营业，人骑人扑面而来

第二天，还是这个时间，铁叔和豆娘提着比昨天更粗更长的两根卤猪蹄子到了寺院的西北角。还是戴着两张大花头巾，猫着身子，盯着寺院大门。一会儿，铁欢拿着大扫帚出来，若无其事地向他们靠近。

“慢慢吃，我还给你带来了一瓶豆奶，边吃边喝，不着急，吃得舒舒服服的。”豆娘看着铁欢。

昨天啃了两根猪蹄，又香又糯又有嚼劲，早已勾起了铁欢的“肉欲”。三十多年几乎天天有肉的胃，一下子只剩素食来填补，还是很受煎熬的。好在寺院周边几乎没有肉的味道，肉的诱惑很小，渐渐地，七八天过去后，就不怎么再想“肉”了。看着几十个和他一样的和尚顿顿素餐，铁欢也慢慢适应了素食生活。况且，他进寺院后，入门接受的全是清规戒律，每餐素食是理当遵守的。

但恰恰因为昨天爹娘的突然出现，把两根卤味十足的猪蹄送到嘴边，嗅觉、胃觉顿时恢复，根本抵挡不住眼前色香味均佳，亮晶晶的卤猪蹄子的诱惑，只要开口，必是啃完了才能止住。

今天看到了更大的两根卤猪蹄子。他知道是爹娘的心意，想让自己多吃一点，对几天“戒肉”煎熬的一点补偿。

他双手拿起一根卤猪蹄子时，本能反应：“哦，这猪蹄也太大了，一根是昨天的两根。”

豆娘急忙说：“都是皮和筋，很容易消化，没问题的，你放心吃，快吃。”

铁欢不由分说就又像啃西瓜一样一鼓气啃完了。有点噎着，他不断用手在胃部反复上下搓揉。

豆娘往前一步："来，喝豆奶，把猪蹄冲下去。"

铁欢连忙摆手："不行，不行，我喝不下了。爹、娘，你们回去吧，我肚子不太舒服。"

豆娘松开铁欢的手："你是吃多了点，快上厕所去。"

铁欢快步回到了寺院内。

铁叔和豆娘远远地看着不愿离开。铁欢的身影消失了，两人还在呆呆地望着寺院的大门。

"他是去厕所了吧？"豆娘问。

"十有八九是。我们以后来带一根猪蹄就够了。走吧，把花头巾摘了，周围没有人。"

一路上，两人不知为啥高兴不起来。铁欢啃卤猪蹄子的几分钟，他们是高兴的。铁欢离去，他们颇感失落。两人默默无语低头走着。

豆娘先开口："你给我说村长要你把铁欢劝回来，你咋这两次见到他不劝劝他回来呢？"

铁叔一摆手："不用劝。这卤猪蹄子是我爷爷、我爹，到我的传世绝活，这是最家乡的味道。'铁匠世家'靠打铁挣钱养家糊口，靠卤制猪蹄温暖四方。如果'铁匠世家'的特制'卤味'都不能把他勾回来，谁也别想劝他回来。他回来是因为'卤味'，他不回来说明他厌倦了'卤味'，我们从此不再惦记。"

豆娘点点头："是这么回事。回去后各忙各的，过几个小时就把这事给忘了。反正他想吃的时候，总会回家找我们的。"

又到晚上了。铁叔和豆娘面前都摆放着电动按摩泡脚塑料桶。随着"嘟嘟嘟"的响声，两人伸进桶里的双腿抖动起来。

"哦……"铁叔粗粗地喘了一口气，在抖动中闭上了双眼。

"累了吧，好长时间没这么爬坡上坎的。这寺院的位置倒不错，就是上下有点难，我的膝盖都有反应了。"豆娘说。

铁叔眼一睁："是啊，我膝盖也有反应。人啊，老从膝盖起，我们都快七十了，老了。"

豆娘："下次去，我们得拿根拐杖去。"

"到了七十岁再说吧，不是还有几年吗？现在用拐杖，早了点，要用你用，我反正不用。"铁叔睁开眼睛，两只脚使劲在桶里相互搓着。

"轻点，水都溢出来了，你是不是挺烦啊？"豆娘把脚擦干穿好鞋站起来。

铁叔也擦干脚穿鞋站起来："这一段时间吧，反正不那么愉快，元宇宙给弄的。"

豆娘："也不能这么说。村长说借元宇宙这股劲儿把铁头村挺起来，把智慧村建起来。你看看咱们村，基本都是现代化了。"

铁叔手一挥："停。"说完，在专注地听着什么。

两人同时听见楼下有人敲门："爹、娘，我是铁欢，开门。"

铁叔立即抓起一个遥控器一按，楼下大门自动打开了。

豆娘立即把门打开："铁欢上二楼来。"

铁叔刚准备理理衣服，铁欢已经站在了门口："爹、娘，我被开除了。"

豆娘和铁叔傻傻地站着。

豆娘："进来进来，说说咋回事。"

铁叔看着铁欢："原因？"

"卤味。"铁欢挤出两个字。

铁叔听到"卤味"两个字，得意地瞧瞧豆娘，提高了嗓门："是不是？是不是？"

"你说得真准。还是因为你们'铁匠世家'的特制'卤味'把铁欢吸引回来了。"豆娘边说边摸摸铁欢的衣服，"还是这身衣服好，那和尚服不好看。"

"不是'卤味'把我吸引回来了，是因为'卤味'我被寺院开除了。"铁欢愁眉苦脸的。

豆娘看着铁叔，铁叔看着铁欢："哦，哦，总和'卤味'有关系。说说看，咋回事。”

铁欢一口气全吐出：“第二次啃完卤猪蹄子，我的肚子胀，去厕所拉不出来。我回去和其他和尚一起念经。肚子膨胀不舒服，想放几个屁，怕影响其他和尚，不敢放响屁，就憋住，放了几股闷气。在场的都捂住鼻子。主持在前面仍闭着眼睛一动不动。晚饭后，住持把我单独叫到一边说：‘屁里带卤味，这是第二次了。事不过三，还俗吧，去享受肉味的生活吧。’就这样，我只好回家了。”

豆娘一听：“回家好呀，到我豆奶厂来，你可以做个副董事长，一人之下，万人之上。至于工资待遇，你是我大娃，还用担心吗？把丁香和铁蛋也接回来。楼上一层都是你的，宽宽敞敞的，我们三辈人住在一起，工作在一起，这才叫其乐融融呀。”

铁叔手一摆：“说正经的。楚支科技楚总已经等你有十天了。他期盼与你见面。这事我一直没给你说。你出家当和尚，我没法给他说。回来了就好，我帮你约一下。楚总非常在乎你和丁香都是电子大学毕业的。他惜才如命。现在，楚支科技正在咱们村搞元宇宙和智慧村。他把整个研发基地从省上搬到了咱们村，铁了心要大干一场。他需要人才，急需人才。我把你和丁香的情况早就给他说了。昨天，他还在问我，我说你出差了。明天找个时间，你到他那儿去。你和丁香先商量一下，无论你最后怎么决定，我都支持。楼上房间都是你的。保姆每天都把你房间打扫得干干净净，上去就可睡觉。”

铁欢上楼去了。铁叔和豆娘抿嘴一笑：“该睡个好觉了。”

VR 头显研发中心内，楚总和铁欢面对面坐着。一早，楚总就接到铁叔的电话，说铁欢已经还俗了，回家了。正好让楚总和铁欢聊聊。

楚总先说：“我早已瞄上你。十天前还向铁叔打听你，铁叔说你出差了。”

“不是出差，是出家了。”铁欢如实说。

楚总：“不管出差出家，见到你，我很高兴。你的情况，铁叔都给我说了。难得呀，在那个年代能考上大学，而且是电子大学，不简单，你是不是感到特骄傲?"

"是的，整个铁头村都沸腾了。给爹娘长了脸，我激动得三天三夜没睡着觉。我是那年全村唯一一个考上大学本科的人。"铁欢掩饰不住得意。

楚总笑起来："我读的是信息科技大学，比你早几年。接到录取通知书我也高兴坏了，爹和娘也是高兴坏了，仿佛年轻了十岁，还给我摆了三台升学宴。听说你媳妇丁香也是电子大学毕业的。"

"嗯，她是我的同班同学，学的是智能电网信息工程，又一起分配到县上电子技校教书。电子技校属中专。她教电路基本原理，我教计算机操作与应用。"铁欢说。

楚总笑笑："然后就相识结婚了。"

"我们毕业就结婚了。现在有个娃，叫铁蛋，已四岁多了。"铁欢说。

楚总："不容易啊，两个大学生到县上教书。不过，离铁头村很近，靠近父母，也是好事。"

"我不想教书的，但丁香喜欢教师职业，我就随她了。我是想到外面闯闯，毕竟电子技术专业是很吃香的。而且，我又特别喜欢计算机操作与应用这门课程，想和一些创业的小科技公司一样创业。"铁欢说。

楚总："哈哈，这想法不错。我就是毕业以后，没有找固定的工作，和几个同学搞了一个游戏公司。你看，才六七年啊，六十亿资产了。可以想象，如果你当初创业搞一个科技公司，今天也是亿万富翁了。"

"是很遗憾，所以，我不是很专心教学工作，总是不安分守已，整天寻思着搞点别的。"铁欢说。

楚总问："搞了吗?"

铁欢点点头："搞了。想借元宇宙概念赌一把，结果把一千三百三十万元输得精光。想不通，无脸见人，一气之下出家了，想躲避。"

楚总："回来就好。铁叔给我说，他和你娘天天都在想你。你不在的时候，他们深受折磨，又老了一头。"

铁欢沉默了。

楚总又问："你和丁香学的专业丢了吗？"

铁欢："毕业才几年呀，不会丢的。只是国内外相关专业的前沿信息没有关注了。教书嘛，日复一日，年复一年，都那一套，背熟了。"

楚总点点头："把专业捡起来吧，叫丁香也捡起来。现在楚支科技和铁头村已经完全融合在一起了。准确地说是元宇宙与智慧村完全融合在一起了。没有你我，没有彼此。我们的每一步工作和铁头村的每一步工作都是互动的。村长说得好，借元宇宙这股劲把铁头村挺起来，把智慧村建起来。铁头村的一切生产、劳动、建设都会在元宇宙虚拟世界里真实地再现。我们把研发与建设同步。目标就是在提升元宇宙相关技术的同时，让铁头村变成名副其实的智慧村。"

铁欢边听边思考着："楚总的意思是把人类发挥主观能动性改造客观世界的一切，通过元宇宙的相关技术呈现在虚拟世界里，让进入虚拟世界里的体验者，不，未来就是参与者，体验参与创造虚拟世界的一切。"

楚总睁大了眼睛："说下去。"

铁欢说："创造虚拟世界的一切，包括创新的思维，创设的技能。创建虚拟世界里从未有过的事物。这个事物就是现实世界里的客观事物。客观事物又包罗万象，现实有的，虚拟世界也有。主观能动性是现实里人类的思想活动。创建虚拟世界的一切，就是我们不断研发，增强技能，企图打造虚拟世界的主观思维和行动。我们现在参与元宇宙研发的科技公司都在为之奋斗，就是这种思维和行动的证明，这是人类的本能需求，唯有争取才能进步，只有进步才能更好。互联网到了今天，已经是非常优异的进步了，几乎满足了人类一切美好的期求。但是还不够。人类还需要更好。无论属于哪个国家、民族，只要是人，只要是人组建的各行各业，都在争取进步。科技公司在改造客观世界里，创建了互联网，使人类的生存和生活品质大大提高，但并不能满足更好的需求。互联网让这些科技公司在为人类提高生活品质的同时，自己也是名利双收。巨大的财富效益驱使他们向着更高的目标挺进，为人类提供更好的生活。对不起，我必须获得更大的利益。通过巨大的付出获得巨大的财富无可厚非。于是，在需求与满足双双高而可攀的正当时，元宇宙出现了。虽然元宇宙概念三十年前出现在一本小说里，想在虚拟世界里，人类可以用数字化身控制和提高自己。又因两年前一个科技巨头把自己的公司更名元宇宙而火爆全球。但是，当众多科技公司反应过来并迅速溯源之后发现，现在的元宇宙远不是三十年前小说里的元宇宙了。其内涵与外延已经发生了天翻地覆的变化。再一深究，科技公司不难发现，互联网走到今天，无论任何一位科技巨头如何精妙地解释元宇宙，其包括的若干重大核心技术早已在互联网时代就奠定了雄厚的基础。量子计算机、人工智能、云计算、大数据、物联网、数字孪生、区块链，VR、AR、MR、XR 等可穿戴设备，还有芯片、算力、图像处理，5G、6G 通信，三维空间、全息投影、机器人、虚拟人和 3D 虚拟仿真、人机交互、脑机接口等等一个庞大的技术群已经为元宇宙奠定了厚实的基础。没有元宇宙，也会因一个科技巨头或一个科技公司的意外之举，代之以‘云宇宙’‘外宇宙’。‘元宇宙’，就是一个众人实时交互的 3D 世界而已。这是科技发展到今天必然要出现的高于互联网的，强于互联网的新的网络空间和科技现象。绝不是无中生有，更不是异想天开。而是通过科技工作者的创新创造在完全可能实现的方向，一步步推演出来的。”

“啊。”楚总审视着坐在对面的，闪电出家，又闪电还俗的，比自己小几岁的，电子大学毕业的，铁头村响当当的铁叔的大娃：“一个人对元宇宙有自己的观点和理解，就说明这个人对元宇宙有一定了解。听得出你对元宇宙有哲学上的理解。这是我没想到的。可疑问来了，一千三百三十万元为什么输得精光?”

铁欢点点头：“任何新生事物之初，乱象频出，乱象之中必有骗局。即使新生事物发展到一定阶段，仍有骗局夹杂其中。只是很多人特别是局外人看不出来。设局者是想获利，入局者也想获利。各种骗局悄然兴起。一些所谓的科技公司并没有研发元宇宙的主要技术，但大肆炒作，一堆元宇宙概念股票趋之而出。我投了，想赚一点就出来，但炒股资金太少，三十万元，赢几万我不甘心。在可以出来的情况下我没有出，贪心，想多赚点。结果几天工夫，百分之八十没有了。我又发现了炒元宇宙房产是个获取暴利的机会。于是我编了故事，骗借了爹娘的三百万元购买了虚拟世界的一处房产。过程中，我已经感觉到可能受骗，想及时出手卖给下家，但接盘的傻子没有出现。于是我将三百万的房产作价四百万，加上我在网上推销所谓元宇宙'娘的豆奶'，获得一千万元货款，将其中六百万和那处虚拟房产作价四百万，共一千万元购置了虚拟世界的一块地皮，心想只要有一个接盘的，我就卖了，赚一把退出来。我知道这是炒作，也感觉到了可能是个骗局。但赌徒心理让我抱着侥幸，只要不当最后的接盘者，肯定要赚。可万万没有想到，设局者看出了我的心思。所以，我既是第一棒，也是最后一棒。设局者没有给我任何机会。再后来，我还剩四百万元。赌徒心理让我几近疯狂，立即购买了虚拟币，想快进快出。结果几天后，公安局就把我请进去协助调查。进去的瞬间，我就知道已经输得精光。再后来，你都知道了，我赌气出家了。还好，在寺院的八天里，我安安静静想了很多。也是因为一个意外，我吃了爹娘为我卤制的大猪蹄子，连连放屁，屁里带卤味被寺院住持嗅到发现了，他说已经是第二次了，不会给我第三次机会，叫我立刻还俗走人。"

楚总把茶水往前推推："喝口茶。你的故事挺精彩的。一千三百三十万输了，就当买个教训吧。几年中，有的科技公司一夜倒闭，有的富豪也是一夜亏损几千万、几个亿。像你说的，明知是赌局，又想进去捞一把，只要在最后一棒之前出来就是赢利。但你永远不知道最后一棒何时出现。当你发现时，庄家已经跑了，设局虚拟房地产的大门关上了，不亏才怪呢。还好，你回来了。而且我们两人正在愉快地喝茶，愉快地聊天。"

"是的，我觉得这才是真正的生活。我爹给我说了你有意招揽人才。我不是人才，我媳妇丁香也不是人才。我只想知道我到你门下，我能干啥？"铁欢问。

"干的事可多了。只要是电子大学毕业的，无论学的哪种专业，在楚支科技都有用武之地。你和丁香都是学智能电网信息工程，与元宇宙相关技术有密切关系。你又喜欢计算机操作与应用，她又教电路的基本原理，元宇宙能离开这些吗？我想问问，你喜欢打游戏吗？"楚总问。

铁欢一笑："太喜欢了，从高中玩到了大学毕业，那段时间，市面上好玩的游戏都玩过了，还是比较高级别的玩家。后来教书玩的时间就少了。我还喜欢看科幻小说，是个科幻迷。元宇宙的发端《雪崩》我早就读过了。平时专业的东西关心较少，而科幻的事关注得多。"

楚总越来越高兴："哈哈，看来咱俩爱好都差不多。我也是个游戏爱好者。从爱好参与到找几个同学自己学着设计创作游戏走到了今天。你觉得你喜欢游戏和科幻的最大动力是什么？"

"冒险。敢想敢干。有时真的是不计后果。一千三百三十万输得精光，换一种说法就是明知山有虎，偏向虎山行，结果被大老虎吃了。再换一种说法，明知是个坑偏往里面跳，结果被土给埋了。但敢想，敢做，敢冒风险，我骨子里是不会丢的，这是我们铁匠世家的传统吧。"铁欢说。

"所以你不甘寂寞，不墨守成规，总是想跳出教书行列，又跳不出来。于是元宇宙之风一刮，你就看到了趁乱赚钱的机会。熟悉了元宇宙的相关信息，先后带着一千三百三十万元一头扎了进去。尽管早已判断出百分之九十九输的后果，但你甘冒风险，拼尽全力去争取百分之一的机会。虽然失算了，但你不甘人后，以小博大的冒险精神得到了满足。当然，输得精光，也是一记闷棍，多多少少把你敲醒了一点。那现在呢，你的心态平和了一些吗？"楚总又追问。

"平和了许多，但挑战冒险的精神永远改不了。无论现在我做任何工作，我敢想，也敢干。因为没有想就没有干，没有奇想就干不出奇迹。我不否定，一年四季的辛勤耕耘，收获金满粮仓也是奇迹。但如果在科技公司，没有奇想就没有奇迹可言。只能有了奇想之后，才是精心策划，踏踏实实拼命地按照想法去实现目标。研发，研发，还是研发；测试，测试，还是测试。心无杂念，旁无他人，把目标渗到血液里，钻到骨子里，扎在心底里。"铁欢越说越激动。

楚总突然又转了一个话题："你知道楚支科技派往铁头村的'腾云驾雾沉浸式体验团'吗？那四个年轻人认识吗？"

铁欢说："见过，就住在我爹娘楼下，我没接触过。我只知道那个绿苗是我弟弟铁乐的女朋友，仙女是我弟弟铁喜的女朋友。在两个女朋友的鼓励下，我两个弟弟都在网上参加自学本科考试。哈哈，女朋友的鼓励力量很大。我两个弟弟不想在文化上落后，想缩短与女朋友的文化差距。如果以后有一个好的结局，在文化知识层面和人的素质上显得更合理，更搭配。”

楚总接着说：“有个好的结果就太好了。这四个年轻人是我们楚支科技同一个年龄段的精英。金戈大一点，三十几岁，是个好小伙子，前途无量。你爹辞去副董事长，我叫金戈来接任，他来牵头搞元宇宙主题公园，筹备方案已经通过了。里面涉及的几大板块也在积极实施，紫藤专门负责元宇宙虚拟人板块。他和甘旺的女儿甘花已经和明铺家具厂签订了合同，成为虚拟偶像宣传推销明铺家具厂的代言人。明铺家具厂还建立了元宇宙数字藏馆，供体验者参观、欣赏、购买，线下供货。绿苗是个文静的姑娘，千万别小看，她是个游戏迷、科幻迷。她最新的身份是元宇宙主题公园几大板块背景——包括环境、场景、天气、灯光的设计总监。这是一个技术活，好在她天资聪明，有过硬的专业基础，加之勤劳敬业，相信她能完成任务。以她为主构思设计的元宇宙主题公园六大板块的场景实施方案已经通过审查，这小姑娘真有想法，佩服。还有一个仙女，是你弟弟铁喜的女朋友。这个女孩就像你说的，天不怕地不怕，敢想敢干敢为，属于‘搏命女郎’。她现在是把现实人和虚拟人的行为活动如何自动生成在虚拟世界里，通过VR、AR、MR、XR显示屏，诱导、指导体验者做出符合逻辑的人的活动。她提出了一个很重要的观点，体验者进入虚拟世界后，不能想入非非地胡乱折腾，在主观上想要体验的任何领域，研发者应该提供一个体验示范。引导体验者按照要求，展开具体行为。体验者和示范者可以互动，也可以经示范者启发展开自己认为更满意的、更愉快的行为。我高度认同这个观点。体验者想建一座桥，虚拟世界的仓库里有建桥的一切材料，怎么建？怎么设计？无法体验。只能在另一个仓库去搜出建筑模型符号，或者凭想象被动生成一个其实早早被他人设计的建筑模型，看似闹热，实则是在他人设计制作的景物里，满足了人的低层次虚荣心。尽管这个也需要，但

‘示范体验’项目也一定需要。我下了很大决心派这四个年轻人组成‘腾云驾雾沉浸式体验团’到铁头村，很大程度上就是冲着‘示范体验’项目来的。我是想‘唯我所用’和‘拿来他用’相结合。当然，我们楚支科技还有几十人的研发队伍，他们都在夜以继日地搞研发。因为相关技术太多太复杂。我这个当总的，知道很难。但难就停下，不是我的性格，也不是我的人生追求。”

铁欢已经明白了，楚总所说的，已经在暗示自己在元宇宙这个大项目中，自己究竟能做点什么。金戈、紫藤、仙女、绿苗都以自己独特优势获得了自己的位置。他想了一下：“我的专长可能还是在计算机方面。其他的仅仅是熟悉和了解。我教学计算机操作与应用这门课，特别有兴趣，很上心。不仅是教学上的课程内容，对相关信息知识也很关注，也很敏感。每次关注到这些都本能地有些想法。比如计算机图形，语言合成，动作、表情捕捉，交互能力等等都需要计算机的创造手段来完成。我曾多次试图构建一个完美的虚拟人，以此超越和征服现在已经研发的虚拟人。但一深想，才知技术复杂，而且没有研发资金。另外，各种信息资料已经显示，虚拟人作为元宇宙的重要产业之一，已经最先成为各大科技公司争相研发的攻关项目。因为人是研发和参与体验的主体，没有人，一切无从谈起。所以高度的拟人化、仿生化、逼真化是未来虚拟人研发的核心要素，谁先快人一步实现了真人版的虚拟人，谁就抢占了先机，占据了虚拟人市场的顶端。但遗憾的是，有些最棘手的技术，比如眼动追踪、瞳孔追踪等等，国外十几年前就研究出来了，而且申请了专利。我们要重新研究，至少也要五六年，而且要投入几十亿。如果现在就要推出令人满意的虚拟人，只能求助这些大的科技公司，支付巨额专利费。不过与其这样，不如提前布局开发，引进高端人才，投入巨额资金，自己研发。几年不行，那就十年。只要认真为之，就没有攻破不了的难关。那些国外的大公司研发成功之前，也走过了艰辛漫长的路。只要坚持下去，就能保证自己的饭碗永远端在自己手里。”

楚总静静地听着铁欢的每一句话，他在想根据铁欢的专业知识，爱好兴趣，性格特征，让铁欢牵头搞一个最能发挥他技术专长的项目。在楚支科技还有十几名专门研究虚拟人的工程师，紫藤也曾对虚拟人有过深度研究。但铁欢的敢想敢为，绝不低于他人之下的勇气和决心是其他研发人员所不具备的。就是要打破惯性思维，打破墨守成规。楚支科技已经为此消耗了巨大的人力物力，一直都在寻找一批脑子发热，突发奇想，又能玩命、搏命的年轻人。拿出几亿资金让他们玩去，让他们搏去，不成功就算打炮了。但万一，开放了哪怕是一朵小花，也会让人欣喜若狂。三年一熬，五年一磨，八年一拼，十年一剑，一剑封喉，一剑致命。自己多年率领几个穷同学，穷哥们儿，不正是这样一路屁滚尿流滚过来了吗？对，让铁欢具体负责虚拟人项目的研发，这小子有胆识。

楚总安静了一会儿："铁欢，听出来了，探索与冒险是你的理念。换句话说，创新与挑战是你的人生态度。这对你到楚支科技来工作是难能可贵的无价之宝。我想让你牵头负责研发虚拟人，这个组有十几个人，你要使出浑身解数激活他们的战斗意志和研发灵感。同时，以你常常突发奇想的天赋，捕捉突破技术难点的那一瞬间。我给你两亿研发资金，给你一百万年薪。"楚总又想想，"把你媳妇丁香也调来吧。"

铁欢认真地看着楚总："我乐意接受挑战，但是丁香来不了。我来之前和她沟通了，她喜欢教师这个职业，当一名教师是她一生的梦想。另外，他们校长也发话了，说我离开电子技校，丁香就一定要留下来。电子技校要保留一块电子大学毕业教师的金字招牌。"

"好，那你辛苦了。村上县上两边跑。祝你成功。"楚总伸手握住了铁欢的手。

又见村长气喘吁吁跑向元宇宙推进中心，豆娘先一步从里面跑出来："我已经缴税了。税务局的人挺好，说在网上推销豆奶，到实体店提货，缴税和在实体店是一样的。他们一如既往很优惠，很支持我。我终于松了一口气。不过，他们提醒我，家里的任何亲人以后都不能以私人名义打着公司的旗号，把货款直接存入私人账户，这会产生很大漏洞，非常危险。铁欢这次的案例是个教训。他们看到我们豆奶厂年生产能力能达到五百万吨，很高兴，希望我们能继续做大做强，他们还会有更大的支持力度。另外啊，你们村委会同意我再租五十亩地建厂扩大产能，并且已经开始建厂房了。下个月可以运行了。我想着，把生产制作豆腐也恢复起来，豆腐、豆奶一起上，豆腐也有很大市场。‘豆腐世家’嘛，就应该有制作豆腐的传统。村长，你放心，缴了税，一身轻。现在我这个董事长啊，还真有点现代董事长的派头了。”说完，豆娘笑个不停。

村长连连点头：“好事，好事。缴税的事我一度挺担心的，现在不用担心了。新建厂房抓紧吧，豆腐才是你们家的招牌，已经家喻户晓了。我听说，你和铁叔还要开几个副食店，这很好啊，咱们铁头村什么都有了。”说完，村长进入了元宇宙推进中心。

“各位父老乡亲，亲爱的村民们，今天，我又得说说几件高兴的事。刚才碰见豆娘，她说新租赁的五十亩地建厂房，扩大再生产，下个月就投入生产运营。豆娘说用厂房来制作豆腐。这样，豆腐世家的一技之长又能展现了。我们既可以喝豆奶，还可以吃豆腐。这个豆腐啊，养胃益脾，清润减燥。这个豆腐啊，里边含有不饱和脂肪酸，有利于维持机体内正常的胆固醇含量，而且易于消化，还可降低虚火，滋润干燥肺部。我就天天要吃一次豆腐，先奇老人和傅曦老人每天也要吃一次豆腐。好啊，下个月，成批成量的豆腐又要从我们‘豆腐世家’出产了，是口福也是健康福气啊。和现在豆奶厂一样，豆腐厂全自动智能化，大批量生产指日可待，我们预祝豆娘赚更多的钱，缴更多的税，造福咱们铁头村的每一户。这是我刚知道的，没在稿子上。现在开始讲稿子上的。

“今年鱼塘的鱼儿也是大丰收了。五个大鱼塘，有三个大鱼塘的鱼儿长大了，最小的一斤多，最大的三斤多。捕鱼呀，那才叫一个壮观哟。二十几个壮汉手牵渔网从水中推到岸边，喜人啊。县上的省上的，老远老远驾车来，还有小型货车，不得了，七八十辆，一下就捞走了一半。镇上的、县上的水产市场、农贸市场、餐馆又捞走了一半。铁喜啊，就是承包经营五个大鱼塘的小伙子，和他的合伙人这下赚翻了。这一买卖呀，收入三十几万，创造了历史新高啊。

“还有，猕猴桃也是刚刚成熟，就被三家预订公司的八辆大卡车拉走了，拉到什么地方呢？一半拉到县上和省上了。一半拉到加工厂了。猕猴桃啊，属于季节性水果，要抓紧买来吃。质地柔软，口感酸甜。一句话，促进消化，缓解便秘。一句话，拉不出屎的，吃了一下就爽了。

“甘蔗林我就不用多说了。村外的人还没有来，村里的人啊就围了上来。几分钟啊，每家都买了一捆。还有一半你们不能再买了。县上的几个市场老板是交了预付款的，甘蔗没了，铁乐和几个合伙人是要赔违约金的。

“玉米地，我去转转就走不动了。那一个个金晃晃的玉米已经从裹得严严实实的绿叶里伸出头，挤出身，露出屁股了。还有几天，我们又要见识五台刚刚引进的崭新的玉米收割机了。不不，纠正一下，是玉米收割打捆包膜一体机。我还没见过，到了后我要在现场摆个 Pose 拍照，我就喜欢在玉米地里转转遛遛，心情大好。

“茶叶也是我喜欢的好东西啊。茶山那块宝地是咱们村宝地啊。咱们村的半山飘香茶呀，供不应求啊。外面的订单排队了，销路不愁，但我们也不要高枕无忧啊。我们要想办法引来茶博士、茶专家，研发高质量茶叶，走高端路线啊。出精品，出上品，价格贵一点，有人买啊。只要东西好，没有最贵，只有更贵啊。

“村民们你们都知道了吧，咱们村的种植业、渔业是咱们村的支柱产业啊，要巩固好。现在要往高质量发展。你们看到了智能化播种、智能化监控，自动检测水质、水温，气压、温度。智能化喷药，智能化收割。哦，对对，茶叶是人工采摘。捕鱼可以智能捕鱼，但小伙子们非得秀秀肌肉下水捕捞，姑娘们看得乐呵呵的。还有九家农家乐，每到周末热闹非凡啊。送餐的那几只小机器人，‘嘀、嘀、嘀’就到你身边来了，超可爱啊。本次广播结束，欲知更多好事，且听下回分解。”

铁头村中心区，村民们习惯称为“坝中”。平坝一边被一条小河环绕，一边接连陆地，小河对岸就是另一个村。每逢节假日、赶集、庆祝活动、聚会，还有前几年兴起的各项健身活动，以及请县上、省上的大牌明星献艺，都在坝中举行。

建设元宇宙主题公园的消息不胫而走。在坝中的一侧已经划出了两千平方米的位置。土建工程已经完成，一楼一底的立方体体验中心已见雏形，内部正在打造六个功能区。每个功能区按老年组、中年组、青年组、少年组和幼儿组，可进行适合年龄段的沉浸式体验。大部分是“示范体验”，或“观察体验”，个别的属“自由体验”。

每天都有不少人利用到坝中休闲时机，围着这个将要竣工的立方体看看，说说，想想。村里人很关心，他们想的是铁头村又一处漂亮的景观将要落成了，也听说是在元宇宙主题公园里，以后可在里面怎么怎么着，说不清楚，总之，好玩。

但在铁头村几个企业工作的两百多名大学生、年轻人却是急切地盼着元宇宙主题公园尽快开业。因为这些年轻人的老板说了，以后要在虚拟世界沉浸式体验，一般都在这里，或者是在家里，不允许在公司体验。就好比进电影院看了 3D 电影进去，每人发一副 3D 眼镜，看完出场，统统放在门口的纸箱里，集中一处体验够了，回到企业就专心工作，不许再想入非非。

还有一群更关注的人是“VR 头显研发中心”的年轻人。他们的心情不是好奇、新鲜、刺激，而是惶惶不安，生怕早一天主题公园开业，经他们精心设计制作的头戴式显示器进入人们的视野，如果用户不满意他们会自卑的。

他们悬着的心放不下来。楚总的要求近乎苛刻，不许他们受到其他科技公司仓促抢跑的影响。他希望楚支科技有足够的自信，按照自己的思路潜心研发，稳扎推进，端出来的菜一定是色香味俱全，舒适可口，而不是苍白一盘，盐味全无。

因此，这几天，楚总为混合现实“MR 头显”倾注了全部心血。刚刚获得重任的副董事长金戈则在元宇宙主题公园建设的方方面面倾注了全部心血。刚刚被楚支科技聘用，牵头负责虚拟人深度开发的铁欢更是夜以继日地工作，凭他的计算机知识基础，对国内外在虚拟人方面的熟悉，正在捕捉一些关键核心技术。紫藤则在虚拟人形象设计和市场调查方面，为铁欢不断提供参考意见。仙女对现实人与虚拟人的思想活动做着种种试验，她想把“示范体验”项目做得更好。而绿苗把实景采集运用到体验馆六大板块的虚拟场景，变为虚实结合的环境，为体验者开辟一展身手的空间。

几天来，在楚总强大压力下，楚支科技年轻的研发队伍焕发出前所未有的活力。人在开足马力铆足劲之时，往往迸发出惊人能量。这一切，楚总看在眼里，喜在心里，痛在心上。人不是机器，楚总担心一帮年轻人身体不堪重负。楚支科技已有四十几个年轻人辞职了。快，放假一天，生怕晚一分钟就有人辞职似的，他立刻通知全体员工放假一天，到村中心坝中走走游游。

“好长时间了，没这么开心了。楚总，这是咋啦?”几个年轻人笑嘻嘻放下手中的活儿，急于离开办公室。

“有什么好事吧，一激动，就放假了。”又有几个年轻人迫不及待走出了办公室。

金戈、紫藤、仙女、绿苗没有约定，但都立即电话通知了自己的女朋友和男朋友。

坝中慢慢从四面八方走来了很多人。“嘿，嘿，嘿。”熙熙攘攘的人流还未聚集到坝中的中心，却意外发现中心的一侧出现了两个大小、色彩、装修几乎一致的门面，在小小的铁头村，又让人眼前一亮。

靠近左边的门面招牌上醒目地写着“腊肉香肠熟食店”，一块小黑板上粉笔写着“熟了热了，买了就吃”。另一个门面招牌上也有醒目的大字“鸡爪猪蹄卤肉店”，旁边小黑板写着“专喂香香嘴”。

“哈哈，走，去看看。坝中又有吃的了。”

“我想吃卤鸡爪，顺便捎一个卤猪蹄。”

“新开的，走，去看看，明天回家带点腊肉，要肥一点的。”

“香肠也好吃，多买几根，慢慢吃。”

两个新开的门面围起了几十个年轻人。

金戈第一个走到卖腊肉香肠的店前，他突然大声叫起来：“铁叔，怎么是你？在帮忙吧？”

铁叔一笑：“我开的，今天开业，全部免费，因为店里库存不多，限量供应，腊肉二两，香肠半截。来，拿好，请多提意见。”金戈还没来得及道谢，后面的人就挤上来了。

“每人定量，每人定量哈。白送，白送。注意了，吃了，那张包装纸要扔到垃圾桶。来下一个，来下一个。”铁叔叫喊着，身上的白围裙和头上的白帽子，也不知何时已经染上了油渍。

甘旺开的鸡爪猪蹄卤肉店也是挤满了人。甘旺笑眯眯大声叫道：“排队，一个个来。听好了，一人一只鸡爪，半个猪蹄。白送，白送。排好了，排好了。来，这包给你，这包给他。后面的那个，不准插队，赶快排队，我认得你了，再插队，我不给你了。”

“铁叔，铁叔，能不能给我多留点，我的已经吃完了。”一个小伙子边喊边用舌头舔着手指上的油香味。

“铁叔，你是最可爱的人。懂噻，留两根香肠，晚上下酒。”又一个小伙子挤到前面，刚说完，被排在前面的几人挤到后边去了。

金戈按捺不住了，冲着铁叔招招手，比画着两个指头，意即留两节香肠，或是二两腊肉。

紫藤边说边在后面跳起来，想引起铁叔注意，看着铁叔没看见他，他连续跳起来冲着铁叔大吼大叫：“二两，两节，二两，两节”。

“金戈快过来。”

“紫藤快过来”。

仙女和绿苗站在鸡爪猪蹄店人群后面。甘花一把拉住紫藤：“骑你肩上，我爹看不着我，快。”紫藤托起甘花一下站起来，以为甘旺看得见。

旁边的人：“要这样啊，这不简单吗？来，我托你。”

“来，你托他。”

“来，他托你。”

“站起来，站起来。”

甘旺一看，面前的人群像踩着高跷涌了过来。

“全乱套了，全乱套了。”

铁叔这边，门前也是人骑人扑面而来。人声鼎沸。

两分钟之后，铁叔手一挥：“送完了。”甘旺也双手向两边一摊：“送没了。”还把两个方铁盒举起，用手敲得当当响，空了。

人群散了，门前安静了。

金戈牵着小兰，紫藤牵着甘花，铁乐牵着绿苗，铁喜牵着仙女，试着一步步走向两个门面，不知刚才他们的举动引起铁叔和甘旺注意没有，他们嬉皮笑脸慢慢靠近铁叔和甘旺。

铁叔和甘旺几乎同一个动作，示意别说话，分别从围裙下面取出一个大包：“快拿走，快拿走。”

几对恋人一路分，一路跑，一路吃，一路笑……

/ 十五 /

梦中呼叫“算力”，醒来眼见一碗“蒜泥”

村长边走边掐指一算，离上次在元宇宙推进中心广播又有两周了。在他心目中，铁头村天天都有好事发生。但他总想多等几天，多凑几条播出去喜庆。看看手上分量足够的一大沓稿子，他一路小跑进了元宇宙推进中心。

“各位父老乡亲，亲爱的村民们，这是我最后一次给你们广播。从明天开始，铁头村的每日新闻将出现在我们每一个人的手机上、电脑上。不会用电脑和手机的老人们，我们村委会专门安排了传达员，挨家挨户进行一对一口头传达。如果老人们不习惯、不适应，那仍然由我定期广播。

“上次广播，最后一句话咋说的呢？哦，对了。‘欲知更多好事，且听下回分解’。这个下回，就是今天我给大家播出的好事多多。

“上次说到了玉米、甘蔗、猕猴桃、茶叶，还有鱼塘的小鱼儿。今天要说说咱们铁头村几个厂子的事。说厂子事之前，还得先说说咱们村委会的事。哦，对了。说说村委会的事之前呢，又得说说稿子上没有的，也是刚刚知道的事。这个事就是铁叔的事，甘旺的事。哦，铁叔还有一个事，我就把铁叔和甘旺同一档子事和铁叔的另一件事分开说。等会儿，等会儿，豆娘的事又来了，是啥事呢？新开了五个豆腐豆奶专卖店，开到镇上去了，走出村了，还准备再开五个到县上去。还有什么？我看看啊，哦，好事好事。豆娘说，咱们铁头村上了七十岁的老人，每人每天免费供应一块豆腐，一瓶豆奶。住得远一点的，山那边的，我的天哪，用无人机送到家门口，听清楚了没有？用无人机送到家门口。嘿嘿，我都受到刺激了。好了。铁叔和甘旺的事。哎哟，也是大好事哟。铁叔开了腊肉香肠店，甘旺开了鸡爪猪蹄店。一句话——腊味卤制品，也是咱们铁头村的特产呀。哈哈，在坝中小试锋芒。哎呀，这几天省上县上镇上的都来了，快递公司来了，外卖队伍来了。哎哟，铁叔和甘旺恐怕不行吧？哪有这个生产能力呀？不过不怕，村委会该出手了。铁叔、甘旺挺起，这些东西我来搞定好了。

“还有，铁叔的第二个事。‘网上远程医疗室’明天开业。大好喜事呀，大好喜事呀。紧挨着村卫生所。这个‘网上远程医疗室’作用可大了。以前吧，我们村的人遇到大病，遇到急病，遇到莫名其妙的病，只能费时费力到县上，到省上去检查就诊。长途跋涉啊。尽管公交车到了门口，但晚上发病怎么办？时间就是生命，谁都耽误不起。想想啊，这几年走的几个老人，还有我听说再往前，也有些老人都是突发疾病，耽误了最佳确诊时间和治疗时间，遗憾地走了。铁叔想了很久，终于知道了有网上远程医疗啊。获得这个信息也要感谢这个网络啊，手机啊，什么先进的信息都有了。铁叔就是铁了心要做好这件事，他和我们村委会一起直接到省上三甲医院联系。村民们，三甲医院都是名家医师啊。三甲医院在我们铁头村开设了一个‘网上远程医疗室’，铁叔出资，负责行政事务，还有菱姣辞去了明铺家具厂的工作，主动申请帮铁叔搞辅助工作。明天医疗室就开业了。好啊，有什么大病的就到远程医疗室，在网上，在视频里直接给三甲医院的专家说说，他们来帮你们把脉，帮你们诊断，科学地医治。我们的急救病人在紧急情况下就有救了，太好了。

“好了，各位村民，说完了稿子上没有的事，再来说说稿子上有的好事，等等哈，我喝口水，清清嗓。

“明铺家具厂，知道吧，在咱们村赫赫有名的。他们搞的元宇宙营销中心已经正式上线了。戴着那个头盔啊，进入虚拟世界‘明铺家具厂博物馆’，都是家具精品。这些精品啊，都是数字构成的，不要紧的，线下实体店什么都有。还有，明铺家具厂和楚支科技合作开发的虚拟现实棚盖式宽频显示器也要成功了，方便那些不习惯的，讨厌把显示器戴在头上，架在鼻梁上的人。坐在一个固定的空间就可以去虚拟世界体验了。那里面啥都有，精神着呢。还有啊，紫藤和甘花为原型的高仿虚拟人更漂亮了。我看了，太美了，比真人还要漂亮。他们现在就是用户数量问题，搞好了没人知道也不行。明铺家具厂已经把历史数据刷出来，有三十多万。只要有五万人能进入营销中心，他们就胜利了。现在，有几个企业找到顾总要来学习取经。嘿嘿，这些都是这个元宇宙带来的。

“再说说豆腐厂的事。不不，上次已经说了。现在豆腐豆奶一体化了，智能化了，现代化了。

“再说说楚支科技‘VR头显研发中心’。我看看，我看看，他们提供的稿子太专业了。简单说说就是他们研究的是‘VR头显’‘AR头显’‘MR头显’‘XR头显’。现在已经研发到‘MR头显’，正向‘XR头显’进军。嘿，解释起来太复杂。这么说吧，‘AR头显’比‘VR头显’先进。‘MR头显’比‘AR头显’先进，更能满足体验者的要求。‘XR头显’比‘MR头显’更先进，但没有研究出来，不不，正在研究。

“好了，该说说咱们村委会的事了。以后我们村委会也可以到虚拟世界开展工作了。我们的道路、灯光实现了智能化监控，庄稼、茶叶、水果、鱼塘也实现了。现在正在推进家居智能化，不是家具，是居住的居。这个也挺复杂的，家居的一切，包括家具、电器、水电气，防火防盗，还有每个人的健康状况，都能做到及时预警，及时防范。

“最后，就是两个最大的事了。等等，我喝口水。三座桥、三条路、三个码头，虽然比不上城里的大，城里的宽，城里的长，但是在咱们村已经是大工程了。省上来的三个验收组正在验收，他们要求挺严的，不仅要漂亮、实用，更要安全嘛。另一件大事就是元宇宙主题公园了。我去看了，快完了。我问了楚支科技的楚总，还有新提拔的副董事长金戈，金总。他们说还有一周就可开馆了。他们分了不同的体验人群，体验不同的内容。六个体验馆，一天肯定体验不完。我给楚总和金总建议，把桥、路通车和码头通船竣工典礼在现实世界和虚拟世界同时搞行不行？他们说，早就准备好了。哈哈，我们又要看到和体验到令人惊奇的新鲜玩意儿了。还有，还有一个喜事。对，绝对的喜事也在现实世界和虚拟世界同时进行可以不？

他们说早就安排了，有。

“不说了吧，后面还有一些。今天说得够多了。总之，一周之后，我今天说的，有一些就要露面了，我们期待吧。不不，再补充一条，咱们村一共有九十个大大小小年轻人出去打工，现在已经回到铁头村安营扎寨的有六十七人。还有二十三人在外面，祝他们健康，赚钱，赚钱。”

就在这一周，发生的有些事，意想不到。

一个月后，村长又和大病初愈的楚支科技楚总坐在铁头村半山茶坝上，饮着半山飘香茶水，吃着烘炒花生米，品尝一小碟香肠和一小碟腊肉。由于医生劝告楚总适当饮酒，所以茶台上只摆放了两小杯啤酒。

聊起那一周，两人百感交集。

村长习惯性地抓一把已经去壳的花生米，在手中搓搓揉揉，用嘴吹散了花生米上的薄皮，一把送进嘴里，他心情很好，有几分得意。

楚总：“那一周前，你在广播里叨叨叨，叨了半天，但最后叨了几句给了我很大压力，你知道吗？我们楚支科技的全体员工都在收听你的广播。你的宣读时而激情满怀，时而又像一个人脱了水一样，有气无力。时而快得让人听不清楚，时而慢得让人跺脚。我清楚记得最后那句话，‘总之，一周之后，我今天说的，有一些就要露面了，我们期待吧’。我就在现场收听广播。所有员工没有一个人兴高采烈。个别笑的，是苦涩的笑，无奈的笑，甚至是痛苦的笑，我也一样。只有一周时间，元宇宙主题公园就要开业了。开业意味着六个板块元宇宙体验馆全部开放。开放意味着人们将在虚拟世界里尽情体验。大家想象的元宇宙是咋样的呢？我们几十个研发人员，都在思考，自己研发了什么？取得了什么突破？呈现的东西会让体验者接受吗？认可吗？满意吗？会被批评？被谩骂？被抛弃？尽管很多内容在现有成熟技术的支撑下已经比较充实和丰满，但这只是研发者自己的感受。所以，拉出来遛遛，让人们见识见识之时，反而没有了自信。我的信心也没那么坚定了，只想到技术，技术，技术，突破，突破，突破，越快越好。一天二十四小时和他们泡在一起，看图像、测数据、算速度。我吃睡都在办公室里。心想，只要元宇宙主题公园能够一周后开馆，开馆后六大板块有比较精彩的体验内容，我就基本满意了。没有追求高大上，更没有想过高精尖。我们六十亿元的企业哪有这个实力和资格啊？以我们的人才和资金，研发到哪步算哪步，走到哪算到哪，冲到极限，总要出一些成绩。我的定位是要在中小科技公司之中，做元宇宙项目做得最好。达到了这个目的，企业优势有了，社会效应有了，经济效益就有了。你不是讲过，借元宇宙这个劲，把楚支科技也挺成大企业吗？我比你想得更多啊。”

“好好，先不说你的事，说说铁欢是怎么回事，我真想听听。”村长抓起一片腊肉放嘴里吃起来。

楚总叹息：“这怪我呢，还是怪他自己呢？我现在都说不清楚。但他已成这样了，我心里很不安，感觉欠他，我只能为他祈祷了。”楚总回忆起来，“就是那一周的第一天，铁欢在牵头研发虚拟人小组上讲：战斗意志和研发灵感是研发小组的灵魂，从现在起必须拼命、玩命、舍命地编辑、定义、修改，完善每一组数据。由数据生成的数字虚拟人，不仅是高仿，而且要完美。他提出了‘完美虚拟人’概念。他的勇气和决心不容置疑，但跳起来都摘不到苹果的思维给了研发小组巨大压力。完美是绝对的词，科研工作者最不喜欢这个词语。在这个‘完美虚拟人’主导下，铁欢自己也陷入巨大的精神压力。他知道很多科技公司已经研究多年，有真人虚拟人，有算法虚拟人，其中又分为二次元和写实虚拟人，然后再是虚拟偶像等等。最难的当然是写实的高仿真人版虚拟人。人工智能在大量学习模仿真人肢体、面部表情，特别是眼动、嘴动捕捉之后形成数据，才能慢慢倾向接近真人，还不能说是完美的真人虚拟人，这是需要时间积累的。紫藤和甘花在明铺家具的虚拟偶像，只是初级版。还有很多技术难题没有解决。但是，铁欢一股脑冲了上去，他想一鸣惊人。就像绘画一样，写实的人物画起来，难度可想而知。我提醒过他，研发也是讲成本的，设定的目标如果过高，就要及时停下来，重新调整思路。我的定位就是在紫藤、甘花作为虚拟偶像基础上，能够再提升一点，达到高仿真人虚拟人的中级版就可以了，千万别再往上走，我们的研发能力和经济实力达不到了，够不着了。以后有条件再往高级版推进。但他一意孤行，劝都劝不住，甚至和我直接顶撞起来。我承认他精神可嘉。但不量力而行，会反过来毁了以前的研发成果。我阻止了他，下命令只搞中级版。但他决意要搞高级版，追求他心目中的'完美虚拟人'。他滔滔不绝给我说了很多理由。有些有道理，有些近期根本不可能实现。我给他说还有一周，元宇宙主题公园就开业了，尽快把'高仿虚拟人'中级版研发出来，奉献给体验者和观众。他一下就来情绪了。非常出格地说楚支科技研发的虚拟人都是破玩意儿，都是垃圾。他所推崇的'完美虚拟人'才是全世界最好的。一连两天，逢人便说。整个研发小组停工了，我只好出面让研发小组继续研发中级版。第三天，我突然意识到铁欢精神出问题了。他在研发中心大吵大闹。他的极端化情绪给他带来了很坏的后果。每四天，他就离开了研发小组，借了一个'VR头显'在家里，反锁着门，一玩就是六个小时以上。天天如此，铁叔和豆娘去劝过他，他说离开'VR头显'，他就跳楼自杀。"

楚总说完低下头："其实铁欢挺有才的，祝愿他早点恢复。"

村长："现在，他只能整天沉浸在虚拟世界里才能满足他的痴狂。唉，铁叔和豆娘又多了一份操心。我会经常去看看他。那金戈又是怎么回事，怎么说走就走了？"

楚总又一声叹息："唉，金戈真是个好小伙子。知识基础扎实，职业操守一流。说实话，我是把他当接班人在培养。接任副董事长，年薪从四十五万提到了一百二十万，我认为对得起这个小伙子了。他确实不负众望，牵头把元宇宙主题公园这个项目做成了。虽然还有很多不尽如人意的地方，但是他的每一次努力我都看在眼里，记在心上。他在临走之前，给我发了信息。我当时在医院。几天后才看到。他说：'这一周虽然累得近乎死去，但在你的精神感召下，我坚持了下来。有一个研发元宇宙核心技术的千亿级大公司向我招手，年薪开到了一千万元，我抵挡不住这个诱惑。今晚，我把元宇宙主题公园开业的一切准备工作再检查了一遍。如您所说，没有尽善尽美，但也能满足一般需求，我以人格保证达到了。给你发完信息我就离开培养我的楚支科技，期待两天后盛大而隆重的开业。顺便一说，小兰是我未婚妻。她要永远守候在先奇老人和傅曦老人身边。善良纯洁，晶莹剔透的美丽心灵，我怕配不上她’。你看，这小伙子优秀吧。我就当培养了一个年薪上千万的人才，挺高兴的。”

村长点点头：“只能这么想了。难怪我后来听说紫藤在元宇宙主题公园开业后第二天，带着甘花也投奔了金戈的那个大公司，年薪开到了五百万，他不去才怪呢。”

“哈哈哈，紫藤这小子性格豪爽、直率，永远穿着那条破牛仔裤，他和甘花来医院看我了。要到那个大公司去，又不好意思说。还是甘花开口：‘有家大公司要紫藤去，年薪五百万，这还不是主要的。主要是我想跟紫藤到大城市去生活，我喜欢大城市。’我还能说啥呢，我握住紫藤的手慢慢松开了。紫藤和甘花跨出门槛的一瞬间，我立即就增设了两个副董事长的位置，叫秘书立即草拟文件任命仙女和绿苗为楚支科技副董事长，年薪从四十五万元提升到两百万元。这两个姑娘太优秀了，我突然害怕再失去她俩。”说着说着又把手机打开：“你看，这是绿苗发给我的那一周的周记，真是个有心的女孩。”

村长拿过手机，看起来：“周一。有兴奋感，想到下周一元宇宙主题公园开业，很激动！脑子开始梳理我负责的很多项目。这些项目都已经研发成熟了，没有什么问题，但我还是不放心。反复揣摩着其中的难点。看着我周围的研发人员，我还是很有信心的，内心有点暗暗高兴。周二。我觉得事情有点难办了。因为体验用户是通过楚支科技开发的平台进入元宇宙虚拟世界。体验者能否通过这个虚拟世界实现真正自由的不受限制的沉浸式体验呢？在一个平台里能一次实现多少用户交流呢？脑机接口还在研发中，那么最大限度生成‘眼动’‘脸动’‘嘴动’‘手动’能够协调一致准确表达用户的思想感情吗？人为采集的现实世界和虚拟世界的环境一致吗？我又暗暗担心起来。怎样才能展现既真实又虚幻的场景呢？渲染的光色要高于自然，真实的自然要接近魔幻，已经测试了很长时间，但令人期待的最佳效果还没有出现。我感到问题有点大了。周三。我看见研发人员尽显疲惫，让他们缓解一下吧，但我不能停下来，我一停，这个小组就停摆了。

我痴心般地钻进了光线捕捉里，心想任何虚拟世界的景物和人的活动都离不开光线。不解决，虚拟世界的三维空间就暗淡无光。我深钻几何光学原理，想搞清楚光线的折射、反射究竟需要多少算力。我看到了一丝希望。周四。我全力发动研发人员计算折射反射需要多少算力。这一天最受煎熬、最受折磨、最摧残人。我们甚至追踪到了第四极光线追踪技术，但大家却垂头丧气。那早已是另一个科技大公司研发成熟的技术，拥有知识产权，现在重新研发，时间、人力、物力根本不可能。我一下子就崩溃了，请求光线追踪提供商支援吧，这是我最后的意见。一个元宇宙主题公园开业，按一年十二个月计算，月租六十万元，楚支科技一年要支付七百二十万元。我给楚总报告，当时楚总神情恍恍惚惚的，可能身体不好，就很不情愿地签字了。说实话，如果楚总不签字，我立即就瘫倒在地了，我已经站都站不稳了。周五。我支撑着站不稳的身体，在铁乐的搀扶下做了最后一次检查调试。当我戴上 VR 头显，按着手里的控制器进入虚拟世界时，看到在一片鱼塘里，虚拟人仙女和虚拟人铁喜在水池中捕鱼，活蹦乱跳，开怀大笑，浪漫甜蜜之时，我冰凉、僵硬、冷血的身体一下子复活了。我哭了，放声大哭，依偎在铁乐的怀抱里……我决定，嫁给铁乐。”

村长揉揉眼睛，没有说话。

楚总沉默一会儿抬起头：“你还想知道仙女吧？受绿苗感染，她当天就决定嫁给铁喜了。这个女孩性格豪爽，做事干净利落，容易释放自己。所以，虽然她承担的研发任务很重，但是并没有压垮她。她牵头的小组主要研发现实人和虚拟人从外表到内心的一致性。哈哈，我知道这个超级难，世界上再大的科技公司也没有完美呈现，我只想利用一帮年轻人的极速冲劲，冲到哪儿，算到哪儿，说不定突破技术的思路就有了。仙女真是玩命啊。那一周，她的男朋友铁喜和她形影不离。铁喜把自己鱼塘里的最肥的鱼儿都清蒸、红烧、炖汤给仙女吃了，旁边的人羡慕死了。在强大爱情支持下，仙女终于挺过来了。之前，她提出的‘示范体验’，能让更多用户更有规律，更有逻辑，更有章法体验更多的场景。这次，她又提出‘虚与实，人与人无缝连接’的观点。在虚与实结合上，首先要想到‘虚中人’和

‘实中人’的一致性。由现实中人的思想行为，考虑三维空间的人性化和3D建模的人性化。把现实变成梦幻，把梦幻变成现实。很不容易，仙女开足了马力。后来，事实证明，她的有些观点和研发思路是对的。”楚总说完，又继续吃了几块香肠腊肉，“我们别光说吃，来，我的村长，敬你。还想关心什么?”

“还想关心你，怎么突然就倒下了?”村长看着楚总。

“我说，我说，我老实跟你坦白。其实，那一周的第一天，我觉得身体不对劲，长期累的吧。第二天，心脏出现‘咯噔咯噔’的声音，有时感觉心脏突然往下掉落。我估计是休息不好，睡一觉，这种现象消失了。第三天，我又和研发小组在攻关混合现实‘MR头显’时，下午我就发现不对了。心脏连续出现‘咯噔咯噔’的现象。我有点被吓着了。坐在原位一动不动。大约十分钟后感觉好点又开始工作。但两小时后，那种连续心跳的感觉又出现了。我不知道是什么原因，估计是累了，晚上休息还可以。第四天早晨，也就是那一周的第四天，我又和研发小组的一起继续攻关‘混合现实显示器’，这个比‘VR头显’‘AR头显’难度更大。但我觉得很有希望突破这个难关。一天下来，我是用手捂住心脏部位，和其他研究人员一起展开了‘血拼到底’。不行了，我终于支撑不住心脏由急速连跳到重复落空的感觉。我意识到心脏随时可能停摆。我突然想到了铁叔开设的‘远程医疗室’。‘快、快。’我叫人把我送到那里，躺在床上一动不动。铁叔、菱姣正好在，他们马上联系网上省上那家三甲医院。一名心脏方面的专家听了情况后说：‘心脏频繁早搏，心脏提前收缩。由于提前跳动，第二下正好停跳，停跳就有落空的感觉。第三下又恢复正常。连续提前跳，说明早搏有点严重。’专家诊断我是压力、焦虑和过度疲劳，叫我静卧三天，重在养心，不喝酒，不喝茶，不喝咖啡，减少心理压力，保持心情愉快。就这样，我似乎感觉又活过来了一次。我的村长，之所以跟你说这么细，就是提醒你身体是自己的，太玩命，迟早一天出问题。”

村长点点头：“你生一场病就等于学了一门医科知识。这个早搏现象在我身上出现过。我也听说最近两年有些科技公司的研发人员因心脏问题猝死。人的生命只有一次，死了，啥事都做不成了。我们相互祝愿彼此身体健康吧！来，我再敬你一杯清清淡淡的酒。”

楚总放下酒杯：“那一周之后，我在铁叔的‘远程医疗室’静躺，铁叔只允许他和豆娘，还有甘旺和菱姣进来。第二天晚上，我在梦中，大叫‘算力、算力、算力’。第三天一早，甘旺和菱姣把他们连夜捣碎的一大碗蒜泥放在床头柜上，说是我在梦里大声呼叫要的蒜泥。我无语了，但我流泪了。

“元宇宙主题公园开业后，铁叔才允许紫藤和甘花进来，哈哈，他俩竟然是向我辞别的。”

村长笑笑：“那一周之后，才是最精彩的开始。”

楚总也笑起来：“我从‘远程医疗室’出来后，陆陆续续听到一些，碎片化的，不完整，我想你讲给我听。”

“下周一正式开馆。”村长讲开了。

“你在医疗室躺着的时候，金戈走了，我把紫藤、仙女、绿苗叫到一起，还有几个你们公司搞技术的，搞管理的。我不懂技术，但我懂组织管理。就一句话，谁搞砸了谁对不起躺在病床上的楚总，铁头村要请他立即走人。我想吓唬他们。但他们个个都是人模人样的。上午十点正式开馆。来了四百多人，吓我一跳。我又叫了二十几个壮汉维持秩序。进门后，所有人都必须戴口罩，然后发一个‘VR 头显’。大家坐下后，猜猜谁来了？顾总和小兰牵护着先奇老人和傅曦老人来了。”村长眼里湿润了，“我们铁头村老百姓心目中的两个守护神来了。掌声响起，所有人都站起来向两位老人致意。顾总把和你们共同研制的‘棚盖式宽屏高性能显示器’放在桌子上，正好罩住两位老人，顾总拉上后面的黑布帘子，露出一条缝，便于观察里面两位老人的情况。两位技术人员分别拿着体验控制器，根据宽屏里进度帮助两位老人在后面人工操作。我也在后面，通过那一条缝隙，观看里面的情况。随着一首怀旧恋曲响起，舒缓轻慢的音乐柔情似水，屏幕上出现远方、天际，由蔚蓝变为淡绿，转为粉红，再变为金黄、乳白。群山、河流、海洋。四季替换，春、夏、秋、冬。一条大路出现了。虚拟的先奇老人和虚拟的傅曦老人的背影出现了。虚拟的先奇老人身着绿色军装，虚拟的傅曦老人一身乳白色的旗袍，戴一条深绿色的围巾，他们手牵手缓缓走向前方。冬日暮色的天气出现了模糊的变化，绿色极光出现了……

“我在外面偷听傅曦老人对先奇老人说：‘这是北极光，出现于地球北半球北极的高磁纬地区上空的一种发光现象。还有一种南极光，是地球南半球的极光。北极光、南极光的发光现象是一样的。你快看，这个发光有很多图形。这个叫带状，这个叫弧状，这个叫幕状，这个叫发射状，漂亮吧？走，我们走近看看。’看到这儿，我大吃一惊。后面的手柄控制器按照两位老人的姿态和说话，进行精准操作。虚拟世界里，傅曦老人牵着先奇老人的手说：‘快点，别磨磨叽叽的，走近看。’两位老人的形体动作和同步语音，和现实中的两位老人很相像。两位老人走近北极光。先奇老人取出一个保温杯，打开盖子递给傅曦老人：‘喝一口，暖暖身子。现场欣赏极光，感觉有点寒意。’傅曦老人接过保温杯喝了几口递给先奇老人：‘你也喝几口，增加一点体内热量。’两人继续欣赏着极光不断呈现的绚丽变化。先奇老人一手轻轻搂住了傅曦老人。傅曦老人望着先奇老人，靠在他的身上，他们的手紧紧地握在一起，无声无语，默默地看着极光，绿色的极光。这时，我惊讶地发现，棚盖里面的两位老人已经相互依偎着。我探头进去，看见他们面无表情、若无其事地看着显示器虚拟世界里他们依偎在岩石上欣赏绿色极光。他们在想，在回忆，那个最初相识的日子。一身绿色军装，一条绿色围巾，永远铭记一生的绿色的恋曲。这时，显示器虚拟世界里两位老人转过身的一瞬间，我又被惊呆了。真像啊，和现实中两位老人太像了。两位老人看见虚拟世界中的自己，也是微微一笑，接着，他们退出棚盖显示器，站起身，相互望着。傅曦老人轻轻拍了几下先奇老人的衣服，扯了扯，让衣服显得更整洁。先奇老人笔直站着，用手理了理傅曦老人的围巾，平展地放在她的胸前。傅曦老人久久地看着先奇老人……这动人的一幕让我流泪了，也让我长长地松了一口气。”

楚总听得仔细：“嗯，他们这一生平凡、朴实、精彩、传奇。再说说你和你娘的对话吧，那是我精心制作的。”

村长转过头眺望着远方。回忆那温馨的见面。

“我戴上头显进入了虚拟世界。虚拟的我坐在我常去的铁头山的一棵大树下面，傻傻地望着白云、蓝天，娘，我的娘出现了，挂在云中，浮现在我的眼前。娘看着我微笑：‘娃，我是你娘，我在看着你，想着你。你做得对，为其他人多做点，应该。’虚拟的我仰着头对娘说：‘我的娘，我是你娃。为其他人多做点事是你传给我的，应该，应该……哦……只有十几秒的对话。”村长捂住脸号啕大哭。

楚总也捂住脸号啕大哭。

“村长，记得吗？我曾说过的医院那位女护士，那位白衣天使，我心目中永远的女神。我终于在虚拟世界里再一次看见了虚拟的她。在一片苍翠的青松之中，两边放着白色和黄色的排排花环。虚拟的她出现了，慢慢地摘下口罩向我微笑，脸上仍然是长时间戴口罩留下的几道深深红印。我跪拜了，没有说话。她的微微一笑，永远定格在了我的生命。”楚总说，“后来我才知道，她被传染了，走的时候才二十二岁……”

两人陷入了沉默……

村长问：“我娘惟妙惟肖，先奇老人和傅曦老人惟妙惟肖，那位女护士也一定惟妙惟肖，恭喜你，你们的技术又取得了突破。”

楚总说：“真人驱动，3D 建模的数字虚拟人，运用了全息投影复合技术。这些技术已经成熟。能把过去时光还原现实，能把逝者生前的音容笑貌还原现实。能把先辈对人的教诲还原现实。这是科技的进步。村长，那后来呢？后来那些欢欢喜喜的事。”

“哦，对。元宇宙主题公园开园之后有很多精彩项目。紫藤和甘花，铁乐和绿苗，铁喜和仙女举行了集体婚礼。同时，戴上‘VR 头显’也能在虚拟世界看到三对男女结婚的热闹场面。现场的人确认了数字身份，作为虚拟嘉宾，同步举行。大家更感兴趣体验虚拟世界如何参加结婚典礼。在虚拟世界里举行结婚典礼的三男三女和真人很像。面部表情，一举一动，一招一式，真的很像。我戴着‘VR 头显’体验了一把，大开眼界。但是，但是金戈和小兰的事留下了遗憾……”

楚总沉默一会儿：“再后来呢？”

村长也喝了一口茶：“后来，又是一个集体体验项目。三座桥、三条路、三个码头竣工、通车、通船、通人典礼。县上和镇上领导都来了，也是现场和虚拟世界同时进行。我看在场的人都挺高兴的，觉得在虚拟世界体验竣工典礼很新奇。我心里明白是采用了三维重建和3D技术。当然，最高兴的是我，‘三年基建规划’实现了。”

楚总把杯子一碰：“出力的是我。但给我机会的是你。”楚总还想关心，“再后来呢？”

“再后来，就是现场人按年龄段进入了他们想体验的虚拟世界，按照虚拟世界里‘示范体验’的指引进行各种体验。有少数年轻人进入自由体验。玩得挺开心的。这个期间，我突然发现小兰戴着‘VR头显’安静地坐一旁，看样子她被体验的内容吸引住了，手上的控制器也不怎么动。后来，她终于取下‘VR头显’，眼里有泪。我问她怎么啦，她说金戈专门为她设计了一个内容。她进入虚拟世界，一片森林、土地、庄稼、房屋，都是铁头村实景，在她眼前出现了几双老人的手，清瘦、干巴、黝黑、根根青筋暴突，向上，向天际，举起大碗大碗的酒。金戈双手举起大碗的酒，碰杯，吼叫：‘我的魂在铁头村，我会回来的。’小兰说着又笑了。我心想，还有戏。再后来，从主题公园体验出来的人都是喜笑颜开，手舞足蹈的。”

/ 十六 /

两位百岁老人临终留言："军号已吹响！冲啊！"

一个月后，铁叔和豆娘带着他们自编的一段故事找到村长和楚总，说要根据这段故事制作一个虚拟世界的游戏，让喜欢打打杀杀的孩子们在虚拟世界沉浸式体验卫国杀敌来之不易的胜利。

铁叔说："是以他爷爷四兄弟和豆娘奶奶三姐妹卫国杀敌为历史背景编写的。战斗在一条狭长的山沟展开，我军占领了两边山头的有利地形，把敌人按在山沟里猛揍。我军两千人，敌军六百人。但敌军武器装备先进，训练有素，我军有一半是民兵，手持大刀、长矛。豆娘奶奶三姐妹就在民兵队伍里，我爷爷四兄弟在正规军里。战斗打响后，按事先战术，我们把山头上的巨石从前面和后面推下山去，断头截尾，想把敌人闷死在山沟里。一开始，两边山头，锣鼓喧天，鞭炮齐鸣，喊声、杀声、枪声一片，子弹、手榴弹、大石头、小石块统统倾泻而下，我们在山上看见敌人死伤一片，横尸沟底。一小时后，沟里没有动静了，我军从山头两边慢慢下山，靠近沟里。突然，枪声四起，我军最先摸到沟里的几百人被打得措手不及，死了一大半。我军好不容易跑回山头，没想到敌人顺势追了上来。在半山腰上，发生激烈枪战。我军很顽强，但敌人更猛。一小时后，我军也死伤过半，被迫从山头一边撤退到山下，到沟里，以山头两边巨石下的岩缝作掩护。敌人又死了一百多，我军还有一千多。转眼间，敌人占领了山头，我军被打到山沟里了。敌人居高临下，我军躲在岩石下面狼狈不堪。这时，又偏偏下起暴雨，人人都冷得瑟瑟发抖。我爷爷四兄弟一商量，山头上的敌人肯定更难受，因为山上没有树林遮雨，全是大石头。我军全部蜷缩在山岩下面，挡雨挡风又挡子弹。战斗持续了近两小时。肚子饿了，体力消耗了，携带的弹药也要打光了。敌人也是一样。熬吧，看谁熬到最后。我爷爷出了一个主意，叫十几个战士出其不意从两边山头的四个边角向敌人发起佯攻。遭到敌人一顿猛烈的回击，我军退回。二十分钟再发起佯攻，又被敌人打了回来。就这样，我军从四个方向连续二十几次发起佯攻，都被敌人打了回来。我爷爷四兄弟一合计，敌人的子弹、手雷快用完了。如此，如此，再发动十次佯攻。每次佯攻的人数轮换上阵，节约体力。十次佯攻之后，我爷爷四兄弟带领余下的一千多人，集中了所有弹药，从两个山头的边路向山头发起了强攻。唉，那叫一个惨烈啊。消灭一个敌人，我军要死两三个人。战斗又持续了一个小时，我军终于打上了山头。敌我双方都没子弹了。我军剩下四百多人，敌人剩下两百多人。只剩一条路了。拼刺刀、拼大刀。几百人瞬间叫唤着杀在一起。只要能放倒对方，整死对方，都是用尽了一切办法。刺刀、大刀、石块和人的身体所有部位，手、脚、头部、牙齿全都使上了。我军基本上是二打一。一小时后，我军只剩下两百多人。敌人居然还剩一百多。敌人太能拼刺刀了。”

铁叔说到这儿，看看村长和楚总：“这个故事讲到这儿，要加一段内容，就是在这最最关键的时刻，在情况万分紧急的时刻，在面临你死我活的生死存亡的时刻，我带领一百名手持大铁锹的壮汉，豆娘带领一百名女汉子手持小铁铲冲上了山头。”

豆娘忙说：“不对，不对。哪有打群架，女人操小家伙？男人操大家伙的？应该是你带铁铲队，我带铁锹队。”

“好了，好了。豆娘，你先别说。铁叔，完了吗？”村长看着铁叔。

铁叔瞥了一眼豆娘：“我说到哪儿了呢？哦，哦。后面的故事是这样的：我带领一百名壮汉手持铁锹冲上山头，冲向敌阵……杀声一片……这时，豆娘奶奶三姐妹手持砍柴的刀，尖叫着与敌人殊死搏斗，打不过，也倒下了。我爷爷大兄弟中了刺刀倒下了，二兄弟中了刺刀倒下了，接着三兄弟也中了刺刀。我看着爷爷血红的眼睛，满身是血，端着刺刀，大喊大叫‘杀杀杀’向敌人冲去，在杀倒了两个敌人之后，他也中了刺刀，倒下了。倒下的一瞬间，他回头望了我一眼：‘孙娃呀，该你上了。’我大吼一声‘杀’就冲了过去。只几分钟，只听‘咔嚓、咔嚓、咔嚓’，安静了。想想啊，打铁的人、铁掌、铁腕、铁臂，铁锹，抡起一劈，人头落地，血浆四溅。最后，还剩十几个半死不活的，被英勇的豆娘率领的女子铁铲队收拾干净了。”

铁叔说完了：“村长、楚总，你们考虑一下，我讲的这个故事，怎么样在元宇宙虚拟世界里研发一款游戏。我和豆娘可以被制作成虚拟人，为孩子们‘示范体验’，让他们主动加入卫国杀敌的沉浸式体验中来，总比那些妖魔鬼怪，装神弄鬼，花里胡哨的狗血剧好吧。”

楚总点点头：“铁叔、豆娘，你们的心情可以理解，一股子血脉都流淌着卫国杀敌的基因，让人佩服，让人仰望。但这不是拍电影、电视剧，而是一款要让体验者亲自参与的杀敌卫国游戏，研发和制作难度非常大。我们楚支科技现在不具备这个技术实力。但铁叔、豆娘不要灰心，我会记住这个故事。有朝一日，或许真能开发出这样一款游戏，让你们在虚拟世界里作‘示范体验’，带领年轻人加入‘杀敌卫国’的队伍。如果，楚支科技拥有了目前一千倍的算力，超光速的网络速度，这是有可能的。”

三个月后。金戈、紫藤投奔的具有元宇宙核心业务研发优势的大公司公布了一条信息：出资三百亿元入股楚支科技，占楚支科技股权百分之五十一，控股楚支科技。楚支科技名称不变。楚支科技楚总仍任楚支科技董事长，金戈任楚支科技执行总裁。楚支科技在与大公司合资之前任命的高管和中层管理人员继续有效。办理股权变更后，被大公司控股的楚支科技将以研发元宇宙相关核心技术为主营业务，其公司地址和研发基地仍然设在铁头村。

随之，又公布了一条信息：任命紫藤为大公司技术开发部副主任，甘花为大公司媒体中心副主任。

“终于还是被控股了。”楚总独自坐在铁头村坝中一条石凳上。他扫视着沿河筑起的花台、花廊和小巧玲珑、亭亭玉立、千姿百态的植物盆景。

眼下河水缓缓流过，清澈透明，一眼见底，没有惊涛骇浪，汹涌澎湃，一切那么安静如眠，温馨祥和。他捡起小石块朝河中用力一扔，石块顺势在水上连连漂起来到了对岸。他苦笑一下，又捡起石块往河中扔去，还是那样，连漂几下沉入水中。他再捡起石块扔向河中，石块飞出去刚触水面就折戟沉沙了……他回过身扫视着眼前铁头村的最美街景，停在了"元宇宙主题公园"的立方体建筑上。他会心一笑，这个东西是多少个日日夜夜拼搏出来的，多少资金堆积出来，多少心血浇灌的啊。"一定要搞下去。"他喃喃自语，"不搞就落后了。"

他在想，在抒发内心的独白："朋友们，理解吧。楚支科技岂是一个被轻易控股的公司啊？我岂是一个轻易低头的人啊？"他叹叹气，又挺直腰杆，"干吧，只能这样了。干吧，为了'混合现实'向'延展现实'进军。为了'算力达到一千倍，几千倍'。为了'真人高仿虚拟人'的'眼动追踪''嘴动追踪''脸动追踪''手动追踪''骨骼追踪'。为了数字嗅觉，数字气味。为了逼真的 3D 化身数字身份。为了 web3.0 的算法驱动。为了几百、几千、几万体验者的'多人联机'。为了几百亿、几千亿的研发经费。为了在小小铁头村采集更多的'微型应用场景'，构建'区块链'的雄厚基础。为了争分夺秒，招人才，引资金，攻坚克难，奋力破局，抢占赛道。为了把铁头村建成一流的智慧村。哈哈，为了老同学，这个在铁头村上蹿下跳的润滑油、催化剂，注定要感恩一辈子的村长，只能这样了，楚支科技宁愿被控股。但是，楚支科技玩命的精神不变，搏命的精神不变，拼命的精神不变。"

金戈这个人，楚总想到他又宽心地笑了，这是一个聪明的小子，骨子里忠诚楚支科技，忠诚自己。哈哈哈，还真有他鬼精鬼精的一面，抓住了一只巨手扶着楚支科技向目标前进。金戈，你终于回来了。哈哈，紫藤这家伙，娶了甘花，把铁头村村花弄到手了。留在总公司，留在大城市。行啊，麻烦你关照关照远离大城市的铁头村这档子事吧。

金戈和小兰相拥在一个小山坡上。周围树丛挡住了外面视线。他们紧紧拥抱热吻。

“我就知道你要回到铁头村。”小兰撒娇地依偎在金戈怀里。

“我离开铁头村就是为了回到铁头村。我已经确定了铁头村就是我的根，是我第二故乡，是我人生新篇章的始发地。知道吗？我临走时刻意为你制作了几个大爷大妈在虚拟世界高高举着酒碗碰杯干杯的体验情节。就是向你保证，当我连续干杯之后，我的身体里已经流淌着他们的血液，我的骨头里已经凝固着他们的骨髓。铁头村，真真切切，是我灵魂安放的地方。我发誓，我要承接他们的勤劳、勇敢、坚韧、进取，像铁叔、豆娘一样，像村长一样，像楚总、顾总一样把心血和智慧献给铁头村。更像先奇老人和傅曦老人一样，为铁头村守护，为铁头村祈福。”金戈搂着小兰眺望着远方。

“那我呢？”小兰撒娇着。金戈亲吻着：“你是我的护身符，我们一起奋斗。没有你，我将一事无成。我们携手同行，一起努力。你看，咱们铁头村多好啊。一座城市中的乡村，一座乡村中的城市。我还有什么理由眷恋城市生活呢？我还有什么理由不回到你身边共度余生呢？”

小兰笑了，笑得那样灿烂，跑了……金戈在后面追，心里美滋滋的。

小兰和金戈结婚了。先奇老人和傅曦老人坐在棚盖式宽屏显示屏里面，进入了楚支科技开发的虚拟世界小夫妻平台。

玫瑰花园，虚拟的金戈牵着虚拟的小兰出现了。后面跟着虚拟的紫藤和甘花，虚拟的铁乐和绿苗，虚拟的铁喜和仙女。一众人喜笑颜开，喜气洋洋地步入花园中央。虚拟的先奇老人和傅曦老人坐着，心满意足地看着金戈和小兰。虚拟的先奇老人说：“这是我的意外之喜。”虚拟的傅曦老人补充道：“也是我最好的心愿。”虚拟的紫藤和甘花、虚拟的铁乐和绿苗、虚拟的铁喜和仙女鼓掌欢呼。

虚拟金戈说：“我和小兰正式宣布结婚。”虚拟小兰说：“请赐予我们大恩大德的爷爷、奶奶同意，我和金戈正式结为夫妻。”两位老人连连点头。

虚拟金戈和小兰上前跪拜两位虚拟老人。

虚拟金戈说："我是小兰的顶梁柱。"

虚拟小兰说："我是金戈的守护神。"

两人一起说："请爷爷奶奶放心。"

后面三对小夫妻流下了激动的泪水，纷纷上前祝贺。

虚拟的先奇老人和傅曦老人看着远方。远方出现了绿色极光，美轮美奂。

四个月后。一百零七岁的先奇老人和一百零三岁的傅曦老人相拥卧床，寿终正寝，心满意足长眠了。

两位老人枕边放着心爱的小收音机，旁边有一张用红色铅笔颤抖写出的元宇宙新闻听后感："军号已吹响，冲啊！"

半年后。铁叔和豆娘担心的事还是发生了。他们不得不每天到鱼塘边去关心一个人的背影，这就是他们的大娃铁欢。铁欢自从负气离开楚支科技后，就每天沉迷于"VR 头显"。先在家里玩，每天玩上八个小时，铁叔和豆娘轮番劝说没用。

铁欢的回答带有明显暴力自虐："再说，我就跳楼。再管，我就自杀。"

铁欢媳妇丁香每每想起不由得心灰意冷。

铁蛋看见自己的爹就害怕："爹凶神恶煞的。"

无奈，铁叔和豆娘每天弄好吃的送到铁欢的房间。只有吃饭时铁欢还能恢复正经样。他提出："家里太闷。闷死人了。我要到鱼塘那边去玩。透透气。"

铁叔和豆娘把他领到鱼塘边，还没说一句话，铁欢就大声叫喊："你们快走，别管我。"

日复一日，几个月都是这样。这天铁叔和豆娘带着丁香和铁蛋，悄悄跟着铁欢来到了鱼塘边。

铁欢戴着"VR 头显"，坐在旁边的一块石头上，手里不停地按着遥控器，兴高采烈地大喊大叫，嘴里不断地传出怪话，脏话，吆喝声，啧子声。

他突然狂笑不止，四脚乱蹬，险些从石头上倾斜跌倒。

铁叔、豆娘，丁香、铁蛋预感到要发生什么，心里一紧一紧的。

铁欢再次大幅摇摆身子，叽里呱啦，狂叫不止，失去平衡，栽在水中……

丁香大叫："铁欢，铁欢。"

铁蛋流着泪叫："爹……"

豆娘向鱼塘飞奔而去。

铁叔一个箭步挡住去路："谁也不准动！"

铁欢在水里挣扎了一会儿，落汤鸡似的爬了起来。他对着爹娘和丁香、铁蛋火气冲天："你们为什么不救我？"

铁叔愤恨地看着他，牵着铁蛋就走了，丁香用力挽着豆娘，死了心地大步走了。

后面传来铁欢连续的咆哮："你们为什么不救我？你们为什么不救我？"

铁叔停下脚步，慢慢转过身冲着铁欢大吼一声："那就是个鱼塘，自己爬起来！"

一年后。村长又拎着一壶酒和一袋烘烤花生米来到了铁头山顶的大树底下，望着远方的蓝天白云笑笑，取出"VR头显"戴在头上，猛喝了一大口白酒，又塞进嘴里一大把花生米。一声长嗝之后，他按下遥控器，沉浸在虚拟世界。虚拟娘出现了，虚拟村长静静端详着娘的面容。

"娘！"虚拟村长叫了一声，"娘，你一点没变，脸色红润润的。"虚拟村长越看越喜欢娘。

虚拟娘看着村长："你又晒黑了。男子汉嘛，好看，显得壮实。"

"娘，告诉你一个好消息，我当镇长了，管九个村了。都是托你的福，在你的照耀下，我一点点干出来的。"

虚拟娘张开嘴笑了，笑得很开心："娃，大好事呀。你进步了，娘高兴你给娘挣面子了，可是，娘又担心你事儿多了，身体吃不消呀。"

虚拟村长："娘，我身体棒棒的，大不了再晒黑一点，就更壮实了。"

“嗯，嗯。”虚拟娘微笑着点点头，眼里充满幸福，久久打量着自己的娃。虚拟娘又问，“你爹还好吧，还在当伙食团团长吗?”

虚拟村长满怀欣喜看着娘：“爹很好。还是伙食团长。前段时间，咱们铁头村有个楚支科技的楚总想叫他过来，让我们父子团聚，他不来。说他们单位对他很好。现在交通便捷，咱们村有高铁站，到省上一个小时。爹周末从省上给我带一大碗亲手做的红烧肉，还有一大包饺子，我一周的口粮都有了。”

虚拟村长猛然看见虚拟娘身边出现了虚拟爹的身影。爹向娘一笑看着村长说：“爹娘都看着你呢。娃，官大，权大，风险大。我们银行行长和两个副行长进去了。路很长，要好好走。”

虚拟娘挽着虚拟爹微笑着：“娃，也该找个媳妇了。”

虚拟村长点点头，眼见虚拟爹娘退去了，虚拟楚总和虚拟顾总向他走来……

“你们也来了?”虚拟村长惊喜。

虚拟楚总和虚拟顾总相视一笑。虚拟楚总说：“祝贺老同学高升。”

虚拟顾总说：“祝贺新任镇长。”

虚拟村长笑起来：“作为新任镇长，我要给你们说，铁头村已经实现了智慧村，缩小了城乡差别。村里人年均收入达到了十五万元。另外还有八个村啊，都得按照这个标准早日实现智慧村。你们两个企业家可得帮帮我的忙啊，三年吧，另外八个村也得富起来呀。”

虚拟楚总和虚拟顾总又是相视一笑。虚拟楚总说：“我们就是为这事来的。楚支科技准备在另外八个村设立八个元宇宙子项目研发中心，总公司已经批准了。老同学，我们还得黏在一起。”

虚拟顾总说：“我们明铺家具厂也准备在另外八个村设立家具精加工厂，都是现代化的。我也做通了几家银行的工作，将对八个村实体经济和科技研发给予金融支持。等你到镇里上班的第一天，几家银行会来找你签订战略合作协议的，放手干吧，我的好镇长。”

虚拟楚总和虚拟顾总退去了。虚拟铁叔和虚拟豆娘来了。虚拟铁叔指着虚拟村长大叫："你那模样挺像的。"

虚拟豆娘也抢着说："人家是捏脸师给捏的。捏脸师年薪一百万，你看我的脸像不像？"

虚拟村长说："像像，铁叔也像。楚支科技早把我们的模样采集了，经过技术处理，所以看上去都很像，说话的声音也很像。"

虚拟铁叔笑笑："这玩意儿都能弄出来，那我爷爷四兄弟的故事今后也能弄出来。你当镇长了，这事你要记住了，杀敌卫国的故事总比那些杀妖降魔的狗血剧好。"

虚拟豆娘一推铁叔："说啥呢？我们是为村长当镇长祝贺来的。"

虚拟铁叔又一把推回豆娘："再给新镇长弄点事就是最好的祝贺。我说镇长，元宇宙这玩意儿能包揽一切吗？我们现在戴着铁架子，都在虚拟世界里，虽然眼睛有点呆滞呆滞的，但对话没有问题。我想问的是，我们在对话过程中，突然停电断电，拉闸限电怎么办？在这里能卤大猪蹄子吗？渴了有水喝吗？还有，进入这玩意儿是要花钱的。你曾给我说过用数字币，用哪种数字币呢？听外面的人说有好多种数字币，进入一个平台，就得换成这个平台认可的数字币。如果打游戏，还要换成游戏开发商认可的游戏币。这玩意儿是用本国开发的数字币呢，还是用外国开发的数字币呢？这不乱套吗？如果外国开发的元宇宙平台效果好，本国体验者的钱不都给流到外国的裤兜里了吗？元宇宙包罗万象，好家伙，那外国数字币不就霸占了我们货币市场吗？好啦好啦。这些烦事你兜着，弄顺了，在元宇宙里不吃亏。"

虚拟豆娘又一把推开铁叔："他尽说些烦心事。镇长别介意，铁叔从小到大就是口无遮拦的刺头。"

虚拟铁叔推一把豆娘："你说什么？"

豆娘毫不相让又把铁叔挤到一边："总之吧，镇长，铁叔是一个心直口快的人。他的意思也是我的意思，那意思就是要把更多精力放在现实里，放在地上。元宇宙虚拟世界没吃没喝的，咱们村玉米、豆腐、豆奶、甘蔗、猕猴桃、茶叶，还有顿顿上桌的鱼，才是我们活下去的好东西。离开了吃的，人要挨饿，不长肉不长个儿。元宇宙好，智慧村好，都是让我们活得更好。”

虚拟村长拍起手来：“铁叔呀，豆娘呀，说的都在理呀。我这个新任镇长也要说说，请你们二位帮帮我。铁叔，那个网上‘远程医疗室’和‘腊肉香肠店’，豆娘的豆腐店和豆奶店在另外八个村都要开起来。我把八个村的好东西，引进铁头村，一个镇就是一家子嘛，有福同享。”

虚拟铁叔和豆娘退下去了。虚拟村长呆呆地望着数字铁头村移动的地貌实景。他摆出一副战略家的姿态：创新之战，科技之战，货币之战、经济之战……他记住了先奇老人和傅曦老人临终留下的元宇宙新闻听后感：“军号已吹响，冲啊!”

“上!”新任镇长向天发誓……向镇上出发……